TERRITÓRIO FANTASMA

OUTROS TÍTULOS DE FICÇÃO LANÇADOS PELA ALEPH

ISAAC ASIMOV
Fundação
Fundação e Império
Segunda Fundação
As Cavernas de Aço
O Fim da Eternidade
Os Próprios Deuses
Limites da Fundação
Fundação e Terra
Prelúdio à Fundação

ANTHONY BURGESS
Laranja Mecânica

EDGAR RICE BURROUGHS
Uma Princesa de Marte
Os Deuses de Marte
O Comandante de Marte

ARTHUR C. CLARKE
O Fim da Infância
2001: Uma Odisseia no Espaço
Encontro com Rama

PHILIP K. DICK
O Homem do Castelo Alto
Os Três Estigmas de Palmer Eldritch
Ubik
Fluam, Minhas Lágrimas, Disse o Policial
Valis
Realidades Adaptadas

WILLIAM GIBSON
Neuromancer
Count Zero
Mona Lisa Overdrive
Reconhecimento de Padrões

WILLIAM GIBSON & BRUCE STERLING
A Máquina Diferencial

URSULA K. LE GUIN
A Mão Esquerda da Escuridão

FRANK HERBERT
Duna
Messias de Duna

KIM NEWMAN
Anno Dracula

NEAL STEPHENSON
Nevasca (Snow Crash)

TERRITÓRIO FANTASMA

WILLIAM GIBSON

TRADUÇÃO
LUDIMILA HASHIMOTO

ALEPH

Copyright © William Gibson, 2007
Copyright © Editora Aleph, 2011
(edição em língua portuguesa para o Brasil)

TÍTULO ORIGINAL:	Spook Country
CAPA:	Pedro Inoue
FOTO DE WILLIAM GIBSON:	Michael O'Shea Photography
	www.michaelosheaphotography.ca
PRODUÇÃO GRÁFICA:	Studio DelRey
COPIDESQUE:	Fábio Fernandes
REVISÃO:	Hebe Ester Lucas
	Isabela Talarico
PROJETO GRÁFICO:	Neide Siqueira
EDITORAÇÃO:	Join Bureau
COORDENAÇÃO EDITORIAL:	Débora Dutra Vieira
	Marcos Fernando de Barros Lima
DIREÇÃO EDITORIAL:	Adriano Fromer Piazzi

Todos os direitos reservados.
Proibida a reprodução, no todo ou em parte, através de quaisquer meios.

EDITORA ALEPH LTDA.
Rua João Moura, 397
05412-001 – São Paulo – SP – Brasil
Tel: [55 11] 3743-3202
Fax: [55 11] 3743-3263
www.editoraaleph.com.br

Dados Internacionais de Catalogação na Publicação (CIP)
(Câmara Brasileira do Livro, SP, Brasil)

Gibson, William, 1948-
 Território fantasma / William Gibson ; tradução Ludimila Hashimoto. – São Paulo : Aleph, 2013.

 Título original: Spook Country.
 ISBN 978-85-7657-157-5

 1. Ficção norte-americana I. Título.

13-10352 CDD-813

Índices para catálogo sistemático:
1. Ficção : Literatura norte-americana   813

Para Deborah

Território: real ou virtual. O mundo.
Os Estados Unidos da América, Nova Edição Revista e Atualizada.
O que está diante de seus olhos.
O que está oculto.

Fantasma: espectro, aparição.
Em inglês (*spook*), uma gíria para "agente secreto".

Território Fantasma: o lugar onde todos nós aportamos.
Alguns por escolha, outros não.
O lugar em que estamos aprendendo a viver.

Fevereiro de 2006

1.

LEGO BRANCO

– Rausch – disse a voz pelo celular de Hollis Henry. – *Node*.

Ela acendeu a luz da cabeceira, iluminando a lata vazia de cerveja Asahi da noite anterior no Pink Dot e seu PowerBook totalmente coberto de adesivos, dormindo fechado. Sentiu inveja dele.

– Alô, Philip. – A *Node* era seu emprego atual, considerando que ela tivesse um, e Philip Rausch, seu editor. Tinham tido uma única conversa até o momento, que resultara na ida dela a Los Angeles e em seu check-in no Mondrian, mas isso tivera muito mais a ver com a situação financeira dela que com qualquer poder de persuasão da parte dele. Alguma coisa no modo como ele pronunciou o nome da revista, naquele instante, aquele itálico audível, sugeria algo que, ela sabia, a cansaria bem rápido.

Ela ouviu o robô de Odile Richard bater de leve em algo, vindo do banheiro.

– São três aí – disse ele. – Acordei você?

– Não – mentiu ela.

O robô de Odile era feito de Lego, somente peças brancas, com um número ímpar de rodas de plástico branco e pneus pretos embaixo, e o que ela supunha serem células fotoelétricas aparafusadas nas costas. Dava para ouvir o som de seu movimento paciente, ainda que aleatório, pelo tapete do quarto. Era possível comprar apenas Legos brancos? Ele parecia estar no lugar certo ali, onde muitas coisas eram brancas. Belo contraste com as pernas azul-egeu da mesa.

– Eles estão prontos pra te mostrar a melhor obra dele – disse Rausch.

– Quando?

– Agora. Ela está aguardando você no hotel dela. O Standard.

Hollis conhecia o Standard. Era acarpetado com grama sintética azul-royal. Sempre que ia lá, sentia-se o ser vivo mais velho do prédio. Atrás da recepção havia uma espécie de terrário gigante, onde garotas de biquíni de etnia ambígua às vezes se deitavam como se tomassem sol ou examinassem grandes livros didáticos repletos de ilustrações.

– Já resolveu a questão da cobrança aqui, Philip? Quando fiz o check-in ainda estavam cobrando no meu cartão.

– Está sendo resolvido.

Ela não acreditou nele.

– Já temos o prazo para essa matéria?

– Não – Rausch estalou a língua nos dentes em algum lugar de Londres que ela não quis se dar ao trabalho de imaginar. – O lançamento foi antecipado. Agosto.

Hollis ainda não se encontrara com ninguém da *Node* ou com qualquer pessoa que escrevesse para a revista. Parecia ser uma versão europeia da *Wired*, embora, é claro, nunca colocassem dessa forma. Dinheiro belga, via Dublin, escritórios em Londres – ou, se não escritórios, pelo menos Philip, que para ela parecia ter dezessete anos. Dezessete anos e o senso de humor extraído cirurgicamente.

– Muito tempo ainda – disse ela, sem saber ao certo o que queria dizer com isso, mas pensando, ainda que de modo indireto, em seu saldo bancário.

– Ela está aguardando você.

– O.k. – Ela fechou os olhos e o celular.

Seria possível, perguntou-se, estar hospedada neste hotel e, em termos técnicos, ainda ser considerada sem-teto? Parecia que sim, concluiu.

Ficou ali deitada sob o lençol branco de solteiro, ouvindo o robô da garota francesa bater, clicar e voltar. Era programado, supôs, como aqueles aspiradores de pó japoneses, para ficar topando com as coisas até terminar o serviço. Odile dissera que ele ficaria coletando dados com um GPS de bordo. Hollis imaginou que era isso.

Sentou-se, e um número muito alto de fios deslizou até as coxas. Do lado de fora, o vento chegava às janelas por um novo ângulo. Elas batiam de modo assustador. Qualquer condição de tempo que chamasse a atenção ali a preocupava. Saía nos jornais do dia seguinte, ela sabia, como uma espécie menor de terremoto. Quinze minutos de chuva, e as áreas mais baixas do Beverly Center viravam panqueca. Pedras do tamanho de casas deslizavam de forma majestosa pelas encostas, caindo em cruzamentos movimentados. Ela passara por isso uma vez.

Saiu da cama e foi até a janela, torcendo para não pisar no robô. Procurou a cordinha que abria as cortinas brancas e pesadas. Viu as palmeiras da Sunset se batendo com força seis andares abaixo, como dançarinas imitando os espasmos finais de alguma praga da ficção científica. Três e dez da madrugada de quarta-feira e o vento parecia ter deixado a Strip completamente deserta.

Não pense, aconselhou a si mesma. Não verifique e-mails. Vá direto ao banheiro.

Quinze minutos depois, tendo feito o melhor que pôde para acertar o que nunca tivera muito jeito, ela desceu ao saguão num elevador Philippe Starck, determinada a prestar a menor atenção possível em seus detalhes. Lera um artigo sobre Starck uma vez, que dizia que o designer era dono de uma fazenda de ostras onde apenas ostras perfeitamente quadradas eram cultivadas, em armações de aço fabricadas de modo especial.

As portas se abriram para uma amplidão de madeira clara. O ideal platônico de um pequeno tapete oriental foi projetado sobre parte dessa madeira, vindo de algum lugar alto, com rabiscos estilizados de luz que lembravam rabiscos levemente menos estilizados de lã tingida. A intenção original, ela lembrava ter ouvido de alguém, era evitar ofensas a Alá. Ela passou rápido por isso e seguiu para as portas da rua.

Ao abrir uma delas e sentir o estranho calor móvel do vento, um segurança do Mondrian olhava para ela, Bluetooth na orelha, com um penhasco raspado de corte de cabelo militar. Perguntou algo a ela, que foi engolido pela súbita rajada de uma corrente descendente.

– Não – respondeu ela, supondo que ele perguntara se ela queria que trouxessem seu carro, não que ela tivesse um, ou se queria um táxi. Ela viu um táxi, com o motorista reclinado no banco, talvez dormindo, quem sabe sonhando com os campos do Azerbaijão. Ela passou por ele, sentindo um entusiasmo bizarro, aumentando à medida que o vento, tão impetuoso e estranhamente aleatório, vinha crescendo pela Sunset desde a Tower Records, como a ignição explosiva de algo que tentava decolar.

Ela pensou ter ouvido o segurança chamá-la, mas seus Adidas encontraram a verdadeira calçada desarrumada da Sunset, um pontilhismo abstrato sobre chiclete enegrecido. A estátua do monstro abridor de portas do Mondrian estava atrás dela agora. Ela fechava o casaco de capuz. Parecia seguir não exatamente na direção do Standard, mas apenas para fora dali.

O ar estava cheio do detrito seco e cortante das palmeiras.

Você está louca, disse a si mesma. Mas, por ora, parecia estar tudo bem até demais, embora ela soubesse que esse não era um trecho salubre para qualquer mulher, ainda mais sozinha. Ou para qualquer pedestre, naquela hora da madrugada. No entanto, esse tempo, esse momento de clima anômalo em Los Angeles, parecia ter desprezado qualquer senso de ameaça habitual. A rua estava vazia como naquele momento do filme logo antes do primeiro passo de Godzilla. As palmeiras estiradas, o próprio ar estremecendo, e Hollis, agora com o capuz negro, avançando a passos largos e determinados. Folhas de jornal e panfletos de casas noturnas passavam rolando por seus tornozelos.

Um carro da polícia passou zunindo, na direção da Tower. O motorista, totalmente curvado atrás do volante, não prestou atenção alguma nela. Servir, lembrou ela, e proteger. O vento virou de modo vertiginoso, jogando o capuz para trás e dando um estilo novo e instantâneo a seu cabelo. Que estava mesmo precisando, lembrou a si mesma.

Encontrou Odile Richard aguardando sob o porte cochère branco do Standard e do letreiro do hotel – disposto, por razões que somente seus designers sabiam, de cabeça para baixo. Odile ainda estava no horário de Paris, mas Hollis havia se oferecido para conciliar as diferenças com essa reunião a altas horas. Além disso, claro, era o mais apropriado para a visualização desse tipo de arte.

Ao seu lado havia um jovem latino corpulento de cabeça raspada e um casaco Pendleton vinho étnico-retrô, com as mangas cortadas acima dos cotovelos. A camisa para fora da calça cáqui larga chegava quase aos joelhos.

– Vote no santo – disse ele, sorrindo e erguendo uma lata prateada de cerveja Tecate. Havia uma tatuagem ao longo do antebraço dele, com dizeres em inglês antigo e fonte ultraelaborada em negrito forte.

– Perdão?

– À votre santé – corrigiu Odile, limpando o nariz num lenço de papel esfiapado. Odile era a francesa menos chique de que Hollis se lembrava de ter conhecido, ainda que do ponto de vista haute-nerd isso só a tornasse mais irritantemente adorável. Ela usava um moletom preto tamanho GGG, de uma start-up falida há muito tempo, meias masculinas marrons e caneladas com um brilho peculiar horroroso e sandálias de plástico transparentes da cor de xarope para tosse sabor cereja.

– Alberto Corrales – disse ele.

– Alberto – disse ela, deixando sua mão ser engolida pela mão dele que estava sem a cerveja e seca feito palha. – Hollis Henry.

– Do Curfew – disse Alberto, com o sorriso cada vez maior.

Os fãs, pensou ela, impressionada como sempre e, também de repente, constrangida.

– Essa poeira, no ar – protestou Odile – é repugnante. Por favor, vamos agora, ver a peça.

– Certo – disse Hollis, grata pela distração.

– Por aqui – disse Alberto, arremessando com perfeição a lata vazia numa lixeira branca com pretensões a design milanês do Standard. Ela notou que o vento havia parado, como se estivesse esperando a deixa.

Ela deu uma olhada no saguão. A recepção estava deserta, e o terrário das meninas de biquíni vazio e apagado. Em seguida, foi atrás de Alberto e Odile, que fungava de modo irritante, até o carro dele, um Fusca clássico, reluzente e de chassi rebaixado sob múltiplas camadas de laca. Ela viu um vulcão derramando lava incandescente, latinas peitudas com tangas minúsculas e cocares astecas emplumados, as espirais policromadas de uma serpente alada. Alberto tinha algum interesse num culture jamming étnico, concluiu ela, a não ser que os Volkswagen tivessem entrado para o panteão depois que ela vira essas coisas pela última vez.

Ele abriu a porta do passageiro e ergueu o assento para Odile entrar atrás – onde já parecia haver alguns equipamentos. Depois fez um gesto, quase uma reverência, para que Hollis fosse para o banco do carona.

Ela ignorou a semiótica sublime de tão banal do painel do velho fusca. O carro tinha cheiro de aromatizante étnico. Isso também fazia parte de uma linguagem, supôs ela, como a pintura, mas alguém como Alberto poderia estar usando o aromatizante errado de propósito.

Ele saiu para a Sunset e fez um retorno bem definido. Seguiu no sentido do Mondrian, sobre o asfalto coberto por uma fina camada de biomassa ressecada das palmeiras.

– Sou fã há anos – disse Alberto.

– Alberto se interessa pela história enquanto espaço internalizado – contribuiu Odile, um pouco perto demais da cabeça de Hollis. – Ele vê esse espaço internalizado surgir do trauma. Sempre do trauma.

– Trauma – repetiu Hollis de modo involuntário, enquanto passavam pelo Pink Dot. – Pare no Dot, por favor, Alberto. Preciso de cigarro.

– Ollis – disse Odile em tom acusador. – Não me diga que você fumar.

– Acabei de começar – disse Hollis.

– Mas já chegamos – disse Alberto, virando à esquerda na Larrabee e estacionando.

– Onde? – perguntou Hollis, abrindo uma fresta da porta e se preparando, talvez, para correr.

Alberto parecia sério, mas não exatamente louco.

– Vou pegar meu equipamento. Gostaria que você experimentasse a peça primeiro. Depois, se quiser, podemos discutir.

Ele desceu, Hollis também. Estavam numa ladeira íngreme da Larrabee, com vista para os apartamentos iluminados da cidade, tão íngreme que ela sentiu um desconforto em ficar de pé. Alberto ajudou Odile a sair. Ela se apoiou no Volks e cruzou os dedos diante do moletom.

– Estou com frio – reclamou.

E estava mais fresco agora, notou Hollis, sem o sopro morno do vento. Ela olhou para cima, para um hotel rosa e sem graça diante deles, enquanto Alberto, envolto no seu Pendleton, vasculhava a parte de trás do carro. Apareceu com um estojo de câmera de alumínio amassado, coberto com pedaços de fita isolante.

Um carro longo e prateado passou em silêncio pela Sunset, enquanto elas subiam a ladeira atrás de Alberto.

– Chegamos aonde, Alberto? O que viemos ver aqui? – indagou Hollis ao chegarem à esquina. Ele se ajoelhou e abriu o estojo. O interior estava acolchoado com blocos de espuma. Retirou algo que, a princípio, ela confundiu com uma máscara de soldador. – Coloque isto.

Uma faixa de cabeça acolchoada, com uma espécie de viseira.

– Realidade virtual? – Ela não ouvia o termo dito em voz alta havia anos, pensou ao pronunciá-lo.

– O hardware é defasado – disse ele. – Pelo menos o que eu posso bancar. – Tirou um laptop do estojo, abriu e ligou.

Hollis pôs a viseira. Ela conseguia enxergar, ainda que de modo indistinto. Olhou na direção da esquina entre a Clark e a Sunset, vendo a marquise do Whiskey. Alberto mexeu com cuidado num cabo ao lado da viseira.

– Por aqui – disse ele, guiando-a até uma fachada baixa e sem janelas, pintada de preto. Ela apertou os olhos para ler o letreiro. The Viper Room.

– Agora – disse ele, e ela o ouviu digitar algo no teclado do laptop. Algo estremeceu no campo de visão dela. – Olhe. Olhe aqui.

Ela se virou, seguindo o gesto dele, e viu um garoto esbelto de cabelos escuros, caído de cara na calçada.

– Noite de Alloween, 1993 – disse Odile.

Hollis aproximou-se do corpo. Que não estava lá. Mas estava. Alberto a seguia com o laptop, cuidando do cabo. Ela sentiu que ele estava prendendo a respiração. Ela estava.

O garoto, morto, parecia um passarinho, e ela viu ao se inclinar que a curva da maçã do rosto lançava uma pequena sombra. O cabelo era muito escuro. Usava calça escura listrada e camisa escura.

– Quem? – perguntou ela, ao retomar o fôlego.

– River Phoenix – Alberto disse baixinho.

Ela ergueu a cabeça na direção da marquise do Whisley, depois voltou a olhar para baixo, impressionada com a fragilidade do pescoço branco.

– River Phoenix era loiro.

– Ele havia tingido – disse Alberto. – Para um papel.

2.

FORMIGAS NA ÁGUA

O velho fez Tito lembrar daqueles anúncios fantasmas, que vão desbotando no alto da lateral sem janelas de um prédio escurecido, com nomes de produtos que perderam o significado com o tempo.

Caso Tito visse um anúncio desses com a última notícia, a mais recente e terrível, mas soubesse que sempre estivera lá, desbotando com as intempéries, ignorado até hoje, talvez sentisse algo semelhante ao encontrar o velho na Washington Square, ao lado das mesas de xadrez de concreto, e lhe passar cuidadosamente um iPod debaixo de um jornal dobrado.

Toda vez que o velho, inexpressivo e olhando para outro lado, embolsava um iPod, Tito notava o ouro opaco do relógio de pulso, o mostrador e os ponteiros quase desaparecendo atrás do cristal de plástico gasto. O relógio de um homem morto, como os que ficam nas caixas de charutos amontoadas de um brechó.

As roupas também pareciam de defunto, feitas de tecidos que Tito imaginava exalar um frio próprio, diferente do frio desse fim de inverno irregular em Nova York. O frio de bagagens abandonadas, corredores institucionais, de armários de aço com a tinta descascada.

Mas certamente aquilo era disfarce, protocolo de aparências. O velho não poderia ser pobre de fato e fazer negócio com os tios de Tito. Notando o poder e a paciência enorme, Tito imaginou que esse velho estava fantasiado, por razões próprias, de um fantasma do passado da baixa Manhattan.

Cada vez que o velho recebia um ipod, aceitando-o da mesma maneira que um primata antigo e sagaz aceitaria uma fruta não muito interessante, Tito meio que esperava que ele quebrasse o invólucro branco e virginal como uma noz e depois retirasse algo extremamente peculiar e horrendo, de algum modo terrível em sua contemporaneidade.

E agora, diante de uma terrina fumegante de sopa de pato, no segundo andar do restaurante com vista para a Canal Street, Tito se via incapaz de explicar isso a Alejandro, seu primo. Em seu quarto, pouco antes, ele estivera sobrepondo camadas de sons, na tentativa de expressar por meio da música esses sentimentos que o velho despertava nele. Duvidou que algum dia chegasse a tocar o arquivo para Alejandro.

Alejandro, que nunca se interessara pela música de Tito, olhava para ele agora, a testa lisa entre os cabelos na altura dos ombros e divididos ao meio, sem dizer nada, e servia a sopa com cuidado, primeiro na tigela de Tito, depois na sua. O mundo do outro lado das janelas do restaurante, além das palavras em cantonês de plástico vermelho que nenhum dos dois sabia ler, estava da cor de uma moeda de prata, deixada na gaveta por engano durante décadas.

Alejandro era um literalista, muito talentoso, mas de um pragmatismo supremo. Por isso fora escolhido para ser aprendiz da venerável Juana, sua tia, a mestra em falsificações da família. Tito carregara máquinas de escrever mecânicas pelas ruas do centro para Alejandro, máquinas de peso incomensurável, compradas em depósitos empoeirados do outro lado do rio. Ele saíra para buscar as fitas de tinta e a aguarrás que Alejandro usava para limpar grande parte da tinta. Juana ensinara que sua terra natal, Cuba, havia sido o reino do papel, um labirinto burocrático de formulários, de cópias-carbono em triplicata – um campo que os iniciados poderiam percorrer com precisão e confiança. Sempre com precisão, no caso de Juana, que havia sido treinada nos subsolos pintados de branco de um prédio cujos pisos superiores proporcionavam uma vista limitada do Kremlin.

– Esse velho te assusta – disse Alejandro.

Alejandro aprendera com Juana milhares de truques com papel e adesivos, marcas d'água e carimbos, as mágicas que ela fazia em câmaras escuras, e mistérios mais sombrios, envolvendo o nome de crianças que morreram no começo da infância. Por vezes, Tito carregara, meses a fio, carteiras em estado de decomposição, abarrotadas de identidades geradas pelo aprendizado de Alejandro, cuja proximidade com seu corpo removia qualquer traço de objeto recente. Ele jamais tocara os documentos e papéis dobrados que o calor e o movimento de seu corpo amaciavam de modo tão convincente. Alejandro usara luvas cirúrgicas para retirá-los dos envelopes de couro manchados dos defuntos.

– Não – disse Tito –, ele não me assusta. – Na verdade, não tinha certeza. Sentia medo, mas não do velho em si.

– Talvez devesse, primo.

Tito sabia que a força da magia de Juana desaparecera aos poucos, em meio a novas tecnologias e ao enfoque cada vez mais acentuado na questão da "segurança", por parte do governo. A família passara a contar menos com as habilidades de Juana, obtendo a maior parte dos documentos (imaginava Tito) com outros, pessoas mais afinadas com as necessidades atuais. Tito sabia que Alejandro não lamentava. Aos trinta anos, oito a mais que Tito, aprendera a considerar a vida em família, na melhor das hipóteses, uma faca de dois gumes. Os desenhos que Tito vira, presos com fita adesiva nas janelas do apartamento de Alejandro para desbotarem com a luz do sol, faziam parte disso. Alejandro desenhava muito bem, praticamente em qualquer estilo, e havia um entendimento implícito entre eles de que Alejandro começara a levar a magia de Juana à parte alta da cidade, ao universo das galerias e dos colecionadores.

– Carlito – Alejandro mencionou um tio, passando com cuidado uma pequena tigela de porcelana branca cheia de calor gorduroso e perfumado. – O que Carlito lhe disse sobre ele?

– Que ele fala russo. – Eles estavam falando em espanhol. – Que se ele falar comigo em russo, posso responder em russo.

Alejandro ergueu uma sobrancelha.

– E que conheceu nosso avô, em Havana.

Alejandro franziu a testa, com a colher de porcelana branca pairando acima da sopa.

– Americano?

Tito fez que sim com a cabeça.

– Os únicos americanos que nosso avô conheceu em Havana eram da CIA – disse Alejandro, agora em tom mais suave, embora não houvesse mais ninguém no restaurante além do garçom, que lia uma revista chinesa no banquinho do caixa.

Tito se lembrava de ter ido com a mãe ao cemitério chinês atrás da Calle 23, pouco antes de vir para Nova York. Algo havia sido retirado de um ossuário, de uma das pequenas casinhas de ossos, e Tito levara a outro lugar, orgulhoso do ato de espionagem. E no banheiro fétido atrás de um restaurante Malecon, ele olhara os papéis que estavam num envelope embolorado de tecido emborrachado. Não fazia ideia do que poderiam ter sido, mas sabia que tinham sido escritos num inglês que ele mal sabia ler.

Jamais contara isso a ninguém e não contou a Alejandro agora.

Seus pés estavam muito frios dentro das botas Red Wing. Imaginou-se deslizando de modo extravagante numa banheira japonesa cheia daquela sopa de pato.

– Ele lembra os homens que ficavam parados nas lojas de ferragens desta rua – disse ele a Alejandro. – Velhos de casacos velhos, que não tinham mais o que fazer. – As lojas de ferragens da Canal não existiam mais, substituídas por lojas de celulares e artigos falsificados da Prada.

– Se você contasse a Carlito que viu a mesma van duas vezes, ou até a mesma mulher – disse Alejandro à superfície fumegante da sopa – ele mandaria outra pessoa. É o que o protocolo exige.

O avô deles também não existia mais, o autor do protocolo, assim como os velhos da Canal Street. Suas cinzas de uma ilegalidade complexa tinham sido lançadas da balsa de Staten Island numa manhã fria de abril, com os tios protegendo do vento os charutos ritualísticos, enquanto os batedores de carteira assíduos da embarcação se mantinham bem afastados, longe do que percebiam, com acerto, ser uma atividade das mais íntimas.

– Não houve nada – disse Tito. – Nada que indicasse qualquer interesse.

– Se alguém nos pagar para passar contrabando a esse homem, e pela natureza de nosso negócio não passamos outra coisa, então com certeza existe mais alguém interessado.

Tito testou as articulações da lógica do primo e as considerou sólidas. Acenou com a cabeça.

– Conhece a expressão "vá cuidar da sua vida"? – Alejandro passara para o inglês. – Todos precisamos cuidar da própria vida, Tito, algum dia, se pretendemos ficar aqui.

Tito não disse nada.

– Quantas entregas até agora?

– Quatro.

– É muito.

Tomaram a sopa em silêncio, ao som do ruído constante de caminhões sobre metal ao longo da Canal Street.

MAIS tarde, Tito estava diante da pia funda de seu quarto de solteiro de teto alto em Chinatown, lavando meias de inverno com Woolite. As meias não pareciam mais algo tão estrangeiro em si, mas o peso dessas, molhadas, ainda o impressionava. Ainda assim, às vezes sentia frio nos pés, apesar da variedade de palmilhas com isolamento da loja de artigos militares na Broadway.

Lembrou-se da pia do apartamento da mãe em Havana. A garrafa de plástico cheia de seiva de sisal que ela usava como detergente, a esponja de fibras ásperas retiradas do interior da mesma planta e uma pequena lata de carvão. Lembrou-se das formigas minúsculas, correndo pelo canto da pia. Em Nova York, Alejandro comentara uma vez, as formigas andavam muito mais devagar.

Outro primo, que se mudou de New Orleans depois da enchente, dissera ter visto uma bola cintilante formada por inúmeras formigas vermelhas na água. Era assim que as formigas evitavam um afogamento, parecia, e Tito, ao ouvir isso, pensara que sua família também era assim, à deriva nos Estados Unidos, menos numerosa, mas com uns apoiando os outros sobre a jangada invisível da espionagem, o protocolo.

Ele às vezes assistia aos jornais em russo, no Canal Russo da América, em sua tela de plasma da Sony. As vozes dos apresentadores começaram a adquirir um tom surreal, submarino. Ele supôs que essa seria a sensação de estar começando a perder um idioma.

Enrolou as meias, torceu para tirar a água e a espuma, esvaziou e encheu a pia, colocou-as de volta para enxaguar e secou as mãos numa camiseta velha que usava como toalha.

O quarto era quadrado, sem janelas, com uma única porta de aço e paredes brancas de painéis de gesso. O teto alto era de concreto bruto. Ele às vezes se deitava no colchonete, olhando para cima, seguindo as marcas da madeira compensada que não estava mais lá, impressões fósseis que datavam do transbordamento do piso superior. Não havia outros moradores. Seus vizinhos de andar eram uma fábrica em que mulheres coreanas costuravam roupas infantis e outra firma, menor, que tinha algo a ver com Internet. O contrato de locação era de seus tios. Quando precisavam de um lugar para realizar certos negócios, Tito às vezes dormia na casa de Alejandro, no sofá Ikea do primo.

O quarto tinha uma pia e um vaso sanitário, uma chapa elétrica, o colchonete, um computador, amplificadores, alto-falantes, um teclado, a TV Sony, um ferro de passar e uma tábua. As roupas ficavam penduradas numa arara de ferro antiga, resgatada da calçada na Crosby Street. Ao lado de um dos alto-falantes havia um pequeno vaso azul de uma loja de departamentos da Canal, uma coisa frágil, que ele dedicara em segredo à deusa Oxum, que os católicos cubanos conheciam como Nossa Senhora da Caridade do Cobre.

Ele fixou o cabo do teclado Cassio, adicionou água morna às meias no enxague, puxou para perto da pia uma cadeira de diretor dobrável e alta, comprada na mesma loja de departamentos da Canal, e subiu nela. Equilibrando-se na cadeira alta e instável, sentou-se na faixa de lona preta e pôs os pés na água. Com o teclado no colo, fechou os olhos e tocou as teclas, buscando um tom que lembrasse prata escurecida.

Se ele tocasse bem, preencheria o vazio de Oxum.

3.

VOLAPUQUE

Milgrim, usando o sobretudo Paul Stuart que havia roubado numa delicatessen um mês atrás, viu Brown destrancar a porta enorme e coberta de aço com um par de chaves saídas de um saquinho Ziploc transparente, exatamente do mesmo tipo de saco que Dennis Birdwell, o fornecedor de Milgrim, usava para embalar cristal.

Brown ergueu-se, encarando Milgrim com seu olhar habitual de desprezo alerta.

– Abra – ordenou ele, remexendo os pés de leve. Milgrim abriu, segurando uma dobra do sobretudo entre a mão e a maçaneta. A porta se abriu diante da escuridão e do botão de luz vermelha do que Milgrim supôs ser um computador. Entrou antes que Brown tivesse a chance de empurrá-lo.

Concentrou-se na pequena pastilha de Lorazepam que derretia sob a língua. O comprimido atingira o estágio em que estava lá e não estava, ao mesmo tempo, um mero ponto de foco arenoso, que o fazia pensar nas escamas microscópicas da asa de uma borboleta.

– Por que tem esse nome? – perguntou Brown, distraído, enquanto o feixe luminoso da lanterna fazia um interrogatório metódico nos conteúdos da sala.

Milgrim ouviu o clique da porta se fechando atrás deles.

Não era típico de Brown fazer qualquer pergunta com distração, e Milgrim considerou aquilo um indício de tensão.

– Que nome? – Milgrim não gostou de ter que falar. Queria se concentrar apenas no instante em que a pastilha sublingual mudava da fase de ser para a de não ser.

O feixe de luz foi parar numa daquelas cadeiras de diretor altas, ao lado de uma espécie de pia de zelador.

O cheiro do lugar indicava que havia alguém morando ali, mas não era um cheiro desagradável.

– Por que tem esse nome? – repetiu Brown, com uma calma proposital e sinistra. Brown não era o tipo de homem que emitia de modo espontâneo palavras ou nomes que encontrava, fosse por falta de substância ou por serem estrangeiros.

– Volapuque – disse Milgrim, sentindo que o Lorazepam finalmente realizara o truque de não estar. – Quando digitam, estão teclando numa aproximação visual do cirílico, o alfabeto russo. Usam nosso alfabeto e alguns numerais, mas apenas de acordo com as letras do cirílico que são mais parecidas.

– Perguntei por que tem esse nome.

– Esperanto – disse Milgrim. – Era uma língua artificial, um plano de comunicação universal. Volapuque foi outra. Quando os russos passaram a ter computadores, os teclados e a exibição nas telas eram romanos, não cirílicos. Eles forjaram algo que parecia cirílico, a partir dos nossos caracteres. Deram o nome de volapuque. Acho que podemos dizer que era uma brincadeira.

Brown, no entanto, não era esse tipo de homem.

– Foda-se isso – disse, sem rodeios, o que era seu julgamento definitivo a respeito do volapuque, de Milgrim e desses FIs por quais tinha tanto interesse. Milgrim descobrira que FI significava, em brownilíngua, Facilitador Ilegal, um criminoso cujos crimes facilitam os crimes de outros.

– Segura isso – Brown passou para Milgrim a lanterna, que era feita de metal retorcido, com acabamento profissional antirreflexo. Era como sapatos e acessórios, pensou Milgrim. Alguém faz de jacaré, na semana seguinte, estão todos fazendo. Era a temporada dessa não cor antirreflexo no Mundo de Brown. Mas a temporada ia durar muito, imaginou Milgrim.

Brown vestia luvas cirúrgicas de látex verdes que estavam num bolso. Milgrim manteve a lanterna apontada para onde Brown queria, apreciando a perspectiva proporcionada pelo Lorazepam. Ele teve uma namorada que gostava de dizer que as vitrines de lojas de artigos militares eram um hino à impotência masculina. Onde estava a impotência de Brown? Milgrim não sabia, mas agora podia admirar as mãos cirurgicamente enluvadas de Brown, como criaturas submarinas no teatro aquático de um reino encantado, treinadas para imitar as mãos de um feiticeiro.

Elas tiraram de um bolso um pequeno estojo transparente de plástico, e dele extraíam com destreza algo minúsculo, azul claríssimo e prateado, cores que Milgrim via, de algum modo, como coreanas. Uma pilha.

Tudo precisa de pilha, pensou Milgrim. Até mesmo um aparelhinho assustador qualquer que o sócio de Brown usava para pegar mensagens do FI, por menores que fossem, recebidas e enviadas, pelo ar daquela sala. Milgrim ficou curioso, porque, até onde sabia, isso não era possível, não sem ter um grampo no aparelho do FI. E esse FI, Brown comentara, quase nunca usava o mesmo telefone, ou conta, duas vezes. Comprava e jogava fora de forma periódica – o mesmo que Birdwell fazia, se ele parasse para comparar.

Milgrim viu Brown ajoelhar ao lado de uma arara de roupas, tateando com as mãos enluvadas num canto sob a base de ferro fundido, com rodinhas. Milgrim queria ver as etiquetas das roupas do FI, camisas e uma jaqueta preta, mas tinha de manter a luz nas mãos de Brown. APC, talvez, supôs, apertando os olhos. Ele vira o FI uma vez, quando ele e Brown estavam numa revistaria-sanduicheria na Broadway. O FI passara por eles, do outro lado da vitrine embaçada, e chegara a olhar para dentro. Brown atrapalhou-se ao ser pego de surpresa, sussurrando códigos no headset, e Milgrim não entendeu de início que aquele carinha de aparência gentil, de chapéu estilo porkpie de couro preto com a aba erguida na frente, era o FI de Brown. Ele parecia então, pensou Milgrim, uma versão étnica do Johnny Depp mais jovem. Brown uma vez se referira ao FI e sua família como sino-cubanos, mas Milgrim teria sido incapaz de fazer a identificação étnica. Filipino, em último caso, mas também não era isso. E falavam russo. Ou mandavam mensagens em algo parecido. Até onde Milgrim sabia, o pessoal de Brown jamais interceptara qualquer voz.

Essa gente de Brown preocupava Milgrim. Muitas coisas o preocupavam, e o primo não era a menos importante, mas ele tinha uma pasta mental específica para as pessoas invisíveis de Brown. Para começar, parecia haver gente demais nessa categoria. Brown era policial? Quem quer que grampeasse mensagens de texto para ele era policial? Milgrim duvidava. A seu ver, o *modus operandi* do pessoal de Brown era muito de agente federal, mas se fosse esse o caso, o que seria Brown?

Como se respondesse à indagação não pronunciada, Brown, ajoelhado no chão, fez um barulho suave, como um resmungo preocupante de satisfação. Milgrim ficou vendo as criaturas de mãos com luvas verdes reemergirem ao foco de luz, segurando algo fosco, preto e parcialmente coberto por uma fita também fosca e preta. Tinha um rabicho de quinze centímetros de fio preto fosco, com outro pedaço de fita, e Milgrim supôs que essa arara velha da Garment District poderia estar servindo de antena adicional.

Ele viu Brown trocar a bateria por uma nova, tomando cuidado para manter o feixe de luz no que Brown fazia e não em seus olhos.

Seria Brown um tipo de agente federal? FBI? DEA? Milgrim já havia se deparado com exemplos de ambos, o suficiente para saber que se tratavam de espécies muito diferentes (e de um antagonismo mútuo). Não conseguia imaginar Brown como sendo de nenhum dos dois. Nos dias de hoje, no entanto, devia haver gêneros de agentes federais que Milgrim desconhecia por completo. Porém, algo no QI aparente de Brown, não terrivelmente alto na avaliação de Milgrim, e no grau de autonomia que ele parecia estar manifestando nessa operação, qualquer que fosse ela, não parava de perturbá-lo, através da perspectiva árdua do Lorazepam, exigindo que ele não começasse a gritar ali.

Ele viu Brown recolocar o grampo sob a base enferrujada da arara velha, cabeça baixa, concentrado na tarefa.

Quando Brown se levantou, Milgrim o viu bater na barra da arara e arrancar algo escuro. Algo que não fez som algum ao bater no chão.

Brown pegou a lanterna e se virou, mirando mais uma vez os pertences do FI, e Milgrim estendeu a mão para tocar outra coisa escura que ainda estava pendurada ali. Lã fria e úmida.

O brilho desconfortável da lanterna de Brown bateu num pequeno vaso de aparência barata, feito de algo azul e iridescente, ao lado de um dos alto-falantes do aparelho de som do FI. A luz de diodo azul, esbranquiçada e amplificada, conferiu à superfície laqueada do vaso uma translucidez irreal, como se um processo semelhante à fusão estivesse começando ali dentro. Quando a luz apagou, era como se Milgrim ainda pudesse ver o vaso.

– Saindo – anunciou Brown.

Lá fora, na calçada, andando rápido na direção de Lafayette, Milgrim concluiu que a síndrome de Estocolmo era um mito. Algumas semanas já haviam se passado e ele ainda não simpatizava com Brown. Nem um pouco.

4.

NO LOCATIVO

O Standard tinha um restaurante aberto a noite toda, ao lado do saguão – um espaço comprido, com uma fachada de vidro e cabines amplas, acolchoadas em capitonê preto fosco, e pontuado pelos falos nodosos de meia dúzia de grandes cactos San Pedro.

Hollis viu Alberto deslizar sua massa corporal revestida de Pendelton pelo banco em frente ao dela. Odile ficou entre Alberto e o vidro.

– *Ver espaço vazio* – enunciou Odile, em tom aforístico – ser tudo.

– Tudo? O que é?

– *Ver espaço vazio* – reafirmou Odile – subverte. – Fez um gesto com as mãos que lembrou, de modo um pouco perturbador, o modelo de útero em crochê que uma professora de Hollis usava nas aulas de Educação para a Vida Familiar.

– Vira do avesso – explicou Alberto, com a intenção de esclarecer. – *See-bare-space*. "Cyberspace". Salada de frutas e café. – A última parte, Hollis percebeu após um instante de confusão, fora dirigida à garçonete. Odile pediu café au lait; Hollis, *bagel* e café.

– Acho que se pode dizer que começou no primeiro de maio de 2000 – disse Alberto.

– O quê?

– Geohacking. Ou o potencial para ele. Foi quando o governo anunciou que a Disponibilidade Seletiva seria desativada, no que havia sido, até então, um sistema estritamente militar. Os civis passaram a poder acessar as coordenadas geográficas do GPS pela primeira vez.

Hollis obtivera de Philip Rausch apenas uma vaga ideia de que ela deveria escrever sobre várias coisas que os artistas estavam descobrindo ser possível fazer com longitude, latitude e a Internet, portanto, a versão virtual de Alberto da morte de River Phoenix a pegara de surpresa. Agora tinha, ou esperava ter, a ideia inicial para o texto.

– Quantos daqueles você fez, Alberto? – E eram todos póstumos, mas isso ela não perguntou.

– Nove – disse Alberto. – No Chateau Marmont. – Apontou para o outro lado da Sunset. – Há bem pouco tempo, terminei um templo virtual a Helmut Newton. No ponto em que ocorreu a batida fatal, na saída do estacionamento. Vou lhe mostrar depois do café da manhã.

A garçonete voltou com os cafés. Hollis viu um inglês muito jovem e pálido comprar um maço amarelo de American Spirit no caixa. A barba rala do rapaz lembrava musgo em volta de um ralo de mármore.

– Quer dizer que os hóspedes do Marmont – perguntou ela – não fazem ideia, não têm como saber o que você fez lá? – Assim como os pedestres não tinham como saber que estavam pisando no River adormecido, na calçada da Sunset.

– Não – disse Alberto –, ninguém. Não ainda. – Ele vasculhava uma mochila de lona no colo. Pegou um celular, preso com silver tape a outro objeto de consumo eletrônico e minúsculo. – Com isto, porém... – clicou algo nos aparelhos atados, abriu o celular e começou a digitar com destreza no teclado compacto. – Quando isto estiver disponível em conjunto... – passou a ela. Um celular e algo que ela reconheceu ser um aparelho de GPS, mas com o invólucro parcialmente arrancado, com coisas que pareciam outros aparelhos brotando deles, presos com silver tape.

– O que isto faz?

– Veja – disse ele.

Ela apertou os olhos diante da pequena tela. Aproximou-a. Viu a lã sobre o peito de Alberto, mas misturada, de algum modo, com linhas espectrais na vertical e horizontal, uma sobreposição cubista semitransparente. Cruzes brancas? Olhou para ele.

— Isto não é um elemento locativo — disse ele. — Não está tagueada espacialmente. Experimente na rua.

Ela virou o híbrido atado na direção da Sunset e viu um plano com definição nítida e horizontal perfeita de cruzamentos brancos, como se estivesse espalhado sobre uma grade invisível, recuando ao longo da avenida e se perdendo na distância virtual. As perpendiculares retas e brancas, com nivelamento aproximado em relação à calçada, pareciam continuar numa perspectiva cada vez mais tênue e, de algum modo, subterrânea, até a base das colinas de Hollywood.

— As baixas americanas no Iraque — disse Alberto. — Fiz uma conexão com um site, de início, que acrescentava uma cruz a cada morte informada. Pode ser levado a qualquer lugar. Tenho uma apresentação de slides de capturas em localizações selecionadas. Pensei em enviar para Bagdá, mas as pessoas iam achar que as capturas reais no solo de Bagdá eram efeitos de Photoshop. — Ela olhou para ele quando um Range Rover preto passou pelo campo de cruzes, a tempo de vê-lo dar de ombros.

Odile apertou os olhos acima da tigela branca de café au lait.

— Atributos cartográficos do invisível — disse, baixando a tigela.

— Hipermídia com marcas espaciais. — A terminologia parecia aumentar dez vezes sua fluência. Parecia quase não ter sotaque. — O artista assinalando cada centímetro do lugar, de todas as coisas físicas. Visíveis a todos, em aparelhos como esses. — Apontou para o celular de Alberto, como se a barriga inchada de silver tape estivesse grávida de todo um futuro.

Hollis concordou com a cabeça e devolveu a coisa a Alberto.

A salada de frutas e o *bagel* tostado chegaram.

— E você tem sido a curadora desse tipo de arte em Paris, Odile?

— Em todo lugar.

Rausch estava certo, concluiu ela. Havia algo a ser escrito sobre isso, embora ela ainda estivesse longe de saber o quê.

– Posso fazer uma pergunta? – Alberto já estava na metade da salada de frutas. Um comedor metódico. Ele parou, com o garfo suspenso, olhando para ela.

– Sim?

– Como sabiam que o Curfew tinha acabado?

Ela o encarou e viu uma concentração profunda de otaku. É claro que esse tendia a ser o caso, quando ela era reconhecida por qualquer um como a cantora de uma banda cult do início dos anos 90. Os fãs do Curfew eram praticamente as únicas pessoas que sabiam, hoje, da existência da banda, além de programadores de rádio, historiadores pop, críticos e colecionadores. Com a natureza cada vez mais atemporal da música, no entanto, a banda continuara a obter novos fãs. Aqueles que ela obteve, como Alberto, costumavam ser de uma seriedade impiedosa. Ela não sabia quantos anos ele poderia ter tido quando o Curfew acabou, mas poderia até ter sido ontem, no que dizia respeito ao componente *fanboy* dele. Ainda com seu componente *fangirl* intacto, diante de uma grande variedade de artistas, ela entendia, e por isso sentia a responsabilidade de lhe dar uma resposta honesta, ainda que insatisfatória.

– Não sabíamos, na verdade. Simplesmente acabou. Parou de acontecer, num nível essencial, ainda que eu nunca soubesse com exatidão quando aconteceu. Ficou claro de uma forma dolorosa. Então desistimos.

Ele pareceu quase tão satisfeito quanto ela esperava, mas era a verdade, até onde ela sabia, e o melhor que poderia fazer por ele. Ela nunca fora capaz de elaborar um motivo mais claro, ainda que não se tratasse de algo em que continuasse a pensar muito.

– Tínhamos acabado de lançar aquele CD com quatro músicas, e pronto. Já sabíamos. Só levou mais um pouco de tempo para cair a ficha. – Com esperança de que isso bastasse, ela começou a passar *cream cheese* numa metade do *bagel*.

– Isso foi em Nova York?

– Sim.

– Houve um momento específico, um lugar específico, em que você possa dizer que o Curfew terminou? Em que a banda tenha tomado a decisão de não ser mais uma banda?

– Eu teria que pensar a respeito – disse ela, sabendo que não era isso que deveria dizer.

– Eu gostaria de fazer uma composição – disse ele. – Você, Inchmale, Heidi, Jimmy. No lugar em que aconteceu. O fim.

Odile havia começado a se remexer no capitonê, obviamente no escuro quanto ao assunto da conversa e não gostando disso.

– Enchmeiol? – Ela franziu a testa.

– O que vamos ver enquanto eu estiver na cidade, Odile? – Hollis sorriu para Alberto, na esperança de sinalizar o fim da entrevista.

– Preciso das suas sugestões. Preciso combinar uma hora para entrevistá-la. E a você também, Alberto. Neste exato momento, no entanto, estou exausta. Preciso dormir.

Odile entrelaçou os dedos o máximo que pôde em torno da tigela branca de porcelana. Suas unhas davam a impressão de terem sido roídas por algo com dentes minúsculos.

– Hoje à noite vamos buscá-la. Podemos visitar umas dez peças, fácil.

– O ataque cardíaco de Scott Fitzgerald – sugeriu Alberto. – Descendo a rua.

Ela olhou para as letras enormes de estilo nervoso, amontoadas em azul de cadeia ao longo dos braços dele, e se perguntou o que estaria escrito.

– Mas ele não morreu ali, não é?

– Ele está na Virgin – disse ele. – Na seção de *world music*.

DEPOIS de verem o memorial de Alberto a Helmut Newton, que incluía muita nudez monocromática em vago estilo déco, em homenagem à obra do homem, ela voltou ao Mondrian a pé naquele momento esquisito e fugaz que faz parte de todas as manhãs ensolaradas de West Hollywood, quando a promessa estranha e perpétua de clorofila e frutos acolhedores embeleza o ar, pouco antes da descida do cobertor de hidrocarboneto. A percepção de uma beleza periférica, pré-lapso, de algo passado há pouco mais de cem anos, mas de uma atualidade aguda nesse momento, como se a cidade pudesse ser removida dos óculos com um lenço, e esquecida.

Óculos escuros. Ela se esquecera de levá-los.

Olhou para baixo, vendo as pintas de chiclete escurecido na calçada. Os restos fibrosos, marrons e bege, deixados pela tempestade.

E sentiu o instante iluminado passar, como sempre tem de ser.

5.

DOIS TIPOS DE VAZIO

Ao voltar do Mercado Sunrise na Broome, pouco antes de fecharem, Tito parou para olhar as vitrines de Yohji Yamamoto, na Grand Street. Passava um pouco das dez. A Grand estava completamente deserta. Tito olhou para os dois lados. Nem sequer o amarelo de um táxi seguindo na distância à esquerda ou à direita. Depois voltou a olhar para as lapelas assimétricas de uma espécie de capa ou manta com botões. Viu o próprio reflexo ali, olhos escuros e roupas escuras. Numa das mãos, uma sacola de plástico do Sunrise, com o conteúdo praticamente sem peso de macarrão instantâneo japonês em tigelas brancas de isopor. Alejandro implicava com ele por causa delas, dizendo que ele poderia até comer as tigelas, mas Tito as admirava. O Japão era um planeta de mistérios benignos, fonte de jogos, anime e TVs de plasma.

As lapelas assimétricas de Yohji Yamamoto, no entanto, não eram um mistério. Eram moda, e isso ele achava que entendia.

O que às vezes lhe causava dificuldade era compreender de alguma forma o que havia em comum entre a austeridade cara da vitrine diante dele e as fachadas também austeras, mas de uma forma diferente, de que ele se lembrava de Havana.

Naquelas vitrines não havia vidro. Atrás de cada barra de metal articulada de forma grosseira, à noite, um único tubo fluorescente lançava uma luz submarina. E nada em oferta, nem mesmo durante o horário de funcionamento: apenas pisos bem varridos e gesso manchado.

Ele viu seu reflexo dar de ombros suavemente, na vitrine de Yamamoto. Saiu andando, contente com suas meias grossas e secas.

Onde estaria Alejandro agora?, perguntou-se. Talvez no bar sem nome da Eighth Avenue que era seu favorito, abaixo da Times Square, com o neon anunciando apenas TAVERN e nada mais. Alejandro marcava encontros com seus contatos da galeria ali. Ele gostava de levar curadores e marchands para aquela penumbra avermelhada, entre travestis porto-riquenhos sonolentos e alguns vigaristas fazendo intervalos para descansarem da Autoridade Portuária. Tito não gostava do lugar. Parecia ocupar seu próprio delta T, um *continuum* sem saída, formado por bebidas batizadas e baixo nível de ansiedade.

AO ENTRAR em seu quarto, ele viu que uma das meias que havia lavado caíra de onde ele a deixara para secar, no suporte com rodinhas. Colocou-a no lugar.

6.

RIZE

Milgrim até estava curtindo o brilho intenso do sistema óptico repleto de nitrogênio do monóculo austríaco de Brown, mas não o cheiro do chiclete dele nem sua proximidade na traseira fria da van de vigilância. A van estava estacionada na Lafayette, onde um dos homens de Brown a deixara para eles. Brown passara um sinal vermelho para chegar ali e se posicionar, depois que seu fone de ouvido contou que o FI estava indo nessa direção, mas agora o FI olhava para uma vitrine de Yohji Yamamoto, imóvel.

– O que ele está fazendo? – Brown pegou o monóculo de volta. Combinava com sua arma e com a lanterna, aquela mesma não cor verde-acinzentada.

Milgrim inclinou-se para a frente, para obter uma visão melhor sem auxílio, através do olho mágico. O Ford E-Series tinha meia dúzia deles serrados nas laterais, todos cobertos por uma peça móvel atarrachada de plástico preto. Essas peças coincidiam, no exterior pichado, com áreas pretas sólidas das diversas inscrições. Supondo que todas fossem pichações autênticas, recebidas ao deixar a van na rua, perguntou-se Milgrim, o disfarce ainda enganaria um pichador? Quantos anos tinham aquelas pichações? Elas eram o equivalente urbano de se camuflar com uma vegetação de outra estação?

– Ele está olhando uma vitrine – disse Milgrim, sem ajudar muito, e sabendo disso. – Vai segui-lo até sua casa agora?

– Não – disse Brown. – Ele poderia notar a caminhonete.

Milgrim não fazia ideia de quantas pessoas Brown mandara vigiar o FI enquanto ele se abastecia de produtos japoneses, enquanto eles entraram em sua casa e trocaram a pilha do grampo. Esse mundo em que pessoas seguiam e vigiavam as outras era novo para Milgrim, embora tivesse a impressão de sempre ter acreditado que ele existisse em algum lugar. Aparecia nos filmes. Aparecia nos filmes e lia-se a respeito, mas não passava pela cabeça de ninguém ter de inalar a respiração condensada de outra pessoa na traseira de uma van gelada.

Agora era a vez de Brown de se inclinar para a frente, pressionando a borda flexível do monóculo contra a carroceria fria e suada da van, para obter uma visão melhor do FI. Milgrim perguntou-se preguiçosamente, quase com indulgência, como seria pegar algo, ali mesmo, e acertar a cabeça de Brown. Ele chegou a dar uma olhada nos fundos da van, para ver o que estaria à mão, mas não havia nada além dos engradados plásticos de leite em pó, nos quais eles estavam sentados, e uma lona enrolada.

Brown, como se lesse os pensamentos de Milgrim, virou-se de repente da lente do monóculo, encarando-o.

Milgrim apertou os olhos, esperando parecer dócil e inofensivo. O que não deveria ser difícil, uma vez que não acertava ninguém na cabeça desde o primário, e não era provável que fosse fazê-lo agora. Embora nunca tivesse sido mantido como prisioneiro antes, lembrou-se.

– Ele vai acabar enviando ou recebendo algo daquele quarto – disse Brown –, e quando isso acontecer, você traduzirá.

Milgrim acenou com a cabeça, obediente.

FIZERAM o check-in no New Yorker, na Eighth Avenue. Quartos anexos, décimo quarto andar. O New Yorker parecia estar na lista de Brown. Era a quinta ou sexta vez que estavam ali. A maior parte do quarto de Milgrim era ocupada pela cama de casal, que ficava de frente para uma televisão sobre um armário de aglomerado. Os pixels dos veios das folhas de madeira eram grandes demais, pensou Milgrim, enquanto tirava o sobretudo roubado e se sentava na beira da cama.

Isso era algo que ele começara a notar, que só se conseguia material de alta resolução nos melhores lugares.

Brown entrou e fez o truque das duas caixinhas, uma na porta, outra no batente. Elas tinham aquele mesmo tom de cinza, da arma, da lanterna e do monóculo. Ele fazia o mesmo com a própria porta, e tudo isso, pelo que Milgrim sabia, era para que ele, Milgrim, não decidisse ir embora enquanto Brown estivesse dormindo. Milgrim não tinha ideia do que as caixas faziam, mas Brown dissera para não tocar nas portas quando elas estavam colocadas. Milgrim não tocara.

Brown jogou o que Milgrim concluiu ser uma cartela de quatro unidades de Lorazepam sobre a colcha florida e voltou para o seu quarto. Milgrim ouviu o som da TV de Brown. Ele conhecia aquela música agora: Fox News.

Ele olhou para a cartela. Não eram as caixas na porta que o manteriam ali.

Ele pegou a embalagem. "RIZE", estava escrito, e "5MG", e algo que parecia, sim, escrita japonesa. Ou a aparência de japonês ao se produzir para uma embalagem.

– Oi? – A porta entre os quartos ainda estava aberta. O som dos dedos de Brown no laptop blindado parou.

– O quê?

– O que é essa coisa?

– Sua medicação – disse Brown.

– Está escrito "RIZE" e tem letras japonesas. Não é Lorazepam.

– É a mesma merda – disse Brown, falando de modo ameaçadoramente mais lento. – Mesma merda de narcótico de classe Quatro da DEA.

Milgrim olhou para a cartela.

– Agora cala a boca, porra.

Ele ouviu Brown voltar a digitar.

Voltou a sentar-se na cama. Rize? Seu primeiro impulso foi o de ligar para o seu contato em East Village. Olhou para o telefone, sabendo que não estava ligado. O segundo foi o de perguntar a Brown se ele poderia emprestar o laptop, para que ele procurasse a substância no Google. A DEA tinha uma página com todos os produtos da Classe Quatro, inclusive marcas estrangeiras. Por outro lado, pensou, se Brown fosse mesmo um agente federal, ele poderia até mesmo pegar esse negócio direto da DEA. E ele sabia que usar o laptop de Brown estava tão fora de cogitação quanto usar o telefone para falar com Dennis Birdwell.

E ele devia dinheiro a Birdwell, em circunstâncias constrangedoras. Tinha isso também.

Colocou a cartela no canto da mesa de cabeceira mais próxima, alinhando as laterais com as bordas, ambas com arcos pretos em que hóspedes anteriores haviam deixado o cigarro queimar. O formato das marcas de queimado lembrava a ele os arcos do McDonald's. Ele se perguntou se Brown pediria sanduíches logo.

Rize.

7.

BUENOS AIRES

Hollis sonhou que estava em Londres com Philip Rausch, andando rápido pela Monmouth Street, na direção da coluna de Seven Dials. Ela nunca encontrara Rausch, mas agora, como acontece nos sonhos, ele também era Reg Inchmale. Era dia, mas no auge do inverno, o céu de um cinza sem direção, e de repente ela se encolhia sob um brilho extravagante e carnavalesco, enquanto, acima deles, descia ao som das cinco notas do Wurlitzer todo o imenso volume da nave-mãe de *Contatos Imediatos* – filme lançado quando ela tinha sete anos e grande favorito de sua mãe –, mas aqui, imenso e, de algum modo, capaz de caber na estreita Monmouth Street, como uma resistência elétrica destinada a aquecer répteis em gaiolas, enquanto ela e Inchmale se encolhiam boquiabertos.

Mas então esse Rausch-Inchmale disse, soltando a mão dela bruscamente, que, afinal, tratava-se apenas de uma decoração de Natal, por mais grandiosa que fosse, ali suspensa entre o hotel à direita deles e o café à esquerda. E, sim, agora ela via claramente os fios que a sustentavam; mas um telefone tocava, do outro lado da janela de uma loja próxima, e ela viu que aquilo era uma espécie de telefone de campanha da Grande Guerra, num estojo de lona manchado de barro esbranquiçado, assim como as barras de lã felpuda das calças de Rausch-Inchmale...

– Alô?

– Rausch.

O próprio Rausch, pensou ela, com o celular aberto ao ouvido. A luz do sol de Los Angeles mordiscava as beiradas das cortinas drapeadas do Mondrian.

– Eu estava dormindo.

– Preciso falar com você. Os pesquisadores encontraram alguém que você precisa conhecer. Duvidamos que Odile já o conheça, mas Corrales com certeza o conhece.

– Quem é que Alberto conhece?

– Bobby Chombo.

– Chombo?

– Ele é o rei da assistência técnica deles, desses artistas locativos. O geohacker deles. Os sinais de GPS não penetram prédios. Ele cria soluções provisórias. Faz triangulações a partir de torres de telefonia celular e outros sistemas. Muito inteligente.

– Você quer que eu o conheça?

– Se não conseguir combinar através do Corrales, me liga. Pensaremos em algo do lado de cá.

Ele não estava pedindo. Ela ergueu as sobrancelhas e concordou em silêncio: Sim, chefe.

– Farei isso.

Houve uma pausa.

– Hollis?

Ela se sentou no escuro, assumindo uma posição de lótus vagamente defensiva.

– Sim?

– Quando estiver com ele, preste atenção especial a qualquer coisa que possa ter relação com navegação.

– Navegação?

– Padrões de navegação global. Em particular à luz do tipo de marcação geoespacial com que Odile e Corrales lidam. – Outra pausa. – Ou iPods.

– iPods?
– Como meio de transferência de dados.
– Do jeito que algumas pessoas os usam como se fossem drives?
– Exato.

Havia algo, de repente, que não a agradava, e de uma forma totalmente nova. Ela imaginou que a cama era um deserto de areia branca. Com algo circulando, escondido, sob a superfície. Talvez o Verme da Morte Mongol que fora um dos animais de estimação imaginários de Inchmale.

Há momentos em que falar o mínimo possível é o melhor a fazer, ela concluiu.

– Perguntarei a Alberto.
– Ótimo.
– Já resolveu a fatura?
– É claro.
– Espere – ela disse –, estou ligando para a recepção na outra linha.
– Espere dez minutos. Só vou verificar mais uma vez.
– Obrigada.
– Estávamos falando de você, Hollis. – O mais vago dos "nós" corporativos.
– Mesmo?
– Estamos muito contentes com você. O que acha de um cargo fixo?

Ela sentiu o Verme da Morte Mongol aproximar-se, entre as dunas de algodão.

– Essa é uma grande novidade, Philip. Terei de pensar a respeito.
– Pense.

Ela fechou o celular.

Exatamente dez minutos depois, usou o telefone do quarto para falar com a recepção e recebeu a confirmação de que sua conta, incluindo despesas menores, estava agora paga por um cartão Amex em nome de Philip M. Rausch. Pediu para ser transferida para o salão do hotel, descobriu que tinham horário livre dali a uma hora e marcou um corte. Passava das duas, o que queria dizer que passava das cinco em Nova York, e Buenos Aires estava duas horas à frente. Ela puxou o número de Inchmale na tela do celular, mas discou no telefone do quarto. Ele atendeu de imediato.

– Reg? Hollis. Estou em Los Angeles. Você está no meio do jantar?

– Angelina está dando comida para Willy. Como você está? – O filho deles de um ano. Angelina era a esposa argentina de Inchmale, cujo nome de solteira fora Ryan e cujo avô fora capitão de navio no rio Paraná. Ela conhecera Inchmale quando trabalhava para a *Dazed & Confused* ou alguma outra revista. Hollis nunca conseguira saber qual. Angelina entendia tanto de publicação de revistas em Londres quanto qualquer pessoa que Hollis pudesse ter em mente.

– Complicada – admitiu ela. – Como você está?

– Constantemente menos complicado. Pelo menos nos dias bons. Acho que a paternidade me cai bem. E aqui é tudo tão, não sei, profundamente *old-school*. Eles ainda não fizeram jateamento em nada. Parece Londres antigamente. Preta de fuligem. Ou Nova York, pensando bem.

– Pode perguntar uma coisa a Angelina para mim?

– Gostaria de falar diretamente com ela?

– Não, ela está dando de comer para Willy. Só pergunte o que ela sabe, se é que sabe, sobre uma revista nova chamada *Node*.

– *Node*?

– Ela quer ser como a *Wired*, mas não podem dizer isso. Acho que o dinheiro é belga.

– Eles querem entrevistá-la?

– Eles me ofereceram um emprego. Estou fazendo um frila para eles. Pensei que talvez Angelina soubesse de alguma coisa.

– Espera – disse ele. – Tenho que baixar isto. Fixado na parede por um fio ondulado... – Ela o ouviu colocar o aparelho sobre uma superfície. Em seguida, baixou o próprio telefone e ouviu o tráfego vespertino na Sunset. Não fazia ideia de onde estava o robô de Odile, mas ele estava em silêncio.

Ela ouviu Inchmale pegar o telefone em Buenos Aires.
– Bigend – disse ele.
Na Sunset, ela ouviu freadas, batida, vidro quebrando.
– O quê?
– Bigend. Tipo "big" e "end". Magnata da propaganda. A vibração de um alarme de carro.
– Aquele que se casou com Nigella?
– Esse é Saatchi. Hubertus Bigend. Belga. A empresa se chama Blue Ant.
– E?
– Ange disse que a *Node* é um projeto de Bigend, se de fato for uma revista. A *Node* é uma das várias pequenas empresas que ele tem em Londres. Ela fez alguns acordos com a agência dele, quando trabalhava na revista, agora me lembro. Houve algum desentendimento entre eles. – Ela ouviu o alarme parar e depois uma sirene se aproximando.
– O que é isso? – perguntou Inchmale.
– Acidente na Sunset. Estou no Mondrian.
– Ainda usam um diretor de elenco para contratar os porteiros?
– Parece que sim.
– Bigend está pagando?
– Com certeza – disse ela. Muito perto, ela ouviu outra freada; e depois a sirene, que estava muito alta, parou.
– Não pode ser de todo ruim – disse ele.
– Não – disse ela –, não pode. – Poderia?
– Sentimos a sua falta. Você precisa manter contato.
– Manterei, Reg. Obrigada. E agradeça à Angelina.
– Tchau.
– Até.

Outra sirene se aproximava quando ela desligou. Uma ambulância agora, ela supôs. Ela decidiu que não iria ver. Não soara como algo tão ruim, mas ela não queria saber de nenhum tipo de ruim naquele momento.

Com um lápis perfeitamente apontado do Mondrian, ela escreveu BIGEND em letras de fôrma maiúsculas no escuro, num bloco quadrado de papéis brancos com a estampa do Mondrian em relevo.

Ela o procuraria no Google mais tarde.

8.

ASSUSTANDO-A

Ela observou Alberto tentando explicar o capacete e o laptop para a segurança da Virgin. Os dois funcionários de uniforme insípido não pareciam estar gostando muito do locativo. A essa altura, tinha de admitir, nem ela.

Alberto tinha uma espécie de exemplar de Jim Morrison para lhe mostrar, na Wonderland Avenue, e isso simplesmente não ia funcionar com ela. Mesmo se conseguisse, de alguma forma, contornar a grosseria icônica da Lizard King e focar, digamos, nas peças do órgão a vapor de Ray Manzarek, ainda assim ela não queria ter de escrever sobre monumentos virtuais invisíveis ao The Doors, a nenhum deles. Embora, como Inchmale observara diversas vezes, na época em que eles mesmos tinham uma banda, Manzarek e Krieger tivessem feito maravilhas, neutralizando a irritação obtusa do figurão.

Parada ali no hidrocarboneto da noite, naquele complexo de lojas na esquina da Crescent Heights com a Sunset, vendo Alberto Corrales argumentar que ela, Hollis Henry, deveria mesmo ter a oportunidade de ver sua apresentação virtual do ataque cardíaco de Scott Fitzgerald, ela sentiu baixar uma espécie de indiferença, uma colher de chá extra – devido, muito possivelmente, ao seu novo corte de cabelo, executado para a sua completa satisfação por um jovem talentoso e encantador no salão do Mondrian.

Não havia sido fatal o ataque cardíaco de Fitzgerald. Perder a exibição de Alberto também não seria fatal para o seu artigo. Ou perder a maior parte, uma vez que ela tivera um breve vislumbre: um homem de paletó de tweed, comprimindo o peito contra uma bancada Moderne, um maço de Chesterfields na mão direita. O Chesterfields, ela concluiu, estava com uma resolução levemente mais alta que o resto do lugar, que parecera detalhado de forma interessante, até as formas pouco familiares dos veículos lá na Sunset, mas o descontentamento da segurança da Virgin com alguém usando uma máscara ou uma viseira tipo máscara na ala de *world music* colocara um fim naquilo, com Hollis entregando rapidamente a viseira a Alberto e correndo para fora dali.

Odile poderia ter sido graciosa o suficiente para jogar um charme nos guardas, mas sucumbira a uma crise de asma, segundo ela causada pela biomassa que pairava no ar após a tempestade da noite anterior ou pela massa quase crítica de produtos de aromaterapia encontrados de diversas formas no Standard.

E, ainda assim, essa calma tomava conta de Hollis, estranhamente. Essa clareza inesperada, esse momento, quem sabe, que o falecido Jimmy Carlyle, baixista do Curfew vindo de Iowa, antes de deixar esse vale de heroína, chamara de serenidade. Na qual (nessa calma) ela sabia ser aquela mulher da era e da história que eram dela, ali, naquela noite, e estava mais ou menos bem com isso, tudo isso, pelo menos até a *Node* ter ligado, na semana anterior, com uma proposta que ela não pôde recusar nem, de fato, compreender.

Se a *Node* era, conforme o jovial porém metálico Rausch descrevera, uma revista de tecnologia com um toque cultural (uma revista de tecnologia, ela diria, com uma calça bacana), isso realmente significava que ela, ex-vocalista do Curfew e, eventualmente, jornalista obscura, seria contratada por uma grana alta para escrever sobre essa tendência artística extremamente geeky?

Mas algo no centro imóvel de sua calma momentânea disse que não. Não mesmo. E a anomalia central ali era personificada, revelada com quase certeza, pela injeção daquela aparente ordem para encontrar Bobby Chombo, quem ou o que quer que ele fosse, e, depois de conhecê-lo, para ficar atenta a algo relacionado a navegação, "padrões de navegação global". Ela percebeu que era isso e pronto, o que quer que "isso" pudesse ser nesse caso, e era provável que não tivesse nada a ver com Odile Richard e o resto dessas pessoas.

Em seguida, com o olhar no fluxo da Sunset, viu a baterista do Curfew, Laura "Heidi" Hyde, dirigindo o que Hollis, nunca muito interessada em carros, achou ser um micro SUV de origem alemã. Se tivesse precisado de mais confirmações, ela sabia que Heidi, com quem não falava havia quase três anos, estava morando em Beverly Hills agora, trabalhava em Century City e com quase certeza tinha sido vista de relance, naquele instante, a caminho de casa ao fim do dia.

– Fascistas de merda – protestou Alberto, perturbado, parando ao lado dela com o laptop debaixo de um braço e a viseira debaixo do outro. Por algum motivo, ele parecia estar sério demais para dizer aquilo, e por um instante ela o imaginou como o personagem de um desenho animado graficamente simplificado.

– Está tudo bem – ela lhe garantiu. – Sério, tudo bem. Dei uma olhada. Vi. Peguei a ideia geral.

Ele apertou os olhos para ela. Estaria quase chorando?

– **BOBBY** Chombo – disse ela, quando estavam acomodados no Hamburger Hamlet, para onde ela pedira para Alberto seguir depois de Crescent Heights.

Alberto franziu a testa com preocupação.

– Bobby Chombo – ela repetiu.

Ele acenou com a cabeça, emburrado.

– Eu o uso para todos os meus trabalhos. Brilhante.

Ela olhava as letras pretas loucamente elaboradas na parte externa dos antebraços dele. Ela não conseguia entender absolutamente nada.

– Alberto, o que está realmente escrito nos seus braços?
– Nada.
– Nada?
– Foi desenhado por um artista de Tóquio. Ele faz uns alfabetos, simplifica até ficarem completamente ilegíveis. A sequência original foi gerada aleatoriamente.
– Alberto, o que você sabe sobre a *Node*, a revista para a qual estou escrevendo?
– É europeia? Nova?
– Você conhecia Odile, antes que ela aparecesse para fazer isso?
– Não.
– Já tinha ouvido falar nela antes?
– Sim. É curadora.
– E ela entrou em contato com você, para se encontrarem comigo, para a *Node*?
– Sim. – O garçom deles chegou com duas Coronas. Ela pegou uma, tocou o gargalo dela com o da dele num brinde e bebeu da garrafa. Após um instante, ele fez o mesmo. – Por que está me perguntando isso?
– Nunca trabalhei para a *Node* antes. Estou tentando ter uma ideia do que eles estão fazendo, de como as coisas são feitas lá.
– Por que perguntou sobre Bobby?
– Estou escrevendo sobre arte. Por que não perguntaria sobre a parte tecnológica?

Alberto parecia desconfortável.

– Bobby – ele começou e parou. – É uma pessoa muito reservada.
– É mesmo?

Alberto parecia infeliz.

– A visão é minha, e eu construo o trabalho, mas Bobby hackeia para mim. Faz funcionar, mesmo em ambientes fechados. E instala os roteadores.
– Roteadores?
– A essa altura, cada peça precisa da própria conexão sem fio.

— Onde está o de River?
— Não sei. O de Newton está num canteiro. O de Fitzgerald é muito complicado, nem sempre está lá.
— Ele não iria querer falar comigo?
— Acho que ele não gostaria que você sequer tivesse ouvido falar nele. — Franziu a testa. — Como ouviu?
— Meu editor da *Node*, em Londres, o que supervisiona o artigo? O nome dele é Philip Rausch. Ele disse que achava que você o conheceria, mas Odile, provavelmente não.
— Não conhece.
— Pode convencer Bobby a falar comigo, Albert?
— Não é...
— Ele não é fã do Curfew? — Algo dentro dela se encolheu ao usar essa carta.
Alberto deu uma risadinha. Saiu borbulhando do corpo grande feito dióxido de carbono. Abriu um sorriso para ela, feliz por voltar a ser tiete. Bebeu mais uma vez.
— Na verdade — disse ele —, ele ouve vocês, sim. O som do Curfew acabou sendo um vínculo entre nós dois.
— Alberto, eu gosto do seu trabalho. Gosto do que já vi. Estou animada para ver mais. Sua peça do River Phoenix foi minha primeira experiência intensa com a mídia. — O rosto dele ficou imóvel, apreensivo. — Preciso da sua ajuda, Alberto. Nunca fiz um trabalho assim antes. Estou tentando sentir como as coisas funcionam na *Node*, e a *Node* está me pedindo para falar com Bobby. Não há motivo para esperar que confie em mim...
— Eu confio — disse ele, com uma cadência notavelmente solene. Depois: — Confio em você, Hollis, acontece que... — ele se contraiu — você não conhece Bobby.
— Me fale. Sobre Bobby.
Ele pôs o dedo indicador na toalha branca e traçou uma linha. Fez outra linha, cruzando-a num ângulo reto.

– A grade do GPS – disse ele.

Ela sentiu pelos minúsculos se moverem no cóccix, logo acima da cintura da calça.

Alberto inclinou-se para a frente.

– Bobby divide o espaço dele em quadrados menores, dentro da grade. Ele vê tudo em termos de grade, vê o mundo dividido dessa forma. Está dividido assim, é claro, mas... – franziu a testa. – Ele não dorme no mesmo quadrado duas vezes. Ele vai riscando os quadrados, nunca volta a um em que já tenha dormido.

– Você acha isso estranho? – ela achava, com certeza, mas não fazia ideia do que seria considerado excêntrico por Alberto.

– Bobby é, bem, Bobby. Estranho? Definitivamente. Difícil.

Aquilo não estava indo aonde ela queria.

– Também preciso saber mais sobre como você faz suas peças. – Isso deveria resolver, ela pensou. Ele se animou de imediato.

Os hambúrgueres chegaram. Ele parecia querer empurrar o dele para o lado, agora.

– Começo com uma noção de espaço – ele começou. – Com acontecimento, local. Em seguida, pesquiso. Compilo fotografias. Para o Fitzgerald, é claro, não havia imagem alguma do acontecimento, pouquíssimo em termos de relatos. Mas havia fotos dele tiradas aproximadamente no mesmo período. Observações sobre roupas, corte de cabelo. Outras fotos. E tudo o que pude encontrar sobre a Schwab's. E havia muito sobre a Schwab's, porque era a farmácia mais famosa dos Estados Unidos. Em parte, porque Leon Schwab, o dono, insistia em afirmar que Lana Turner foi descoberta lá, sentada num banquinho perto da máquina de refrigerante. Ele costumava negar que houvesse qualquer verdade na história, e parece que Schwab inventou-a para atrair clientes à loja. Mas isso fez com que o lugar fosse fotografado para revistas. Muitos detalhes.

– E você transforma as fotos... em 3D? – Ela não sabia como dizer.

– Está brincando? Eu modelo tudo.

– Como?

– Construo modelos virtuais, depois cubro com peles, texturas que sampleei, ou criei, geralmente para aquela peça específica. Cada modelo tem um esqueleto virtual, então posso posicionar a figura em seu ambiente com a pose que eu quiser. Uso luzes digitais para acrescentar sombras e reflexos. – Ele olhou de soslaio para ela, como se tentasse descobrir se ela estava realmente ouvindo. – A modelagem é como empurrar e puxar argila. Faço isso sobre uma estrutura interna de articulações: o esqueleto, com uma espinha, ombros, cotovelos, dedos. Não é tão diferente de criar figuras para um jogo. Em seguida, modelo múltiplas cabeças, com expressões ligeiramente diferentes, e as combino.

– Por quê?

– Fica mais sutil. A expressão não parece inventada, fazendo desse jeito. Eu aplico as cores, depois cada superfície no modelo é coberta com uma textura. Coleciono texturas. Algumas de minhas texturas são peles de verdade, escaneadas. Com a peça de River, não deu para obter a pele certa. No fim, sampleei uma vietnamita muito nova. Deu certo. Pessoas que o conheceram disseram isso.

Ela abaixou o hambúrguer, engoliu.

– Não imaginava você fazendo tudo isso. Por algum motivo, achei que tudo simplesmente... acontecia? Com... tecnologia?

Ele balançou a cabeça positivamente.

– É. Ouço muito isso. Todo o trabalho que tenho de fazer, parece meio antiquado, arcaico. Tenho que posicionar luzes virtuais para que as sombras incidam de forma correta. Depois tem uma certa quantidade de "preenchimento", de atmosfera, para o ambiente. – Deu de ombros. – O original só existe no servidor, quando termino, em dimensões virtuais de profundidade, largura, altura. Às vezes acho que mesmo se o servidor deixasse, e levasse meu modelo junto, esse espaço ainda existiria, pelo menos como possibilidade matemática, e que o espaço em que vivemos... – Franziu a testa.

– Sim?
– Poderia funcionar do mesmo jeito. – Deu de ombros de novo e pegou o hambúrguer.

Você, pensou ela, está me deixando seriamente assustada.

Mas ela só balançou a cabeça seriamente, e também pegou seu hambúrguer.

9.

UMA GUERRA CIVIL FRIA

O tom da mensagem o despertou. Ele tentou pegar o celular no escuro e viu volapuque passar rolando por um instante. Alejandro estava do lado de fora, querendo entrar. Eram duas e dez da madrugada. Ele se sentou, vestiu a calça jeans, as meias, o suéter. Depois as botas, cujos cadarços amarrou com cuidado: fazia parte do protocolo.

Estava frio no corredor quando ele trancou a porta, menos frio no elevador. No vestíbulo estreito de iluminação fluorescente abaixo, ele bateu uma vez à porta da rua, ouviu as três batidas do primo em resposta, depois uma. Quando abriu a porta, Alejandro entrou, cercado por um halo de ar mais frio e o cheiro de uísque. Tito fechou e trancou a porta.

— Estava dormindo?

— Sim — disse Tito, seguindo para o elevador.

— Fui para o Carlito — disse Alejandro, seguindo Tito até o elevador. Tito apertou o botão, a porta fechou. — Carlito e eu temos um negócio próprio. — Queria dizer à parte do negócio da família. — Perguntei a ele do seu velho. — A porta se abriu.

— Por que fez isso? — Tito destrancou a porta.

— Porque achei que você não tinha me levado a sério.

Entraram na escuridão do quarto de Tito. Ele ligou o pequeno abajur anexado ao teclado MIDI.

— Faço café? Chá?

— Zavarka?

– Em saquinho. – Tito não fazia mais chá ao modo russo, embora mergulhasse os saquinhos num tchainik chinês barato.

Alejandro sentou-se na ponta do colchão de Tito, joelhos próximos do rosto.

– Carlito faz a zavarka. Ele toma com uma colher de geleia. – Seus olhos brilharam à luz da luminária do MIDI.

– O que ele lhe disse?

– Nosso avô era o substituto de Semenov – disse Alejandro. Tito ligou a chapa e encheu a chaleira.

– Quem era esse?

– Semenov foi o primeiro assessor da KGB de Castro.

Tito olhou para o primo. Isso era como ouvir um conto de fadas, ainda que um conto não tão desconhecido. E aí as crianças conheceram um cavalo alado, sua mãe lhe dizia. E aí seu avô conheceu o assessor da KGB de Castro. Ele retornou à chapa.

– Nosso avô era um dos participantes menos óbvios na formação da Dirección General de Inteligencia.

– Carlito lhe disse isso?

– Eu já sabia. Por Juana.

Tito pensou nisso enquanto colocava a chaleira para aquecer na resistência. Os segredos do avô deles não poderiam permanecer somente com ele. Lendas cresciam feito trepadeiras numa família como a deles, e o conjunto de sua história compartilhada, por mais profundo que fosse, era estreito, restringido pela necessidade de sigilo. Juana, uma vez responsável pela produção dos documentos necessários, teria conseguido certa visão geral. E Juana, Tito sabia, era a mais profunda de todos, a mais calma e paciente. Ele costumava visitá-la, ali. Ela o levou ao supermercado El Siglo XX para comprar malanga e boniato. Os molhos que ela preparava para esses pratos eram de uma potência que ele já considerava exótica, mas as empanadas o faziam se sentir abençoado. Ela nunca lhe falara desse tal de Semenov, mas lhe ensinara outras coisas. Ele olhou para o vaso com Oxum.

– O que Carlito disse sobre o velho?

Alejandro olhou sobre os joelhos.

– Carlito disse que há uma guerra nos Estados Unidos.

– Uma guerra?

– Uma guerra civil.

– Não há guerra nenhuma nos Estados Unidos.

– Quando nosso avô ajudou a fundar a DGI, em Havana, os americanos estavam em guerra contra os russos?

– Isso era a "guerra fria".

Alejandro balançou a cabeça positivamente, erguendo as mãos para segurar os joelhos.

– Uma guerra civil fria.

Tito ouviu um estalo agudo na direção do vaso de Oxum, mas pensou em Elegua, Aquele que Abre e Fecha os Caminhos. Voltou a olhar para Alejandro.

– Você não acompanha a política, Tito.

Tito pensou nas vozes do Canal Russo da América, abafadas por algum motivo, levando o russo dele com elas.

– Um pouco.

A chaleira começou a apitar. Tito tirou-a da resistência e jogou um pouco de água fervente na tchainik. Depois acrescentou os dois saquinhos de chá e derramou a água com o rápido floreio de costume. Fechou com a tampa.

O modo como Alejandro estava sentado em sua cama fez Tito lembrar-se de quando ficava agachado com os colegas da escola, de manhã cedo, para girarem um pião de madeira de uma pedra a outra do pavimento, com o calor do dia aumentando nas ruas ao redor deles. Eles usavam bermudas brancas passadas a ferro e echarpes vermelhas. Será que alguém rodava pião nos Estados Unidos?

Deixando a tchainik com o chá em infusão, foi sentar-se ao lado de Alejandro no colchão.

– Você entende como nossa família veio a ser o que é, Tito?

– Começou com nosso avô e a DGI.
– Ele não ficou muito tempo lá. A KGB precisava ter a própria rede em Havana.

Tito fez que sim.

– Do lado de nossa avó, tínhamos ficado sempre no Barrio de Colón. Segundo Juana, antes de Batista.

– Carlito diz que o pessoal do governo está procurando o seu velho.

– Que pessoal?

– Carlito diz que isto aqui o faz se lembrar de Havana agora, dos anos antes da saída dos russos. Nada agora são negócios como de costume. Ele me contou que o velho foi fundamental em nossa vinda para cá. Isso foi uma grande mágica, primo. Maior do que nosso avô poderia ter feito sozinho.

Tito lembrou-se de repente do cheiro dos documentos em língua inglesa, na caixa embolorada.

– Você disse a Carlito que achava perigoso?

– Sim.

Tito levantou-se para encher dois copos com o chá da tchainik.

– E ele lhe disse que nossa família tem uma dívida? – Ele estava tentando adivinhar. Voltou a olhar para Alejandro.

– E que você foi especificamente solicitado.

– Por quê?

– Você o faz se lembrar de seu avô. E de seu pai, que trabalhava para esse mesmo velho quando morreu.

Tito passou a Alejandro um copo de chá.

– *Gracias* – disse Alejandro.

– *De nada* – disse Tito.

10.

NOVO DEVONIANO

Milgrim sonhava com o Messias Flagelante, o Falso Balduíno e o Mestre da Hungria, quando Brown penetrou as águas quentes e rasas de seu sono, enfiou os polegares em seus ombros e o chacoalhou, com força.

– O que é isto? – Brown perguntou várias vezes, uma pergunta que Milgrim havia definido como puramente existencial, até que Brown fincara aqueles mesmos polegares nas juntas da mandíbula e no crânio dele, com força, produzindo um grau de desconforto tão severo que Milgrim foi inicialmente incapaz de reconhecer como dor.

Milgrim parecia levitar de forma totalmente involuntária, com a boca aberta para gritar, mas Brown, com as luvas verdes de sempre nesses momentos íntimos, tapou-a com a mão.

Ele sentiu o cheiro do látex fresco que cobria o dedo indicador de Brown.

A outra mão mostrou a tela de um BlackBerry.

– O que é isto?

Um assistente pessoal digital, Milgrim estava prestes a responder, mas então apertou os olhos e, entre lágrimas, reconheceu, na tela do BlackBerry, uma amostra muito curta do volapuque da família do FI.

O cheiro da luva de Brown diminuiu quando a boca de Milgrim foi destapada.

– "Estou do lado de fora" – Milgrim traduziu de imediato. – "Você está aí?" Assinado A-L-E. "Ale".

– Só isso?
– Nada. Mais. Aí. – Milgrim massageou com as pontas dos dedos as juntas da mandíbula. Havia grandes nódulos de nervos ali. Paramédicos usavam isso em vítimas de overdose. A pessoa ficava atenta.
– Duas e dez – disse Brown, olhando para a tela do BlackBerry.
– Agora você sabe que sua escuta funciona – comentou Milgrim.
– Você mudou as pilhas, agora há prova de que funciona.
Brown endireitou-se e voltou ao seu quarto, sem se preocupar em fechar a porta.
De nada, pensou Milgrim ao deitar-se na cama, olhos abertos, talvez para reimaginar o Messias Flagelante.
O sobretudo Paul Stuart roubado tivera, no bolso lateral com aba inclinada, um livro espesso e de capa mole, de 1961, com a história do messianismo revolucionário na Europa medieval. Devido à grande quantidade de trechos sublinhados com caneta-tinteiro preta, esta cópia havia sido vendida recentemente por 3,50 dólares, talvez para o homem de quem Milgrim roubara o casaco.
O Messias Flagelante imaginado por Milgrim era uma espécie de *action figure* de Hieronymus Bosch em cores vivas e modelada com um vinil japonês de nível muito superior. Com um capuz amarelo apertado, o Messias Flagelante movia-se por uma paisagem de cor parda, habitada por outras figuras, todas feitas desse mesmo vinil. Algumas eram inspiradas em Bosch: digamos, uma enorme bunda ambulante despida, com a haste de uma grande flecha de madeira projetando-se do meio. Outras, como o Messias Flagelante, brotavam da história roubada, que ele lia todas as noites, mas de maneira um tanto circular. Ele nunca tivera qualquer interesse nesse tipo de coisa antes, que pudesse lembrar, mas agora sentia uma espécie de conforto em ter os sonhos coloridos dessa forma.
Ele via o FI, qualquer que fosse a razão, como uma criatura de Bosch com cabeça de pássaro, perseguida por Brown e pelo pessoal de Brown, um bando de capuzes marrons montado em feras

heráldicas que não eram exatamente cavalos e tinham lemas escritos no volapuque do FI em seus estandartes ondulantes. Às vezes, elas viajavam por dias pelos arvoredos estilizados que beiravam aquela paisagem, vislumbrando estranhas criaturas na sombra das árvores. Outras vezes, Brown e o Messias Flagelante se fundiam, de modo que Milgrim às vezes despertava de sonhos em que Brown dilacerava a própria carne com chicotes cujas pontas eram revestidas do mesmo verde-acinzentado que cobria a pistola, a lanterna e o monóculo.

Mas esse novo mar devoniano, essas águas rasas, aquecidas pelo sangue, em que essas visões nadavam, não pertenciam ao Lorazepam, mas ao Rize, um produto japonês pelo qual Milgrim tivera um respeito firme e imediato. Havia possibilidades inerentes no Rize, ele sentia, que talvez só pudessem ser reveladas em aplicações posteriores. Havia uma sensação de mobilidade que vinha faltando ultimamente – embora ele se perguntasse se isso tinha alguma relação com o fato de ele estar sendo feito prisioneiro.

O surgimento do Rize, porém, facilitava a sua compreensão desse conceito, o cativeiro, e ele descobria que ele causava amargura. Ele realmente não estava num estado muito bom, quando Brown apareceu, e alguém lhe dando Lorazepam e ordens não pareceu uma ideia tão ruim. De fato, Milgrim lembrava a si mesmo, ele poderia estar morto agora, não fosse por Brown. Tais eram as probabilidades de convulsões, ele sabia, caso a medicação fosse retirada rápido demais. E as fontes, quando não se tinha dinheiro, eram problemáticas, na melhor das hipóteses.

Mas, ainda assim, quanto tempo era esperado que uma pessoa vivesse sob a tensão extrema da testosterona coalhada de Brown? "Eu poderia estar desaparecido", disse uma versão da própria voz de Milgrim, em algum lugar dentro de uma fortaleza remanescente do ego. Ele podia nunca ter usado o verbo antes, com aquele sotaque peculiar argentino, mas agora era apropriado. Ou poderia ser, muito facilmente. No que dizia respeito a sua vida anterior, tal como ela passara a ser, ele já estava desaparecido. Ninguém sabia onde ele estava, além de seu captor. Brown tomara sua identidade. Milgrim não tinha dinheiro e dormia em quartos com caixas verde-acinzentadas na porta, para alertar Brown, caso ele tentasse ir embora.

O crucial, no entanto, era a questão da medicação. Brown fornecia. Mesmo se Milgrim conseguisse fugir, só poderia ir com o suficiente para, no máximo, um dia de funcionalidade. Brown nunca fornecia mais que isso.

Ele suspirou, acalmando-se através da sopa amniótica acolhedoramente ondulante do estado em que se encontrava.

Isso era bom. Era muito bom. Se ao menos pudesse levar consigo a sensação.

11.

BOBBYLÂNDIA

A leste na Santa Monica, Alberto dirigia seu Volkswagen laqueado com motivos astecas, Hollis ao lado.

– Bobby tem agorafobia – contou ele, aguardando o sinal atrás de um jipe Grand Cherokee preto de vidros muito escuros. – Ele não gosta de sair. Mas não gosta de dormir no mesmo lugar duas vezes, então é difícil.

– Ele sempre foi assim? – O Cherokee saiu, e Alberto foi atrás. Ela queria mantê-lo falando.

– Eu o conheço há dois anos e não saberia lhe dizer.

– Ele tem um reconhecimento, na comunidade, pelo que faz? – Deixando a palavra "comunidade" em aberto, na esperança de que ele preenchesse uma ou outra lacuna para ela.

– Ele é o melhor. Era o principal solucionador de problemas de uma empresa em Oregon, que projetava equipamentos de navegação profissionais, uma coisa militar. Diz que eram muito inovadores.

– Mas agora ele está aqui, ajudando você a produzir sua arte?

– Possibilitando. Não fosse por Bobby, eu não conseguiria montar meu material na grade. O mesmo vale para os outros artistas que conheço aqui.

– E o pessoal que está fazendo isso em Nova York? Ou Tulsa? Não é uma coisa só de Los Angeles, é?

– Global. É global.

– Então quem faz para eles o que Bobby faz?

– Parte do trabalho de Nova York tem o envolvimento de Bobby. Sabe Linda Morse, que faz o bisão de Nolita? Bobby. Tem gente fazendo isso em Nova York, Londres, qualquer lugar. Mas Bobby é nosso, aqui...

– Ele é como... um produtor? – Confiando que ele saberia que ela quis dizer musical, não de cinema.

Ele olhou de relance para ela.

– Exatamente, embora eu não tenha certeza se gostaria que soubessem dessa minha afirmação.

– Extraoficialmente.

– Ele é como um produtor. Se outra pessoa estivesse fazendo o que Bobby faz para mim, meu trabalho seria diferente. Atingiria o público de forma diferente.

– Então você diria que um artista, trabalhando com o seu meio, que tivesse acesso total às habilidades de Bobby, seria...

– Um artista melhor?

– Sim.

– Não necessariamente. A analogia com a gravação musical é adequada. O quanto é a força do material, do artista, e quanto é a habilidade e a sensibilidade do produtor?

– Me fale sobre a sensibilidade dele.

– Bobby é um cara da tecnologia, uma espécie de literalista mimético, sem saber.

Ela concluiu que não iam permitir muita influência estética da parte de Bobby ali, por mais que ele possibilitasse as coisas.

– Ele quer que pareça "real" e não tem que se virar do avesso para definir o que é "real". Então ele confere uma espécie de vigor ao trabalho...

– Como no seu River?

– O mais importante é, se eu não tivesse Bobby, não poderia fazer nenhuma peça de ambiente fechado. Mesmo algumas das instalações externas funcionam melhor se ele faz uma triangulação com torres de celular. Na peça de Fitzgerald, ele está usando o sistema de RFID da própria Virgin. — Ele pareceu preocupado. — Ele não vai gostar se eu levar você.

— Se você tivesse pedido, ele teria dito não.

— Isso mesmo.

Ele verificou uma placa de rua enquanto atravessavam um cruzamento, estavam na Romaine agora, num longo trecho com prédios industriais baixos, indefinidos, quase todos de aparência mais velha. Havia muito pouca sinalização, sendo que a regra ali parecia ser um anonimato organizado. Haveria empresas de armazenamento de filmes, ela supôs, editoras de efeitos especiais e até mesmo um ou outro estúdio de gravação. As texturas eram rústicas, nostálgicas: tijolo, blocos de concreto caiados, janelas com divisórias de ferro pintadas e claraboias, postes de luz de madeira sustentando grandes variedades de transformadores. Parecia o mundo da indústria de iluminação americana conforme retratada num texto cívico dos anos cinquenta. Aparentemente deserto agora, embora ela duvidasse que fosse mais movimentado durante o dia.

Alberto saiu da Romaine, parou, estacionou e foi pegar laptop e capacete.

— Com sorte, conseguiremos visualizar algum trabalho novo — disse ele.

Fora do carro, com o PowerBook pendurado no ombro, dentro da bolsa, ela o seguiu na direção de uma estrutura de concreto sem traços distintivos, quase sem janelas e pintada de branco. Ele parou ao lado de uma porta de chapa de metal pintada de verde, passou o dispositivo de interface a ela, e apertou um botão, embutido no concreto, que parecia uma materialização de design do Standard.

— Olhe lá em cima — ele disse, sem apontar para nada específico, acima e à direita da porta. Ela o fez, supondo que houvesse uma câmera, embora não conseguisse vê-la. — Bobby — disse ele —, sei que não gosta de visitas, muito menos que não foram convidadas, mas acho que vai querer abrir uma exceção para Hollis Henry. – Fez uma pausa, como um apresentador. – Olha só. É ela.

Hollis estava prestes a sorrir na direção da câmera invisível, mas, em vez disso, fingiu estar sendo fotografada para um lançamento do Curfew. Ela tinha uma expressão meio mal-humorada que era sua marca registrada na época. Se evocasse a era e meio que relaxasse, a cara poderia surgir de modo automático.

– Alberto... merda... o que é que você está fazendo? – A voz era curta, sem direção e sem sexo.

– Estou com Hollis Henry do Curfew aqui, Bobby.

– Alberto...

A voz miúda parecia não encontrar palavras.

– Sinto muito – protestou ela, devolvendo a viseira para Alberto –, não quero ser invasiva. Mas Alberto tem me mostrado a arte dele, explicando o quanto você é importante no que ele está fazendo, e eu...

A porta verde chacoalhou, abrindo alguns centímetros para dentro. Um topete loiro e um olho azul esgueiraram-se por ela. Isso deveria ter parecido ridículo, infantil, mas ela achou sinistro.

– Hollis Henry – disse ele, a voz não estava mais curta nem desprovida de gênero. O resto da cabeça de Bobby apareceu. Ele tinha, assim como Inchmale, o verdadeiro e arcaico nariz de rock. Uma napa totalmente Townshend-Moon. Ela só encontrava essa problemática em pessoas do sexo masculino que não haviam se tornado músicos pop. Pareciam, então, afetados de forma estranhamente invertida. Ela tinha a impressão de que o nariz deles crescera para que eles parecessem músicos de rock. O que talvez fosse mais estranho ainda era que todos tendiam – contadores formados, radiologistas, o que fosse – a usar o topete caído que tradicionalmente completava o visual lá em Muswell Hill ou na Denmark Street. Isso, ela concluíra uma vez, devia ser devido aos cabeleireiros, de uma das duas formas. Ou eles viam o meganariz de rock e cortavam o cabelo acima a partir de uma invocação da tradição histórica, ou decidiam a questão de uma forma instintiva, profundamente inerente a cabeleireiros, chegando à enorme faixa volumosa que obscurece os olhos através de alguma noção simples de equilíbrio.

Mas Bobby Chombo não tinha muita coisa em termos de queixo, então talvez tudo fosse uma forma de equilibrar isso.

– Bobby – ela disse, estendendo a mão para ele. Ela apertou a mão fria e macia que parecia querer, ainda que discretamente, estar em qualquer outro lugar.

– Eu não estava esperando isso – disse ele, abrindo a porta mais alguns centímetros. Ela contornou a porta, a inquietude dele, e passou por ele.

E se viu na ponta de um local inesperadamente amplo. Ela pensou em piscinas olímpicas e quadras de tênis. A iluminação, pelo menos numa área central, era intensa como a de uma piscina: hemisférios de vidro industrial facetado, suspensos em vigas altas. O chão era de concreto, sob uma camada de tinta num tom cinza agradável. Era o tipo de lugar que ela associava à construção de cenários e adereços, ou a filmagens de segunda unidade.

Mas o que estava sendo construído ali, ainda que possivelmente muito grande, não estava disponível a olho nu. O chão cinza fora marcado com o que ela supunha ser uma grade com quadrados de dois metros, riscados de forma solta com um pó branco, por meio daquelas máquinas usadas em campos de atletismo. Ela podia ver uma dessas, na verdade, uma tremonha verde-floresta de uma roda, apoiada na parede em frente. Essa grade não parecia perfeitamente alinhada com qualquer que fosse o sistema de grades alinhado à cidade e ao prédio, e ela fez uma anotação para perguntar a respeito. Na área iluminada havia duas mesas dobráveis de seis metros, cinza, acompanhada de pequenos grupos de cadeiras Aeron e de carrinhos carregados de PCs. Parecia a ela um local de trabalho para duas dúzias de pessoas, embora não parecesse haver ninguém ali além do Bobby narigudo.

Ela se voltou para ele. Bobby usava uma camisa de golfe Lacoste verde-elétrico, calça skinny branca e tênis pretos de lona com sola de borracha, ponta peculiarmente longa e brusca. Pode ser que ele tenha trinta anos, ela concluiu, mas não muito mais. Ela achou que as roupas pareciam mais limpas que ele. Ainda havia duas marcas de dobra vertical na camisa de malha de algodão, o jeans branco estava imaculado, mas Bobby parecia precisar de um banho.

– Me desculpe por aparecer sem avisar – ela disse –, mas eu queria conhecê-lo.

– Hollis Henry. – Ele estava com as mãos nos bolsos da frente da calça. Parecia dar trabalho colocar mãos naqueles bolsos.

– Sim, sou eu – ela disse.

– Por que a trouxe aqui, Alberto? – Bobby não estava feliz.

– Eu sabia que você ia querer conhecê-la. – Alberto foi até uma das mesas cinza e apoiou o laptop e a viseira.

Do outro lado da mesa, algo que lembrava o desenho de uma criança para representar um foguete fora delineado sem muito rigor no chão, com fita isolante laranja-vivo. Se ela estivesse estimando o tamanho dos quadrados da grade corretamente, a forma pontuda tinha uns bons quinze metros de comprimento. Do lado de dentro, as linhas brancas haviam sido apagadas.

– Você levantou o Archie? – Alberto olhava na direção do contorno de fita laranja. – Já animaram as novas peles?

Bobby tirou as mãos do bolso e esfregou o rosto.

– Não acredito que fez isso. Apareceu aqui com ela.

– É Hollis Henry. Não é demais?

– Vou embora – disse ela.

Bobby baixou as mãos, jogou o topete para trás e revirou os olhos para os céus.

– Archie está de pé. Os mapas estão funcionando.

– Hollis – disse Alberto –, olha isso. – Ele segurava o que ela concluiu ser uma viseira de RV de Bobby, que não se parecia com nada que pudesse ser encontrado numa *garage sale*. – Sem fio. – Ela se aproximou dele, pegou o objeto e vestiu. – Você vai amar isso – garantiu ele. – Bobby?

– No um. Três... Dois...

– Apresento-lhe Archie – disse Alberto.

Três metros acima do contorno de fita laranja, surgiu a forma brilhante, branco-acinzentada, de uma lula gigante, com cerca de trinta metros de comprimento total e tentáculos que ondulavam graciosamente.

– *Architeuthis* – disse Bobby. O olho visível era do tamanho do pneu de um SUV. – Peles.

Toda a superfície da lula transbordava luz, píxeis subcutâneos deslizando em imagens de vídeo distorcidas, kanji estilizado, grandes olhos de personagens de anime. Era deslumbrante, ridículo. Ela riu, encantada.

– É para uma loja de departamentos em Tóquio – disse Alberto. – Acima da rua, em Shinjuku. Em meio a todo aquele neon.

– Já estão usando isso para fazer propaganda? – Ela andou na direção de Archie e ficou debaixo dele. A viseira sem fio fez a diferença na experiência.

– Tenho uma apresentação lá em novembro – disse Alberto.

É, pensou ela, olhando para o alto, para o fluxo sem fim de imagens ao longo da superfície distal de Archie. River decolaria em Tóquio.

12.

A FONTE

Milgrim sonhou que estava nu no quarto de Brown, enquanto Brown dormia.

Não era uma nudez comum, porque envolvia uma aura oculta de consciência de uma intensidade sobrenatural, como se o portador fosse o vampiro de um romance de Anne Rice ou um usuário de cocaína novato.

Brown estava deitado sob os lençóis do New Yorker e sob um daqueles cobertores bege de hotel que envolvem uma folha de espuma plástica entre camadas de moleskin de poliéster. Milgrim observou-o com algo parecido com piedade. Os lábios de Brown estavam entreabertos, e o superior tremia de leve a cada expiração.

Não havia luz alguma no quarto de Brown, a não ser o sinal vermelho de espera da televisão, mas o eu onírico etéreo de Milgrim via, numa frequência totalmente diferente, os móveis e os objetos no quarto de Brown, apresentados na forma de triagem de bagagem de mão. Ele viu a pistola e a lanterna debaixo do travesseiro de Brown, e um retângulo arredondado ao lado deles, que ele imaginou ser um canivete (sem dúvida, naquele mesmo cinza-esverdeado). Havia algo ligeiramente comovente no fato de Brown dormir com esses objetos apreciados tão à mão, algo infantil.

Ele percebeu que estava se imaginando como Tom Sawyer, e Brown como Huckleberry Finn, e esses quartos do New Yorker e dos outros hotéis a que eles continuavam retornando como sua jangada, sendo Manhattan seu frio Mississippi, pelo qual eles deslizavam – quando ele notou de repente que ali, no armário de aglomerado, idêntico ao dele, onde ficava a televisão de Brown, havia uma sacola. Uma sacola de papel. Dentro dela, revelados pela potente visão de aura que era sua em sua nudez e que talvez tornasse todas as outras coisas nuas também, estavam os retângulos inconfundíveis de cartelas farmacêuticas. Muitos deles. Uma boa quantidade mesmo. Realmente, um estoque e tanto. Talvez para uma semana, se a pessoa fosse frugal.

Ele estendeu o pescoço, como se puxado por ímãs embutidos nos ossos da face – e se viu, sem ter sentido qualquer transição, de volta ao seu quarto abafado e superaquecido, sem a nudez sobrenatural, com uma cueca preta de algodão que estava precisando ser trocada, e com o nariz e a testa pressionados contra o vidro frio da janela. Catorze andares abaixo, a Eighth Avenue estava quase vazia, exceto pelo retângulo amarelo de um táxi que passava.

Seu rosto estava molhado de lágrimas. Ele as tocou, tremendo.

13.

CAIXAS

Ela ficou abaixo da cauda de Archie, apreciando o fluxo de imagens que corria da cabeça em forma de flecha até a ponta dos dois tentáculos longos de caça. Alguma coisa com garotas vitorianas de roupas íntimas acabara de passar, e ele se perguntou se aquilo fazia parte de *Piquenique na Montanha Misteriosa*, um filme que gostava de samplear em DVD para se inspirar antes dos shows. Alguém cozinhara um mingau belamente encaroçado de imagens para Bobby, e ela ainda não notara uma repetição. Simplesmente não tinha fim.

E ficar ali embaixo, com a cabeça convenientemente enfiada no capacete sem fio, permitia que ela fingisse não estar ouvindo os sussurros irritados de Bobby para Alberto por tê-la levado ali.

Archie parecia quase pular agora, com um ataque florescente de explosões silenciosas, bombas explodindo sobre o fundo de uma noite negra. Ela ergueu a mão para firmar o capacete, inclinando a cabeça para trás diante de uma combustão especialmente brilhante, e bateu sem querer numa superfície de controle fixada à esquerda da viseira, acima da maçã do rosto. A lula de Shinjuku e sua pele fervilhante desapareceram.

Do outro lado de onde ela estivera, como se a cauda fosse uma seta direcional, pendia um sólido retangular transparente em grade de linhas prateadas, nítido, porém insubstancial. Era grande, longo o suficiente para abarcar um ou dois carros, e facilmente alto o suficiente para se entrar nele, e havia algo familiar e banal nas dimensões.

Dentro da estrutura também parecia haver outra forma, ou outras, mas como tudo estava em grade de linhas, tudo era, visualmente, uma coisa só, dificultando a interpretação.

Ela estava se virando para perguntar a Bobby o que esse trabalho em andamento poderia vir a se tornar, quando ele arrancou o capacete da cabeça dela de modo tão brusco que ela quase caiu.

Isso os deixou paralisados ali, com o capacete entre eles. Os olhos azuis de Bobby sobressaíam, arregalados feito olhos de coruja, por trás da diagonal loira, trazendo a ela uma lembrança poderosa de uma foto específica de Kurt Cobain. Então Alberto tirou o capacete dos dois.

– Bobby – disse ele –, você tem realmente que se acalmar. Isto é importante. Ela está escrevendo um artigo sobre arte locativa. Para a *Node*.

– *Node*?

– *Node*.

– Que porra é *Node*?

– Revista. Tipo *Wired*. Só que inglesa.

– Ou belga – sugeriu ela. – Algo assim.

Bobby encarou-os como se eles, e não ele, estivessem loucos.

Alberto deu um tapinha na superfície de controle em que ela tocara por acidente. Ela viu um LED apagar. Ele levou o equipamento à mesa mais próxima e deixou-o ali.

– A lula é maravilhosa, Bobby – ela disse. – Fico contente por ter visto. Vou embora agora. Desculpe o inconveniente.

– Foda-se isso – disse Bobby, soltando um suspiro de resignação.

Foi até a outra mesa, vasculhou um amontoado de objetos soltos e voltou com um maço de Marlboro e um Bic azul-claro. Eles ficaram olhando, enquanto ele acendeu o cigarro, fechou os olhos e deu uma tragada profunda. Ao abrir os olhos, jogou a cabeça para trás e soltou a fumaça azul, que subiu na direção das instalações facetadas. Depois de mais um trago, ele olhou para os dois por cima do cigarro, fran-

zindo a testa. – Isso fode comigo. Não dá para acreditar o quanto isso fode comigo. Foram nove horas. Nove horas, porra.
– Você deveria tentar com o adesivo – sugeriu Alberto. E virou-se para Hollis. – Você fumava, quando estava no Curfew.
– Parei – disse ela.
– Usou o adesivo? – Bobby deu outro trago no Marlboro.
– Mais ou menos.
– Mais ou menos como?
– Inchmale leu os relatos originais sobre o descobrimento do tabaco na Virgínia. As tribos que encontraram não o fumavam, não do modo como nós fazemos.
– O que eles faziam? – o olhar de Bobby parecia bem menos louco agora, abaixo da franja.
– Uma parte era o que chamaríamos de fumo passivo, mas proposital. Eles entravam numa tenda e queimavam um monte de folhas de tabaco. Mas a outra coisa que faziam eram cataplasmas.
– Cata...? – ele baixou o que restava do Marlboro.
– A nicotina é absorvida muito rápido através da pele. Inchmale grudava um punhado de folhas de tabaco úmidas e pulverizadas na pessoa, sob fita isolante...
– E você parou desse jeito? – Alberto estava de olhos arregalados.
– Não exatamente. Isso é perigoso. Depois descobrimos que a pessoa podia morrer na hora fazendo isso. Tipo, se você pudesse absorver toda a nicotina de um único cigarro, seria uma dose mais que letal. Mas era tão desagradável que depois de uma ou duas vezes pareceu funcionar como uma espécie de terapia de aversão. – Ela sorriu para Bobby.
– Talvez eu tente isso – disse ele, batendo a cinza no chão. – Onde ele está?
– Argentina – disse ela.
– Está tocando?

— Fazendo alguns shows.
— Gravando?
— Não que eu saiba.
— E você está fazendo jornalismo agora?
— Sempre escrevi um pouco — disse ela. — Onde é o banheiro?
— Naquele canto — Bobby apontou para o lado oposto ao que ela vira Archie e a outra coisa.

Ao seguir na direção indicada, ela olhou com mais atenção para a grade desenhada no chão com o que parecia farinha. As linhas não eram perfeitamente retas, mas quase. Ela tomou cuidado para não pisar nem borrar nenhuma.

O banheiro tinha três cabines e um mictório de aço inoxidável, mais novo que o prédio. Ela trancou a porta, pendurou a bolsa no gancho da primeira cabine e sacou o PowerBook. Enquanto ele iniciava, ela se ajeitou. Havia, e ela tivera quase certeza de que haveria, Internet sem fio. Gostaria de se juntar à rede sem fio 72ofH00av? Ela gostaria e se juntou, perguntando-se por que um tecnólogo isolacionista e agorafóbico como Bobby não se daria ao trabalho de proteger sua conexão, mas ela também se surpreendia com a quantidade de pessoas que deixava suas redes abertas.

Ela tinha e-mail, de Inchmale. Ela o abriu.

Angelina reitera a preocupação com o fato de você estar trabalhando, ainda que de modo indireto ou apenas potencial, para le Bigend, cuja pronúncia mais correta, segundo ela, é algo como "bei-jend", mas que raramente é usada, ela disse, até mesmo por ele. O mais urgente, talvez, seja o fato de que ela mandou um e-mail para a amiga, Mari, da *Dazed*, e recebeu como resposta, de fonte muito confiável, que essa *Node* deve ser mesmo uma organização fechada, uma vez que ninguém lá ouviu falar nela. Manter uma revista em razoável

segredo até a publicação seria bastante estranho, mas a *Node* não comparece onde qualquer revista deveria comparecer, mesmo se estivesse sendo mantida em relativo sigilo.

Bjs 'male

Mais uma camada era acrescentada à sua dissonância cognitiva geral, ela pensou, enquanto lavava as mãos. No espelho, seu corte de cabelo Mondrian ainda funcionava. Ela pôs o PowerBook para descansar e guardou-o dentro da bolsa.

Depois de atravessar de volta a grade irregular de farinha, encontrou Alberto e Bobby sentados a uma das mesas, em cadeiras Aeron. Elas tinham a aparência deteriorada que resultava de terem sido compradas para uma empresa nova que faliu em seguida, confiscada por oficiais de justiça, leiloadas, revendidas. Havia buracos na malha transparente, cinza-carbono, onde cigarros acesos tocaram o material bem esticado.

Estratos de fumaça azul deslizavam sob as luzes brilhantes, fazendo-a lembrar de shows em estádio.

Os joelhos de Bobby estavam no queixo, e os saltos inexistentes do clone de Keds de bico fino estavam presos na malha cinza do assento Aeron. Em meio ao lixo que estava sobre a mesa da qual ele puxara a cadeira, ela notou latas de Red Bull, enormes canetas marcadoras à prova d'água e montes de coisas, semelhantes a balas, que ela reconheceu com relutância como peças brancas de Lego.

– Por que branco? – Ela catou um e pegou uma Aeron para si, girando para ficar de frente para Bobby. – São os M&Ms marrons da arte digital locativa?

– Eram os marrons que eles queriam – perguntou Alberto de trás dela – ou eram os marrons que eles não queriam?

Bobby ignorou-o.

– É mais tipo fita isolante. São úteis quando você precisa emendar peças eletrônicas e não quer montar um chassi desde o começo. Se você usar só uma cor, fica menos confuso em termos visuais, e o branco é mais fácil para a vista e para fotografar componentes em contraste.

Ela deixou o Lego rolar de volta para a palma da mão.

— Mas dá para comprar assim, uma embalagem só com brancos?

— Pedido especial.

— Alberto diz que você é como um produtor. Concorda?

Bobby analisou-a de trás da franja.

— De um modo muito vago e supergeneralizado? Mais ou menos.

— Como começou a fazer isso?

— Eu estava trabalhando com tecnologia para GPS comercial. Eu tinha começado a fazer isso porque achava que queria ser astrônomo e fiquei fascinado por satélites. As formas mais interessantes de se olhar para a rede de GPS, o que ela é, o que fazemos com ela, o que poderíamos fazer com ela, tudo isso parecia estar sendo apresentado por artistas. Por artistas ou pelos militares. É algo que tende a acontecer com novas tecnologias em geral: as aplicações mais interessantes surgem no campo de batalha ou numa galeria.

— Mas essa é, antes de tudo, militar.

— Claro — disse ele —, mas talvez os mapas também fossem. A rede é básica assim. Básica demais para que a maioria das pessoas possa compreender.

— Alguém me disse que o ciberespaço estava "virando do avesso". Foi assim que ela colocou.

— Claro. E quando virar, não haverá mais ciberespaço, certo? Nunca houve, se você quiser ver as coisas desse modo. Era uma maneira que tínhamos de ver para onde estávamos indo, uma direção. Com a rede, estamos aqui. Este é o outro lado da tela. Bem aqui. — Ele empurrou o cabelo para o lado e deixou que os dois olhos azuis a penetrassem.

— O Archie ali — ela fez um gesto na direção do espaço vazio —, você vai pendurar acima de uma rua em Tóquio.

Ele fez que sim.

— Mas você poderia fazer isso e ainda deixá-lo aqui, não? Poderia designá-lo para duas localizações físicas. Poderia designá-lo para qualquer quantidade de locais, não poderia?

Ele sorriu.

— E quem saberia que ele estava aqui, então?

— Neste exato momento, se não tivessem lhe dito que ele estava aqui, não haveria nenhum modo de descobrir, a não ser que você tivesse a URL e as coordenadas de GPS dele, e se você tiver isso, sabe que ele está aqui. Sabe que algo está aqui, pelo menos. Só que isso está mudando, porque existe um número cada vez maior de sites onde postar esse tipo de trabalho. Se você estiver logada num desses sites e tiver um dispositivo de interface — ele apontou para o capacete —, um laptop e Wi-Fi, você está navegando.

Ela pensou a respeito.

— Mas cada um desses sites, servidores ou... portais...?

Ele fez que sim.

— Cada um mostra um mundo diferente. O de Alberto me mostra River Phoenix morto na calçada. O de outra pessoa me mostra, sei lá, só coisas boas. Só gatinhos, digamos. O mundo por onde andamos seriam canais.

Ela inclinou a cabeça.

— Canais?

— Sim. E, considerando o que a televisão acabou virando, isso não parece muito bom. Mas pense nos blogs, em como cada um está, na verdade, tentando descrever a realidade.

— Estão?

— Em teoria.

— O.k.

— Mas quando você pensa nos blogs, onde é mais provável que encontre a informação de verdade é nos links. É contextual, e não apenas a quem o blog está linkado, mas quem está linkado ao blog.

Ela olhou para ele.

— Obrigada. — Ela pôs o Lego branco na mesa, ao lado da embalagem com a beleza de um origami do novo iPod de alguém. Havia as instruções e os documentos de garantia, ainda selado a quente no saco de vinil. Um cabo branco e fino, bobinado em fábrica, num saco menor. Um retângulo amarelo-vivo, maior que o Lego. Ela o pegou, deixando que os dedos pensassem.

— Então, por que não tem mais gente fazendo isso? O que diferencia isso de realidade virtual? Lembra quando todos iam estar nessa? — O retângulo amarelo era feito de metal oco fundido, coberto por tinta brilhante. Parte de um brinquedo.

— Estamos todos na realidade virtual, toda vez que olhamos para uma tela. Já estamos há décadas. Simplesmente estamos. Não precisamos dos óculos, das luvas. Aconteceu e pronto. A RV era uma maneira ainda mais específica que tínhamos para nos dizer para onde íamos. Sem nos assustar muito, certo? O locativo, no entanto, já tem muitos de nós. Mas não se pode simplesmente estar no locativo com o sistema nervoso. Um dia, será possível. Teremos internalizado a interface. Ele terá evoluído ao ponto em que nos esqueceremos dele. Aí será só andar pela rua... — Ele abriu os braços e abriu um grande sorriso para ela.

— Na Bobbylândia — disse ela.

— Isso mesmo.

Ela virou a coisa amarela, leu MADE IN CHINA em pequenas letras maiúsculas em baixo-relevo. Parte de um caminhão de brinquedo. A caixa do reboque. Contêiner. Tratava-se de um contêiner de transporte de brinquedo.

Ela pôs a miniatura ao lado do Lego branco, sem olhar para nenhum dos dois.

14.

JUANA

Ele se lembrava de seu apartamento em San Isidro, perto da grande estação de trem. Fios expostos atravessavam os muros altos feito trepadeiras, lâmpadas sem cúpula suspensas, panelas e frigideiras em ganchos resistentes. O altar dela era um labirinto de objetos, carregados de significado. Frascos de água fétida, o kit de plástico de um bombardeiro soviético montado pela metade, uma insígnia de feltro de soldado roxa e amarela, garrafas velhas com bolhas presas no vidro, ar de tempos passados há cem anos ou mais. Essas coisas formavam uma malha, Juana dizia, sobre a qual as divindades se manifestavam com mais facilidade. Nossa Senhora de Guadalupe olhava para tudo isso do alto, do quadro na parede.

Esse altar, como o que havia aqui em seu apartamento no Harlem Espanhol, havia sido dedicado Àquele que Abre o Caminho, e a Oxum, com suas energias emparelhadas nunca em equilíbrio, nunca em repouso completo.

Os escravos haviam sido proibidos de adorar os deuses de sua terra de origem, por isso juntaram-se à Igreja Católica e os celebraram como santos. Cada divindade tinha um segundo rosto, católico, como o deus Obaluaiê, que era Lázaro, ressuscitado por Cristo. A dança de Obaluaiê era a Dança dos Mortos-Vivos. Em San Isidro, nas altas horas das noites longas, ele vira Juana fumar charuto e dançar, possuída.

Agora ele estava aqui com ela, anos depois, de manhã cedo, sentado diante do altar dela em Nova York, tão cuidadosamente limpo quanto o resto do apartamento. Quem não soubesse diria que se tratava apenas de uma prateleira, mas Tito viu que as garrafas mais velhas estavam lá, as que tinham ar antigo preso no centro.

Ele acabara de descrever o velho. Juana não fumava mais charutos. Nem dançava, ele supunha, embora ele não pusesse a mão no fogo. Ela se inclinou para a frente e pegou quatro pedaços de coco. Passou os dedos da outra mão pelo chão, antes de beijar as pontas dos dedos e a poeira totalmente simbólica. Fechou os olhos, fazendo uma breve oração na língua que Tito não entendia. Fez uma pergunta nessa língua, num tom firme, agitou os pedaços de coco nas mãos em forma de concha e jogou-os para baixo. Ela se sentou, cotovelos nos joelhos, analisando-os.

– Todos caíram com a polpa para o céu. Trata-se de justiça. – Ela catou os cocos e jogou de novo. Dois para cima, dois para baixo. Ela fez que sim com a cabeça. – Confirmação.

– Do quê?

– Perguntei o que está vindo junto com esse homem que o perturba. Ele perturba a mim também. – Ela lançou os quatro cocos numa lata de lixo de metal do Los Angeles Dodgers. – Os orixás às vezes podem servir de oráculo, mas isso não significa que vão nos contar muita coisa e nem mesmo que saberão o que vai acontecer.

Ele foi auxiliá-la, quando ela se levantou, mas ela afastou sua mão. Ela usava um vestido cinza-opaco com zíper na frente, como um uniforme, e um lenço combinando, preso no estilo *babushka*, sob o qual ela era, em grande parte, careca. Seus olhos eram âmbar-escuros, com os brancos amarelados como ébano.

– Vou preparar seu café da manhã agora.

– Obrigado. – Teria sido inútil recusar, mas ele não tinha nenhuma vontade de fazê-lo. Ela foi se arrastando devagar até a cozinha, com chinelos cinza que pareciam combinar com o vestido institucional.

– Você se lembra da casa do seu pai em Alamar? – por cima do ombro, na cozinha.

– Os prédios pareciam tijolos de plástico.
– Sim – ela disse –, eles queriam que ficasse mais parecida possível com Smolensk. Achei perverso da parte do seu pai morar lá. Ele tinha escolha, afinal, e muito poucos tinham.

Ele ficou de pé para melhor observar as mãos velhas fatiando e passando manteiga no pão para pôr no forno elétrico, colocar água e café na pequena máquina de expresso de alumínio sobre o fogão e encher de leite uma jarra de aço.

– Ele tinha escolha, seu pai. Mais, talvez, do que o seu avô tinha.
– Ela olhou para trás e o encarou.
– Por que isso?
– Seu avô era muito poderoso em Cuba, ainda que em segredo, enquanto os russos permaneceram. Seu pai era o primeiro filho de um homem poderoso, o favorito. Mas é claro que seu avô já sabia que os russos iriam embora, que as coisas iriam mudar. Quando eles se foram, em 1991, ele previu o "período especial", a escassez de alimentos, as privações, previu que Castro atingiria o símbolo de seus arqui-inimigos, o dólar dos americanos, e, é claro, previu a própria subsequente perda de poder dele. Mas vou lhe contar um segredo sobre seu avô.

– Sim?
– Ele era comunista. – Ela riu, um som com um surpreendente jeito de menina ecoando na cozinha minúscula, como se houvesse outra pessoa ali. – Mais comunista que santero. Ele acreditava. Todas as coisas deram errado, da maneira que sabíamos, e que as pessoas comuns não poderiam saber, e, ainda assim, ao modo dele, ele acreditava. Ele, assim como eu, tinha estado na Rússia. Ele, assim como eu, viu com os próprios olhos. Ainda assim, ele acreditava. – Ela deu de ombros, sorrindo. – Acho que isso permitiu que ele tivesse um grau extra de influência, uma espécie de controle especial, sobre pessoas às quais nós, através dele, estávamos presos. Eles sempre sentiram isso nele, que ele poderia acreditar. Não à maneira trágica e ridícula dos

alemães orientais, mas com algo próximo da inocência. – O cheiro do pão tostado se espalhou pela cozinha. Ela usou um pequeno batedor de bambu para fazer espuma no leite, que estava quase fervendo. – É claro que eles não tinham como provar. E todo mundo alegava acreditar, pelo menos em público.

– Por que você diz que ele tinha menos escolhas?

– O chefe de uma família grande tem deveres. E nós já havíamos nos transformado num tipo de família diferente, uma firma, como somos hoje. Ele colocou a família à frente do desejo de um Estado perfeito. Se tivesse sido por ele, sozinho, acredito que ele teria ficado. Talvez estivesse vivo hoje. É claro que a morte de seu pai afetou fortemente a decisão dele de nos trazer aqui. Sente-se. – Ela levou uma bandeja amarela à pequena mesa, com a tostada num pires branco e uma grande xícara branca de café com leite.

– Esse homem, ele possibilitou ao vovô nos trazer aqui?

– Num certo sentido.

– O que isso quer dizer?

– Perguntas demais.

Ele sorriu para ela.

– Ele é da CIA?

Ela o encarou com braveza sob o lenço cinza. A ponta pálida da língua surgiu no canto da boca, depois desapareceu.

– Seu avô era da DGI?

Tito molhou e mastigou um pedaço da tostada, refletindo.

– Sim.

– Aí está – disse Juana. – É claro que era. – Esfregou as mãos enrugadas, como se quisesse livrar-se de vestígios de algo. – Mas para quem ele trabalhava? Pense em nossos santos, Tito. Dois rostos. Sempre dois.

15.

MALANDRO

Inchmale sempre fora calvo e intenso, e sempre fora um homem de meia-idade – mesmo quando ela o conheceu, e os dois tinham dezenove anos. As pessoas que realmente gostavam do Curfew tendiam a gostar de Inchmale ou dela, mas raramente dos dois. Bobby Chombo, ela pensou, enquanto Alberto a levava de volta ao Mondrian, pertencia ao primeiro grupo. Mas isso tinha sido bom, na verdade, porque significava que ela fora capaz de expor suas melhores obras públicas de Inchmale sem revelar a si mesma, para, em seguida, embaralhar, manipular, rearranjar e retirar para que ele continuasse falando. Ela nunca perguntou a Inchmale, mas acreditava que ele fizesse o mesmo com ela.

E não fora problema o fato de que Bobby também fosse músico, sem se encaixar na velha modalidade "toca instrumento e/ou canta". Ele separava as coisas, sampleava e fazia *mash-ups*. Ela não se incomodava com isso, embora, como o general Bosquet observando a carga da Brigada Ligeira, estivesse inclinada a pensar que não se tratava de uma guerra. Inchmale entendia, e de fato defendera, assim que se tornou digitalmente possível, arrancar frases de guitarra de obscuros baús na garagem e estendê-las, como um joalheiro louco alongando resistentes aparelhos de jantar vitorianos para criar algo que lembra um inseto, com uma fragilidade pós-funcional e neurologicamente perigoso.

Ela também supunha que tinha a compulsão de Bobby por Marlboro a seu favor, embora tivesse notado que estava começando a contar os cigarros dele e a se preocupar, à medida que ele se aproximava do fim do maço, se ela mesma também não tinha essa compulsão. Tentara se distrair tomando um Red Bull em temperatura ambiente de uma lata já aberta que ela retirara da bagunça amontoada na mesa, o que só a deixara com olhos arregalados de cafeína, ou talvez de taurina, o outro ingrediente famoso da bebida, supostamente extraído dos testículos do touro. Os touros, em geral, eram mais plácidos do que ela estava se sentindo agora, ou talvez essas fossem as vacas. Ela não entendia de gado.

A conversa de Bobby Chombo sobre *sampling* a ajudara a compreendê-lo de alguma forma, seus tênis irritantes e sua calça branca e justa. Ele era, basicamente, um DJ. Ou como um DJ, de todo modo, que era o que contava. O emprego que o sustentava, solucionador de problemas em sistemas de navegação, ou o que quer que fosse, passou a fazer sentido também. Ele era, com bastante frequência, o lado obsessivo de ser como um DJ e, com bastante frequência, o lado que pagava o aluguel. Ou era o lado hipster-obsessivo dele que evocara Inchmale com tanta força para ela, ou era o fato de ser ele o tipo de imbecil com que Inchmale fora capaz de lidar com tanta eficiência. Porque, ela imaginava, Inchmale havia sido mais ou menos esse tipo de imbecil.

— Foi melhor do que eu esperava — disse Alberto, interrompendo os pensamentos dela. — Ele é uma pessoa difícil de conhecer.

— Fui a um show em Silverlake há alguns anos, que chamam de reggaeton. Uma espécie de fusão entre reggae e salsa.

— É?

— Chombo. O DJ era um cara importante da cena: El Chombo.

— Esse não é Bobby.

— Eu que o diga. Mas por que o nosso Bobby branco é Chombo também?

Alberto abriu um sorriso.

— Ele gosta que as pessoas se perguntem isso. Mas o Chombo dele é um tipo de software.

– Software?
– Sim.
Ela concluiu que não havia muito o que pensar a respeito, àquela altura.
– Ele dorme lá?
– Ele não sai, a menos que seja necessário.
– Você disse que ele não dorme duas vezes no mesmo quadrado daquela grade.
– Nunca mencione isso a ele, de modo algum, o.k.?
– E ele toca? Como DJ?
– Ele faz podcasts – disse Alberto.
O celular dela tocou.
– Alô?
– Reg.
– Estava pensando em você.
– Por quê?
– Outra hora.
– Recebeu meu e-mail?
– Recebi.
– Angelina me pediu para ligar, re-reiterar. Re-re.
– Entendi a mensagem, obrigada. Acho que não há muito o que eu possa fazer a respeito, no entanto, a não ser o que já estou fazendo, e ver o que acontece.
– Você está indo a algum tipo de seminário? – perguntou ele.
– Por quê?
– Você foi filosófica de um modo atípico há pouco.
– Vi Heidi mais cedo hoje.
– Meu Deus – disse Inchmale. – Ela estava andando sobre as patas traseiras?
– Passou por mim num carro muito legal. Seguindo na direção de Beverly Hills.
– Ela segue nessa direção desde o canal endocervical.

– Estou com uma pessoa aqui, Reg. Tenho que ir.
– Até. – Ele desligou.
– Era Reg Inchmale? – perguntou Alberto.
– Era.
– Você viu Heidi Hyde hoje?
– Sim, enquanto você estava sendo retirado da Virgin. Ela passou de carro na Sunset.
– Uau – disse Alberto. – Qual a probabilidade de isso acontecer?
– Em termos estatísticos, quem sabe? Em termos subjetivos, me parece, não é tão estranho. Ela mora em Beverly Hills, trabalha em Century City.
– Fazendo o quê?
– Algo na empresa do marido. Ele é advogado tributarista. Com uma empresa de produção própria.
– Uau – disse Alberto, após uma pausa –, realmente existe vida após o rock.
– Pode acreditar – garantiu ela.

O ROBÔ de Odile parecia ter morrido, ou estar hibernando. Estava parado, perto da cortina, inerte e com ar de inacabado. Hollis cutucou-o com a ponta do Adidas.

Não havia mensagens no correio de voz do hotel.

Ela tirou o PowerBook da bolsa, despertou-o e tentou segurar a parte de trás da tela aberta contra a janela. Ela queria voltar a se juntar à rede sem fio confiável SpaDeLite47? Sim, por favor. A SpaDeLite47 a tratara bem antes. Ela presumiu que a SpaDeLite47 fosse do prédio de época do outro lado da rua.

Nenhum e-mail. Com uma das mãos, sustentando o laptop com a outra, ela digitou no Google "bigend".

O primeiro a aparecer foi um site japonês de "BIGEND", mas parecia ser uma marca de óleo de motores de alto desempenho para dragsters.

Ela tentou o link para o verbete da Wikipédia dele.

Hubertus Hendrik Bigend, nascido em 7 de junho de 1967, em Antuérpia, é o fundador da inovadora agência de publicidade global Blue Ant. É o filho único do industrial Benoît Bigend e da escultora belga Phaedra Seynhaev. Muito se especulou, tanto por admiradores como por detratores de Bigend, a respeito das antigas ligações de sua mãe com a Internacional Situacionista (o relato de que Charles Saatchi o descreveu como um "situacionista malandro, surgido do nada" é tão famoso quanto falso), mas o próprio Bigend já declarou que o sucesso da Blue Ant tem a ver apenas com seus próprios talentos, um dos quais, ele afirma, é a habilidade de encontrar precisamente a pessoa certa para determinado projeto. Ele é, em grande medida, um microempresário ativo, apesar do crescimento notável da empresa nos últimos cinco anos.

O celular dela começou a tocar, dentro da bolsa, em cima da mesa. Se ela mexesse o PowerBook, perderia a conexão sem fio do outro lado da rua, ainda que a página permanecesse no cache. Ela foi até a mesa, pôs o laptop nela e puxou o celular de dentro da bolsa.

– Alô?

– Hubertus Bigend, para Hollis Henry.

Parecia que o telefone dela recebera uma espécie de upgrade corporativo. Ela congelou, por medo primitivo de que ele a tivesse flagrado buscando-o no Google, espiando sua Wiki.

– Sr. Bigend – disse ela, desistindo da ideia de qualquer tentativa de pronúncia franco-belga.

– Srta. Henry. Considere que fomos apresentados, está bem? Pode ser que não faça ideia do motivo da minha ligação. Sabe, a start-up *Node* é um projeto meu.
– Acabei de procurá-lo no Google. – Ela abriu bem a boca, mais, dando o grito silencioso que Inchmale lhe ensinara para reduzir a tensão.
– Está com vantagem, então. É o que queremos num jornalista. Acabei de falar com Rausch em Londres.
Se Rausch está em Londres, ela pensou, onde você está?
– Onde você está?
– Estou no saguão do seu hotel. Gostaria de saber se quer tomar um drinque.

16.

SAÍDAS CONHECIDAS

Milgrim estava lendo o *New York Times*, terminando o café do seu café da manhã numa padaria na Bleecker, enquanto Brown conduzia uma série de conversas num tom discreto, tenso e extremamente irritado com quem quer que fosse o responsável por vigiar as saídas conhecidas do FI, quando o FI estivesse em casa, dormindo – ou o que quer que fizesse quando estava em casa. Para Milgrim, "saídas conhecidas" parecia sugerir que o bairro do FI fosse repleto de túneis de ópio com iluminação a gás e eventuais divãs subterrâneos, uma possibilidade que lhe parecia atraente, por mais improvável que fosse.

Quem quer que estivesse do outro lado da linha nessa ligação em particular não estava tendo uma boa manhã. O FI e outro elemento do sexo masculino haviam saído do prédio do FI, caminhado até o metrô da Canal Street, entrado e desaparecido. Milgrim sabia, por também ter escutado a parte de Brown nas outras conversas, que o FI e a família tinham a tendência de fazer isso, especialmente perto de estações do metrô. Milgrim imaginou que o FI e a família tivessem a chave de alguma porosidade especial com base no metrô, uma passagem para dentro das fendas, orifícios e espaços entre as coisas.

A manhã de Milgrim estava sendo a melhor de que ele se lembrava nos últimos tempos, e isso apesar de Brown tê-lo acordado aos chacoalhões para traduzir volapuque. Depois voltara a algum sonho do qual não se lembrava mais, um sonho desagradável, algo com uma luz azul saindo de dentro da sua pele, ou por baixo dela. Mas, de modo geral, era muito agradável estar na Village de manhã tão cedo, tomando café, comendo doce e aproveitando o *Times* que alguém deixara. Brown não gostava do *New York Times*. Na verdade, Brown não gostava de nenhum tipo de meio de comunicação jornalístico, Milgrim percebera, porque as notícias transmitidas não eram emitidas por nenhuma fonte confiável, ou seja, governamental. Nem poderiam mesmo, sob as condições atuais de guerra, uma vez que qualquer notícia autêntica, notícia de qualquer importância estratégica, era, por definição, preciosa, e não deveria ser desperdiçada com os meros cidadãos da nação. Milgrim certamente não ia discutir com ele. Se Brown tivesse declarado que a rainha da Inglaterra era um réptil que mudava de forma, sedento pela carne quente de crianças humanas, Milgrim não teria discutido.

Porém, no meio de uma matéria de três páginas sobre a Agência de Segurança Nacional e *data mining*, algo ocorreu a Milgrim.

— Então — ele disse a Brown, que acabara de desligar e olhava para o telefone como se quisesse encontrar um meio de torturá-lo —, essa coisa de *data mining* da ASN...

As palavras pairaram ali, entre eles, em algum lugar acima da mesa. Ele não tinha o hábito de iniciar conversas com Brown, e por um bom motivo. Brown desviou o olhar do telefone para Milgrim, sem alterar a expressão.

— Eu estava pensando — Milgrim ouviu-se dizer — no seu FI. No volapuque. Se a ASN pode fazer o que diz aqui que pode, seria muito fácil jogar um algoritmo na combinação que pegasse o volapuque e mais nada. Nem seria muito necessário usar uma amostra do dialeto da família dele. Poderia só encontrar meia dúzia de exemplos dialetais da forma usada e mandar uma espécie de média. Qualquer coisa que passasse pelo sistema telefônico, depois disso, que tivesse essa tag, e pronto. Você não ia mais precisar trocar as pilhas no cabideiro do FI.

Milgrim sentia um prazer genuíno por ter pensado nisso. Mas Brown, ele notou, não estava feliz com Milgrim por ele ter pensado nisso.

– Isso só funciona para chamadas internacionais – disse Brown, parecendo refletir sobre se deveria ou não bater nele.

– Ah – disse Milgrim. Ele baixou a cabeça e fingiu ler, até Brown voltar ao telefone e dar uma dura em outra pessoa, por ter perdido o FI e o outro elemento.

Milgrim não conseguiu retomar o artigo, mas continuou fingindo ler o jornal. Algo estava se preparando dentro dele, de um ângulo novo e estranhamente desconcertante. Até então, ele aceitara sem questionar que Brown e, por extensão, seu pessoal eram agentes do governo de alguma espécie, supostamente federais. E, no entanto, se a ASN fazia o que o artigo do *Times* dizia que ela estava fazendo, e ele, Milgrim, estava lendo a respeito, por que ele deveria supor que o que Brown dizia era verdade? Milgrim supunha que o motivo pelo qual os americanos não estavam apavorados com essa coisa da ASN era o fato de que já partiam do pressuposto, desde a década de 1960, de que a CIA grampeava o telefone de todo mundo.

Mas se havia mensagens de texto em volapuque sendo enviadas em Manhattan, e os verdadeiros agentes do governo realmente precisassem tanto do idioma quanto Brown parecia precisar, eles não conseguiriam de uma vez? Milgrim dobrou o jornal.

Mas e se Brown, perguntou a voz que abria caminho, não fosse um agente do governo? Até agora, havia uma parte de Milgrim disposta a supor que ser um prisioneiro de agentes federais era, de certo modo, o mesmo que estar sob a proteção deles. Enquanto a maior parte dele desconfiava que esse fosse um raciocínio dúbio, fora necessário alguma coisa, talvez a nova calma e a perspectiva possibilitada pela mudança na medicação, para que ele chegasse a esse momento de consciência unificada: e se Brown fosse apenas um babaca com uma arma?

Era algo a se pensar, e, para a sua surpresa, ele descobriu que seria possível.

— Preciso usar o banheiro — disse.

Brown abafou o som do telefone.

— Tem uma porta nos fundos, depois da cozinha. Tem alguém lá, caso esteja pensando em ir embora. Se acharem que você pode escapar, atiram em você.

Milgrim acenou com a cabeça. Levantou. Não ia correr, mas, pela primeira vez, achou que Brown pudesse estar blefando.

No banheiro, deixou a água fria correr pelos pulsos, depois olhou para as mãos. Ainda eram dele. Balançou os dedos. Impressionante mesmo.

17.

PIRATAS E EQUIPES

A frente de seu corte de cabelo Mondrian começara a fazê-la lembrar da elefantíase das franjas de Bobby Chombo, resultado de uma interação em andamento entre produto e materiais particulados. O que quer que o cabeleireiro tivesse passado havia, a essa altura, sugado cada molécula do caldo fermentado que era o ar da bacia de Los Angeles, além dos tantos cigarros que Bobby Chombo fumara há pouco nas proximidades imediatas dela.

Nada disso está muito bom, pensou ela, referindo-se não tanto à aparência meio ruim que seria capaz de exibir para conhecer o novo empregador, mas ao arco e à direção gerais que sua vida estava tomando até ali. Tudo, naquele exato minuto, até Chombo e seu piso quadriculado. Chombo com medo de dormir duas vezes no mesmo quadrado da grade...

Mas, ainda assim. Brilho labial. Brincos. Blusa, saia e meia-calça da sacola da Barneys com coisas batidas que ela estava usando para separar peças mais chiques das roupas do dia a dia.

Escolheu uma das nécessaires pretas de maquiagem para usar como bolsa, despejou tudo e preencheu-a com o mínimo. Os sapatos da sacola com roupas chiques eram sapatilhas de balé pretas mutantes de um estilista catalão que já mudara de área fazia muito tempo.

– Fora daqui – ela disse à mulher no espelho.

Mais uma vez, ignorou a videoarte no elevador.

A porta se abriu para o burburinho e o tilintar do saguão Starck no modo bar tarde da noite. Um mensageiro de cabelos castanhos e com o terno claro característico estava parado no centro dos rabiscos islâmicos falsos e projetados do dispositivo que era um carpete de luz, sorrindo de forma ostensiva para ela.

Os dentes desse funcionário, iluminados pela incidência acidental de um único rabisco ensolarado, estavam à mostra com uma claridade de outdoor. À medida que ela se aproximava dele, à procura do magnata belga da publicidade, o sorriso crescia em largura e magnitude, até, quando ela estava prestes a passar, o tom luxuoso ouvido pela última vez no celular surgir, assustando-a:

— Srta. Henry? Hubertus Bigend.

Em vez de gritar, ela pegou a mão dele e achou-a firme, seca e de temperatura neutra. Ele apertou a dela de leve em seguida, expandindo ainda mais o sorriso.

— Prazer em conhecê-lo, sr. Bigend.

— Hubertus — insistiu ele —, por favor. Está achando o hotel satisfatório?

— Sim, obrigada. — O que ela julgara ser um terno de porteiro do Mondrian era uma lã bege imaculada. Sua camisa azul-celeste estava aberta na gola.

— Vamos tentar o Skybar? — perguntou ele, consultando o relógio do tamanho de um cinzeiro pequeno. — A não ser que prefira algo aqui. — Ele apontou para a mesa de alabastro alta, estreita e surrealmente longa sobre algumas pernas altas e biomórficas de Starck, que era o bar do saguão.

Estar com mais gente é mais seguro, disse uma voz interior que queria ficar ali mesmo, tomar o drinque necessário e conversar o mínimo possível sem parecer descortês.

— Skybar — optou ela, sem saber ao certo por quê, mas lembrando que poderia até ser impossível entrar, quanto mais conseguir uma mesa. Enquanto ele seguia na frente, na direção da piscina e dos vasos de flores do tamanho de galpões, cada um com seu fícus, ela recordou fragmentos das últimas vezes em que estivera lá, no fim e logo depois do fim do Curfew. Inchmale disse que as pessoas que não conheciam a indústria da música acreditavam que a indústria cinematográfica era o máximo do comportamento depravado, comedor de rabo, típico de hienas.

Eles passaram por um futon de tamanho brobdingnagiano, em cujas profundezas maleáveis recostava-se um grupo de pessoas depravadas, comedoras de rabo, parecidas com hienas e excepcionalmente jovens, com drinques na mão. Mas você não sabe se elas são assim, ela lembrou a si mesma. Elas apenas pareciam gente de Artistas & Repertório. Só que quase todo mundo ali parecia.

Ele seguiu na frente dela, passando pelo leão de chácara como se o leão de chácara não estivesse ali. Na verdade, o segurança de Bluetooth foi quem teve dificuldade para sair do caminho de Bigend a tempo, tão evidente era o fato de que Bigend não estava acostumado a ter alguém no seu caminho.

O bar estava lotado, como sempre estivera na lembrança dela, mas ele não teve problema algum para conseguir uma mesa. Todo musculoso, de olhos brilhantes e, ela imaginava, belga, ele puxou a pesada cadeira de carvalho, estilo biblioteca, para ela.

– Eu era muito fã do Curfew – disse ele ao ouvido dela.

E totalmente gótico, aposto, ela se conteve para não responder. Era melhor não pensar na ideia de um projeto de magnata da propaganda belga erguendo o isqueiro Bic em algum show escuro do Curfew. Ultimamente, de acordo com Inchmale, as pessoas levantavam o celular, e os visores emitiam uma quantidade de luz impressionante.

– Obrigada – ela disse, ficando ambíguo se estava agradecendo a ele por ter dito que gostava do Curfew ou por ter puxado a cadeira.

Sentado diante dela, cotovelos bege sobre a mesa, dedos com unhas feitas formando um triângulo à frente dele, Bigend conseguia uma boa aproximação do olhar de aficionados de Hollis Henry do sexo masculino que, na verdade, estavam vendo alguma versão pessoal interna do retrato dela feito por Anton Corbijn, o da minissaia de tweed desconstruída.

– Minha mãe – começou ele, num tom inesperado – apreciava imensamente o Curfew. Ela era escultora. Phaedra Seynhaev. Quando visitei seu estúdio em Paris pela última vez, ela estava tocando vocês. Alto. – Sorriu.

– Obrigada. – Ela decidiu não entrar no assunto da mãe morta. – Mas agora sou jornalista. As credenciais não ajudam nesse caso.

– Rausch está muito satisfeito com você como jornalista – disse ele. – Quer que você faça parte da equipe.

O garçom deles chegou e saiu para pegar o gim tônica de Hollis e o piso mojado de Bigend, novidade para Hollis.

– Fale-me sobre a *Node* – sugeriu ela. – Não parece estar gerando muito assunto na indústria da fofoca.

– Não?
– Não.
Ele baixou o triângulo de dedos.
– É um antialvoroço – disse ele. – Definição pela ausência.

Ela esperou para ver se ele iria indicar que estava brincando. Ele não indicou.

– Isso é ridículo.

O sorriso se abriu, brilhou, se fechou, e os drinques chegaram, em copos de plástico descartável que protegiam o hotel contra litígios de pés descalços à beira da piscina. Ela se permitiu um exame rápido do resto da clientela. Se um míssil de cruzeiro colidisse com o telhado corrugado do Skybar naquele instante, concluiu ela, a *People* não iria precisar fazer uma grande mudança na próxima capa. Os extravagantes, como Inchmale os chamava, pareciam ter se mudado. O que era ótimo para os propósitos presentes.

– Diga – começou ela, inclinando-se um pouco acima do gim.
– Sim?

– Chombo. Bobby Chombo. Por que Rausch fez tanta questão de que eu o conhecesse?
– Rausch é o editor da matéria – disse ele, com moderação. – Talvez seja melhor perguntar a ele.
– Tem mais alguma coisa acontecendo – insistiu. Ela sentiu como se estivesse partindo para um confronto com o Verme da Morte Mongol no território dele. Talvez não fosse uma ideia muito boa, mas, por algum motivo, ela sabia que tinha de fazê-lo. – A urgência dele não me pareceu fazer parte da matéria.
Bigend examinou-a.
– Ah. Bem. Parte de outra matéria, então. Uma matéria muito maior. A sua segunda na *Node,* esperamos. E você acaba de conhecê-lo... Chombo?
– Sim.
– E o que achou?
– Ele sabe que sabe de algo que ninguém mais sabe. Ou acha que sabe.
– E o que você acha que seria isso, Hollis? Posso chamá-la de Hollis?
– Sim, por favor. Acho que Bobby não está tão entusiasmado com a posição dele em nenhuma vanguarda dos locativos. Ele gosta de estar por cima em qualquer fenômeno inovador, eu diria, mas, em geral, fica entediado com o trabalho braçal. Quando estava ajudando a criar o contexto dessa coisa do locativo, qualquer que tenha sido seu envolvimento, ele provavelmente não estava entediado.

O sorriso de Bigend se abriu novamente. Lembrou-a luzes em outro trem, quando os trens passam à noite, em sentidos opostos. Depois se fechou. Foi como se ela tivesse entrado num túnel.

– Continue. – Ele tomou um gole do piso, que parecia muito o remédio para gripe NyQuil.

– E não se trata de ser DJ – disse ela –, nem de fazer *mash-ups* ou o qualquer outra coisa que ele faça publicamente. É o que faz com que ele marque o chão daquela fábrica de acordo com a grade de GPS. Ele não dorme no mesmo quadrado duas vezes. O que quer que dê a ele a confiança em sua importância também o está enlouquecendo.

– E isso seria...?

Ela pensou no contêiner de carga aramado e no modo como Chombo tentara arrancar o capacete dela tão abruptamente, quase a derrubando. Ela hesitou.

– Piratas – disse ele.

– Piratas?

– Os Estreitos de Malaca e o Mar da China Meridional. Barcos pequenos e rápidos, saqueando navios cargueiros. Operam a partir de lagoas, enseadas, ilhotas. Da Península da Malásia. Java, Bornéu, Sumatra...

Ela desviou o olhar de Bigend para a multidão ao redor deles, sentindo como se tivesse caído no meio de uma reunião de apresentação de projeto para cinema de outra pessoa. Uma *logline* fantasmagórica, que pairava perto do teto de madeira pesada e ondulada do bar, havia caído bem no colo dela, a primeira vítima provável a se sentar àquela mesa. Um filme de pirata.

– Arrrr – disse ela, voltando a encará-lo e virando o que restara do gim tônica – *matey*.

– Piratas de verdade – disse Hubertus Bigend, sem sorrir. – A maioria, pelo menos.

– A maioria?

– Alguns faziam parte de um programa marítimo secreto da CIA.

– Ele pôs o copo de plástico vazio na mesa como se fosse algo em que considerasse fazer um lance na Sotheby's. Enquadrou-o com os dedos, um diretor pensando na cena. – Parando cargueiros suspeitos para procurar armas de destruição em massa. – Ele a encarou, sem sorrir.

– Sem ironia?

Ele fez que sim, um movimento mínimo, muito preciso.

Era assim talvez que os vendedores de diamante acenavam com a cabeça em Antuérpia, pensou ela.

– Isso não é papo furado, sr. Bigend?

– É tão custosamente quase factual quanto eu posso me dar ao luxo que seja. Materiais assim tendem a se distorcer um pouco, como você bem pode imaginar. Uma ironia um tanto profunda, suponho, é que este programa, que fora aparentemente bastante eficaz, foi vítima de um tiro que saiu pela culatra dos seus conflitos políticos internos. Antes de certas revelações, no entanto, e da divulgação do nome de uma empresa de fachada, equipes da CIA, disfarçadas de piratas, acompanharam piratas de verdade no embarque a navios mercantes suspeitos de contrabandear armas de destruição em massa. Usando detectores de radiação e outras coisas, eles inspecionaram porões de carga e contêineres, enquanto os verdadeiros piratas levavam qualquer carga mais trivial que quisessem obter. Esse foi o pagamento aos piratas, poder levar parte da carga, desde que as equipes dessem uma primeira olhada em todos os porões e contêineres.

– Contêineres.

– Sim. Os piratas e as equipes deram apoio uns aos outros. As equipes já haviam subornado de forma abrangente quaisquer autoridades locais, e, é claro, a Marinha americana ficaria bem longe quando uma dessas operações estivesse em andamento. As tripulações dos navios nunca chegaram a saber se o contrabando foi descoberto ou não. Se algo foi descoberto, a interdição vinha depois, sem nenhuma relação com nossos piratas. – Ele fez um gesto para um garçom trazer outro piso. – Mais um drinque?

– Água mineral – disse ela. – Joseph Conrad. Kipling. Ou um filme.

– Os piratas que se revelaram os melhores nisso estavam perto de Achém, norte da Sumatra. Território de Conrad por excelência, acredito.

– Encontraram muita coisa, os falsos piratas?

Mais um aceno de cabeça de vendedor de diamante.

– Por que está me contando isso?

— Em agosto de 2003, uma dessas operações da CIA em conjunto com piratas embarcou num cargueiro de registro panamenho, que ia do Irã a Macau. O interesse da equipe estava centralizado num contêiner em particular. Eles romperam os lacres, abriram e receberam ordens pelo rádio para deixá-lo.

— Deixá-lo?

— Deixar o contêiner. Deixar o cargueiro. As ordens foram acatadas, é claro.

— Quem lhe contou essa história?

— Alguém que afirma ter sido parte da equipe que embarcou.

— E o senhor acha que Chombo, por algum motivo, tem algo a ver com isso?

— Suspeito — disse Bigend, inclinando-se para perto dela e baixando a voz — que Bobby saiba, de forma periódica, onde esse contêiner está.

— De forma periódica?

— Parece que ainda está por aí, em algum lugar — disse Bigend.

— Como o Holandês Voador. — O segundo piso chegou, junto com a água. — Para a sua próxima matéria — ele brindou, tocando as bordas dos copos novos de plástico.

— Os piratas.

— Sim?

— Viram o que havia dentro?

— Não.

— **A MAIORIA** das pessoas não dirige esse tipo de carro quando aluga — disse Bigend, entrando na Sunset, no sentido leste.

— A maioria das pessoas não dirige esse tipo de carro de forma alguma — corrigiu Hollis, no assento de passageiro ao lado dele. Ela esticou o pescoço para trás, para ver o que ela supunha ser a cabine de

TERRITÓRIO FANTASMA ■ 101

passageiros. Parecia haver uma espécie de claraboia fosca, em vez de um simples teto solar. E muita madeira muito lustrosa, e o resto, pele de cordeiro cor de carbono.

– Um Brabus Maybach – disse ele, quando ela virou a tempo de vê-lo dar um tapinha no volante. – A Brabus faz ajustes abrangentes nos produtos da Maybach para produzir um destes.

– "Darth my ride"?[1]

– Se você estivesse na parte de trás, poderia ver arte locativa nos monitores atrás dos dois bancos dianteiros. Tem MWAN e um roteador GPRS quadriplex.

– Não, obrigada. – Era óbvio que os assentos de trás, estofados com aquela pele de cordeiro cinza-escuro, reclinavam, virando camas, ou talvez cadeiras para cirurgias alternativas sofisticadas. Através do vidro fumê do lado dela, ela viu pedestres no cruzamento, olhando para o Maybach. O sinal abriu, e Bigend saiu. O interior do veículo estava silencioso como um museu à meia-noite. – Você sempre dirige este carro?

– A agência tem Phaetons – disse ele. – Carros bons para passarem despercebidos. Podem ser confundidos com Jettas, de longe.

– Não sou muito ligada em carros. – Ela passou o polegar pela costura na pele de cordeiro do assento. – É como tocar a bunda de uma supermodelo, provavelmente.

– Por que você decidiu se envolver com jornalismo, se não se importa que eu pergunte?

– Procurando um modo de ganhar a vida. Os royalties do Curfew não chegam a ser muita coisa. Não sou uma investidora muito boa.

– Poucas pessoas são – disse ele. – Quando se dão bem, é claro, imaginam ser. Talentosas. Mas, na verdade, estão todas fazendo as mesmas coisas.

– Queria que alguém me contasse o que faz, então.

---

[1] Referência ao programa da MTV *Pimp My Ride*, só que transformando o carro no que seria o carro de Darth Vader. Tunagem estilo Darth Vader. [N. de T.]

— Se você precisa ganhar dinheiro, há áreas mais lucrativas que o jornalismo.
— Está me desestimulando?
— De modo algum. Estou apenas estimulando de forma mais ampla. Estou interessado em saber o que a motiva e em como entende o mundo. — Olhou de relance para ela. — Rausch me disse que você escreve sobre música.
— Bandas de garagem dos anos sessenta. Comecei a escrever sobre elas quando ainda estava no Curfew.
— Eram uma inspiração?

Ela observava uma tela de 35 centímetros no painel do Maybach, o cursor vermelho que era o carro seguindo por uma linha verde que era a Sunset. Ela olhou para ele.
— Não de forma linear, musicalmente. Eram minhas bandas favoritas. São — corrigiu-se ela.

Ele acenou com a cabeça.

Ela voltou a olhar para a tela do painel e viu que o mapa de ruas não estava mais lá, fora substituído por diagramas em wireframe de um helicóptero, uma forma bulbosa e pouco familiar. Ele aparecia agora acima da silhueta em wireframe de um navio. Ou era um navio pequeno, ou um helicóptero muito grande. Corte para um vídeo da verdadeira aeronave em voo.
— O que é isso?
— Também conhecido como Gancho. É um helicóptero mais antigo, de fabricação soviética, com uma capacidade tremenda de içamento. A Síria tem pelo menos um desses.

O Gancho, ou outro igual a ele, erguia um tanque soviético, como se estivesse fazendo uma demonstração.
— Dirija — disse ela. — Não fique assistindo ao seu próprio PowerPoint.

Corte para uma animação simplificada e colorida, ilustrando como um helicóptero (não muito parecido com o Gancho) poderia deslocar contêineres no convés e nos porões de um cargueiro.

– O contêiner da sua história – começou ela.
– Sim?
– Eles disseram se era muito pesado?
– Não é, pelo que sabemos – disse Bigend –, mas às vezes fica no centro de uma pilha de contêineres muito mais pesados. Trata-se de uma posição muito segura, uma vez que não existe forma alguma, no mar, de ter acesso a um contêiner nessa posição. O Gancho, no entanto, permitiria isso. Além do mais, seria possível chegar de um outro lugar, outro navio, digamos, com o contêiner içado. Boa capacidade de manter a velocidade, razoavelmente rápido.

Ele entrou na autoestrada 101, sentido sul. A suspensão do Maybach transformava o pavimento esburacado em algo sedoso, macio como um chocolate derretido. Ela sentiu a potência do carro agora, facilmente controlada. Na tela do painel, linhas que simbolizavam sinais eram emitidas por um contêiner de transporte. Elas subiam em inclinações acentuadas e eram interceptadas por um satélite, que as jogava de volta para baixo, passando pela curva da terra.

– Aonde estamos indo, sr. Bigend?
– Hubertus. Para a agência. É um lugar melhor para discutir coisas.
– Agência?
– Blue Ant.

E agora, na tela, imóvel, nítido e hieroglífico, estava o próprio inseto. Azul. Ela olhou para ele.

O perfil a lembrava vagamente alguém.

18.

JANELA DE ELEGUA

Tia Juana mandou que ele andasse até o outro lado da cidade, pela 110th, até a Amsterdam Avenue e a Catedral de São João, o Divino, para melhor consultar Elegua. O dono, disse ela, das estradas e portas deste mundo. Senhor das encruzilhadas, interseção entre o humano e o divino. Por esse motivo, sustentava Juana, uma janela e um local de devoção foram erguidos em segredo para ele nessa grande igreja, em Morningside Heights.

– Nada pode ser feito nos dois mundos – ela disse – sem a sua permissão.

Começara a nevar enquanto ele subia a ladeira, passando por uma rede hexagonal e um compensado encrostado de cartazes, onde o muro de contenção do terreno da catedral fora derrubado, há muito tempo, pela chuva. Ele virou a gola para cima, firmou o chapéu na cabeça e seguiu andando, já familiarizado com a neve. Embora estivesse grato por finalmente ter chegado a Amsterdam. Viu o neon apagado da Pizzaria V&T, como algo que indicasse o passado humano comum da avenida e, em seguida, passava pela casa do padre e pelo jardim que cercava o chafariz sempre seco, com suas esculturas delirantes, em que a cabeça decapitada de Satã pendia da grande garra de bronze do Caranguejo Santo de Deus. Essa escultura foi a que mais o interessou, quando Juana levou-o ali pela primeira vez, essa e os quatro pavões da catedral, um deles, albino e, segundo Juana, sagrado para Orunmilá.

Não havia guardas às portas da catedral, mas ele os encontrou do lado de dentro, aguardando, com sua sugestão de doação de cinco dólares. Juana mostrara-lhe como tirar o chapéu, fazer o sinal da cruz e, ignorando-os, fingindo não falar inglês, acender uma vela e fingir rezar.

Um espaço tão grande, dentro dessa igreja; Juana disse que era a maior catedral do mundo. E nessa manhã de neve, ele a encontrou deserta, ou aparentemente deserta, e, por alguma razão, mais fria que a rua. Havia uma neblina ali, uma nuvem, de som; os ecos mais ínfimos, agitados por qualquer movimento, pareciam se mexer sem parar entre as colunas e pelo chão de pedra.

Deixando sua vela queimar ao lado de quatro outras, ele foi na direção do altar principal, observando a própria respiração e parando uma vez para olhar para trás, para o brilho fraco da gigantesca janela rosada, acima das portas pelas quais ele entrara.

Uma das alas de pedra nas laterais do espaço enorme era de Elegua, e isso ficava claro pelas imagens em vidro colorido. Um santero consultando uma folha de símbolos, entre os quais seriam encontrados os números três e vinte e um, por meio dos quais o orixá reconhece a si mesmo e é reconhecido; um homem subindo um poste para instalar um grampo telefônico; outro homem analisando o monitor de um computador. Todas imagens de maneiras pelas quais o mundo e os mundos estão ligados, e todas essas maneiras, sujeitas ao orixá.

Em silêncio, consigo mesmo, como Juana havia lhe ensinado, Tito fez uma saudação respeitosa.

Houve uma perturbação na névoa sonora, então, mais alta que o restante, e sua fonte se perdeu de imediato na virada e na agitação de ecos. Tito olhou de relance para trás, ao longo da extensão da nave, e viu um único vulto se aproximando.

Ele ergueu os olhos para a janela de Elegua, onde um homem usava algo como um mouse, outro usava um teclado, embora as formas desses objetos familiares fossem arcaicas, estranhas. Ele pediu proteção.

O velho, quando Tito olhou para trás, era como uma ilustração de perspectiva e da inevitabilidade da chegada do momento. A neve cobria os ombros do casaco de tweed do homem e a aba do chapéu escuro que ele segurava junto ao peito. A cabeça parecia abaixada, de leve, enquanto ele andava. Os cabelos grisalhos brilhavam como aço, sobre os tons opacos de massa de vidraceiro das pedras da catedral. Em seguida, ele estava lá, imóvel, bem na frente de Tito. Olhou muito diretamente nos olhos de Tito, depois para cima, para o vitral.

– Gutenberg – disse ele, erguendo o chapéu para apontar para o santero. – Samuel Morse enviando sua primeira mensagem – indicando o homem usando o mouse. – Um técnico de instalação de telefones. Um televisor. – Esse último era o que Tito pensara ser um monitor. Ele baixou o chapéu. O olhar retornou a Tito. – Você lembra tanto o seu pai quanto seu avô, demais – disse ele em russo.

– Ela lhe contou que eu estaria aqui? – perguntou Tito em espanhol.

– Não – respondeu o velho com o sotaque de uma Cuba mais antiga –, não tive o prazer. Mulher formidável, sua tia. Mandei alguém seguir você até aqui. – Passou para o inglês: – Já fazia um bom tempo que não nos víamos.

– *Verdad*.

– Mas vamos nos ver novamente, e em breve – disse o velho. – Você receberá outro artigo, idêntico. Você vai trazê-lo para mim, como antes. Assim como antes, você será observado, seguido.

– Alejandro estava certo, então?

– Você não tem nenhuma culpa. Seu protocolo está altamente correto, seu *systema* habilidoso – injetou o termo russo na frase em inglês. – Fizemos questão de seguir você. É uma exigência nossa. Tito aguardou.

– Eles tentarão nos pegar – disse o homem – enquanto você faz a entrega. Não conseguirão, mas você perderá o artigo para eles. Isso é essencial, tão essencial quanto a sua fuga, e a minha. E você tem um *systema* exatamente para isso, não tem?

Tito fez que sim, movendo muito pouco a cabeça.

– Por outro lado – disse o velho –, você irá embora, como já está preparado para fazer. A cidade não será mais um lugar seguro para você. Entendeu?

Tito pensou em seu quarto sem janela. No computador. No teclado. No vaso de Oxum. Lembrou-se do protocolo estabelecido para a sua partida, cuidadosamente mantido. Ele não fazia a mínima ideia do lugar que teria sido escolhido para ele, além daquele protocolo. Só sabia que não seria Nova York.

– Entendi – disse ele, em russo.

– Tem um arco aqui – disse o velho, em inglês – chamado Arco Pearl Habor. – Ele olhou para cima e para trás, para a extensão da nave. Me mostraram uma vez, mas não me lembro mais onde fica. Os pedreiros abandonaram as ferramentas no dia do ataque. A construção da catedral foi interrompida por décadas.

Tito virou-se e olhou para cima, sem saber ao certo o que deveria procurar. Os arcos eram tão altos. Ele e Alejandro haviam brincado uma vez com um zepelim de Mylar cheio de hélio no Battery Park. Uma pequena aeronave controlada por rádio. Com algo parecido, seria possível explorar a floresta de arcos da nave, as sombras de seu desfiladeiro invertido do fundo do mar. Ele queria perguntar a esse homem a respeito de seu pai, perguntar como e por que seu pai havia morrido.

Quando se virou, o homem não estava mais lá.

19.

FISH

Brown levou Milgrim à lavanderia de coreanos na Lafayette Street, para estacionar. Pelo que Milgrim ouvira do tráfego de celular da manhã pelo lado de Brown, Brown achava que sua equipe precisava conversar mais sobre o fato de ter perdido o FI.

Desta vez, Brown não se deu ao trabalho de lembrar Milgrim de que havia vigilantes do lado de fora ou que a tentativa de fuga seria inútil e dolorosa. Milgrim concluiu que Brown começava a supor que ele, Milgrim, internalizara os vigilantes (existissem eles ou não, e Milgrim agora duvidava que já tivessem existido algum dia). Isso era interessante, pensou Milgrim.

Brown não disse tchau. Só virou e seguiu pelo lado oeste da Lafayette.

Milgrim e o proprietário coreano, um homem de setenta e poucos anos, com um corte de cabelo que era um simulacro sem idade e curiosamente não refletor dos cabelos negros de Kim Jong II, encararam um ao outro com neutralidade. Milgrim supôs que Brown tivesse algum acerto ali, uma vez que o coreano não perguntou nada sobre roupas nem por que Milgrim estava sentado havia horas no canto oeste do canapé de vinil vermelho, lendo seu livro de messianismo medieval, folheando velhas revistas coreanas de fofoca ou só olhando para o nada.

Milgrim desabotoou o Paul Stuart, mas se sentou sem tirá-lo. Olhou para o denso composto de feições de celebridades sobre a mesa de centro à sua frente (umbigos contavam como feições?) e notou o número da *Time* com o presidente vestido de piloto, no convés de decolagem daquele porta-aviões. O número da revista já tinha quase três anos, ele concluiu depois de alguns cálculos, mais velho que a maioria daquelas revistas de fofoca – às quais Milgrim recorria às vezes, quando o messianismo do século 12 se tornava inconvenientemente soporífero, o que era muito provável. Já descobrira que, se ele cochilasse ali, o coreano ia lá e o cutucava nas costelas com uma *Us* enrolada.

No momento, porém, ele estava pronto para William, o Ourives, e os "Fraticelli" amaurianos, que foram os antecessores, por assim dizer, da sua favorita, a heresia do Espírito Livre. Ele colocava a mão dentro do bolso, para pegar o volume gasto e reconfortante, quando entrou uma garota de cabelos escuros, botas altas marrons e jaqueta branca curta. Ele viu uma transação acontecer, o coreano dando a ela um recibo em troca de duas calças escuras. Depois, em vez de ir embora, ela pegou um celular, começou uma conversa em espanhol animado, foi até o canapé e se sentou enquanto falava, mexendo de vez em quando e sem muito interesse nas revistas de fofoca sobre a mesa de centro de compensado do coreano. O presidente Bush com o traje de voo foi para baixo de imediato, mas ela não conseguiu encontrar nada que Milgrim já não tivesse visto. Ainda assim, era agradável dividir o canapé de vinil com ela e apreciar o som de um idioma que ele não entendia. Ele sempre supusera que sua fluência aparentemente inata em russo lhe custara a perda de qualquer habilidade com as línguas românicas.

A garota largou o celular na bolsa grande, levantou-se, sorriu distraída na direção geral dele e saiu.

Ele tirava o livro do bolso quando viu o telefone dela ali no vinil vermelho.

Ele olhou para o coreano, que lia o *Wall Street Journal*. Aqueles estranhos retratinhos pontilhados, de longe, faziam Milgrim lembrar impressões digitais. Ele olhou de novo para o telefone.

Sua prisão o modificara. Antes de Brown, ele teria embolsado o celular na mesma hora. Agora que ele vivia escondido no mundo de vigilância de Brown, contatos aparentemente aleatórios haviam se tornado suspeitos. Aquela era uma verdadeira beldade falante de espanhol, deixando as calças de trabalho para lavagem, ou fazia parte da equipe de Brown? Ela realmente deixara o celular por acidente? Mas, e se não tivesse deixado? De olho no coreano, ele pegou o celular disfarçadamente. Ainda estava quente, um toque pequeno, mas vagamente chocante de intimidade.

Ele se levantou.

— Preciso usar o banheiro.

O coreano olhou para ele por cima do *Wall Street Journal*.

— Preciso mijar.

O coreano dobrou o jornal e se levantou, puxou uma cortina florida e fez um gesto para Milgrim passar. Milgrim passou rapidamente por um amontoado de equipamentos industriais para passar roupa e por uma porta estreita, pintada de bege, com uma placa de silk-screen que dizia: SOMENTE FUNCIONÁRIOS.

As paredes do cubículo, por dentro, eram compensados pintados de branco, fazendo Milgrim lembrar as cabanas de um acampamento de verão em Wisconsin. O cheiro de desinfetante era forte, mas não desagradável. Por princípio geral, Milgrim prendeu a porta com uma ferramenta taiwanesa de aparência frágil, em tom de ouro. Ele baixou a tampa da privada, sentou-se e deu uma olhada no celular da garota.

Era um Motorola, com display de chamada e câmera. Um modelo de alguns anos atrás, embora, pelo que ele soubesse, ainda fosse vendido. Se ele o tivesse roubado para revender, teria se decepcionado. Entretanto, estava com a bateria quase cheia e em roaming.

Ele viu um calendário de 1992, na altura dos olhos, e a cerca de 20 centímetros. Alguém desistira de arrancar os meses em agosto. Fazia propaganda de uma imobiliária e era decorado com uma fotografia da linha do horizonte de Nova York durante o dia, de cor drasticamente saturada, incluindo as torres pretas do World Trade Center. Elas tinham uma peculiaridade muito intensa, em retrospectiva, com um vazio sci-fi tão monolítico e irreal que agora pareciam a Milgrim terem sido inseridas por Photoshop em todas as imagens em que ele as encontrava.

Abaixo do calendário, sobre uma saliência de oito centímetros formada por uma horizontal na estrutura do cubículo, havia uma lata simples com as laterais ligeiramente sarapintadas de ferrugem. Milgrim inclinou-se e examinou o conteúdo: uma camada fina de porcas, parafusos, duas tampas de garrafa, clipes, tachinhas, diversos componentes de metal não identificáveis e cadáveres de pequenos insetos. Tudo ali que podia oxidar estava leve e uniformemente enferrujado.

Ele se recostou na caixa acoplada do vaso e abriu o celular. Nomes completos hispânicos na agenda, intercalados com nomes femininos, a maioria não hispânica.

Ele digitou de cabeça o número de Fish, fechou os olhos e tocou em enviar.

Fish, abreviação de Fisher, seu sobrenome, atendeu antes do terceiro toque.

– Alô?
– Fish. Oi.
– Quem é?
– Milgrim.
– Opa. – Fish parecia surpreso em ouvi-lo, e Milgrim imaginou que ficaria.

Fish também era usuário de benzo. Além disso, o que mais tinham em comum era Dennis Birdwell, o fornecedor de Milgrim. Antigo fornecedor, Milgrim se corrigiu. Tanto Milgrim como Fish já haviam passado há muito tempo da fase de ir de médico em médico atrás de receitas, e nenhum dos dois ia chegar a lugar algum com o sistema de receita com três formulários de Nova York. Fish tinha fontes em Nova Jersey (um médico que aviava prescrições, Milgrim supunha), mas ambos dependiam principalmente de Birdwell. Ou melhor, ambos dependeram um dia, uma vez que Milgrim não poderia mais.

– Como você está, Milgrim?

O que queria dizer: Está sobrando algum?

– Me virando – disse Milgrim.

– Ah – disse Fish. Ele sempre tinha pouco. Trabalhava com animação digital, tinha uma namorada e um bebê.

– Tem visto Dennis, Fish?

– Ahn, sim. Tenho.

– Como ele está?

– Bom, ah, está bravo com você. Foi o que ele disse.

– Ele disse por quê?

– Disse que lhe deu dinheiro para algo, e não rolou.

Milgrim suspirou.

– É verdade, mas não fui eu quem pisou na bola. O cara que eu estava vendo, sabe?

Um bebê começou a chorar, por trás da voz de Fish.

– É, mas, sabe como é, não é uma boa ideia brincar com Dennis hoje em dia. Não desse jeito. – Fish parecia desconfortável, e não só por causa do bebê chorando.

– Como assim?

– Bom – disse Fish –, sabe como é. É o outro lance dele. – O outro lance de Dennis era cristal, cada vez mais sua mercadoria principal e algo de que nem Fish nem Milgrim faziam o menor uso. No entanto, ele criava nos outros clientes de Dennis uma necessidade de substâncias periféricas com alto poder tranquilizante, daí o interesse de Dennis nas benzodiazepinas com as quais os dois contavam para conseguir paz e clareza. – Acho que ele está usando cristal – disse Fish.

– Pois é. Mais.

Milgrim ergueu as sobrancelhas para a imagem das torres gêmeas.

– É uma pena.

– Sabe como eles ficam.

– Como assim?

– Paranoicos – disse Fish. – Violentos.

Dennis fora aluno da NYU. Milgrim conseguia facilmente imaginá-lo nervoso, mas violento era difícil.

– Ele é colecionador de memorabilia de *Star Wars* – disse Milgrim. – Fica a noite toda procurando objetos raros no eBay.

Houve uma pausa. O bebê de Fish ficou em silêncio também, numa sincronia que parecia sinistra.

– Ele disse que ia contratar caras negros do Brooklyn. – O bebê começou a gritar de novo, mais forte ainda.

– Merda – disse Milgrim, tanto para a lata enferrujada quanto para Fish. – Me faz um favor.

– Sim?

– Não conte a ele que falou comigo.

– Fácil – disse Fish.

– Se eu conseguir um extra – mentiu Milgrim – ligo para você. – Apertou End.

De volta à frente da lavanderia, ajudou a triste garota porto-riquenha a puxar o canapé vermelho para poder procurar debaixo dele.

Enquanto ela o fazia, ele pôs o celular sob um exemplar da *In Touch* com Jennifer Aniston na capa.

Ele estava encostado numa secadora, lendo sobre William, o Ourives, quando ela achou o aparelho.

20.

TULPA

E se a mulher na cadeira de rodas estivesse rebocando um suporte de soro hospitalar, ocupando uma das mãos dela durante a travessia do cruzamento, e a outra mão mantendo o suporte cromado ereto? Ela estaria sem as pernas? Hollis não saberia dizer, mas depois do skatista sem o maxilar inferior, isso não parecia grande coisa.

– Sua empresa fica aqui? – ela perguntou a Bigend, enquanto ele virava o Maybach para um beco que dava a impressão de que um carro de combate Bradley seria a escolha de um homem sábio.

Depois de um surto congelado e delirante de pichações, uma espécie de onda Hokusai fractal urbana, e sob uma abertura ameaçadora de portões de alambrado com arame farpado enrolado no alto.

– Sim – disse ele, subindo uma rampa de concreto que chegava a quatro metros de altura ao se aproximar de um muro que parecia a ela pertencer a uma cidade infinitamente mais antiga que Los Angeles. Babilônia, talvez, com sua única pichação cuneiforme e discreta, garranchos furtivos e metódicos aplicados a um ou outro tijolo.

O Maybach parou por um instante sobre uma plataforma plana, do tamanho de um caminhão, diante de uma porta de metal articulada. Havia tumores bulbosos de plástico fumê preto acima da porta, módulos com câmeras e talvez outras coisas mais. A porta, decorada com um retrato pontilhista preto de Andre, o Gigante, orwelliano em escala, subiu lentamente, o olhar sombrio e tireoideo de Andre dando lugar ao esplendor halógeno. Bigend seguiu em frente até um espaço que lembrava um hangar, menor que a fábrica vazia de Bobby Chombo, mas, ainda assim, impressionante. Meia dúzia de sedans prata idênticos estavam estacionados numa fileira, ao lado de uma empilhadeira amarela nova em folha e de pilhas altas e arrumadas de *drywall* novo.

Bigend parou o carro. Um guarda de boné, uniforme preto, bermuda e camisa de mangas curtas os observou por trás de óculos espelhados. Havia um coldre preto multicompartimentado carregado e preso à coxa direita.

Ela sentiu um desejo súbito e intenso de sair do Maybach, e realizou-o.

A porta se abriu como um híbrido perturbador de cofre de banco e bolsa Armani de festa, solidez à prova de bombas perfeitamente equilibrada combinada à perspicácia cosmética. O chão arenoso de concreto, manchado de farelos de gipsita, era reconfortante, em contraste. O guarda fez um gesto com um controle remoto. Ela ouviu aço segmentado começar a crepitar atrás deles.

– Por aqui, por favor – disse Bigend por cima do ruído da porta se fechando. Ele se afastou do Maybach sem se preocupar em fechar a porta, então ela também deixou a dela aberta e o seguiu. Ela olhou para trás, quando o estava alcançando, e viu a porta aberta, o interior como uma boca, uma caverna macia de pele de cordeiro cinza sob o brilho de alta resolução da iluminação da garagem.

– Vamos perder mais da metade da extremidade do bairro com a continuação do aterro – disse ele, guiando-a para contornar uma pilha de três metros de *drywall*.

– "Mais da metade"?

– A maior parte. Eu vou sentir falta. Ela perturba os visitantes. Perturbar é bom. Semana passada inauguramos um conjunto de escritórios em Pequim. Não fiquei satisfeito, nem um pouco. Três andares num prédio novo, nada que pudéssemos fazer com eles. Mas é Pequim. – Deu de ombros. – Que escolha temos?

Ela não sabia, então não disse nada. Ele a levou até o alto de um amplo lance de escada e para dentro do que estava claramente no processo de se tornar uma antessala. Outro guarda, examinando circuitos internos de televisão na tela de um painel, ignorou-os.

Eles entraram num elevador com todas as superfícies cobertas por camadas, cheias de pó branco, de papelão ondulado. Bigend ergueu uma aba do material e tocou os controles. Subiram dois andares, e a porta se abriu. Ele fez um gesto para que ela fosse em frente.

Ela saiu para uma passarela desgastada feita do mesmo papelão, estendido sobre o piso de um produto cinza e liso. O papelão ia até uma mesa de conferência, seis cadeiras de um lado. Acima disso, na parede em frente, pendia o retrato dela feito por Anton Corbijn, em resolução perfeita, sobre uma tela de talvez nove metros na diagonal.

– Uma imagem maravilhosa – disse ele, quando ela olhou da tela para ele.

– Nunca me senti totalmente confortável com ela.

– Porque o eu da celebridade é uma espécie de tulpa – disse ele.

– De quê?

– Uma forma-pensamento projetada. Um termo do misticismo tibetano. O eu da celebridade tem vida própria. Ele pode, em determinadas circunstâncias, sobreviver de forma ilimitada à morte de seu eu físico. Todas as visões de Elvis são isso, literalmente.

Todas as quais a lembravam muito de como Inchmale via essas coisas, embora, na realidade, ela também acreditasse nelas.

– O que acontece – ela perguntou – se o eu da celebridade morre primeiro?

– Muito pouco – disse ele. – Esse costuma ser o problema. Mas imagens desse calibre costumam servir como uma salvaguarda contra isso. E a música é a mais puramente atemporal das mídias.

– "O passado não está morto. Nem sequer passou" – citou Inchmale citando Faulkner. – Se importa de mudar de canal?

Ele fez um gesto na direção da tela. O Gancho apareceu no lugar dela, o helicóptero de carga soviético, fotografado de baixo.

– O que você está achando de tudo isso? – O sorriso brilhou como um farol. Não havia janelas aparentes na sala, e, no momento, a tela era a única fonte de luz.

– Você gosta de perturbados?
– Sim?
– Então gosta de mim.
– Gosto de você. E algo estaria muito errado se você não fosse. Perturbada.

Ela foi até a mesa de conferência e passou o dedo pela superfície preta, deixando um leve traço na poeira de gipsita.

– Existe mesmo uma revista?
– Tudo – disse Bigend – é potencial.
– Tudo – disse ela – é mentira em potencial.
– Pense em mim como um patrocinador. Por favor.
– Isso não me soa bem, obrigada.
– No início da década de 1920 – disse Bigend – ainda havia pessoas neste país que nunca tinham ouvido música gravada. Não muitas, mas algumas. Isso foi há menos de cem anos. Sua carreira de "artista gravada" – fez as aspas com as mãos – aconteceu perto do fim de uma janela tecnológica que durou menos de cem anos, uma janela durante a qual os leitores de música gravada não tinham meios para produzir o que consumiam. Podiam comprar gravações, mas não podiam reproduzi--las. O Curfew apareceu quando esse monopólio sobre os meios de produção começava a erodir. Antes desse monopólio, os músicos eram pagos para se apresentar, publicavam e vendiam partituras, ou tinham patrocinadores. A pop star que conhecemos – e aqui ele fez uma leve reverência na direção dela – foi na verdade um artefato da mídia pré-ubíqua.

– Da mídia...?
– De um estado em que o meio de comunicação de "massa" existia, por assim dizer, dentro do mundo.
– E não...?
– Contendo o mundo.

A iluminação da sala mudou quando ele disse isso. Ela ergueu o olhar para a tela, onde um glifo metálico de uma Blue Ant ocupava todo o espaço.

– O que tem no contêiner de Chombo? – ela perguntou.
– O contêiner não é de Chombo.
– No seu contêiner?
– O contêiner não é nosso.
– "Nosso" quer dizer seu e de quem?
– Seu.
– O contêiner não é meu.
– Como eu disse – disse Bigend. E sorriu.
– De quem é, então?
– Não sei. Mas acredito que você seja capaz de descobrir.
– O que tem nele?
– Também não sabemos isso.
– O que Chombo tem a ver com ele?
– Chombo evidentemente descobriu um jeito de saber onde ele está, pelo menos de modo periódico.
– Por que não pergunta a ele, simplesmente?
– Porque é segredo. Ele foi muito bem pago para manter o segredo, e tem uma personalidade, como você notou, que faz com que goste de ter um segredo.
– Quem está pagando a ele, então?
– Isso parece ser mais secreto ainda.
– Você acha que pode ser o dono do contêiner?

– Ou o destinatário final do contêiner, caso chegue a ter um? Não sei. Mas você, Hollis, é a pessoa com quem acho mais provável que Bobby vá conversar.

– Você não viu. Ele não ficou tão contente quando Alberto me levou até lá. Não houve nenhuma indicação de outro convite.

– É aí que estou convencido de que você está enganada. Quando ele se acostumar com a ideia de que você está disponível para mais contatos diretos, você poderá ter notícias dele.

– O que os iPods têm a ver com isso?

Ele ergueu uma sobrancelha.

– Rausch me disse para procurar iPods que sejam usados para armazenamento de dados. As pessoas ainda fazem isso?

– Chombo carrega periodicamente um iPod com dados e envia para fora dos Estados Unidos.

– Que tipo de dados?

– Música, aparentemente. Não conseguimos descobrir ainda.

– Sabe para onde ele os envia?

– San José, Costa Rica, até agora. Não temos ideia de aonde mais possam ir, de lá.

– Quem os recebe?

– Alguém cujo trabalho é administrar uma caixa postal muito cara, em suma. Tem muito disso, é evidente, em San José. Estamos trabalhando nisso. Já esteve lá?

– Não.

– Existe uma grande comunidade de gente aposentada da CIA lá. Da DEA também. Temos uma pessoa lá agora, tentando observar as coisas discretamente, ainda que não pareça estar chegando a lugar algum até agora.

– Por que está tão interessado no conteúdo do contêiner de Chombo?

Bigend tirou um pano de microfibra azul-claro do bolso do paletó, puxou uma cadeira pelos rodízios e deu-lhe uma boa limpada.

– Quer se sentar? – ofereceu a ela.
– Não, obrigada. Fique à vontade.
Ele se sentou. Olhou para ela.
– Aprendi a avaliar fenômenos anômalos. Coisas muito peculiares que as pessoas fazem, geralmente em segredo, passaram a me interessar de certa forma. Gasto muito dinheiro, com frequência, tentando entender essas coisas. Delas, às vezes, surgem os esforços mais bem-sucedidos da Blue Ant. A Trope Slope, por exemplo, nossa plataforma viral de vendedores, foi baseada em filmagens anônimas postadas na Net.
– Você fez isso? Pôs aquela coisa no fundo de todos aqueles filmes antigos? Isso é ruim pra caralho. Perdoe a língua.
– Serve para vender sapatos. – Ele sorriu.
– Então, o que espera conseguir com isso, se conseguir descobrir o que tem no contêiner de Chombo?
– Não faço ideia. Nenhuma ideia. É exatamente isso o que torna a coisa tão interessante.
– Não entendo.
– Serviço de Inteligência, Hollis, é publicidade virada pelo avesso.
– O que significa...?
– Segredos – disse Bigend, apontando para a tela – são interessantes. – Na tela apareceram as imagens deles, ao lado da mesa, Bigend ainda de pé, captado por uma câmera em algum lugar alto. O Bigend da tela pegou um pano azul-claro do bolso, puxou uma cadeira e começou a passar nos braços, no encosto e no assento. – Os segredos – disse o Bigend ao lado dela – são a própria raiz do *cool*.

21.

SAL DE SOFIA

Tito atravessou a Amsterdam, passando pelos caules cinza e cobertos de neve do jardim público improvisado, depois andou rápido pela Eleventh, na direção da Broadway.
A neve parara de cair.
Ele reconheceu sua prima Vianca de longe, ao lado do Banco Popular, vestida como adolescente. Quem mais estaria fora, ele se perguntou, para a sua volta a Chinatown?
Quando ele chegara à mediana da Broadway, Vianca já não estava mais visível. Ao chegar à calçada oeste, ele virou para o sul, rumo à parada da 110th Street, mãos no bolso. Ao passar por uma loja de molduras, ele a avistou nas profundezas de um espelho, passando na diagonal, alguns metros atrás do ombro esquerdo dele.
Ao descer a vala azulejada do metrô, sob o telhado fino de ferro e asfalto, ele viu o ar sair de sua boca e subir.
O trem local número 1 chegou, como um sinal, assim que ele chegou à plataforma. Ele voltaria devagar, no número 1 para Canal, depois andaria para o leste. Embarcou no trem, certo de que Vianca e pelo menos outros dois faziam o mesmo. O protocolo, para a detecção e a identificação de seguidores, exigia um mínimo de três.

AO SAÍREM da 66th Street, Carlito entrou no carro de trás. O carro de Tito estava quase vazio. Vianca estava sentada perto da extremidade dianteira, aparentemente entretida com um pequeno videogame.

Carlito usava um sobretudo cinza-escuro, um cachecol um tom mais claro, luvas pretas de couro que faziam com que as mãos parecessem, para Tito, esculpidas em madeira, e galochas pretas sobre os lustrosos sapatos italianos de couro de bezerro. Parecia conservador, estrangeiro, não adaptado e, de certo modo, religioso.

Ele se sentou à esquerda de Tito.

– Juana – perguntou –, ela está bem?

– Sim – disse Tito –, parece bem.

– Você o encontrou. – Não era uma pergunta.

– Sim – disse Tito.

– Está com as suas instruções.

– Sim.

Tito sentiu Carlito passar algo para dentro do seu bolso.

– Búlgaro – disse Carlito, identificando o objeto para ele.

– Carregado?

– Sim. Válvula nova.

As armas do búlgaro tinham quase meio século, mas ainda funcionavam com grande eficiência. Às vezes era preciso substituir a válvula Schrader presa ao reservatório plano de aço que também servia de cabo, mas havia muito poucas peças móveis.

– Carregada?

– Sal – disse Carlito.

Tito lembrava-se dos cartuchos de sal, com as membranas amareladas de papel vegetal selando as duas extremidades do tubo de papelão de uma polegada de comprimento e de estranho odor.

– Você tem que se preparar para ir embora.

– Por quanto tempo? – Tito sabia que essa não era uma pergunta totalmente aceitável, mas era o tipo de pergunta que Alejandro o ensinara a pelo menos pensar em perguntar.

Carlito não respondeu.

Tito estava prestes a perguntar o que seu pai fazia para o velho quando morreu.

– Ele não pode ser capturado. – Carlito tocou o nó do cachecol com as mãos rígidas, enluvadas. – Você não pode ser capturado. Somente o artigo que você vai entregar tem de ser capturado, e eles não podem desconfiar que você o entregou a eles.

– O que devemos a eles, tio?

– Ele assegurou nossa vinda para cá. Honrou sua palavra.

Carlito levantou-se quando o trem parou na 59th Street. A mão enluvada repousou sobre o ombro de Tito por um instante.

– Fique bem, sobrinho. – Ele se virou e se foi.

Tito olhou entre passageiros que embarcavam, na esperança de ainda ver Vianca ali, mas ela também se fora.

Ele pôs a mão no bolso lateral do casaco e encontrou a arma singular do búlgaro, feita de forma meticulosa. Estava solta num lenço limpo de algodão branco da China, ainda rija pelo ajuste.

Ao tirá-la do bolso, as pessoas ao redor poderiam achar que você estava prestes a assoar o nariz. Sem olhar, Tito sabia que o cilindro de papelão com sal cuidadosamente moído preenchia a totalidade do cano muito curto. Ele a deixou onde estava. Agora que o anel de vedação de borracha do búlgaro fora substituído por silicone, uma carga eficaz poderia ser mantida por até quarenta e oito horas.

O sal, ele se perguntou, era búlgaro? Onde aqueles cartuchos tinham sido feitos? Em Sofia? Em Moscou, talvez? Em Londres, onde diziam que o búlgaro trabalhou antes de ser levado a Cuba pelo avô de Tito? Ou em Havana, onde ele sobrevivera pelos últimos dias?

O trem se afastou de Columbus Circle.

22.

DRUM AND BASS

Pamela Mainwaring, inglesa, com uma franja loura que cobria toda a testa, levou Hollis de volta ao Mondrian num dos grandes sedans Volkswagen prata. Ela havia trabalhado para a Blue Ant antes, em Londres, informou, antes de sair para fazer outra coisa, mas depois fora convidada a vir até ali para ajudar a supervisionar a expansão da operação local da empresa.

– Você não conhecia Hubertus antes – afirmou ela, enquanto subiam a 101.

– Ficou tão evidente?

– Ele me contou, quando estava saindo para encontrá-la. Hubertus adora a oportunidade de trabalhar com novos talentos.

Hollis olhou para as folhas desgrenhadas das palmeiras que passavam, negras sobre o fundo de luz rosa-acinzentada.

– Agora que o conheci, estou impressionada por não ter ouvido falar dele antes.

– Ele não quer que as pessoas tenham ouvido falar dele. Também não quer que tenham ouvido falar na Blue Ant. Costumam nos descrever como a primeira agência viral. Hubertus não gosta do termo, e por um bom motivo. Colocar a agência, ou seu fundador, em primeiro plano é contraproducente. Ele diz que queria que fosse possível trabalharmos como um buraco negro, uma ausência, mas não existe um modo viável de ir daqui para lá. – Elas saíram da via expressa. – Está precisando de alguma coisa?

– Perdão?

– Hubertus quer que você tenha qualquer coisa de que possa precisar. É literalmente qualquer coisa mesmo, aliás, já que você está trabalhando num dos projetos especiais dele.

– "Especiais"?

– Sem explicações, sem metas definidas, sem limite orçamentário, prioridade absoluta em qualquer fila. Ele o descreve como uma espécie de sonho, o equivalente ao sono REM da empresa. Ele o considera essencial. – Ela pegou um cartão num bolso do quebra-sol do Volkswagen e passou para Hollis. – Qualquer coisa. É só ligar. Tem carro?

– Não.

– Gostaria de ficar com este? Posso deixar para você.

– Não, obrigada.

– Dinheiro?

– Enviarei os recibos.

Pamela Mainwaring deu de ombros.

Elas chegaram, passaram pelas esculturas da porta. Hollis destravara a porta antes que o carro parasse por completo.

– Obrigada por me trazer, Pamela. Prazer em conhecê-la. Boa noite.

– Boa noite.

Hollis fechou a porta. O sedan prata voltou para a Sunset, e as luzes do Mondrian foram diminuindo na carroceria.

Um segurança noturno abriu a porta para ela, com uma espécie de ilhós decorativo grampeado no lóbulo da orelha.

– Srta. Henry?

– Sim?

– Mensagem para a senhorita na recepção – disse ele, apontando a direção. Ela seguiu para a recepção, passando por um estranho canapé cruciforme estofado com couro branco imaculado.

– Aí está você – disse o modelo de camisa ao balcão, quando ela se identificou. Ela queria perguntar o que ele usava nas sobrancelhas, mas não perguntou. Ele lhe entregou uma caixa marrom quadrada, de quarenta centímetros de lado, e pediu que ela assinasse o formulário anexado com múltiplas cópias.

– Obrigada – disse ela, pegando a caixa de papelão. Não era muito pesada. Ela se virou e seguiu na direção dos elevadores.

E viu Laura Hyde, também conhecida como Heidi, ex-baterista do Curfew, esperando ao lado do canapé em forma de cruz. Uma parte silenciosa e metódica dela observou que, no mínimo, isso era uma prova de que aquela era realmente quem ela pensava ter visto passando de carro pela Virginia Records, bem mais cedo naquela noite.

– Heidi? – Embora não pudesse haver dúvidas.

– Laura – corrigiu Hyde. Ela usava o que Hollis supôs ser Girbaud, uma espécie de look *soccer mom* à la *Blade Runner*, provavelmente menos deslocado nesse saguão do que muitas coisas estariam. O cabelo escuro parecia ter sido cortado para tal, mas Hollis teria ficado confusa para explicar como.

– Como está, Laura?

– Exausta. Inchmale pegou o número do meu celular com um amigo de Nova York. – Como se esse número para Inchmale tivesse acabado com isso. – Ele ligou para me dizer que você estava aqui.

– Sinto muito...

– Ah, não é você. Não mesmo. Laurence está selecionando as filmagens de hoje a duas quadras daqui. Se eu não estivesse aqui, estaria lá.

– Ele está produzindo?

– Dirigindo.

– Parabéns. Eu não sabia.

– Nem eu.

Hollis hesitou.

– Não foi pra isso que assinei contrato. – A boca larga de lábios cheios ficou perfeitamente reta, nunca um bom sinal, no caso dela. – Por outro lado, pode não durar muito.

Ela se referia ao novo trabalho do marido ou ao seu casamento? Hollis nunca fora capaz de interpretar a baterista muito bem. Ninguém fora, de acordo com Inchmale, que afirmava ser esse o motivo pelo qual a percussão era necessária, uma espécie de sinal primata que era sempre confiável.

– Gostaria de tomar um drinque ou... – Hollis virou-se com a caixa pressionada contra o peito, apertando a bolsa improvisada com a mão esquerda, e viu que o bar do saguão havia sido transformado, despido de suas velas votivas e candelabros, e reiniciado para um café da manhã japonês ou, pelo menos, um café da manhã com hashis pretos e que ainda não estava sendo servido. Profundamente não inclinada a convidar Heidi para subir ao seu quarto, ela se deixou seguir na direção da mesa de mármore infinitamente alongada.

– Nada de drinques – disse Heidi, resolvendo essa questão. – Que merda é essa? – Apontando para os fundos do espaço, depois do bar fechado e trancado, com o exterior em forma de uma enorme caixa para transporte de instrumento musical com rodinhas de borracha.

Hollis notara os instrumentos antes, quando fizera o check-in. Uma única conga, um conjunto de bongôs, um violão e um baixo, os dois últimos pendurados em suportes de cromo baratos. Eram instrumentos usados, bem usados até, mas ela duvidava que fossem usados agora ou, pelo menos, com frequência.

Heidi seguiu andando, com seus ombros de baterista gingando suavemente sob o índigo matte do blazer Girbaud. Hollis lembrou-se de seus bíceps numa camisa sem mangas, quando o Curfew subira num palco. Foi atrás dela.

– Que bobagem é essa? – Primeiro encarando os instrumentos, depois Hollis. – É para acharmos que Clapton vai aparecer? É para acharmos que querem uma canja nossa depois de comermos sushi?

Hollis sabia que a ojeriza de Heidi por decorações engraçadinhas era, na verdade, uma extensão de sua ojeriza por arte em geral. Filha de um técnico da Força Aérea, ela era a única mulher que Hollis conhecia que gostava de soldar coisas, mas apenas com o propósito de consertar algo essencial que estivesse realmente quebrado.

Hollis olhou para o violão de madeira sem nome.
– Hora da canja do pessoal da *folk music*. Acho que a referência é Venice pré-Beatles. Praia.
– "Referência." Laurence disse que a referência dele é Hitchcock. – Ela fazia parecer sexualmente transmissível.

Hollis ainda não conhecia Laurence, nem esperava ou queria conhecer, e não via Heidi desde logo após o término do Curfew. A aparição inesperada de Heidi ali e, agora, esse exame próximo da cena de jazz beatnik dos Escoteiros dos Estados Unidos de Starck estavam despertando nela toda a dor de Jimmy. Era como se ela esperasse que ele estivesse ali, como se ele devesse estar ali, como se estivesse de fato ali, só que fora de foco ou em algum canto. Os espiritualistas não arrumavam instrumentos dessa forma nas sessões de manifestação? No entanto, daqueles quatro, o baixo, instrumento de Jimmy, era o único que não era possível simplesmente pegar e sair tocando, caso alguém estivesse determinado a fazê-lo. Sem cordas, sem amplificador, sem alto-falante. Que fim teria levado o Pignose de Jimmy?, ela se perguntou.

– Ele foi me ver, uma semana antes de morrer – disse Heidi, dando um susto em Hollis. – Ele visitou aquele lugar perto de Tucson, fez os vinte e oito dias. Disse que estava frequentando reuniões.

– Isso foi aqui?

– Sim. Laurence e eu estávamos começando a nos conhecer. Eu não os apresentei. Jimmy tinha algo errado. Pra mim, quero dizer. – O aspecto de Heidi que Hollis sempre ficava surpresa por admirar surgiu por um instante, por trás da atitude brusca, algo infantil e assustada, depois desapareceu. – Você estava em Nova York quando ele morreu?

– Estava. Mas não *upstate*. Estava na cidade, mas não fazia ideia de que ele ia voltar. Não o via há quase um ano.

– Ele lhe devia dinheiro.

Hollis olhou para ela.

– É, devia. Quase tinha me esquecido disso.

– Ele me falou desses cinco mil que você emprestou a ele, em Paris, no fim da turnê.

– Ele sempre me dizia que pretendia me pagar, mas eu não entendia como seria possível que isso acontecesse.

– Eu não sabia como entrar em contato com você – disse Heidi, mãos nos bolsos do blazer. – Imaginei que você fosse acabar aparecendo. E aqui está você. Lamento por não ter lhe entregado antes.

– Entregado o quê?

Heidi tirou um envelope branco amarrotado, tamanho carta, do bolso do blazer e entregou a ela.

– Cinco mil. Exatamente como ele me deu.

Hollis viu suas próprias iniciais em tênue tinta esferográfica vermelha, no canto superior esquerdo. Sua respiração parou. Ela se forçou a suspirar. Sem saber o que mais fazer com o envelope, ela o colocou em cima da caixa de papelão e olhou, acima dela, para Heidi.

– Obrigada. Obrigada por guardar para mim.

– Era importante para ele. Senti que nenhuma outra coisa de que ele falava era realmente importante. A casa no Arizona, o programa de recuperação, uma oferta que recebeu para produzir, no Japão... Ele queria era ter certeza de que você receberia seu dinheiro de volta, e acho que dá-lo a mim era uma forma de garantir isso. Por um lado – ela apertou os olhos –, uma vez que ele me dissesse que devia a você, ele sabia que eu não devolveria o dinheiro a ele para gastar com heroína.

Inchmale dizia que o Curfew fora construído sobre a fundação sônica literal da teimosia e da falta de imaginação militante de Heidi, mas que saber disso nunca facilitara o relacionamento com ela e que isso era fato desde o início. Hollis sempre pensara que concordava com isso, mas naquele momento parecia ser uma verdade mais visceral do que ela jamais sentira antes.

– Vou indo – disse Heidi, dando um apertão rápido no ombro de Hollis, uma demonstração de afeto realmente excepcional para ela.

– Tchau... Laura. – Viu-a atravessar o saguão, passar pelo canapé cruciforme e sumir.

23.

DOIS MOUROS

Brown deixou Milgrim na lavanderia do coreano por muito tempo. Em dado momento, um coreano mais jovem, talvez filho do proprietário, chegou com uma refeição chinesa num saco marrom, a qual entregou a Milgrim sem nenhum comentário. Milgrim abriu um espaço entre as revistas sobre a mesa de centro de compensado e desembrulhou seu almoço. Arroz simples, nuggets de frango sem osso em tintura vermelha número 3, segmentos de legumes verde fluorescente, carne misteriosa marrom em fatias finas. Milgrim preferiu o garfo de plástico aos hashis. Se você estivesse na prisão, encorajou a si mesmo, essa comida seria uma maravilha. A não ser que fosse uma prisão chinesa, sugeriu uma parte menos cooperativa dele, mas conseguiu comer tudo, de forma metódica. Com Brown, era melhor comer o que dava quando a oportunidade se apresentava.

Enquanto ele comia, pensava na heresia do Espírito Livre no século 12. Ou Deus era tudo, acreditavam os irmãos do Espírito Livre, ou não era nada. E Deus, para eles, era, de forma muito definitiva, tudo. Não havia nada que não fosse Deus, e como poderia haver? Milgrim nunca fora chegado a metafísica, mas agora, a combinação de seu estado cativo com a medicação disponível e este texto começava a revelar o prazer da contemplação metafísica. Especialmente se os contemplados eram esses caras do Espírito Livre, que pareciam ter sido uma combinação de Charlie Manson e Hannibal Lecter.

E, na medida em que tudo era igualmente de Deus, eles ensinavam, aqueles que tinham mais contato com a presença de Deus em todas as mínimas coisas chegariam a ponto de fazer absolutamente qualquer coisa, em particular qualquer coisa ainda proibida por aqueles que ainda não haviam recebido a mensagem do Espírito Livre. Para tal fim, eles saíam fazendo sexo com qualquer pessoa que conseguissem manter imóvel, ou não, dependendo do caso – sendo o estupro visto como algo particularmente justo, e o assassinato também. Era como uma religião secreta de sociopatas mutuamente autorizados, e Milgrim achou que esse era provavelmente o exemplo mais extraordinário de comportamento humano de que ele já tivera conhecimento. Alguém como Manson, por exemplo, simplesmente não teria conseguido nenhuma adesão caso aparecesse entre os irmãos e irmãs do Espírito Livre. Provavelmente, supôs Milgrim, Manson teria odiado isso. De que adiantaria ser Charlie Manson numa sociedade inteira de serial killers e estupradores, cada um convencido de que ele ou ela manifestava diretamente o Espírito Santo?

Mas o outro aspecto do Espírito Livre que o fascinava, e isso se aplicava ao texto todo, era como essas heresias tinham início, em geral de forma espontânea em torno de um equivalente medieval do mendigo sem-teto resmungão mais desembaraçado de hoje em dia. Ele viu que a religião organizada, naquela época, era pura proposição de sinal-ruído, ao mesmo tempo o meio e a mensagem, um universo de um canal. Para a Europa, esse canal era cristão, e transmitindo de Roma, mas nada podia ser transmitido mais rápido que um homem viajando a cavalo. Havia uma hierarquia em vigor e uma metodologia altamente organizada de disseminação do sinal de cima para baixo, mas a defasagem de tempo causada pela falta de tecnologia impunha uma razão quase desastrosa, com o ruído da heresia ameaçando de forma constante subjugar o sinal.

O barulho da porta o despertou desses pensamentos. Ele ergueu o olhar dos restos de comida e testemunhou a entrada de um homem negro, extremamente grande, muito alto e muito largo, com um volumoso casaco de couro preto que ia até as coxas, transpassado e com cinto, e uma touca de lã preta, puxada até as orelhas. A touca fez Milgrim pensar nos acessórios tricotados de lã usados sob o capacete pelos cruzados, o que, por sua vez, fez o casacão de couro lembrar uma espécie de couraça alongada. Um cavaleiro negro entrando na lavanderia, saído do frio do cair da noite.

Milgrim não tinha certeza se houve de fato cavaleiros negros, mas será que um mouro não poderia ter se convertido, algum gigante africano, e se transformado em cavaleiro a serviço de Cristo? Comparado ao Espírito Livre, parecia ser o mais plausível dos cenários.

Agora o cavaleiro negro se aproximara do balcão do coreano e perguntava se ele podia limpar peles. Não limpava, disse o coreano, e o cavaleiro acenou com a cabeça, aceitando o fato. O cavaleiro olhou para o lado e encontrou o olhar de Milgrim. Milgrim também acenou com a cabeça, sem saber ao certo por quê.

O cavaleiro saiu. Pela vitrine, Milgrim viu que ele se juntou a um segundo e notavelmente semelhante cavaleiro negro, também com um casaco de couro preto, transpassado e com cinto. Eles viraram para o sul, pela Lafayette, com toucas pretas de lã iguais, e desapareceram de imediato.

Enquanto jogava a tigela de isopor e os pratos de papel-alumínio, Milgrim teve uma sensação perturbadora de ter deixado de prestar a atenção adequada em alguma coisa. Por mais que tentasse, não conseguia lembrar o que poderia ter sido.

O dia fora muito longo.

24.

PAPOULAS

Velas votivas foram acesas no quarto escuro. Ao lado dos algodões luminosos da cama toda branca, a jarra de água tinha sido enchida.

Ela pôs a caixa de papelão, o envelope com notas de cem dólares do falecido Jimmy Carlyle e sua bolsa de noite improvisada sobre a mesa de tampo de mármore e pernas longas da copa-cozinha.

Ela usou a pequena lâmina não afiada no cabo do saca-rolha para fender a fita transparente que selava a caixa de papelão.

Havia um bilhete, escrito numa letra com estranha aparência suméria, num retângulo de cartolina lisa, cinza, numa dobra do plástico bolha. Algo preto e prata matte. Ela tirou o que supôs ser uma versão em estilo mais agressivo do capacete sem fio que ela usara para ver a lula com Bobby Chombo. Através da armação vazada ela viu os mesmos *touchpads* simples. Virou a coisa, procurando o logo do fabricante, mas não encontrou nenhum. Encontrou MADE IN CHINA em baixo-relevo minúsculo, mas a maioria das coisas era.

Ela provou o capacete, com a única intenção de se ver no espelho à luz de vela, mas deve ter tocado uma das superfícies de controle.

– Uma instalação locativa em seu quarto – disse Odile, soando como se estivesse a centímetros do ouvido de Hollis. Ela se viu em cima da cama preparada, segurando firme o acessório de cabeça de Bigend, tão inesperada fora a situação. – Papoulas de Monet. Rotch. – Rotch? – As papoulas e qualquer que seja o fundo são equiluminosos.

E lá estavam elas, tremulando levemente, laranja-avermelhadas, dispostas como um campo que enchia o quarto, no nível da altura da cama. Ela moveu a cabeça de um lado ao outro, explorando o efeito.
— Isso se torna parte de uma série. A série de Argenteuil do artista. Rotch. — Lá estava de novo. — Ela preencher espaços em todo lugar com as papoulas de Monet. Ligue-me quando receber isto. Precisamos conversar, também sobre Chombo. — Ela pronunciou "Shombo".
— Odile? — Mas era uma gravação. Ainda agachada na cama, ela se sentou e passou a mão esquerda nas papoulas que sabia não estarem lá. Ela quase achou que poderia senti-las. Passou as pernas para o lado e encontrou o chão, com papoulas em volta dos joelhos. Caminhando entre elas, na direção das cortinas em camadas, ela sentiu, por um momento, como se elas flutuassem sobre águas cativas, imóveis. A artista pode não ter tido essa intenção, ela pensou.

Ao chegar à janela, ela pôs as cortinas para o lado com o antebraço e espiou a Sunset, em parte esperando que Alberto tivesse espalhado celebridades mortas pela rua, mais cenas de fama e desventura, mas não havia nada evidente.

Ela tirou o capacete, voltou à mesa pela ausência repentina das papoulas e tocou diversas superfícies internas até um LED verde se acender. Ao colocá-lo de volta na caixa, notou outra coisa, no meio do plástico bolha.

Ela puxou uma figura modelada em vinil da formiga da Blue Ant. Ela a colocou de pé sobre o tampo de mármore, pegou a bolsa da noite e levou ao banheiro. Enquanto enchia uma banheira de água quente sobre a porção de gel de banho do dia, esvaziou a bolsa e transferiu os conteúdos de costume de volta para ela.

Experimentou a água, despida, entrou na banheira e se acomodou, apoiando as costas.

Ela não tinha mais certeza do motivo pelo qual Jimmy precisara de tanto dinheiro emprestado em Paris, por que ela estivera disposta a se desfazer da quantia, ou como conseguira pôr as mãos nela.

TERRITÓRIO FANTASMA ■ 135

Ela emprestara a ele em francos. Fazia tanto tempo assim. A água estava funda o suficiente para subir pelas laterais do seu rosto quando ela apoiou a parte de trás da cabeça no fundo da banheira. Uma ilha de rosto de tamanho infantil acima da água. Isla de Hollis. As papoulas de Odile. Ela se lembrou da descrição de Alberto de como ele esculpia e colocava pele numa nova desventura de celebridade. Ela imaginou que as papoulas de Odile fossem outro tipo, mais simples, de pele. Poderiam ser qualquer coisa, na verdade.

Ela ergueu a cabeça afundada parcialmente acima da água e começou a passar xampu no cabelo.

– Jimmy – disse ela –, você me deixa louca. O mundo já está mais estranho e mais estúpido do que você jamais poderia imaginar. – Ela baixou o cabelo com xampu para dentro da água. O banheiro não parou de se encher da ausência do amigo morto, e ela começou a chorar antes de começar a enxaguar.

25.

SUNSET PARK

Vianca estava sentada, de pernas cruzadas, no chão do quarto de Tito com a tela de plasma Sony dele sobre os joelhos. Usando uma rede de cabelo descartável e luvas de malha de algodão, ela passava um lenço da Armor All na Sony toda. Depois que ela esfregasse tudo, a tela voltaria para a embalagem de fábrica, que, por sua vez, seria esfregada.

Tito, com sua rede de cabelo e luvas, estava sentado diante dela, esfregando as teclas do Casio. Uma caixa de papelão com produtos de limpeza os aguardava no corredor, ao lado de um aspirador de pó novo, que parecia caro e era alemão, segundo Vianca. Nada saía desse aspirador, só ar, ela disse, então não haveria pelos perdidos ou outros vestígios. Tito ajudara seu primo Eusebio exatamente com esse procedimento; embora Eusebio tivesse principalmente livros, cada um dos quais precisara, de acordo com o protocolo, ser todo folheado à procura de inserções esquecidas e depois limpo. As razões para a partida de Eusebio nunca ficaram claras para ele. Isso também era do protocolo.

Vianca parou de limpar e ergueu os olhos, olhos que se estreitavam sob a faixa de papel branco da rede de cabelo.

– Doctores – disse ela.

– Perdão?

– Doctores. No Distrito Federal. Um bairro. Ou talvez não. – Ela deu de ombros e voltou a esfregar.

Tito esperava não ter de ir ao México, para a Cidade do México. Ele não saía dos Estados Unidos desde que fora trazido e não tinha nenhum desejo de sair. Hoje em dia, voltar aqui deve ser ainda mais difícil. Havia membros da família em Los Angeles. Essa seria a escolha dele, não que ele tivesse escolha.

– Costumávamos praticar *systema*, Eusebio e eu – disse ele, virando o Casio e continuando a esfregar.

– Ele foi meu primeiro namorado – disse Vianca, o que parecia impossível até ele lembrar que ela não era adolescente de verdade.

– Não sabe onde ele está?

Ela deu de ombros.

– Chutando, Doctores. Mas é melhor não ter certeza.

– Como eles decidem para onde a pessoa vai?

Ele pôs o lenço sobre o recipiente da Armor All e pegou um pedaço de embalagem de espuma, que encaixou perfeitamente sobre um canto da Sony.

– Depende de quem eles acham que pode estar procurando a pessoa. – Ela pegou o pedaço da outra ponta.

Tito olhou para o vaso azul. Ele havia se esquecido disso. Teria de encontrar um lugar para ele. Achou que sabia onde.

– Para onde você foi depois de 11 de setembro – perguntou ela –, antes de vir para cá?

Ele morou abaixo da Canal, com a mãe.

– Nós fomos para Sunset Park. Com Antulio. Alugamos uma casa, tijolos vermelhos, cômodos muito pequenos. Menores que este. Comemos comida dominicana. Andamos no velho cemitério. Antulio mostrou o túmulo de Joey Gallo. – Pôs o Casio de lado e se levantou, tirando a rede de cabelo. – Vou subir no telhado. Tenho uma coisa a fazer lá.

Vianca acenou com a cabeça, deslizando para dentro da caixa a Sony envolta em espuma.

Ele vestiu o casaco, pegou o vaso azul e o colocou, ainda com as luvas brancas de algodão, no bolso lateral. Saiu e fechou a porta. Parou no corredor, incapaz de nomear o que estava sentindo. Medo, mas esse estava no lugar certo. Outra coisa. Extremidades, territórios, uma vastidão cega? Ele seguiu em frente, passando pela porta corta-fogo e subindo a escada. Ao chegar no sexto andar, subiu o último lance até o telhado.

Concreto coberto de asfalto, cascalho, vestígios secretos do World Trade Center. Alejandro insinuara essa última parte, uma vez, quando subiu ali. Tito lembrou-se da poeira clara, acumulada no parapeito da janela do quarto de sua mãe, abaixo da Canal. Lembrou-se das escadas de incêndio, longe das torres caídas, cheias de papéis de escritório. Lembrou-se da feiura da Gowanus Expressway. O quintal minúsculo da casa onde haviam ficado com Antulio. O trem N da Union Square. O olhar enlouquecido da mãe.

As nuvens eram como as gravuras de um livro antigo. Uma luz que roubava a cor do mundo.

A porta para o telhado era voltada para o sul e abria para fora da estrutura inclinada para trás que sustentava sua moldura. Contra a parede em forma de cunha e voltada para o leste dessa estrutura, prateleiras de madeira sem pintura tinham sido construídas, há muito acinzentadas, e sobre elas fora disposta, ou abandonada, uma variedade de objetos. Um balde corroído sobre roldanas, com uma unidade para espremer esfregões, impulsionada com o pé. Os esfregões em si, carecas e grisalhos, a tinta descascando nos cabos de madeira desbotados, em delicados tons pastel. Pequenos barris brancos de plástico com o alerta de mãos pretas de esqueleto num diamante preto e branco, mas estavam vazios. Diversas ferramentas de mão enferrujadas de idade tão avançada que estavam inidentificáveis, pelo menos por Tito. Latas de tinta enferrujadas cujos rótulos de papel haviam desbotado a ponto de ficarem ilegíveis.

Ele tirou o vaso do bolso e o esfregou com as luvas de algodão. Oxum devia ter inúmeras casas como essa, pensou ele, inúmeras janelas. Apoiou o vaso sobre uma prateleira, moveu uma lata para o lado, pôs o vaso contra a parede, depois pôs a lata de volta, deixando o vaso escondido entre duas latas. Pelo modo como estavam esses telhados, ele poderia ser encontrado no dia seguinte, ou permanecer intocado por anos.

Ela reina sobre as águas doces do mundo. A mais jovem das orixás femininas, mas seu título é a Grande Rainha. Reconhece a si mesma nas cores amarelo e dourado, no número cinco. Os pavões são dela. E os abutres.

A voz de tia Juana. Ele acenou com a cabeça para a prateleira, o altar oculto, depois se virou e desceu as escadas.

Ao entrar de novo em seu quarto, ele encontrou Vianca removendo o drive da torre do PC. Ela olhou para ele.

– Copiou o que queria manter?

– Sim – disse ele, tocando o Nano em torno do pescoço. Um amuleto. Sua música armazenada ali.

Tirou o casaco, pendurou no cabideiro e recolocou a rede de cabelo. Sentou-se em frente à prima e recomeçou a desmontagem ritual, esse esfregar meticuloso para a remoção de vestígios, apagar. Como diria Juana, a lavagem do limiar da nova estrada.

26.

GRAY'S PAPAYA

Às vezes, quando Brown ficava com fome no fim do dia, e com determinado humor, eles iam para o Gray's Papaya para comer o Especial de Recessão. Milgrim sempre pedia a laranjada, porque parecia uma bebida mais honesta, menos parecida com suco. Era possível comprar suco de verdade lá, mas não com o Especial de Recessão, e o suco não parecia fazer parte da experiência do Gray, que tinha a ver com salsicha de carne grelhada, pão branco, macio e bebidas aguadas, doces, consumidos de pé sob iluminação fluorescente, forte e ruidosa.

Quando eles estavam hospedados no New Yorker, como parecia que iriam ficar de novo esta noite, iam para o Gray, que ficava apenas duas quadras depois da Eighth Avenue. Milgrim sentia-se reconfortado pelo Gray's Papaya. Ele se lembrava de quando as duas salsichas e a bebida que eram o Especial de Recessão custavam US$ 1,95.

Milgrim duvidava que o Gray's reconfortasse Brown, exatamente, mas sabia, sim, que Brown podia ficar relativamente tagarela ali. Ele tomaria a piña colada sem álcool com as salsichas e exporia as origens do marxismo cultural na América. O marxismo cultural era o que as outras pessoas chamavam de correção política, segundo Brown, mas, na verdade, era marxismo cultural e fora da Alemanha para os Estados Unidos depois da Segunda Guerra Mundial, dentro dos crânios astutos de um punhado de professores universitários de Frankfurt. A Escola de Frankfurt, como eles se autodenominaram, não perdeu tempo e atirou seus ovipositores intelectuais repetidas vezes no

corpo inocente da velha guarda acadêmica norte-americana. Milgrim sempre gostava dessa parte, ela tinha artificialidade sci-fi vintage atraente, staccato e instigante, com uma cria estelar monocromática e granulosa, euro-comuna de paletó de tweed e gravata de tricô, reproduzindo-se feito Starbucks. Mas ele sempre se decepcionava quando o discurso inflamado ia chegando ao fim, com o argumento de Brown de que a Escola de Frankfurt era toda formada por judeus.
– Sem. Nenhuma. Exceção. – Limpando a mostarda dos cantos da boca com um guardanapo de papel dobrado com precisão. – Pode pesquisar.

O que foi exatamente que aconteceu desta vez, após o longo dia de Milgrim na lavanderia. Brown acabara de dizer isso, e Milgrim concordara com a cabeça e continuara a mastigar o final do segundo cachorro-quente, feliz por ter algo na boca para impedir a resposta.

Quando os dois terminaram o Especial, era hora de voltar andando pela Eighth até o New Yorker. O trânsito estava moderado, e havia algo como um toque de primavera no ar, um leve calor premonitório que Milgrim suspeitou ser alucinatório, mas, ainda assim, bem-vindo. Quando o Hummer amarelo passou devagar, na faixa mais próxima, enquanto eles andavam para o sul, ele o notou. Você notaria, ele diria a si mesmo depois. Não que fosse um Hummer de verdade, só um daqueles meia-boca, e não só o fato de ser amarelo, mas porque era um Hummer e era amarelo, e tinha aquelas calotas com contrapesos atrapalhados que não giravam com os eixos, só ficavam balançando ali. E essas eram amarelas, um amarelo combinando, e tinham um Smiley em cada uma, ou pelo menos nas duas para o lado da calçada, as duas que Milgrim podia ver.

Mas o que realmente prendeu a atenção de Milgrim, depois que o veículo passou no sentido oposto, foi como o motorista e o passageiro lembravam seus dois cavaleiros mouros da lavanderia na Lafayette. Gorros pretos de tricô apertados em crânios enormes e amplidões peitoris de couro como as de sofás, pretas e cravejadas de botões.

Gilbert e George, nos bancos dianteiros de um Hummer.

27.

A MOEDA INTERNACIONAL DA MERDA

Psiquicamente recomposta por meio do roupão branco e grosso do Mondrian, dos óculos escuros e do café da manhã de granola, iogurte e suco de melancia, Hollis recostou-se numa ampla poltrona branca, apoiou os pés na mais baixa das duas mesas de centro com tampo de mármore e observou a estatueta da Blue Ant de vinil que estava sobre o braço da poltrona. Não tinha olhos; ou melhor, seu designer escolhera não representar os olhos. Tinha um sorriso determinado, a expressão de um personagem azarão de desenho animado, totalmente consciente de sua condição secreta de super-herói. A postura também transmitia isso – braços dobrados nas laterais, punhos cerrados, pés formando um T, numa posição de prontidão de artes marciais. Ela achou que o avental e as sandálias estilizados de egípcio de desenho animado eram uma referência à aparência hieroglífica do logo da empresa.

Inchmale dizia que quando alguém apresenta uma ideia nova a uma pessoa, ela deve tentar virá-la do avesso, para ver o fundo. Ela pegou o boneco, com a expectativa de encontrar a indicação de direitos reservados à Blue Ant, mas a parte de baixo dos pés era lisa e estava em branco. Bem-acabada. Não se tratava de um brinquedo, pelo menos não para crianças.

Ela lembrou Hollis da vez em que o técnico de som deles, Ritchie Nagel, arrastara um Inchmale militantemente desinteressado para ver Bruce Springsteen no Madison Square Garden. Inchmale voltara com os ombros curvados, pensativo, profundamente impressionado pelo que testemunhara, mas com uma indisposição que não lhe era característica, para falar a respeito. Pressionado, dizia apenas que Springsteen, no palco, canalizara uma combinação de Apolo e Coelho Pernalonga, um ato de possessão física altamente complexo. Em seguida, Hollis aguardara, impaciente, por qualquer manifestação de Inchmale no palco que lembrasse o Chefe, mas isso nunca aconteceu.

Esse designer da Blue Ant, pensou ela, ao colocar a coisa de volta no braço da poltrona, havia aspirado algo assim: Zeus e Pernalonga. O celular dela tocou.

– Bom dia – Inchmale, como se evocado por ela ter pensado nele.

– Você enviou Heidi. – Apenas neutramente acusador.

– Ela andou sobre as patas traseiras?

– Você sabia do dinheiro de Jimmy?

– Seu dinheiro. Sabia, mas tinha esquecido. Ele me disse que estava com o dinheiro, que ia dar a você. Eu disse a ele para dar a Heidi, se não pudesse dar a você. Caso contrário, ia sumir por aquele buraco no braço dele sem pestanejar.

– Você não me contou.

– Esqueci. Com muito esforço. Reprimi todo o episódio lamentável na sequência do falecimento não inesperado.

– Quando você o viu?

– Não vi. Ele me ligou. Cerca de uma semana antes de ser encontrado.

Hollis virou-se na poltrona, olhando sobre o ombro para o céu acima das colinas de Hollywood. Absolutamente vazio. Quando ela se virou de volta, pegou o resto do suco.

– Não que eu não precise, mas não tenho certeza do que fazer com ele. – Ela tomou um gole do suco de melancia e baixou o copo.

– Gaste. Eu não tentaria depositar.

– Por que não?

– Você não sabe por onde ele passou.

– Não quero nem saber em que você está pensando.

— A nota de cem dólares é a moeda internacional da merda, Hollis, e, do mesmo modo, o alvo número um dos falsificadores. Quanto tempo vai ficar em Los Angeles?
— Não sei. Por quê?
— Porque devo estar aí depois de depois de amanhã. Descobri há vinte minutos. Posso checar essas notas para você.
— Deve? Pode?
— Os Bollards.
— Perdão?
— Bollards. Pode ser que eu os produza.
— Você sabe mesmo ver se o dinheiro é falsificado?
— Moro na Argentina, não?
— Angelina e o bebê também vêm?
— Pode ser, depois, se eu e os Bollards fecharmos. E você?
— Conheci Hubertus Bigend.
— Como ele é?
— Interessante.
— Ai, não.
— Tomamos drinques. Depois ele me levou até onde está construindo novos escritórios. Numa espécie de tanque Cartier.
— Num o quê?
— Num carro obsceno.
— O que ele quer?
— Eu estava prestes a dizer que é complicado, mas, na verdade, é vago. Extremamente vago. Se você tiver um tempo livre dos Pillocks, eu conto.
— Por favor. — Ele desligou.
  O telefone tocou na mão dela.
— Sim? — Imaginando que Inchmale tivesse mais alguma coisa a dizer.
— Alô? Ollis?
— Odile?

– Você teve experiência de papoulas?
– Sim. Lindo.
– O homem da *Node* ligar, ele diz que você está com um capacete novo?
– Estou, obrigada.
– Isso é bom. Conhece Silverlake?
– Aproximadamente.
– Aproximada...?
– Conheço Silverlake.
– A artista Beth Barker está aqui, apartamento dela. Você vai comigo, você sente o apartamento, este ambiente. É um ambiente comentado, você conhece?
– Comentado como?
– Cada objeto é marcado de maneira hiperespacial com a descrição de Beth Barker, com a narrativa de Beth Barker desse objeto. Um simples copo de água tem vinte marcações.

Ela olhou para a orquídea branca que florescia na mesa de centro mais alta, imaginou-a com vinte fichas de arquivo sobrepostas.

– Parece fascinante, Odile, mas terá que ser outro dia. Preciso tomar algumas notas. Absorver o que vi até agora.
– Ela ficará desolada, Beth Barker.
– Diga para ela não desanimar.
– Não...?
– Eu vejo outro dia. Mesmo. E as papoulas são maravilhosas. Precisamos conversar sobre elas.
– Ah. Muito bem. – Animada. – Direi a Beth Barker. Tchau.
– Tchau. E, Odile?
– Sim?
– Sua mensagem. Você disse que queria falar sobre Bobby Chombo.
– Quero, sim.
– Vamos falar, então. Até.

Ela se levantou rápido, como se assim fosse impedir o celular, que deixara no bolso do roupão, de tocar de novo.

– **HOLLIS HENRY.** – O garoto da locadora de carros sem nome a uma curta distância da Sunset olhou da carteira de motorista para ela. – Já te vi na televisão?
– Não.
– Quer cobertura completa para colisões?
– Sim.
Ele assinalou o contrato três vezes.
– Assinatura, rubricas duas vezes. Filmes?
– Não.
– Cantora. Daquela banda. Cara careca e narigudo, guitarra, inglês.
– Não.
– Não se esqueça de encher o tanque antes de trazer de volta – disse ele, olhando para ela agora com leve, e um tanto descarado, interesse. – Era você.
– Não – disse ela, pegando as chaves –, não era. – Ela foi até o Passat preto alugado, a caixa de papelão da Blue Ant debaixo do braço, e entrou, colocando-a no banco do passageiro.

28.

BROTHERMAN

Tito e Vianca embalaram os conteúdos do quarto dele em dez pacotes de tamanhos variados, cada um envolto em dois sacos de lixo pretos para empreiteiros e selado com fita preta resistente. Com isso, restaram o colchão de Tito, a tábua de passar, a cadeira de pernas longas da Canal Street e a velha arara de ferro. Eles haviam combinado que Vianca levaria a tábua de passar e a cadeira. O colchão, que deveria conter escamas de pele e pelos suficientes para um teste de DNA, seguiria para um aterro sanitário assim que Tito deixasse o prédio. Vianca o selara em dois dos sacos pretos antes de passar o aspirador de pó no quarto. Os sacos pretos faziam um som escorregadio quando alguém se sentava no colchão, e Tito teria que dormir sobre eles.

Tito tocou o Nano mais uma vez, na corda em torno do pescoço, grato por ter a sua música.

– Embalamos o tchainik – disse ele – e a chaleira. Não podemos fazer chá.

– Não quero esfregá-los de novo.

– Carlito chamou a mim e a Alejandro de tchainiks – disse Tito.

– Significa que somos ignorantes, mas dispostos a aprender. Você conhece esse uso da palavra tchainik?

– Não – disse Vianca, com o ar de uma criança muito bonita e muito perigosa, com a rede de cabelo de papel branco. – Só sei que significa "bule".

– Palavra de hacker, em russo.

— Você às vezes não acha que está esquecendo o russo, Tito? — ela perguntou em inglês.

Antes que ele pudesse responder, alguém bateu de leve na porta, conforme o protocolo. Vianca levantou-se do colchão com uma graça peculiar, ao mesmo tempo rígida e sinuosa, e entoou a resposta.

— Brotherman — disse ela, e destrancou a porta.

— Hola, viejo — disse Brotherman, acenando com a cabeça para Tito e tirando uma faixa de tricô preta da cabeça, que servia de protetor de ouvidos. Ele usava o cabelo numa massa vertical, tingido de um laranja-escuro peculiar de peróxido. Juana disse que, em Brotherman, um africano emergira no cubano, antes de se misturar ao chinês. Brotherman exagerava isso agora, para a sua própria vantagem e da família. Era completamente ambivalente, em termos raciais. Um camaleão, com o espanhol passando com destreza entre cubano, salvadorenho e chilango, ao passo que seu inglês afro-americano costumava ser incompreensível para Tito. Ele era mais alto que Tito e tinha o rosto magro e longo, com o branco dos olhos manchado de vermelho. — Llapepi — saudou Vianca com um aceno de cabeça, adaptando para a gíria negra, trocando as sílabas, a palavra papila: adolescente.

— Hola, Brotherman. Qué se cuenta?

— O de sempre — disse Brotherman, curvando-se para pegar e apertar a mão de Tito. — O homem do momento.

— Não gosto de esperar — disse Tito, levantando-se para tirar a inquietação das costas e dos braços. A lâmpada sem lustre parecia mais forte que nunca. Vianca a limpara.

— Mas eu vi seu *systema*, primo — Brotherman ergueu uma sacola branca de plástico. — Carlito te mandou sapatos. — Passou a sacola para Tito. Os tênis pretos de cano alto ainda estavam com as etiquetas azuis e brancas com o logo da Adidas. Tito sentou-se na ponta do colchão ensacado e tirou as botas. Pôs os cadarços nos tênis e calçou-os sobre meias de algodão semipenteado, tirou as etiquetas e ajustou os cadarços com cuidado antes de amarrá-los. Levantou-se, alterando o peso do corpo, sentindo os calçados novos. – Modelo GSG9 – disse Brotherman. – Polícia especial da Alemanha.

Tito separou os pés na mesma distância dos ombros, jogou o Nano dentro da gola da camiseta, respirou e deu um mortal para trás, os tênis novos passando a menos de trinta centímetros da lâmpada instalada no teto. Ele parou dez centímetros atrás da posição inicial.

Sorriu para Vianca, mas ela não sorriu para ele.

– Vou sair para buscar comida agora – disse ela. – O que vocês querem?

– Qualquer coisa – disse Tito.

– Vou começar a carregar isso – disse Brotherman, tocando com a ponta do pé a pilha de pacotes pretos. Vianca passou a ele um par de luvas novas que estava no bolso da jaqueta.

– Vou ajudar – disse Tito.

– Não – disse Brotherman, vestindo as luvas e meneando dedos brancos para Tito. – Você torce o tornozelo, distende alguma coisa, Carlito come nosso rabo.

– Ele está certo – disse Vianca, com firmeza, tirando a rede de cabelo e colocando o boné de beisebol. – Chega de brincadeira. Me dá a carteira.

Tito passou a carteira para ela.

Ela tirou as duas identificações fornecidas mais recentemente pela família. Sobrenome Herrera. Adiós. Ela deixou com ele o dinheiro e o cartão do metrô.

Ele olhou para a prima e para o primo, depois voltou a se sentar no colchão.

29.

ISOLAMENTO

Totalmente vestido e reclinado sobre a colcha do New Yorker, Milgrim concluiu que havia algo no Rize que o fazia lembrar um dos efeitos mais esotéricos de comer Szechuan excepcionalmente picante. Não apenas picante, mas temperado de forma correta e habilidosa. Quente como quando traziam um prato com fatias de limão, para a pessoa chupar conforme a necessidade, de modo a neutralizar o ardor. Fazia muito tempo que Milgrim não comia algo assim. Havia muito tempo que não fazia uma refeição que proporcionasse qualquer prazer memorável. A comida chinesa com que estava mais familiarizado ultimamente seguia a linha da refeição cantonesa adulterada que levaram para ela na lavanderia da Lafayette, mas neste exato momento ele recordava a sensação, estranhamente encantadora, de beber água gelada após um ardor forte de pimenta – como a água preenchia a boca por completo, mas, de alguma forma, sem tocá-la, como uma membrana de prata da espessura de uma molécula de antimatéria chinesa, como um encanto, uma espécie de isolamento mágico.

O Rize era assim, a água fria fazendo o papel de Milgrim, ou dos aspectos relacionados a ser Milgrim ou somente a ser, que ele considerava mais problemáticos. Nos casos em que uma formulação menos sutil buscaria repelir a água fria, o Rize o encorajava a tomá-la na boca, para saborear a membrana de prata.

Embora estivesse de olhos fechados, ele sabia que Brown acabara de se aproximar da porta entre os dois quartos, que estava aberta.

– Uma nação – ele se ouviu dizer – consiste de suas leis. Uma nação não consiste na situação em que se encontra em dado momento. Se a moral de um indivíduo for situacional, esse indivíduo não possui moral. Se as leis de uma nação forem situacionais, essa nação não possui leis e, logo, não é uma nação. – Abriu os olhos e confirmou a presença de Brown, com a pistola parcialmente desmontada na mão. A limpeza, a lubrificação e o exame dos mecanismos internos da arma eram um ritual, conduzido algumas noites por semana, embora, pelo que Milgrim soubesse, Brown não houvesse atirado com a arma desde que estavam juntos.

– O que você disse?

– Você realmente tem tanto medo de terroristas a ponto de desmantelar as estruturas que fizeram da América o que ela é? – Milgrim ouviu-se fazer a pergunta com uma sensação de curiosidade profunda. Dizia essas coisas sem ter pensado nelas de modo consciente, ou pelo menos não em termos tão sucintos, e elas pareciam indiscutíveis.

– Que porra...

– Se tiver, vai deixar o terrorista vencer. Porque esse é o objetivo exato, específico, dele, seu único objetivo: amedrontá-lo a ponto de renunciar ao Estado de direito. É por isso que é chamado de "terrorista". Usa ameaças aterrorizantes para induzi-lo a degradar sua própria sociedade.

Brown abriu a boca. Fechou-a.

– É baseado na mesma falha na psicologia humana que permite às pessoas acreditarem que podem acertar na loteria. Em termos estatísticos, quase ninguém ganha na loteria. Em termos estatísticos, ataques terroristas quase nunca acontecem.

Havia uma expressão no rosto de Brown que Milgrim nunca vira. Então, Brown jogou uma cartela nova sobre a colcha.

– Boa noite – Milgrim ouviu-se dizer, ainda isolado pela membrana de prata.

Brown virou-se, andou de volta ao seu quarto em silêncio, de meias e a pistola parcial na mão.

Milgrim ergueu o braço direito na direção do teto, reto, dedo indicador estendido e polegar inclinado. Baixou o polegar, dando um tiro imaginário, depois baixou o braço, sem a menor ideia do que concluir a respeito do que acabara de acontecer.

30.

PEGADA

Ela seguiu de carro até Malibu, com o capacete da Blue Ant na caixa sobre o assento ao lado. Estava ensolarado em Beverly Hills, mas, ao chegar ao mar, algo monocromático e salino havia se insinuado.

Ela foi ao Gladstone's, levando a caixa, e apoiou-a no enorme banco de madeira em frente ao seu, enquanto completava o café da manhã hiper-saudável de hotel com uma pequena sopa e uma Coca grande. A luz na praia era como uma dor de cabeça de sinusite.

As coisas estavam diferentes hoje, ela garantiu a si mesma. Ela estava trabalhando para a *Node*, e seus gastos seriam cobertos. Decidira ver as coisas dessa forma, e não pensar em si mesma como empregada de Bigend nem da Blue Ant. Afinal, não houvera nenhuma mudança real em sua situação formal. Ela era freelancer, a serviço da *Node*, para escrever sete mil palavras sobre computação locativa e as artes. Essa era a situação hoje, e ela era capaz de lidar com isso. Quanto à versão de Bigend, não tinha tanta certeza. Piratas, seus barcos, unidades marítimas da CIA, cargueiros sem rota regular, o tráfico e a caça de armas de destruição em massa, um contêiner que falava com Bobby Chombo – ela não tinha certeza de nada disso.

Quando estava pagando, lembrou-se do dinheiro de Jimmy, lá no Mondrian, trancado no pequeno cofre de combinação digital do quarto, programado com o código de abertura "CARLYLE". Ela não sabia o que mais fazer com ele. Inchmale disse que poderia dizer a ela se alguma nota era falsificada. Ela aceitaria a proposta, pensou, e seguiria em frente a partir daí.

A ideia de revê-lo despertou uma antiga ambivalência. Embora nunca tivesse sido verdade o que as revistas afirmaram muitas vezes, que ela e Inchmale haviam sido um casal, em qualquer sentido carnal ou comum, eles haviam sido casados de uma forma profunda, ainda que assexual. Cocriativos, os fios elétricos do Curfew, limitados e unidos de diversas formas através de Heidi e Jimmy. Ela era grata, de modo geral, a qualquer que fosse a força que levara Inchmale a encontrar as excelentes Angelina e Argentina e, portanto, a ser convertido, em grande parte, para fora do mundo dela. Assim era melhor para todos, ainda que ela tenha tido dificuldade para explicar isso a qualquer um, exceto a Inchmale. E Inchmale, jamais ignorando a radiação de fundo de sua própria singularidade, estaria sempre pronto para concordar.

Quando ela voltou ao carro, pôs a caixa sobre o porta-malas fechado e tirou o capacete, para remexer nos controles desconhecidos. Vestiu a coisa, curiosa para descobrir se alguém havia sido criativo em termos locativos nas proximidades imediatas.

A mão da Estátua da Liberdade, em traços simples de desenho animado, segurando uma tocha a uma altura de três andares, pairava acima dela, tapando o brilho perturbador do céu salino-metálico. O pulso, saindo das areias de Malibu, teria aproximadamente a área de uma quadra de beisebol. Era muito maior que o objeto real, simulava de forma grosseira estar saindo da praia dessa forma e, ainda assim, conseguia ser mais melancólica que ridícula. Seria tudo assim no novo mundo de locativos de Alberto? Isso significaria que o mundo sem tags e não automatizado seria preenchido aos poucos pelas coisas virtuais, tão belas, feias ou banais quanto qualquer coisa já encontrada na web? Havia alguma razão para esperar que fosse melhor que o atual, ou pior? A mão da Liberdade e sua tocha pareciam ter sido moldadas no mesmo material com que se fazia Tupperware bege. Ela se lembrou de como Alberto descreveu seus trabalhos de criação de peles, texturas. Lembrou-se das princesas astecas de microssaias no Volkswagen dele. Perguntou-se de onde estava vindo o Wi-Fi para esta peça.

Tirou o capacete e colocou-o de volta na caixa de papelão.

Dirigindo de volta, enquanto o sol encontrava a saída aos poucos, decidiu tentar encontrar a fábrica de Bobby, ao menos para inseri-lo no mapa dela de um modo diferente. Não deveria ser difícil. Ela estava descobrindo que seu corpo se lembrava de Los Angeles muito mais a fundo do que sua mente.

Ela acabou indo parar na Romaine, à procura do retorno que Alberto pegara. Para as paredes pintadas de branco. Ela encontrou, fez o retorno e viu algo grande, claro e ainda mais branco, começando a se afastar. Ela reduziu, parou. Viu o caminhão longo e branco virar, oscilando para a direita, e se perder de vista na outra esquina. Ela não entendia de caminhões, mas supôs que esse fosse dos mais longos, sem a traseira se transformar num trailer separado. Mas grande o suficiente para transportar o conteúdo de uma casa de dois quartos. Sem identificação, reluzente, branco. E não mais ali.

– Merda – disse ela, encostando onde Alberto estacionara. Era possível ver a porta verde de metal por onde haviam entrado. Ela não gostou da sombra diagonal que via sobre a porta agora. O sol estava alto, e a diagonal significava que a porta estava aberta, dez centímetros ou mais. Pela primeira vez, viu as portas longas, brancas e corrugadas na horizontal de uma plataforma de carregamento. Dê a ré num caminhão até lá e leve o que quiser.

Ela abriu o porta-malas, ficando com o PowerBook no ombro e a caixa nos braços. Pôs os dois no porta-malas e fechou, pegou a bolsa, trancou o carro com o transponder, endireitou os ombros e foi até a porta verde. Como supôs, estava aberta vários centímetros. Para a escuridão, concluiu, inclinando a cabeça para espiar, acima dos óculos escuros.

Ela vasculhou entre os pequenos objetos no fundo da bolsa e sacou um pequeno LED plano num chaveiro cujas chaves eram de uma caixa postal comercial que não alugava mais e de uma trava para proteger um carro que não tinha mais. Ela apertou a luz entre o polegar e o indicador, esperando que a bateria tivesse acabado, mas não, estava funcionando. Sentindo-se idiota, bateu na porta verde, machucando as juntas dos dedos. A porta era pesada, e não saiu do lugar com a batida.

– Bobby? Alô? É Hollis Henry, Bobby... – Pôs a mão esquerda na porta e empurrou. Ela se abriu suavemente, mas muito devagar. Com o LED na mão direita, tirou os óculos com a outra e entrou na escuridão.

O LED fazia pouco em termos de aumentar a visibilidade. Ela o desligou e ficou parada, esperando os olhos se acostumarem. Começou a distinguir pontos e raios pequenos e fracos ao longe. Falhas na pintura de janelas escurecidas, imaginou ela.

– Bobby? É Hollis. Onde você está?

Ela tentou o LED de novo, desta vez apontando-o para o chão. Com um brilho surpreendente, ele iluminou um trecho de uma das linhas de pó branco da grade de Bobby. Interrompida, notou ela, pela pegada parcial de um dos clones de Keds pontudos dele.

– Epa – disse ela –, Nancy Drew na cabeça. Bobby? Onde você está?

Ela fez um arco lento com o LED, na altura da cintura, e enxergou de leve um painel de interruptores. Foi até eles e experimentou um. Atrás dele, acima da cabeça, vários dos grandes halogêneos se acenderam.

Ela se virou e viu, não de forma inesperada agora, o piso como um campo, vazio, exceto pela grade de GPS de Bobby desenhada no chão, borrada e apagada em partes, como giz num quadro-negro, de onde a mesa, as cadeiras e os computadores tinham saído. Ela seguiu em frente, pisando com cuidado, tentando desviar do pó branco. Parecia haver uma variedade de pegadas, e muitas de Bobby – ou de outra pessoa usando aqueles mesmos sapatos ridículos, o que parecia improvável. Havia pontas de filtro bege também, fumadas e esmagadas no concreto. Sem precisar pegar uma, ela sabia que seriam de Marlboro. Ela olhou para as luzes, depois para as pegadas e guimbas.

– Bobby saiu à francesa – ela disse, lembrando uma expressão de Inchmale.

Alguém removera o contorno de fita laranja de Archie, a lula.

Ela saiu, evitando tocar a porta verde entreaberta. Tirou o computador da pasta no porta-malas, despertou-o e, enquanto ele iniciava, tirou o capacete da Blue Ant da caixa. Com o braço direito atravessando o esqueleto do capacete, e o PowerBook sob o esquerdo, fechou o porta-malas e voltou ao prédio. Abriu o PowerBook e verificou se a rede sem fio 72fofH00av, que ela havia acessado antes, tinha ido embora com Bobby. Tinha, mas ela esperava por isso. Fechou o laptop e enfiou-o debaixo do braço, enquanto tentava, atrapalhada, ligar e vestir o capacete.

Archie não estava mais lá.

Mas o contêiner de transporte ainda estava, com algo brilhando no centro, através da estrutura 3D.

Ela deu um passo à frente, e ele desapareceu.

Ela ouviu uma voz suave atrás dela, sílabas que não eram inglês.

Ela começou a se virar e se lembrou de tirar o capacete primeiro.

Havia um casal parado à porta, na contraluz. Eram pequenos. O homem segurava um vassourão de cabeça larga.

– Hola – disse ele.

– Olá? – Andando na direção deles. – Que bom que estão aqui. Já estou saindo. Podem ver que deixaram tudo bagunçado. – Gesticulando para trás com o braço que enfiara no capacete mais uma vez.

O homem disse algo em espanhol, com delicadeza, mas questionador, quando ela passou por eles.

– Tchau – disse ela, sem olhar para trás.

Uma Econoline cinza-prata, maltratada, estava estacionada ao lado do Passat alugado. Ela usou o transponder enquanto se aproximava do carro, abrindo a porta rapidamente, e entrou, capacete no banco do passageiro, PowerBook no chão, chave na ignição, saindo, as portas amassadas da Econoline no retrovisor agora. Em seguida, ela acelerava pela Romaine.

31.

PURO

Brotherman desceu com os pacotes pretos e carregou seu caminhão, depois acrescentou a cadeira e a tábua de passar, que seriam entregues a Vianca. Ela voltou com gyudon coreano. Os três comeram, em silêncio durante a maior parte do tempo, sentados em fila no colchão embalado em preto de Tito. Depois, Brotherman e Vianca foram embora.

Tito estava sozinho com o colchão, com a arma do búlgaro enfiada sob ele, a escova de dentes e a pasta, a roupa que usaria quando fosse encontrar o velho, a velha arara de ferro, dois cabides de arame, a carteira, o celular, as luvas brancas de algodão que ele ainda estava usando e três pares extras de meias pretas que pretendia enfiar no cós da calça jeans larga.

O quarto ficara grande, estranho. Era reconfortante ver, inalteradas, as impressões fósseis de compensado no teto alto. Ele escovou os dentes na pia e decidiu dormir de calça jeans e com a camiseta de manga longa. Quando apagou a luz, a escuridão foi absoluta e sem tamanho específico. Ele se levantou e acendeu a luz. Deitou-se no colchão envolto em preto, enrugando o plástico ruidoso, e pôs um dos pares de meias pretas novas sobre os olhos. Elas cheiravam a lã fresca.

Então Alejandro bateu à porta de acordo com o protocolo, num ritmo totalmente familiar. Tito tirou as meias, rolou para fora do colchão e bateu em resposta. Aguardou a resposta e abriu. O primo estava no corredor, um molho de chaves na mão, cheirando levemente a álcool e olhando para o quarto vazio atrás de Tito.

– Parece uma cela – disse Alejandro.
– Você sempre disse que parecia.
– Uma cela vazia – disse Alejandro, entrando e fechando a porta. – Fui falar com os tios. Tenho que lhe passar as informações de amanhã, mas estou aqui para dizer mais do que devo. – Abriu um sorriso, e Tito perguntou-se se ele estaria muito ou pouco bêbado. – Assim, você não tem escolha senão me escutar.
– Eu sempre ouço.
– Escutar é diferente. Me dê essas meias. – Tito passou a ele o par de meias ainda não usadas, e ele as separou, puxando uma sobre cada mão. – Vou lhe mostrar uma coisa. – Agarrou a barra da arara com as mãos cobertas pelas meias. Puxou a arara parcialmente para cima, firmou a base de rodinhas com o sapato para que ela não rolasse. – Olhe embaixo.
Tito curvou-se e espiou sob a base de ferro decorada. Algo preto, preso com fita.
– O que é isso?
– Cuidado com os dedos do pé – alertou Alejandro ao erguer a base, e baixou-a de volta.
– O que é isso?
– Ele capta tráfego de celular de entrada e saída. Mensagens. Volapuque. Quando você receber a mensagem para entregar o iPod ao seu velho, independentemente do seu número, eles também a receberão. – Alejandro deu um sorriso insolente, uma expressão de quando eram garotos.
– Quem? Quem são eles?
– Os inimigos do velho.
Tito pensou nas últimas conversas que tiveram.
– Ele é do governo? Da CIA?
– Ele já foi agente de contrainformação. Agora é um renegado, um jogador inescrupuloso, segundo Carlito. Louco.
– Louco?

– Isso não vem ao caso. Carlito e os outros comprometeram a família com a operação dele. Comprometeram você. Mas você sabe disso. Você não sabia dessa escuta – apontando para a arara –, mas os tios sabiam. Gente da família viu quando eles colocaram isso aqui e, mais recentemente, quando a bateria foi substituída.
– Mas você sabe quem pôs isso aqui?
– Isso é complicado. – Alejandro foi até a pia e escorou-se nela. – Às vezes, quanto mais a pessoa se aproxima da verdade, mais complicadas ficam as coisas. Os homens dos bares, que explicam todos os segredos deste mundo, Tito, prestam atenção em você, não é preciso mais que três drinques para explicar qualquer segredo. Quem matou os Kennedy? Três drinques. A motivação real dos Estados Unidos no Iraque? Três drinques. As respostas que vêm com três drinques nunca contêm a verdade. A verdade é profunda, primo, e muda, desce pelas rachaduras, como as bolinhas de mercúrio com que brincávamos na infância.
– Me diga.
Alejandro ergueu as mãos, transformando as meias pretas em fantoches.
– "Eu sou um velho que um dia guardou segredos para o governo daqui" – disse ele, com a meia da esquerda –, "mas detesto certas políticas, certas figuras do governo que acredito serem culpadas de crimes. Pode ser que eu seja louco, paranoico, mas sou esperto. Tenho amigos de tendências parecidas, menos loucos talvez, e que têm mais a perder. Descubro segredos com a ajuda deles, e tramo..."
– Estamos sendo ouvidos?
– Não.
– Como pode ter certeza?
– Carlito pediu para um amigo dar uma olhada. Não é um grampo qualquer. Coisa que só o governo tem, ilegal.
– Eles são do governo?
– "Prestadores de serviço autônomos" – disse com a meia da direita –, somos autônomos. É assim que as coisas são feitas aqui agora.

Nós, autônomos, trabalhamos para o governo, sim. A não ser – e a meia virou na direção de Tito, enrugando a boca para dar ênfase – quando não trabalhamos para o governo. – Alejandro fez as meias reverenciarem uma à outra e as baixou. – Eles estão trabalhando para alguém do governo, talvez, mas não em assuntos do governo. Mas podem não saber disso. Não iam querer saber, iam? Às vezes esses profissionais acham mais conveniente não saber absolutamente nada. Entende?
– Não – disse Tito.
– Se eu fosse mais específico, estaria inventando uma história. A maior parte eu deduzo das coisas que Carlito e outros disseram. Mas aí vão algumas coisas que são claras. Amanhã você encontrará um homem no subsolo da Prada, na seção de calçados masculinos. Ele vai lhe entregar um iPod e dar instruções. Você já terá recebido uma mensagem, aqui, em volapuque, instruindo-o a entregar o iPod ao velho, no mercado de produtores, na Union Square à uma da tarde. Você vai sair daqui assim que receber a mensagem. Quando estiver com o iPod, não ficará em nenhum lugar específico, deslocando-se até a uma. A família, é claro, estará com você.
– Os outros tinham sido deixados em caixas de coleta – disse Tito.
– Mas não este. Você terá que ser capaz de reconhecer esse homem depois. Você tem que fazer o que ele mandar. Exatamente o que ele mandar. Ele está com o velho.
– Esses profissionais tentariam pegar o iPod?
– Eles não tentarão apreender você, quando estiver indo fazer a entrega. Mais que tudo, eles querem o velho. Mas também querem o iPod e farão o que for possível para pegar você, uma vez que avistarem o velho.
– Mas você sabe que instruções eu recebi?
– Sim.
– Pode me explicar por que tenho que fazer isso?

– Me parece – disse Alejandro, erguendo uma mão de meia como se quisesse olhar em seus olhos inexistentes – que o velho ou aqueles que enviam o iPod a ele querem dar um puro a alguém.

Tito acenou seu entendimento com a cabeça. Puro, na família dele, significava a mais descabida e perfeita mentira.

32.

MR. SIPPEE

Ela comeu um churrasco de filé de costela com batatas fritassadas a um dólar e cinquenta e nove centavos, num prato de papel sobre o porta-malas do Passat, esperando Alberto aparecer no Mr. Sippee, um oásis abençoado de paz e respeito mútuo situado numa loja de conveniência 24 horas no posto de gasolina Arco, na Blaine com a Eleventh.

Ninguém perturbava ninguém no Mr. Sippee. Ela sabia disso de sua última visita a Los Angeles, e foi o que a levara ali desta vez. Perto dos barracos sob a rodovia, o Mr. Sippee atendia a uma clientela eclética de sem-teto do tipo mais funcional, trabalhadores do sexo de gênero e apresentação variados, cafetões, policiais, traficantes, funcionários de escritório, artistas, músicos, os perdidos no mapa assim como os perdidos na vida, e qualquer um que estivesse realmente à procura de batatas fritassadas perfeitas. As pessoas comiam de pé, se tivessem um carro onde apoiar a comida. Se não tivessem, sentavam-se no meio-fio em frente. Ela pensara com frequência, enquanto comia ali, que a ONU bem que poderia investigar os poderes pacificadores da batata fritassada.

Ela se sentia segura ali. Mesmo se tivesse sido seguida desde o espaço recentemente vago de Bobby Chombo na fábrica da Romaine. O que ela não acreditava ser o caso, mas definitivamente achava que deveria ter sido. A sensação criara um nó entre as omoplatas, mas agora isso estava sendo resolvido pelo Mr. Sippee.

O carro mais próximo ao dela era um veículo em tom marfim que aspirava a proporções levemente maybachianas. Os dois rapazes que pertenciam a ele, de capuzes amplos e óculos escuros elaborados, não estavam comendo. Em vez disso, usavam com sobriedade suas calotas digitais. Um estava sentado ao volante, mexendo no laptop, enquanto o outro estava de pé, olhando para a calota dianteira da esquerda, dividida por uma linha de LEDs coloridos que pulsavam com melancolia. Será que eles eram donos do carro, ela se perguntou, ou a equipe de suporte técnico de alguém? Refeições no Mr. Sippee podiam envolver essas questões de papéis desconhecidos, de economias de escala estranhas. Em especial de madrugada, como o Curfew fizera com frequência após uma noite no estúdio. Inchmale adorava o lugar.

Agora, um fusca clássico, coberto de princesas astecas de olhos arredondados e inocentes e de vulcões semifálicos, entrou, passando pelas calotas mágicas, Alberto ao volante. Ele estacionou alguns veículos abaixo e se aproximou, enquanto ela terminava as batatas.

– Ele se foi – disse Alberto, pesaroso. – Meu carro está seguro? – Olhando para os outros clientes ao redor.

– Sei que ele se foi – disse ela. – Eu lhe disse. E ninguém mexe com o seu carro no Mr. Sippee.

– Tem certeza?

– Seu carro está seguro. Onde está Bobby?

– Sumiu.

– Você foi lá?

– Não depois do que você disse. Mas todos os e-mails para ele estão voltando. E o trabalho dele sumiu. Não está nos servidores que ele usa.

– A lula?

– Tudo. Dois trabalhos meus em andamento. Sharon Tate...

– Não quero saber.

Ele franziu a testa para ela.

– Desculpe, Alberto. Fiquei tensa. Foi assustador chegar daquele jeito e encontrar o local limpo. Aliás, Bobby tinha faxineiros?
– Faxineiros?
– Um casal? Hispânicos, orientais? Meia-idade, baixos?
– Pelos padrões de Bobby, o local estava limpo quando a levei lá. Ele simplesmente deixa tudo acumular. Jamais confiaria em alguém lá para a limpeza. Teve que se mudar do último lugar em que ficou porque as pessoas perguntavam se ele tinha um laboratório de metanfetamina. Ele é discreto mesmo, quase nunca sai...
– Onde ele dormia?
– Dormia lá.
– Onde?
– Sobre uma esteira, num saco de dormir, dentro de um quadrado novo da grade a cada noite.
– Ele tinha um caminhão branco, grande?
– Nunca sequer o vi dirigir.
– Ele sempre trabalhou sozinho?
– Não. Levava uns garotos, quando estava no aperto.
– Você conhece algum deles?
– Não.

Ela analisou as marcas de gordura da batata no prato de papel vazio. Se você conhecesse o grego o suficiente, pensou ela, poderia montar uma palavra que representasse uma adivinhação por meio do padrão de gordura deixado pelas batatas fritassadas. Mas seria uma palavra longa. Ela olhou para o carro marfim com rodas de LED.

– O mostrador deles está quebrado?
– Não dá para ver a imagem quando as rodas não estão em movimento. O sistema capta a posição e dispara os LEDs de que precisa para evocar uma imagem com persistência retínica.
– Será que fazem isso para Maybach?
– O que é Maybach?
– Um carro. Bobby já falou alguma vez em transportar contêineres?

– Não. Por quê?
– O trabalho de alguém, talvez?
– Ele não falava sobre o trabalho de outros artistas. Coisas comerciais, como a lula para o Japão, claro.
– Você sabe de algum motivo para ele simplesmente desaparecer assim?

Alberto olhou para ela.

– Não, a não ser que alguma coisa em você o tenha assustado.
– Sou tão assustadora assim?
– Não para mim. Mas Bobby é Bobby. O que me preocupa nisso, no entanto, além de perder meu trabalho, o que está acabando comigo, é que não consigo imaginá-lo juntando tudo para sair. Não com tanta eficiência. Da última vez, ao sair do local em que achavam que ele tinha um laboratório de metanfetamina e ir para o espaço na Romaine, ele levou três dias. Contratou um usuário de speed com uma van de entrega de mercadorias. Acabei tendo que ir ajudar na organização.
– Não sei o que é que me incomoda nisso – disse ela –, mas alguma coisa me incomoda com certeza. – Os garotos de capuz ainda estavam envolvidos com as calotas, sérios feito técnicos da NASA em dia de pré-lançamento. – Você não vai comer?

Ele olhou para o posto Arco e para a loja de conveniência.

– Não estou com fome.
– Então vai perder uma batata da hora.

33.

COLCHA

Brown, de capa e capuz apertado feito com um dos cobertores recheados de espuma do New Yorker, fez um gesto com um cajado resistente em padrão de madeira do outro lado da planície bege e ondulada, decorada na estampa tradicional de queimaduras de cigarro.

— Ali — disse ele.

Milgrim apertou os olhos na direção indicada, a direção em que eles pareciam ter viajado por algum tempo, mas viu apenas as construções de madeira semelhantes a cadafalsos interrompendo a extensão uniforme.

— Não consigo ver nada — disse Milgrim, preparando-se para ser atacado por discordar. Mas Brown apenas se virou, ainda apontando adiante com seu cajado, e pôs a outra mão no ombro de Milgrim.

— É porque está abaixo da linha do horizonte — disse Brown, tranquilizando-o.

— O quê? — perguntou Milgrim. O céu tinha a intensidade de Tina Turner sob efeito de crack, algo vulcânico e incandescente atrás de nuvens que pareciam prontas para dar à luz furacões.

— A fortaleza do grande Balduíno — declarou Brown, inclinando-se para perto dos olhos de Milgrim —, conde de Flandres, imperador de Constantinopla, suserano de todos os príncipes cruzados do Império Oriental.

— Balduíno está morto — protestou Milgrim, surpreendendo a si mesmo.

– Inverdade – disse Brown, mas ainda em tom suave, e ainda apontando com o cajado. – Lá se ergue sua fortaleza. Não vê?
– Balduíno está morto – protestou Milgrim –, mas, entre os pobres, esse mito do Imperador Adormecido está em toda parte, e um falso Balduíno, que alega sê-lo, estaria supostamente entre eles agora.
– Aqui – disse Brown, baixando o cajado e segurando o ombro de Milgrim com mais firmeza –, ele está aqui, o único e verdadeiro.

Milgrim viu que não apenas o capuz e a capa de Brown eram feitos do material bege, recheado de espuma, mas a planície também. Ou talvez coberta por ele, e Milgrim sentia com as solas dos pés descalços um carpete fino que se espalhava sobre uma duna.

– Aqui – dizia Brown, despertando-o aos chacoalhões –, aqui está. O BlackBerry empurrado contra o seu rosto.

– Lápis – Milgrim ouviu-se dizer, rolando até a beira da cama e sentando-se. Fendas de luz do dia na borda da cortina do New Yorker.

– Papel. Que horas são?

– Dez e quinze.

Milgrim estava com o BlackBerry agora, apertando os olhos diante da tela, rolando a barra desnecessariamente. O que quer que fosse, era curto.

– Lápis. Papel.

Brown entregou-lhe uma folha do bloco do New Yorker e um lápis amarelo de dez centímetros com marcas de dente, já separado porque Milgrim frisara que precisaria apagar.

– Me deixe sozinho enquanto faço isso.

Brown fez um barulhinho estranho, abafado, uma combinação profunda de ansiedade e frustração.

– Consigo me sair melhor se você ficar no seu quarto – disse Milgrim, olhando para Brown. – Tenho que me concentrar. Isso não é como traduzir francês do colegial. Isso é a própria definição da palavra idiomático. – Ele viu que Brown não entendeu o que ele quis dizer e notou sua própria satisfação ao constatá-lo.

Brown deu as costas e saiu do quarto.

Milgrim subiu a mensagem de volta e começou a traduzir, anotando em letras de fôrma maiúsculas no bloco do New Yorker.

UM HOJE EM

Ele parou e refletiu.

UNION SQUARE AGRICULTURA

Usou a borracha, que quase não existia, raspando a virola no papel.

MERCADO DE PRODUTORES UNION SQUARE
17TH STREET ENTREGA A CLIENTE DE COSTUME

Parecia tão simples.

E devia ser mesmo, ele supunha, mas Brown vinha aguardando isso, o FI receber uma mensagem dessas no quarto, num dos celulares repostos com frequência, onde o aparelhinho especial sob a arara também podia captá-la. Brown vinha esperando por isso desde que capturara Milgrim. Presumia-se que as mensagens anteriores fossem recebidas em outro lugar, quando o FI estava levando uma vida normal, deslocando-se à deriva, parecia, pela baixa Manhattan. Milgrim não fazia ideia de como Brown sabia dessas entregas anteriores, mas sabia, e ficara evidente para Milgrim que o que Brown mais queria não era o FI ou o que quer que ele estivesse entregando, e sim esse "cliente de costume", o segundo "ele" nas conversas de Brown ao telefone, às vezes também chamado de "sujeito". Brown comia e dormia Sujeito, Milgrim sabia, e o FI era apenas um facilitador. Certa vez, Brown correra para Washington Square, com seu pessoal indo se encontrar de forma invisível com ele, mas o Sujeito não estava mais lá, e o FI caminhava de volta pela Broadway feito um pequeno corvo negro, com as pernas finas e pretas seguindo sobre uma cobertura interrompida de neve fuliginosa. Milgrim vira isso da janela de um Ford Taurus cinza que fedia a charuto, por cima do ombro tático de náilon de Brown.

Milgrim levantou-se, massageando as coxas endurecidas; descobriu que a braguilha estava aberta, fechou o zíper, esfregou os olhos e engoliu a seco o Rize matinal. Ficou encantado por saber que Brown não o interromperia agora. Olhou para o BlackBerry de Brown sobre a mesa de cabeceira, ao lado do volapuque traduzido.

O sonho retornou. As forcas. Não eram de Bosch, eram? Aparelhos de tortura, suportes para vastos órgãos separados do corpo.

Ele pegou o BlackBerry e a folha do bloco, e foi até a porta entre os quartos, que, como de costume, estava aberta.

– Union Square.
– Quando? – perguntou Brown.

Milgrim sorriu.

– À uma. Hoje.

Brown estava na sua frente, pegando o BlackBerry e o papel.

– Só isso? Só está dizendo isso?
– Sim – disse Milgrim. – Eu vou voltar à lavanderia?

Brown olhou para ele com severidade. Milgrim não fazia essas perguntas. Aprendera a não fazê-las.

– Você vem comigo – disse Brown. – Pode ter que fazer traduções ao vivo.

– Você acha que eles falam volapuque?

– Falam russo – disse Brown. – Chinês-cubano. O velho também.

– Deu as costas. Milgrim entrou em seu banheiro e abriu a torneira de água fria. O Rize não descera bem. Ele se olhou no espelho e notou que precisava de um corte de cabelo.

Enquanto bebia o copo de água, ele se perguntou quando parara de olhar para o próprio rosto em espelhos, a não ser para os cuidados mais básicos com a aparência. Ele nunca se via ali. A certa altura, decidiu não mais se ver.

Podia ouvir Brown ao telefone, energizado e dando ordens. Manteve os pulsos na corrente fria até quase sentir dor. Depois desligou e secou as mãos na toalha. Pressionou o rosto contra a toalha, imaginando outras pessoas, estranhos, cujos rostos também a haviam tocado.

– Não quero mais – ouviu Brown dizer –, quero menos e quero melhores. Ponha na sua cabeça que não são seus macacos da areia. Você não está lá agora. São operadores, criados do zero. Você perdeu o cara quando ele entrou na porra da Estação Canal Street. Se perder na Union Square, nem queira saber. Está me ouvindo? Nem queira saber.

Milgrim achou que também não queria saber, não nesse sentido, mas aquilo tudo era interessante. Chinês-cubano, facilitadores ilegais que falavam russo e enviavam mensagens em volapuque? Que moravam em minilofts sem janela na periferia de Chinatown, usavam APC e tocavam teclado? Que só não eram macacos da areia, porque isso não era lá no Oriente Médio?

Quando estava na dúvida, e quando não se via forçado a simplesmente usufruir da medicação, Milgrim tinha o hábito de fazer a barba, desde que as necessidades estivessem à mão, como estavam agora. Abriu a torneira de água quente.

Operadores. Criados do zero.

Velho. Esse devia ser o Sujeito.

Pôs a toalha no pescoço e jogou um pano na água quente para começar a encher a pia.

34.

TERRITÓRIO FANTASMA

– Ezeiza – disse ele.
– O que é isso?
– O aeroporto. Terminal internacional B.

Ele falava com ela ao celular, de Buenos Aires, depois de ativar o seu para ligações internacionais. Nenhuma ideia de quanto estava custando.

– E você vai chegar aqui depois de amanhã?
– Um dia depois disso. O voo para Nova York é longo, mas basicamente é só voar para o norte. Estranho ir tão longe sem mudar de fuso horário. Vou almoçar com um amigo e jantar com alguém do selo dos Bollards. Aí vou para a sua área na manhã seguinte.
– Acho que me meti em alguma coisa, Reg, com esse trabalho da *Node*.
– O que nós lhe falamos? A patroa tem o telefone do seu garoto. Tem estado cada vez mais implacável com ele desde que você o mencionou. Hoje de manhã ela chegou até a usar a palavra "imoral". Ou só chegou?
– Na verdade, não o achei tão repugnante como pessoa, tirando seu gosto para carros, mas não gosto da ideia de quantias imensas de dinheiro a serviço de... de... Bem, não sei. Ele é como um bebê gigante e monstruosamente inteligente. Ou algo do tipo.
– Angelina disse que ele é totalmente amoral a serviço de sua própria curiosidade.

– Isso provavelmente resume tudo. Mas não gosto do tipo de coisa pela qual ele está curioso no momento, e não gosto de como sinto que as coisas estão começando a acontecer, em função disso.

– Tipo de coisa. Como sente. Você está sendo evasiva, como não costuma ser.

– Eu sei – disse ela, e parou, baixando o telefone ao perceber de forma abrupta o que a incomodava. Levou-o de volta ao ouvido. – Mas estamos ao telefone, não estamos?

Houve um silêncio do lado dele. Um silêncio digital, absoluto e verdadeiro, isento daquele chiado aleatório de fundo que ela já ignorara durante ligações internacionais tanto quanto ignorava o céu acima de sua cabeça quando estava ao ar livre.

– Ah – disse ele. – Bom. Tem isso também. Cada vez mais, imagina-se.

– Imagina-se mais rapidamente, com ele por perto.

– Ahã. Aguardo ansioso para ouvir mais sobre isso pessoalmente, então. Mas se meu espanhol estiver pelo menos semifuncional hoje, acabaram de anunciar meu voo.

– Ótimo, Reg.

– Ligo de Nova York.

– Droga – disse ela, fechando o celular. Ela queria, precisava, contar a ele sobre a história de piratas de Bigend, sobre o encontro com Bobby, sobre o caminhão branco indo embora e como isso a fez se sentir. Ela sabia que ele organizaria as ideias. Não que fosse necessariamente fazer com que tudo fizesse mais sentido, mas as categorias dele eram tão diferentes das dela. Diferentes das de qualquer pessoa, talvez.

No entanto, outra coisa acontecera: o reconhecimento de que uma linha fora cruzada, de que um território ambíguo fora penetrado.

Bigend e seu carro de vilão de James Bond, com sua sede construída pela metade para combinar, seu excesso de dinheiro, sua grande curiosidade afiada e sua disposição tranquila para sair bisbilhotando onde quisesse. Isso era potencialmente perigoso. Tinha de ser. De uma forma que ela jamais imaginara antes. Se ele não estava mentindo, pagava pessoas para lhe revelarem programas secretos do governo. A guerra contra o terror. Ainda tinha esse nome? Ela também sentira, concluiu: terror. Bem ali em sua mão, no Starbucks, com medo de confiar em seu próprio telefone e a rede que se estendia dele, pendendo das horrorosas árvores falsas que eram vistas das rodovias, as torres de celular disfarçadas com grotescas folhagens falsas, copas de palmeiras cubistas, coníferas art déco, uma fina floresta sustentando uma grade invisível, não muito diferente da que se espalhava no chão da fábrica de Bobby, de farinha, giz, antraz, laxante de bebê, o que quer que fosse. As árvores com as quais Bobby triangulava. A rede de telefonia, toda digitalizada e, ela tinha de supor, toda ouvida. Por quem quer que, o que quer que, fizesse o tipo de coisa que Bigend bisbilhotava em seus negócios. Ela tinha de crer que, em algum lugar, tais coisas eram extremamente reais.

Talvez agora já fossem. Escutando-a.

Ela olhou para cima e viu os outros clientes. Funcionários menores de cinema, TV, música, jogos. Nenhum deles, naquele momento, parecendo especialmente feliz. Mas nenhum, provavelmente, afetado da mesma forma por essa nova coisa ruim, por essa sombra que caía sobre ela.

35.

GUERREROS

Ele deixou o colchão embalado de preto no chão, com as chaves exatamente no centro, a escova de dentes e a pasta na beira da pia, os cabides de arame na velha arara que escondia o aparelho de escuta. Alejandro mostrara a ele. Fechou a porta pela última vez e deixou o prédio, saindo para um dia assustadoramente claro e fresco, um novo sol começando a aquecer os resíduos invernais de cocô de cachorro.

Quando chegou à Broadway, comprou um copo de papel de café, puro, e foi tomando enquanto andava, deixando o ritmo dos passos encontrar seu *systema*. Deixou-se focar por seu avanço, sua estrada. Não poderia haver nada senão a estrada até ele completar a tarefa, mesmo se tivesse de voltar por algum motivo, ou ficar parado.

Os tios que lhe ensinaram *systema* tinham aprendido com um vietnamita, antigo soldado, que viera de Paris para terminar seus dias em Las Tunas. Quando criança, Tito vira esse homem algumas vezes em festas rurais da família, mas nunca em Havana, e nunca falara com ele. O vietnamita sempre usava uma camisa preta, larga, sem gola, solta na cintura, e chinelos de banho de plástico marrons, marcados com a cor da poeira das ruas do povoado. Tito vira-o, enquanto os homens mais velhos ficavam sentados, bebendo cerveja e fumando charuto, subir um muro de blocos de concreto caiados, da altura de dois andares, sem nenhum apoio além das ranhuras rasas de cimento entre os blocos. Era uma lembrança estranha, uma vez que, mesmo quando criança, Tito considerava ser impossível o que via ali, no sentido comum da palavra. Nenhum aplauso dos tios que assistiam, nenhum som em absoluto, e a fumaça azul subia enquanto eles tragavam os charutos. O vietnamita subia como essa fumaça no crepúsculo, com a mesma rapidez, seus membros não se movendo propriamente, mas insinuando relações diferentes e de mudança constante com o muro. Quando chegou a sua hora de aprender com os tios, o próprio Tito aprendera rápido, e bem. No momento em que sua família saiu de Cuba, seu *systema* já estava forte, e os tios que o ensinaram estavam satisfeitos.

E, enquanto ele aprendia os modos dos tios, Juana ensinara-lhe os modos dos Guerreiros: Elegua, Ogum, Oxóssi e Oxum. Assim como Elegua abre todas as estradas, Ogum limpa cada estrada com seu machete. Deus do ferro e das guerras, do trabalho, dono de toda tecnologia. O número era sete, as cores, verde e preto, e Tito os levava internamente agora, ao caminhar pela Prince Street, com a tecnologia do búlgaro envolta no lenço, enfiada no bolso interno do casaco de náilon preto da APC. Bem no limite da percepção, seguia Oxóssi, o caçador e explorador dos orixás. Esses três, junto com Oxum, eram recebidos por um iniciado dos Guerreiros. No início, Juana dissera a ele que lhe ensinara essas coisas como um meio de abarcar de forma mais profunda o *systema* do vietnamita de Paris, e ele vira nos olhos dos tios a prova disso, mas nunca contara a eles. Juana ensinara isso também, que a contenção do conhecimento numa privacidade digna auxilia na obtenção dos resultados desejados.

Ele viu Vianca passar numa moto pequena, rumo ao centro, pintada de cores vivas, capacete espelhado virando na direção dele, cintilando à luz do sol. Oxóssi já estava lhe possibilitando um modo de ver menos específico. A vida das ruas, os pedestres e o trânsito, transformavam-se num animal, um todo orgânico. Depois de tomar metade do café, tirou a tampa de plástico, pôs o celular dentro e tampou o copo, depositando-o na primeira lata de lixo por que passou.

Ao chegar à esquina sudoeste da Prince com a Broadway, ele já fluía com os Guerreros, um marchador alerta e interessado no meio de um cortejo invisível. Oxóssi mostrou-lhe o segurança de loja negro, vestido de preto, com o ponto no ouvido, enquanto Elegua escondia-o da atenção do homem. Depois de passar pelo cilindro fosco e grosso do elevador de vidro da loja, desceu a escadaria embutida no declive suave do chão. Ele havia ido ali muitas vezes para apreciar a estranheza da construção, como a de um brinquedo de parque de diversões paralisado no meio do movimento. As roupas nunca foram do seu gosto, embora gostasse de vê-las expostas ali. Falavam muito de dinheiro, para a rua. Eram roupas que a Canal copiava; anônimas à sua maneira, mas muito fáceis de serem descritas.

Ele viu outro segurança, branco, de sobretudo bege, camisa preta e gravata. Eles devem receber reembolso para roupas, pensou, ao contornar uma parede modular branca de cosméticos e chegar aos sapatos masculinos.

Os Guerreros reconheceram o estranho que estava parado ali, segurando um sapato Oxford de couro de jacaré preto com três ilhoses. A força do reconhecimento deles foi assustadora.

De ombros largos e arredondados, cabelos escuros e muito curtos, o outro, de talvez trinta anos, virou-se. Pôs o sapato de volta na prateleira.

– Cento e sessenta – disse ele, com um sotaque desconhecido que deixava seu inglês mais cordial. – Hoje não. – Sorriu, dentes brancos, mas acavalados. – Conhece Union Square?

– Sim.

– Na parte norte do parque, Seventeenth Street, no Greenmarket. Uma em ponto, não apareça antes. Se aparecesse, ele não estaria lá. Se você chegar a dez passos e nada acontecer, pare e corra. Eles vão achar que você os viu. Alguns tentarão pegá-lo. Outros tentarão pegar você. Fuja, mas deixe isso cair no processo. – Ele largou o retângulo branco do iPod, dentro do saco de Ziploc, no bolso lateral do casaco de Tito. – Corra para o W, o hotel na esquina da Park com a Seventeenth. Conhece?

Tito fez que sim, lembrando sua curiosidade quanto ao nome ao passar pelo local.

– Entrada principal na Park, longe da esquina. Não pela porta giratória mais próxima da esquina. Esse é o restaurante do hotel. Mas é para lá que você vai, na verdade, o restaurante. Entrando, passando pelo porteiro, mas depois à direita. Não subindo os degraus para o saguão. Não para o saguão, entendeu?

– Sim.

– Passando pela porta, direita, você fez um retorno. Está na direção sul. Quando chegar à porta giratória, no canto do prédio, esquerda. Para dentro do restaurante, seguindo reto dentro dele, pela cozinha, saída na Eighteenth. Uma van multiuso verde com letras prateadas, lado sul da Eighteenth. Estarei lá. – Virou a cabeça, como se olhasse os sapatos expostos, a maioria dos quais, hoje, Tito achou muito feia. – Eles estão com rádios, os homens que tentarão pegar você, e celulares, mas todos eles sofrerão interferência assim que você se mover.

Tito, fingindo olhar para uma botina preta com zíper na lateral, tocou a ponta com o dedo, balançando a cabeça de modo evasivo, virando-se para sair.

Oxóssi sabia que o segurança branco de casaco bege os observara.

A porta do elevador de vidro fosco deslizou para o lado. Brotherman surgiu, cabelo alto listrado de cobre, olhar vidrado, andar instável. No mesmo instante, o segurança branco esqueceu Tito, que foi até o elevador, entrou e apertou o botão para descer os seis metros até o térreo. Quando a porta se fechou, Tito viu aquele que os Guerreros haviam reconhecido, sorrindo ao ver o segurança aproximar-se de Brotherman, que estava prestes a ficar sóbrio de repente, digno e firme, mas recusando-se cortesmente a ser abordado por um segurança de loja.

36.

ÓCULOS, TESTÍCULOS, CARTEIRA E RELÓGIO

Quando Milgrim terminou de se barbear e se vestir, Brown já estava realizando uma reunião no quarto anexo. Milgrim nunca soubera de visitas a Brown antes, e agora ele recebia três, três homens. Eles haviam chegado minutos após a ligação de Brown, e Milgrim tivera breves relances enquanto entravam no quarto. Pelo pouco que conseguira ver, ele sabia que eram brancos e estavam vestidos de forma convencional, e só. Ele se perguntou se eles também estariam hospedados lá, especialmente porque dois deles estavam em mangas de camisa, sem segurar casacos ou paletós.

Ele ouvia a conversa agora, falas rápidas, mas não conseguia entender as palavras. Brown fazia diversos sons conclusivos, "sins" ou "nãos", e interrompia os outros em intervalos regulares para descrever o que Milgrim imaginou serem revisões de especificidades estratégicas.

Milgrim decidiu tratar o momento como uma oportunidade para fazer as malas e, após considerar as circunstâncias, repetir a dose de Rize. Fazer as malas consistia em pôr o livro no bolso do sobretudo e pegar itens de higiene pessoal. Enxugou e secou as lâminas do barbeador azul de plástico. Usou um pedaço de papel higiênico para limpar a rosca e a tampa do pequeno tubo de creme dental Crest. Após recolocar a tampa, enrolou o tubo com cuidado até reduzi-lo ao menor comprimento possível, vendo-o inchar de modo satisfatório. Lavou e enxaguou a escova de dente, secou as cerdas com um pedaço de papel higiênico e depois as envolveu rapidamente em outro. Pensou em levar o pequeno sabonete do New Yorker, que fazia bastante espuma, mas depois se perguntou por que estava supondo que não voltariam. Algo estava para acontecer. Em andamento. Ele se lembrou de ter lido Sherlock Holmes, séculos atrás. Deixando o sabonete molhado na beira da pia salpicada de sabão e pelos de barba, enfiou o resto de seus pertences nos vários bolsos do sobretudo. Supôs que Brown ainda estivesse com a carteira e a identidade que confiscara assim que capturou Milgrim (ele fingira ser um policial, e Milgrim não teria duvidado que fosse, não naquele primeiro encontro), mas, fora isso, esses produtos de cuidados pessoais e o livro, além das roupas do corpo e o sobretudo, consistiam no total dos bens materiais de Milgrim. Além de dois comprimidos de 5 mg de Rize. Ele virou a penúltima dose da cartela sobre a palma da mão e observou-a. Isso seria um bem material?, perguntou-se. Espiritual, concluiu, engolindo-a.

Ao ouvir a reunião de Brown terminar com o que pareceu um bater de palmas determinado, ele foi à janela. Não era preciso vê-los, mesmo, nem que eles o vissem. Se é que já não estavam acostumados a ele. Ainda assim, melhor não.

– Anda – disse Brown, da porta.

– Já fiz a mala.

– Fez o quê?

– O jogo começou.

– Quer uma costela quebrada?

Mas Milgrim viu que Brown não estava se importando mais. Estava distraído, totalmente concentrado na operação iminente, no que quer que precisasse ser feito naquele momento em relação ao FI e ao Sujeito. Estava com o laptop na mão, dentro da capa, e com a outra bolsa preta de náilon pendurada no ombro. Milgrim viu-o bater a mão livre pelo corpo, localizando pistola, algemas, lanterna, faca e quaisquer outros objetos de poder sem os quais não saía de casa. Óculos, Milgrim recitou para si, testículos, carteira, relógio.

– Estou pronto quando você estiver – disse e passou por Brown, rumo ao corredor.

Quando o reforço da benzodiazepina fez efeito, no elevador, Milgrim tomou consciência de uma excitação não desagradável. Algo realmente estava em andamento, e desde que não significasse mais quatro horas na lavanderia da Lafayette, prometia ser interessante.

Brown atravessou o saguão, marchando até a entrada principal, e saiu para uma claridade surpreendente do sol. Um porteiro segurava a porta do motorista de um Corolla prata recém-lavado e oferecia uma chave, que Brown pegou, antes de dar dois dólares ao homem. Milgrim contornou o Corolla por trás e entrou. Brown estava pondo o laptop e a outra sacola no chão, atrás do banco do passageiro. Quando eles andavam juntos num carro como aquele, Milgrim sabia que iria no banco do carona, e isso em inglês se chamava *to ride shotgun*, provavelmente porque o deixava mais livre para atirar. Seria essa a origem da expressão? Ele ouviu Brown trancar as portas com a trava elétrica.

Brown seguiu na 34th, sentido leste. O tempo estava bom, revelando um princípio genuíno de primavera, e Milgrim imaginou-se pedestre, passeando com meros cinco gramas de Rize à mão. Ele recompôs a imagem, pendurando a sacola preta de Brown no ombro. Dentro da qual, ele supunha, ficava o saco de papel marrom com o estoque de Rize.

– Equipe Vermelha Um – disse Brown, com firmeza, ao virarem à direita na Broadway – Broadway, sentido sul, para a Seventeenth. – Ele escutou uma voz distante.

Milgrim viu o plugue cinza no ouvido de Brown, o fio cinza desaparecendo dentro da gola do casaco.

– Vou deixá-lo no carro – disse Brown, tocando algo na gola, um controle de interrupção do som. – Tenho adesivos de Autoridade de Trânsito que vão manter os policiais de trânsito longe, mas estou pensando em algemá-lo.

Milgrim sabia que não era boa ideia dar sua opinião nisso.

– Mas estamos em Nova York – disse Brown.
– Sim – concordou Milgrim, hesitante.
– Você parece um viciado. O policial acha que está roubando um carro do Departamento de Trânsito, depois vê que está algemado aqui dentro, sozinho, não é bom.
– Não – disse Milgrim.
– Então, sem algemas.
Milgrim não disse nada.
– Vou precisar dessas algemas hoje – disse Brown, e sorriu. Milgrim não conseguia se lembrar de ter visto Brown sorrir. – Você, por outro lado, vai precisar da droga que está nesta sacola, não?
– Sim – concordou Milgrim, já tendo chegado à mesma conclusão, minutos antes.
– Se eu voltar para este carro e você não estiver com a bunda colada aí, está acabado.
Milgrim perguntou-se o que Brown considerava uma merda maior para ele, considerando sua situação atual, embora ter síndromes de abstinência de benzodiazepina, não tendo onde morar, e viver sem um centavo nas ruas de Manhattan já fosse uma resposta perfeita.
– Entendi – disse Milgrim, buscando um tom de voz que se assemelhasse ao de Brown, mas sem antagonizá-lo. No entanto, ele tinha a sensação de que, com "acabado", Brown queria dizer morto, e essa era uma sensação mais peculiar do que ele teria esperado.
– Entendido – disse Brown, para as vozes em seu ouvido. – Entendido.

37.

TRACEURS

Os Guerreros levaram-no até a Broadway, pela luz do sol. Ele não esperava isso, supondo que chegaria à Union Square de metrô, para depois contornar e circular até a hora do encontro. Mas não, então caminhou com eles, exatamente conforme era guiado. E logo era apenas um homem andando, com os orixás espalhados por uma consciência aparentemente comum, invisíveis como gotas de tinta num volume de água, o pulso dele estável, apreciando a visão do sol na estrutura de ferro de motivo floral que sustentava muitos desses prédios antigos. Ele sabia, embora evitasse considerar diretamente, que esse era um estado mais elevado de prontidão.

Parte dele sentia tristeza em pensar que muito provavelmente deixaria esta cidade em breve, talvez antes do pôr do sol. Parecia impossível, por algum motivo, mas um dia devia ter parecido impossível que fosse deixar Havana. Não lembrava, porém, se parecera, ainda que também tivesse saído de Cuba de repente, sem levar nada além das roupas do corpo quando sua mãe foi buscá-lo num restaurante. Ele estava comendo um sanduíche de presunto. Ainda se lembrava do gosto do pão, uma espécie de bisnaga quadrada que marcara sua infância. Onde ele estaria amanhã?

Atravessou a Houston. Pombos voaram da faixa de pedestres.

No verão anterior, ele conhecera dois estudantes da NYU na Washington Square. Eram traceurs, devotos de algo vagamente parecido com *systema* e também praticantes do que chamavam de *tricking*.

Eram negros e presumiram que ele fosse dominicano, embora o chamassem de "china". Ele se perguntava agora, prosseguindo no sentido norte, se este sol os levaria à Washington Square hoje. Ele gostara da companhia, das demonstrações e trocas de técnicas básicas. Ele aprendeu os saltos mortais para trás e outros truques que eles praticavam, incorporando-os ao *systema*, mas recusou-se a juntar-se a eles no *freerunning*, pelo qual eles já haviam sido acusados de infrações menores relativas a invasão de propriedade ou a segurança pública.

Ele passou pela Bleecker, depois pela Great Jones Street, o homônimo desta sempre imaginado como um gigante, uma criatura da era dos prédios de estrutura de ferro, de chapéu coco, ombros ao nível das janelas do segundo andar. Um produto da imaginação de Alejandro, da época em que era aprendiz de Juana. Ele se lembrou de Alejandro mandando-o à Strand Books, pela qual logo ia passar, à procura de títulos impressos em anos específicos, em países específicos, de diversos tipos de materiais específicos. A serem comprados por nenhum conteúdo além das contracapas em branco, páginas em que Tito pensara como histórias não escritas, a serem preenchidas por Alejandro com identidades construídas de forma complexa.

Ele seguiu andando, sem olhar para trás, confiante de que não estava sendo seguido por ninguém que não fosse parente. Caso contrário, teria sido alertado por algum membro da família da equipe que sabia estar acompanhando seus passos, espalhada por uma extensão de duas quadras em constante movimento de um dos dois lados da rua, trocando de posição de forma constante, de acordo com um protocolo da KGB que era mais velho que Juana.

Agora ele viu o primo Marcos descer do meio-fio, meia quadra adiante. Marcos, o ilusionista, o batedor de carteira, com seus cachos negros.

Ele continuou andando.

■ ■ ■

DEPOIS de descartar o celular, ele começou a verificar a hora em relógios, através das vitrines de bancos e tinturarias, à medida que se aproximava do lado sul da Union Square. Tempo de relógio não era para os orixás. Coordenar sua chegada dependeria apenas dele.

Quinze para a uma. Na East Fourteenth, abaixo dos números artísticos que marcavam freneticamente uma hora que ninguém conseguia ler, ele olhou com Oxóssi na direção das barracas de lona distantes do mercado.

E então eles passaram por ele, rindo, os dois traceurs do verão e da Washington Square. Eles não o viram. Ele lembrou então que eles moravam nos alojamentos da NYU, ali na Union Square. Ficou olhando eles irem embora, desejando que estivesse indo junto, enquanto, à sua volta, os orixás ondulavam o ar de forma breve e tênue, feito o calor que subia do asfalto em agosto.

38.

TUBAL

Ela estava deitada de costas, totalmente imóvel, o lençol formando um túnel frio e escuro, e deu ao seu corpo permissão explícita para relaxar. Isso a fez lembrar-se de ter feito a mesma coisa na parte de cima de um beliche, num ônibus de turnê, mas com um saco de dormir em vez dos lençóis, e tampões de ouvido em vez de pedir à recepção para não transferir as ligações a ela e de configurar o perfil do celular para silencioso.

Inchmale chamava a isso de retorno ao útero, mas ela sabia que era o oposto, na verdade. Menos a calma de ainda não ter nascido, mas a imobilidade de já ter morrido. Ela não queria sentir-se como um feto, mas como a figura deitada, esculpida em cima de um sarcófago, sobre a pedra fria. Quando ela explicou isso a Jimmy Carlyle, certa vez, ele contou, animado, que era exatamente o que ele buscava com a heroína. Alguma coisa nessa troca a deixara muito feliz por nunca ter se sentido muito atraída por drogas, além de cigarros comuns.

No entanto, qualquer coisa que a abalasse o suficiente, que mexesse muito forte com ela, poderia levá-la ao estado tubário, de preferência num quarto escuro. O abandono de namorados sérios levara a isso, assim como o fim do Curfew; suas maiores perdas iniciais quando a bolha das ponto-com estourara (o fato de aquelas holdings terem sido resíduos de um namorado sério, como também era possível ver a coisa) levaram a isso; e sua subsequente (e, ela supunha, final, pelo modo como as coisas estavam se encaminhando) grande perda financeira levara a isso também, quando a tentativa ambiciosa de sua amiga Jardine de abrir um empório de música indie no Brooklyn falhara de modo não tão inesperado. De início, o investimento na empreitada parecera algo relacionado a uma espécie de hobby, algo divertido e em aberto, até mesmo com potencial para o lucro, que ela poderia se dar ao luxo de arriscar, uma vez que as ponto-com haviam feito, brevemente, com que ela valesse um número de milhões de um dígito, ao menos no papel. Inchmale, é claro, fizera um lobby para que ela se desfizesse das ações de arranque no momento em que ela agora sabia ter sido o pico incandescente e de extrema evanescência. Inchmale, sendo Inchmale, já se desfizera de suas próprias ações a essa altura, o que deixara pessoas conhecidas loucas, já que todas achavam que ele estava jogando seu futuro fora. Inchmale dissera-lhe que alguns futuros precisavam ser jogados fora, muito. E Inchmale, é claro, jamais afundara um quarto de seu patrimônio líquido num estabelecimento de varejo, grande, agressivamente indie, de tijolo-e-cimento. Vendendo música numa ampla variedade do que eram, afinal, insistira Inchmale, plataformas mortas.

Agora, ela sabia que fora enviada de volta ao túnel por aquela punhalada repentina de medo estranho, no Starbucks. Medo de que Bigend a tivesse envolvido em algo que poderia ser, ao mesmo tempo, imensa e esotericamente perigoso. Ou, ela pensou, vendo a coisa como um processo, pela estranheza cumulativa do que ela encontrou desde que aceitara a missão da *Node*. Se é que a *Node* existia de fato. Bigend parecia estar dizendo que a *Node* só existia na medida em que ele precisasse, em última análise, que ela existisse.

O que ela precisava, sabia bem, por mais tarde que fosse, era de uma segunda carreira. Ajudar Hubertus Bigend a exercitar sua curiosidade não seria a solução, e nem, ela sabia com absoluta certeza, qualquer outra coisa que a Blue Ant pudesse lhe oferecer. Ela viera a descobrir, com relutância, que sempre quis escrever. No auge do Curfew, muitas vezes suspeitou ser uma das poucas cantoras que passava certa parte de todas as entrevistas desejando estar do outro lado do microfone. Não que quisesse entrevistar músicos. Ficava fascinada com o modo como as coisas funcionavam no mundo e com a motivação das pessoas. Quando escrevia sobre as coisas, sua percepção delas mudava e, com isso, sua percepção de si mesma. Se ela pudesse fazer isso e pagar a conta do mercado, o pagamento da ASCAP pagaria o aluguel, e ela veria no que isso ia dar.

Durante os tempos do Curfew, escreveu alguns artigos para a *Rolling Stone*, alguns outros para a *Spin*. Com Inchmale, escreveu a primeira história aprofundada da Mopars, banda de garagem dos anos sessenta que era a favorita dos dois, embora não tivessem encontrado ninguém disposto a lhes pagar para publicarem o resultado. No fim, porém, a história fora publicada na revista interna da loja de discos de Jardine, tendo sido uma das poucas coisas que ela ganhara com esse investimento em particular.

Ela imaginou que Inchmale estivesse sentado na classe executiva, rumo a Nova York, lendo *The Economist*, revista que lia exclusivamente em aviões, jurando que, ao chegar, esqueceria cada palavra, imediata e invariavelmente.

Ela suspirou. Desista, disse a si mesma, embora não fizesse ideia do quê.

O monumento virtual de Alberto em homenagem a Helmut Newton apareceu na mente dela. Garotas de nitrato de prata indicavam rumores ocultos de pornografia e destino.

– Desista – disse ela, em voz alta, e adormeceu.

NENHUMA margem de luminosidade se apresentava nas múltiplas camadas da cortina, quando ela acordou. Já era noite. Ela ficou deitada em seu tubo de lençol, não mais precisando dele da mesma maneira. O desconforto da ansiedade recuara, não muito além do horizonte, mas o suficiente para que ela recuperasse a curiosidade.

Onde estaria Bobby Chombo agora? Teria sido transferido, junto com seu equipamento, pelo Departamento de (como Inchmale o chamava) Segurança Caseira? Acusado (ou não) de ficar metendo o bedelho num esquema de contrabando de armas de destruição em massa? Alguma coisa na peculiaridade silenciosamente profunda daqueles dois faxineiros a levaram a pensar que não. Em vez disso, pensou ela, ele havia caído fora, mas com um auxílio considerável. Uma equipe entrara, carregara aquele caminhão branco com o equipamento e o levara embora. Ele poderia até estar a menos de duas quadras do local inicial. Mas se ele se desligara de Alberto e do resto do pessoal de arte, quais eram as chances de encontrá-lo novamente?

Em algum lugar, ela pensou, olhando para a brancura quase invisível do teto do quarto escuro, havia, supostamente, um contêiner. Uma caixa retangular e comprida de... Eles eram feitos de aço? Sim, ela concluiu, aço. Ela tivera relações sexuais com um arquiteto irlandês dentro de um, na propriedade rural dele, em Derry. Ele o transformara num estúdio. Janelas gigantescas cortadas com um maçarico, vidro emoldurado por dentro com compensado. Aço, com certeza. O dele havia sido isolado originalmente para refrigeração, ela se lembrou dele contando. Os mais simples eram frios demais, propensos à condensação da respiração humana.

Ela nunca parara para pensar neles antes. Eram vistos de relance de rodovias, às vezes, empilhados com tanta firmeza quanto o Lego robótico de Odile. Um aspecto da realidade contemporânea tão comum a ponto de permanecer desconsiderado, inquestionado. Quase tudo, ela supôs, viajava neles agora. Não matérias-primas, como carvão ou cereais, mas coisas manufaturadas. Ela se lembrou de notícias da perda deles no mar, em tempestades. Quebrando e abrindo-se. Milhares de patinhos de borracha chineses balançando alegremente pelas grandes correntezas. Ou tênis. Algo em torno de centenas de pés esquerdos levados até a praia, os direitos tendo sido transportados separadamente para evitar roubo de carga. E outra pessoa, num iate no porto de Cannes, contando histórias transatlânticas assustadoras; que não afundam de imediato, contêineres atirados ao mar e a ameaça silenciosa e invisível que, portanto, representam aos marinheiros.

Ela parecia ter passado pela maior parte do medo que sentira antes. A curiosidade não o substituíra por completo, mas ela tinha de admitir que estava curiosa. Ela acreditava que uma das coisas assustadoras em Bigend era que, com ele, havia uma chance real de descobrir algumas coisas. E aí, onde você estaria? Havia coisas que eram, em si mesmas, profundamente problemáticas de saber? Certamente, embora isso dependesse de quem soubesse que você sabia essas coisas, concluiu ela.

Nesse instante, porém, o som leve e seco de um envelope sendo passado por debaixo da porta, familiar de sua vida em turnê, despertou de repente, como sempre, o medo mamífero atávico da invasão ao ninho.

Ela acendeu a luz.

O envelope, quando ela o pegou do carpete, continha uma impressão colorida, em papel simples, de uma foto do caminhão branco, estacionado ao lado do cais de carga da fábrica alugada de Bobby Chombo.

Ela virou o papel e encontrou, escrita com a letra vagamente cuneiforme de Bigend, a mensagem: "Estou no saguão. Vamos conversar. H."

Curiosidade. Hora de satisfazê-la um pouco. E hora, ela sabia, de decidir se ela estaria ou não disposta a prosseguir nisso.

Ela foi ao banheiro se preparar para encontrar Bigend mais uma vez.

39.

FERRAMENTEIRO

Milgrim lembrava-se da Union Square de vinte anos atrás, quando era um lugar de bancos quebrados e lixo, onde um cadáver poderia passar despercebido entre os corpos agrupados e imóveis dos sem-teto. Nessa época, tratava-se de um flagrante bazar de drogas, quando Milgrim não precisava de um local assim. Agora, porém, era Barnes & Nobles, Circuit City, Whole Foods, Virgin, e ele, Milgrim, chegara igualmente longe, às vezes parecia, no sentido oposto. Viciado, para ir direto ao ponto, em substâncias que detinham uma tensão no âmago do seu ser; algo emaranhado com muita força, uma ameaça perpétua de colapso para a sua pessoa; implodindo, como uma estrutura de tensegridade de Buckminster Fuller que tivesse um único elemento que se comprimisse de forma perpétua, em oposição ao equilíbrio de forças necessário para sustentá-la.

Essa era a natureza vivencial da coisa, embora ele ainda fosse capaz, no plano abstrato, de considerar possível que a ansiedade central que sentia hoje fosse, em parte, um artifício da substância.

Seja como for, concluiu ele, enquanto Brown estacionava o Corolla prata no lado sul da East Seventeenth, pouco antes da Union Square West, a dose extra do fármaco japonês que ele se dera certamente trouxera um novo ânimo, sem mencionar o tempo inesperadamente bom.

Brown poderia estacionar aqui?, Milgrim perguntou-se. Não parecia ser o caso, mas depois de anunciar no microfone de garganta (ou aos seus demônios internos, talvez) que a "Equipe Vermelha Um" estava na área, Brown pegou a bolsa preta do chão atrás do assento de Milgrim e sacou um par de habilitações, não muito convincentes e fechadas em envelopes de sucção, retangulares e longos, de um plástico transparente, mas levemente amarelado. Autoridade de Trânsito, em fonte sans-serif maiúscula preta. Milgrim viu Brown lamber o polegar, espalhar saliva nas faces côncavas das duas ventosas de uma habilitação e pressioná-la contra a parte interna superior do para-brisa, acima do volante. Ele pôs a bolsa de volta atrás do assento de Milgrim, sobre o laptop. Virou-se para Milgrim, pegando as algemas, as duas argolas expostas na palma da mão, como se estivesse prestes a sugerir que Milgrim as comprasse. Eram tão profissionalmente sem brilho quanto seus outros objetos favoritos. Faziam algemas de titânio?, Milgrim perguntou-se. Se não, essas tinham um acabamento de alguma imitação de titânio, como os óculos de sol Oakley falsos vendidos na Canal Street.

– Eu disse que não iria algemá-lo ao carro – disse Brown.

– Sim – concordou Milgrim, com cuidado para manter um tom neutro –, você disse que iria precisar delas.

– Você não sabe o que dizer se um policial ou guarda de trânsito aparecer e perguntar o que está fazendo aqui. – Brown encaixou as algemas no coldre ajustável do cinto.

Socorro, fui sequestrado, pensou Milgrim. Ou, melhor: o porta-malas deste carro está cheio de explosivos de plástico.

– Você vai sentar num banco, curtir o sol – disse Brown.

– Certo – disse Milgrim.

Brown destravou as portas, e os dois saíram.

– Fique com as mãos no teto do carro – disse Brown. Milgrim obedeceu, enquanto Brown abriu a porta de trás do seu lado e se curvou para prender a segunda etiqueta do Departamento de Trânsito no interior da janela de trás. Milgrim ficou de pé com as mãos abertas sobre o teto limpo e quente do Corolla. Brown endireitou-se e fechou a porta. Clicou a chave, para trancar o carro. – Por aqui – disse Brown; depois disse outra coisa que Milgrim não entendeu, provavelmente em seu papel de Equipe Vermelha Um.

O laptop de Brown, pensou Milgrim. A sacola.

Quando dobraram a esquina e encontraram o parque estendendo-se diante deles, Milgrim apertou os olhos, despreparado para o espaço, a luz, as árvores prestes a criar folhagem, o agrupamento animado de lonas do Greenmarket.

Mantendo-se perto de Brown, ele o seguiu até o outro lado da Union Square West e para dentro do Greenmarket, passando por mães jovens com carrinhos de bebê de três rodas e sacolas de produtos orgânicos. Depois por aquele prédio da época do Works Progress Administration do qual ele se lembrava, que agora parecia ser um restaurante, mas fechado. Eles chegaram à trilha que atravessava o parque na Seventeenth, com Lincoln no alto do pedestal no centro. Milgrim lembrou-se de tentar descobrir o que Lincoln segurava ao lado do corpo, com a mão esquerda. Um jornal dobrado?

– Bem aqui – disse Brown, apontando para o banco mais próximo da Union Square West, no lado sul do parque. – Não no meio. Aqui. – Indicou um ponto logo ao lado do braço circular, projetado propositalmente para ser desconfortável para a parte de trás de qualquer cabeça cansada. Milgrim sentou-se, segurando o braço do banco, enquanto Brown puxava uma tira estreita de plástico preto brilhante da cintura da calça, que prendeu habilidosamente no braço do banco e no pulso de Milgrim; depois a fixou, apertando-a com um som agudo e sibilante. Restou cerca de trinta centímetros do plástico, que se projetava do punho feito por Brown. Ele torceu e tirou o excesso do caminho, deixando-o menos evidente, e se endireitou. – Nós o buscamos mais tarde. Fica de boca fechada.

– O.k. – disse Milgrim, esticando o pescoço para ver Brown andar rapidamente no sentido sul, de costas para o Greenmarket. Milgrim hesitou, processando a cena, vendo a janela traseira do lado do meio-fio estilhaçar. O instante de deleite, antes que ela caísse em incontáveis fragmentos. Com o devido cuidado, o alarme nem sequer dispararia.

Seria possível inclinar o corpo para dentro, acima da margem irregular do vidro, e puxar a alça da bolsa de Brown, na qual, Milgrim tinha certeza, estaria o saco marrom de papel com o Rize. E sair andando. Milgrim olhou para a faixa estreita e preta de plástico inquebrável em torno do pulso. Ajustou o punho do casaco Paul Stuart para que sua situação ficasse menos óbvia para transeuntes. Se Brown estivesse usando braçadeiras comuns de lojas de ferragens, que parecia ser o caso, Milgrim sabia como soltá-la. As algemas de plástico leitoso e translúcido usada pelo NYPD, ele sabe por experiência, não eram tão fáceis de desatar. Será que Brown não queria usar nada que não fosse preto ou de titânio?, ele se perguntou.

Por pouco tempo, Milgrim dividira um apartamento em East Village com uma mulher que tinha um estoque de emergência de Valium numa caixa de equipamento de pesca de alumínio. O fecho da caixa tinha um buraco pelo qual poderia ser inserido um cadeado pequeno, mas ela preferia selá-lo com uma braçadeira de plástico, uma versão ligeiramente menor do laço que agora prendia Milgrim ao banco. Ele concluíra que, quando era preciso acessar o estoque, ela cortava a tira com alicate ou cortador de unha e colocava um novo lacre no lugar. Esse procedimento não fazia muito sentido, Milgrim observara, mas as pessoas tendiam a ser excêntricas quando se tratava de suas drogas. Ele imaginara que as braçadeiras, como a cera com estampa em relevo para lacrar cartas, fornecia a prova de que ela fora a última a abrir a caixa. Milgrim procurara o estoque de braçadeiras, a forma mais simples de burlar o esquema, mas não encontrara nada.

No entanto, ele descobrira que as braçadeiras são fechadas por meio de uma minúscula catraca interna modelada. Quando ele aprendeu a inserir a ponta plana de uma chave de fenda de joalheiro, foi capaz de abrir e fechar os lacres à vontade, mesmo quando ela cortava rente o excesso, como costumava fazer.

Esses furtos deixaram essa amizade específica rapidamente para trás, mas agora ele se inclinava para a frente, sobre os joelhos, para espiar o chão não varrido entre seus pés. Já realizara um inventário mental dos bolsos e sabia que não tinha nada parecido com uma chave de fenda de joalheiro.

Com a desconfortável consciência de que poderia ser confundido com um viciado procurando fragmentos alucinatórios de crack, ele fez uma vistoria atenta do chão. Notou, e rejeitou com a mesma rapidez, um caco marrom de vidro de garrafa de três centímetros. Serrar o lacre era, no mínimo, uma possibilidade teórica, mas ele não fazia ideia de quanto tempo levaria, ou até se daria certo, e também tinha medo de se cortar. Um clipe, no que Brown teria chamado de modificação de improviso, serviria, mas, na experiência dele, clipes e cabides de arame não eram encontrados quando se precisava deles.

Ali, porém, a alguns centímetros da ponta de seu sapato esquerdo, estava algo delgado, retangular, aparentemente metálico. Cintilando de leve. Segurando o braço do banco com a mão que estava presa, ele deu um giro desajeitado para fora do banco, estendendo a perna esquerda o mais longe possível e raspando repetidas vezes o objeto com o pé esquerdo, na tentativa de trazê-lo mais perto. A quinta ou sexta raspada teve resultado, e ele conseguiu arrebatar o prêmio rígido e estreito com a mão livre, voltando rapidamente ao banco e a uma postura mais ortodoxa.

Ele segurou-o entre o polegar e o indicador, como uma costureira à agulha, e examinou com atenção. Era o prendedor quebrado de uma caneta ou lapiseira, estanho ou latão estampado, e a ferrugem manchava o acabamento chapeado barato.

Quase perfeito. Ele verificou a ponta através da pequena abertura pela qual pretendia desalojar a catraca invisível. Larga demais, mas por muito pouco. Ele encontrou uma parte especialmente áspera de ferro fundido na lateral do braço do banco e foi ao trabalho.

Era boa a sensação de ter algo para fazer com as mãos ou, em todo caso, com a mão, num dia de verão.

– Homem, o ferramenteiro – disse Milgrim, polindo com seu canivete imaginário de Houdini.

40.

DANÇA

Tito ajoelhou-se e amarrou os cadarços do Adidas GSG9s, lembrando respeitosamente aos Guerreros de que estava na hora. Levantou-se, flexionou os dedos dos pés, atravessou a Fourteenth Street e começou a passar por dentro do parque, a mão no iPod, no saco plástico, dentro do bolso do casaco. Juana, certa vez, em Havana, levara-o a um prédio de grande esplendor e totalmente deteriorado, ainda que naquele tempo ele não fizesse ideia de que uma estrutura de tal idade e complexidade poderia ser encontrada em outro estado. No foyer, continentes e oceanos de gesso pintados a têmpera estavam mapeados nas paredes e no teto. O elevador balançara e rangera ao levá-los ao último andar, e, quando Juana empurrara a porta de metal estilo gaiola, Tito tomara consciência abrupta dos batuques que devia estar ouvindo já havia algum tempo, talvez desde que entraram na rua, em Dragones. Enquanto esperavam diante das portas altas do único apartamento do andar, Tito lera e relera a mensagem escrita à mão, em espanhol, num pedaço de papel marrom e engordurado, fixado à porta com quatro tachas de carpete cobertas de ferrugem: "Entre no espírito de Deus e Jesus Cristo ou não entre". Tito olhara para Juana, erguendo as sobrancelhas num questionamento que não era capaz de formular.

– Poderia estar escrito Marx e Lenin – Juana lhe dissera.

A porta fora aberta por uma mulher alta, com um turbante escarlate, um charuto aceso na mão, que abriu um amplo sorriso ao vê-los e tocou a cabeça de Tito.

Depois, sob um retrato de Nossa Senhora de Guadalupe e outro de Che Guevara, a mulher dera início à Dança dos Mortos-Vivos, e Tito, encostando-se a Juana, apertando os olhos entre a fumaça dos charutos e exalações de loção de barbear adocicada, assistira aos pés descalços baterem com suavidade no assoalho deteriorado.

Os Guerreros estavam ao redor dele agora, falando entre si numa língua que era como o tempo, como nuvens altas e rápidas. Ele se arrepiou por dentro do casaco e seguiu andando pela luz do sol, na direção das árvores desfolhadas com brotos verdes. Oxóssi mostrava-lhe os pontos cegos na matriz humana da praça, figuras que não faziam parte da dança inconsciente formada ali por essa clareira entre os longos prédios da cidade. Ele não olhava diretamente para esses fingidores, observadores. Ajustava seu caminho, evitando-os.

Quando estava mais perto das barracas de lona do mercado, viu o velho, seguindo lentamente entre hortaliças expostas, o longo casaco de tweed aberto ao calor do dia. Ele andava agora com uma bengala brilhante de metal, e parecia ter alguma dificuldade com a perna.

Oxóssi deu uma volta repentina, deslizando para dentro de Tito como um vento, seco e inesperadamente quente, mostrando a ele a convergência dos observadores. O mais próximo era um homem alto, de ombros largos e óculos escuros, com boné de beisebol azul, fingindo muito mal estar passeando casualmente na direção do velho, um S de tensão formado pela testa, entre os óculos e o boné. Tito sentiu os dois atrás de si, como se Oxóssi estivesse pressionando polegares nas suas costas. Ajustou o curso, deixando claro que ia na direção do velho. Diminuiu o ritmo, ajeitou os ombros de forma ostensiva, na esperança de que os homens atrás dele percebessem e reagissem à mentira de seu corpo. Ele viu os lábios do homem de óculos escuros se moverem e lembrou-se do que o homem na Prada dissera sobre os rádios deles.

O *systema* estava em cada descida dos Adidas pretos. Tirou o iPod do bolso, segurou o saco plástico aberto, sem tocá-lo com os dedos. Estava quase lá, a dez passos do homem da Prada, mas o dos óculos escuros estava a apenas três do velho, quando o velho girou, levantando e virando a bengala num gesto gracioso, à altura do braço, direto na lateral do pescoço do de óculos escuros. Tito viu o S de tensão sumir da testa do homem quando a bengala bateu, e, pelo que pareceu tempo demais, viu um rosto que consistia apenas em três buracos, abaixo da viseira do boné de beisebol azul, os dois vazios dos óculos e o buraco negro igualmente redondo e aparentemente sem dentes da boca. Em seguida, o homem caiu na calçada como se não tivesse ossos, a bengala carregada retinindo pesadamente ao seu lado, e Tito sentiu as mãos deles no ombro e parou de seguir em frente.

– Ladrão – gritou o velho, com muita força, a voz ressonante.

– Ladrões!

Tito deu um mortal para trás, quando o impulso dos seguidores carregou-os para a frente dele. Quando ele desceu, Oxóssi mostrou-lhe seu elegante primo Marcos, sorrindo com educação entre duas belas bancadas de produtos agrícolas, endireitando-se depois de ter se abaixado para pegar algo entre os cavaletes de madeira da barraca de um produtor. Um pedaço de madeira, que Marcos, de luvas, segurava com firmeza nas duas pontas, com os pés a postos, enquanto um trio de homens correndo na direção do velho parecia bater contra um muro invisível e depois voar através dele, tornando-se seres aéreos. Um caiu na bancada de um agricultor, e mulheres começaram a gritar.

Marcos jogou no chão o cabo de madeira do fio da armadilha, como se percebesse que ele estava sujo e fedido, e saiu andando.

Os dois homens que seguiam Tito, ao perceberem que ele agora estava atrás deles, giraram juntos, e seus ombros se chocaram. O mais pesado dos dois batia em algo em seu pescoço. Tito viu os fios de um rádio.

– O time vermelho venceu – declarou o homem, furioso, com uma ênfase brutal e inexplicável nessa vitória, qualquer que fosse, e disparou na direção de Tito, empurrando o companheiro para fora do caminho para tanto.

Tito estava tendo que fazer finta, como se estivesse em pânico, em direções diversas, para dar aos dois a ilusão de quase capturá-lo. Ao ver a atrapalhação daquele que tentava pegá-lo, ele decidiu que qualquer mímica mais elaborada de deixar cair e perder o iPod seria desperdício. Ele o largou diretamente no caminho do homem, um quadrado de plástico branco dividindo-se ao meio ao bater no chão. Fingiu tentar catá-lo, para destacar o fato de que estava lá. Seu pretenso captor, ao ver isso, empurrou-o para o lado num reflexo. Após rolar com o golpe, Tito saiu correndo, enquanto o homem pesado mergulhava para pegar o iPod. Seu companheiro tentou bloquear Tito com um movimento que devia ter tirado do futebol americano. Tito deu uma cambalhota entre as pernas dele e chutou – o que devia ter sido o tendão de Aquiles do homem, a julgar pelo uivo de dor.

Tito correu para o sul, lado oposto do cruzamento entre a Seventeenth e a Park, seu destino. Passou pelo homem do departamento de calçados da Prada, de macacão de operário manchado de tinta, uma caixa amarela com três antenas pretas e curtas na mão.

Em volta de Tito corriam os orixás, ofegando feito cães imensos. Explorador e abridor, abridor e limpador. E Oxum, cujo papel era o mistério.

41.

HOUDINI

Com um clique que ele mais sentiu do que ouviu, a catraca minúscula no centro da braçadeira passou para o lado do prendedor de caneta modificado de Milgrim. Ele suspirou, aproveitando o momento de triunfo pouco comum. Depois afrouxou o laço, sem removê-lo do braço do banco, e libertou o pulso. Mantendo o pulso sobre o apoio do braço, olhou pelo parque ao redor da maneira mais descontraída possível. Brown não estava em nenhum lugar à vista, mas havia a questão dos outros três que ele vira no quarto de Brown, no New Yorker, além de qualquer outro que fizesse parte da Equipe Vermelha de Brown.

Por que será, perguntou-se, que essas equipes eram sempre vermelhas? Vermelhas em dentes e em garras[2] eram as equipes de homens como Brown. Raramente azuis. Nunca verdes, nunca pretas.

Passava por ele um trânsito de pedestres em tarde ensolarada, atravessando o parque. Havia pessoas brincando de estar ali, ele sabia. Fazendo um jogo, o jogo de Brown, o jogo do FI e dos que trabalhavam com ele. Ele notou que não havia nenhum policial em evidência, o que lhe pareceu estranho, embora, na verdade, fizesse tanto tempo que ele não passava por ali que não fazia ideia do tipo de presença que eles escolhiam ter no momento.

— Devia estar com defeito — disse em voz alta, sobre a braçadeira, ensaiando uma fala para o caso de Brown voltar antes que ele

---

[2] Referência ao poema *In Memoriam*, de Alfred, Lord Tennyson. [N. de T.]

pudesse se recompor o suficiente para se afastar do banco. – Então esperei você.

Mãos muito grandes encontraram os ombros de Milgrim, pressionando-os para baixo.

– Obrigado por esperar – disse uma voz grave e calculada –, mas não somos detetives. – Milgrim olhou para a mão no ombro esquerdo. Era enorme, mão de homem negro, com unhas rosa, pintadas de esmalte. Milgrim revirou os olhos, esticando o pescoço com cautela, e viu, no alto de um imenso penhasco de couro de cavalo cravejado de botões, um queixo negro poderoso, perfeitamente barbeado.

– Não somos detetives, sr. Milgrim. – O segundo homem negro, contornando a outra ponta do banco, desabotoara seu casaco pesado, que lembrava uma couraça, revelando um colete de brocado transpassado, preto sobre preto, e uma camisa de cetim com gola elaborada, da cor do sangue arterial. – Nem somos da polícia.

Milgrim estendeu um pouco mais o pescoço para o lado, para ver melhor aquele cujas mãos repousavam sobre seus ombros feito pacotes de um quilo de farinha. Os dois usavam as toucas justas de lã de que ele se lembrava agora, da lavanderia na Lafayette.

– Isso é bom – disse ele, querendo dizer alguma coisa, qualquer coisa.

O couro de cavalo rangeu quando o segundo homem sentou-se no banco, o enorme ombro coberto de couro tocando o de Milgrim.

– No seu caso, sr. Milgrim, eu não teria tanta certeza disso.

– Não – disse Milgrim.

– Estávamos procurando você – disse o que tinha as mãos nos ombros de Milgrim. – Não de forma muito ativa, seríamos os primeiros a admitir. Mas quando você usou o telefone daquela mocinha para entrar em contato com seu amigo Fish, ele ficou com o número no registro de chamadas. Fish, sendo amigo do sr. Birdwell, ligou para ele de imediato. O sr. Birdwell ligou para aquele número. Ele usou de engenharia social com a moça, que já desconfiava que você tivesse tentado roubar o celular dela, entende? Está me acompanhando até agora, sr. Milgrim?

— Sim — disse Milgrim, sentindo uma vontade irracional, mas muito forte, de pôr a braçadeira de volta, como se isso fosse reverter de forma mágica o fluxo dos acontecimentos, levando-o de volta ao parque sossegado de momentos antes, que agora parecia ser um paraíso de segurança e luz.

— Aconteceu de estarmos por perto — disse o que estava ao seu lado —, e seguimos de carro para a Lafayette, onde o encontramos. Desde então, como um favor ao sr. Birdwell, temos observado seus movimentos, sr. Milgrim, aguardando uma oportunidade para falar com o senhor em particular.

As mãos em seus ombros tornaram-se abruptamente pesadas.

— Onde está aquele filho da puta com cara de policial que está sempre com o senhor, sr. Milgrim? O senhor trouxe ele aqui de carro.

— Não é policial — disse Milgrim.

— Não foi isso que ele perguntou — disse o que estava ao seu lado.

— Nossa — exclamou o que estava atrás —, o velho branco acabou de derrubar o garoto do nada!

— Ladrão! — gritou um homem, dos lados do Greenmarket. — Ladrões! — Milgrim viu uma movimentação ali.

— Esse lugar deveria estar gentrificado — disse o homem ao lado de Milgrim, como se estivesse ofendido com a perturbação. — Custa dois milhões um apartamento aqui.

— Merda — disse o que estava atrás, soltando os ombros de Milgrim —, é uma batida.

— Ele é da DEA! — gritou Milgrim, jogando-se para a frente, as solas de couro gastas derrapando como num pesadelo, como pés num desenho animado antigo, no qual a abertura do projetor está pulando. Ou num sonho muito, muito ruim. E fazia parte desse sonho, enquanto ele corria, o fato de que ele ainda segurava diante de si, como uma espada minúscula, sua chave de Houdini, dolorosamente amolada.

42.

INDO EMBORA

O *systema* evita perseguições sempre que possível, os tios ensinaram. O *systema* prefere não fugir. Ou melhor, ele vai embora. A diferença era difícil de expressar, mas facilmente demonstrada por meio de algo tão simples quanto a tentativa de virar o pulso de alguém do outro lado da mesa. O pulso treinado em *systema* ia embora.

Tito, porém, por ter sido direcionado a um lugar específico, chamado misteriosamente de W, não podia mais praticar de forma plena o ir embora, cuja arte depende de uma genuína falta de direção. Ser perseguido, como Oxóssi garantiu que estava sendo agora, era admitir certa desvantagem. Mas havia *systema* para isso também, e ele decidiu demonstrar isso agora, pegando o encosto de um banco em alta velocidade, soltando, rolando, levantando-se com o impulso intacto, mas seguindo na direção oposta. Algo bem simples, gastar o impulso no rolamento, mas ele ouviu uma criança vibrar ao vê-lo.

O mais próximo de seus perseguidores estava contornando o banco, quando Tito deu o salto sobre ele, passou pelo homem e caiu na trilha, correndo agora para leste. Olhou para trás. Os outros dois, escravos leigos de seu próprio impulso, foram carregados para a frente do primeiro e por muito pouco não trombaram com o banco. Esses foram os que ele vira Marcos derrubar. Um deles estava com a boca sangrando.

Com Oxóssi ao ombro, Tito correu na direção da Union Square East e da Sixteenth. O orixá queria que ele saísse do parque e de suas geometrias de perseguição calculáveis. Um táxi deslizou diante dele quando ele chegou ao trânsito da Union Square East. Ele passou por cima do capô, encarando o motorista ao passar pelo para-brisa, a fricção queimando a coxa através do jeans. O motorista bateu na buzina e segurou, despertando outras buzinas por reflexo, um clangor repentino e irregular que aumentou à medida que os três perseguidores chegavam ao fluxo de trânsito. Tito olhou para trás e viu o da boca sangrenta fazendo manobras entre para-choques quase colados, segurando algo no alto, como um símbolo. Um distintivo, supôs Tito.

Tito correu para o norte, abaixou-se, desacelerando de forma premeditada, costurando em meio à multidão, entre algumas pessoas que paravam para ver o porquê das buzinas. Rostos espiavam das janelas de um restaurante. Ele olhou para trás e viu o homem de boca sangrenta empurrar uma mulher que estava na sua frente, enquanto corria atrás de Tito.

Tito acelerou, enquanto Oxóssi observava que o perseguidor ainda diminuía a distância. Ele atravessou a Seventeenth correndo, sem baixar a velocidade. Viu a entrada do restaurante, uma porta giratória. Continuou correndo até a entrada do hotel, que tinha uma borda de vidro projetada como cobertura. Sob o braço do porteiro perplexo de camisa preta e passando por uma mulher que acabava de sair. Ele viu Brotherman descer dois degraus amplos de mármore, divididos por um corrimão central. Brotherman usava um uniforme da Federal Express e carregava nos braços uma caixa de papelão estreita, vermelha, branca e azul, na vertical. Ele nunca vira Brotherman de bermuda antes. Quando Tito pulou para a direita, os tênis novos agarrando o mármore branco, ele ouviu o homem de boca sangrenta bater nas portas, enquanto passava por elas.

Ele viu de relance a saliência de uma escada sinuosa, no fundo do saguão e registrou o som peculiar de Brotherman soltando, na saída, quinze quilos de rolamentos de aço de doze milímetros, pelo fundo falso da caixa da FedEx e para o mármore branco.

Tito disparou para o sul, com Oxóssi indicando que o perseguidor, que devia ter desviado dos rolamentos, estava a apenas alguns passos atrás.

Entrando no restaurante, correndo pelas fileiras de mesas ao longo das janelas que davam para o sul; passando pelos rostos incrédulos dos clientes, que no instante anterior se demoravam diante de sobremesas e cafés.

O homem da boca sangrenta pegou-o pelo ombro esquerdo, e ele virou para cima de uma mesa, comida e copos voando, uma mulher gritando. No instante do contato, Elegua, montando em Tito numa velocidade nauseante, colocara a mão direita de Tito para trás, puxara algo do cinto do homem e agora sacava e atirava com a arma pneumática do búlgaro com a esquerda, por baixo da axila direita de Tito.

Um grito agudo e inumano fez o orixá desmontar, enquanto Tito viu a placa iluminada de saída e correu pela porta abaixo dela, passando pelos carrinhos lotados dos ajudantes de garçom. Funcionários da cozinha vestidos de branco pularam para sair da frente dele. Ele escorregou em algo molhado, quase caiu, seguiu correndo. Placa de saída. Saindo, luz do sol repentina, enquanto um alarme soava atrás dele.

Uma van grande e verde, com letras bem-feitas em prata, uma das duas portas traseiras aberta. O homem da Prada, não mais de macacão de pintor, baixando a mão.

Tito entregou-lhe o distintivo com capa de couro que Elegua tirara do cinto do perseguidor.

Ele abriu a capa.

– Ice – disse, guardando-o no bolso. Empurrou Tito para dentro da van. Um espaço escuro, vazio, cheirando a diesel, com estranhas luzes fracas. – Vocês já se conhecem. – Pulou para fora da van, bateu e travou a porta.

– Sente-se – disse o velho, de um banco preso ao longo do espaço com cintas de lona. – Não queremos que se machuque, em caso de parada repentina.

Tito passou por trás do banco estofado. Descobriu as duas pontas de um cinto de segurança simples, apertou-o enquanto o motorista engatava a marcha, partindo no sentido oeste, depois virando para o norte, na Park.

– Posso confiar que o pegaram de você? – perguntou o velho, em russo.

– Sim, pegaram – respondeu Tito, em inglês.

– Muito bom – disse o velho, em russo. – Muito bom.

43.

FEDOR

O bar do saguão estava cheio de novo.
 Ela o encontrou sentado à longa mesa de alabastro, comendo diante de um prato retangular o que parecia sushi envolto em carne crua.
 – Quem tirou a foto? – ela perguntou quando estava perto o suficiente, para não falar muito alto e ser ouvida.
 – Pamela. É uma excelente fotógrafa.
 – Ela estava me seguindo?
 – Não, estava observando Chombo. Vendo-o fazer as malas e se mudar.
 – Tem certeza de que ele se mudou? Não foi preso pelo Departamento de Segurança Interna?
 – Duvido que o DSI permitisse que ele ficasse fumando e atrapalhando enquanto eles embalavam a prova.
 – Eu não queria ter a chance de descobrir. E você?
 – É claro que não. Aceita um drinque?
 – Agora não, obrigada. Aceito uma explicação sua, se o que você me disse até agora for verdade, de por que não parece preocupado. Eu estaria. Na verdade, descobri que estou. Quando alguém anda remexendo em programas secretos americanos desenvolvidos para a interceptação de armas contrabandeadas, imagino que essa pessoa corra o risco de estar em apuros. Caso contrário, e o que você me contou é verdade, por que não? – O que era colocar a questão de forma mais vigorosa do que ela pretendia, mas parecia certo.

– Por favor – disse ele –, sente-se.

Os bancos não combinavam de modo proposital ali. O que estava próximo dele a fez lembrar das estatuetas alongadas de guerreiros Masai, esculpidos em pau-ferro, mas sem as partes perigosamente pontiagudas. O dele era de alumínio polido, meio Henry Moore.

– Não, obrigada.

– Não sei o que poderia haver naquele contêiner em particular, Hollis. Acredita em mim?

Ela pensou a respeito.

– Talvez acredite. Depende.

– De quê, exatamente?

– Do que você pode estar prestes a me dizer agora.

Ele sorriu.

– Aonde quer que formos com isso, eu nunca serei capaz de lhe dizer exatamente como me envolvi nisso. Assim está aceitável?

Ela pensou a respeito.

– Sim. – Não parecia mesmo ser uma questão tão negociável.

– E agora vou pedir um comprometimento muito sincero com meu empreendimento, se essa conversa for continuar. Preciso saber que você está comigo, antes de lhe contar mais. Entenda, no entanto, por favor, que não posso lhe dizer mais sem levá-la adiante na coisa em si. Essa é uma questão em que a posse de informações influi no envolvimento. Entende? – Ele ergueu um carne-maki vermelho, observou-o com seriedade e o jogou para dentro da boca.

Ela concluiu que, qualquer que fosse o objeto do envolvimento de Bigend, era algo profundo. Profundo e, possivelmente, central. Algo que ela ainda não podia saber. Ela se lembrou de ter visto o caminhão branco virando a esquina, indo embora, e percebeu que queria mesmo saber para onde ele fora e por quê. Se imaginasse nunca vir a saber, por algum motivo, ela via o River Phoenix de Alberto, caído de bruços no concreto do Viper Room. Outro final.

Bigend tocou os lábios com um guardanapo de coquetel, erguendo uma sobrancelha interrogativa.

TERRITÓRIO FANTASMA ■ 211

– Sim – disse ela. – Mas se eu descobrir que você está mentindo para mim, mesmo por omissão, acabou. Qualquer obrigação da minha parte. Acabou. Entendeu?

– Perfeitamente – disse ele, repetindo o sorriso e acenando para o garçom. – Um drinque.

– Uísque duplo – disse Hollis. – Uma pedra de gelo.

Ela olhou para a extensão de alabastro cintilante. Todas as velas. Drinques. Pulsos femininos. O que ela acabara de fazer?

– Coincidentemente – disse ele, vendo o traseiro esbelto do garçom se afastar com exatamente a mesma expressão que ela vira quando ele observava o maki –, fiquei sabendo de algo hoje de manhã. Algo relacionado a Bobby.

– Eu não diria que "coincidentemente" poderia ser um conceito seguro, tratando-se de um material como este. – Ela decidiu arriscar o banquinho Masai e ficou surpresa com seu conforto.

– Dizem que até os paranoicos clínicos podem ter inimigos.

– O que foi, então?

– Bobby, sei há algum tempo, foi encarregado de pelo menos duas tarefas por seus empregadores.

– Que são?

– Não sei. As tarefas de Bobby Chombo, no entanto: uma, como já lhe disse, consiste em tentar ou vir o Holandês Voador dos contêineres de transporte. Quando aceitou esse trabalho, ele recebeu um conjunto de parâmetros de algum tipo e essa tarefa de captar um sinal específico dentre muitos outros. Ele conseguiu. Ainda consegue. O contêiner envia um sinal de forma periódica, anunciando sua localização e, provavelmente, o fato de que não foi adulterado. É um sinal intermitente, criptografado, e altera frequências, mas se você é Bobby, é claro, vai saber quando e onde ouvi-lo.

– O que ganha com isso quem quer que o esteja pagando?

– Não sei. Mas, em geral, suponho que o contêiner não seja deles, nem o sinal. Afinal, tiveram de pagar Bobby para encontrá-lo para eles. Provavelmente depois de pagarem outra pessoa pela informação que deram a ele para ajudá-lo na busca. Muitas voltas, se fosse deles, ainda que eu não descarte totalmente a possibilidade.

– Por que não?

– Nunca é uma boa ideia. Sou agnóstico, basicamente. A respeito de tudo.

– Qual é a tarefa número dois de Bobby Chombo, então?

– É o que acabei de ficar sabendo. Quando estávamos na Blue Ant, contei a você que ele envia iPods para Costa Rica.

– Certo. Música, você disse.

– O que você sabe sobre esteganografia?

– Nem sei pronunciar isso.

– A outra tarefa de Bobby consiste em compilar registros elaborados de buscas fictícias pelo sinal do contêiner. Essas ficções dele, matemáticas, gigantescas, recontam a busca atual dele e a falha total em encontrar a chave que ele já possui, mas que finge não ter. – Inclinou a cabeça. – Conseguiu acompanhar?

– Ele simula evidências de que ainda não encontrou o sinal?

– Exato. Já compilou três desses épicos até agora. Ele os criptografa por meio de esteganografia nos drives dos iPods... – Interrompido pela chegada do drinque dela.

– Como é a palavra mesmo? – perguntou ela, depois que o garçom se retirou.

– "Esteganografia". Ele dilui o registro fictício de atividades, ao longo de muitas músicas.

– E o iPod é menos visado que um laptop?

Ele deu de ombros.

– Depende de quem estiver checando.

– E como ficou sabendo disso?

– Não posso lhe contar. Sinto muito, mas tem relação direta com como me envolvi, e concordamos que não posso discutir isso.

– Está bem. – Não estava, na verdade, porque ela conseguia imaginá-lo usando o argumento sempre que achasse conveniente. Mas ela trataria disso no decorrer no processo.

– Mas eu lhe disse que sei que ele os envia a uma situação de posta-restante em Costa Rica.

– Certo.

– Onde, até o momento, perdi o contato com eles, mas não sem antes sentir o cheirinho de oficiais aposentados da inteligência americana. O que é um fedor bastante característico. Nunca nada como um nome atrelado, claro, mas agora ouvi dizer que os iPods de Bobby são reenviados, de San José.

– Para onde?

– Nova York. A menos que eu esteja sendo enganado. Mas dá a impressão de que a pessoa para quem Bobby os envia, em San José, é preguiçosa. Ou nervosa. O verdadeiro destinatário nunca os recebe. Mas usam o mesmo funcionário para enviá-los de volta. Pela DHL. Para um endereço na Canal Street. Importador chinês.

– Bobby rastreia o contêiner itinerante – disse ela. – Ele gera falsa evidência de que não o encontrou ainda. Ele envia essa evidência a alguém em Costa Rica, que, então, a envia para Nova York...

– Você pulou um passo. Ele a envia a alguém em Costa Rica, cujo trabalho parece ser, de acordo com as vontades dos empregadores de Bobby, registrar o recebimento e depois entregá-la a outra pessoa, o receptor desejado. A pessoa a quem Bobby envia é apenas uma típica caixa postal quase criminosa. Mas o receptor desejado nunca apareceu para fazer a sua parte. Em vez disso, fez um acordo com a caixa postal para simplesmente devolvê-la. Sabe, é uma lacuna, uma falha na arquitetura de alguém.

– De quem?

– Não faço ideia.

– Pode me dizer como descobriu isso, que eles vão para Nova York?

– Enviei alguém para lá com uma batelada de dinheiro. Fiz uma oferta surpresa para a caixa postal. É esse tipo de cidade.

– E isso é tudo o que conseguiu com seu dinheiro?
– Isso e a sensação de que o sr. Caixa Postal considera opressora a gerontocracia local, formada por ex-agentes da CIA, e deseja se mudar mais para o sul, para longe deles.

Ela revisou a situação mais uma vez, na cabeça, girando o cubo de gelo solitário do uísque.

– Então, o que você acha?
– Alguém está sendo ludibriado. Alguém está sendo levado a acreditar que outra pessoa está sabendo do contêiner, mas não consegue localizá-lo. Por que você acha que alguém faria isso?
– Para fazer o dono do contêiner acreditar que ele não está sendo rastreado. Quando, na verdade, está.
– Parece que é isso, não?
– E?
– Temos uma lacuna a explorar. Sabemos que alguém em San José está surgindo aos poucos, não seguindo o plano à risca. Quem quer que deveria receber esses iPods e levá-los para o reenvio não está fazendo isso. Está pagando a caixa postal apenas para devolver os iPods. Imagino que estejam com medo.
– De quem?
– Possivelmente de quem for o dono do conteúdo desse contêiner. Isso é muito interessante. E agora temos outra lacuna.
– Que é?
– Pamela pôs um dispositivo de rastreamento por GPS naquele caminhão, cerca de uma hora antes de você chegar.
– Nossa – disse ela –, pôs mesmo? Ela é o quê, James Bond?
– Nada disso. Gosta de brincar um pouco, Pamela. – Ele sorriu.
– Onde ele está? O caminhão?

Ele pegou um Treo dentro da jaqueta e digitou uma sequência no teclado. Apertando os olhos diante da tela.

– Ao norte de São Francisco no momento.

44.

ESTRATÉGIA DE SAÍDA

Milgrim viu-se seguindo na direção do Corolla estacionado de Brown, ou melhor, viu seu corpo, entre espasmos e arfadas na corrida inabitual, dando voltas erráticas no que acreditava ser a direção geral. Ele tivera algo próximo de uma experiência fora do corpo, entre pular do banco e se redescobrir dessa maneira, e não fazia ideia de onde estariam os cavalheiros negros. Esperava que eles tivessem acreditado nele, que Brown era agente da DEA. Como um deles concluíra de forma espontânea que estava havendo uma batida policial, era possível que tivessem acreditado. Era pouco provável que Dennis Birdwell pagasse alguém o suficiente para agir de outra forma. Já era pouco provável que contratasse alguém, para início de conversa. Milgrim ficara muito surpreso. As tentativas dele de localizá-los, instável como ele era, não haviam rendido tipos muito grandes vestidos de couro. Nem mesmo qualquer pessoa que pudesse fazer parte de uma Equipe Vermelha. Nem sequer o próprio Brown.

O Greenmarket pareceu deserto de repente, à parte aqueles que pareciam ser vendedores, todos os quais pareciam tentar usar celulares, e alguns dos quais gritavam uns com os outros de modo bastante histérico.

Agora o som de sirenes aumentava, uivando a distância. Aproximando-se. Muitas, parecia.

Apesar da pontada torturante na lateral do abdômen, que o fazia querer se curvar, ele se forçava a permanecer quase ereto e a se mover o mais rápido possível.

Ele atravessava a Union Square pela Seventeenth e avistava o Corolla, quando algumas das sirenes chegaram e pararam simultaneamente. Ele olhou para trás, pela Seventeenth, e viu um carro de polícia e uma ambulância formando um ângulo reto no cruzamento da Park, com as luzes no teto alternando o vermelho e o azul de modo frenético. Três SUVs pretos e idênticos apareceram, do leste, na Seventeenth, sem sirenes, expelindo figuras corpulentas, vestidas de preto, que pareceram a Milgrim, de longe, estar usando trajes espaciais. Era a nova polícia pós-11 de setembro, ele supôs, embora não conseguisse lembrar como era chamada. Esquadras de Sansão? Alguns deles entraram no prédio pela porta da esquina. Agora, o primeiro do que pareciam ser vários carros de bombeiro.

Não havia tempo para ficar vendo isso, por mais interessante que ele achasse. A sacola de Brown ainda estava no carro.

Ele percebeu, porém, com uma pontada de desgosto, que o cenário urbano parecia completamente desprovido de qualquer coisa que ele pudesse usar para quebrar a janela de um carro. Sua mão se fechou repetidas vezes em torno do cabo inexistente do martelo barato de fabricação coreana que ele usara para acessar o interior de um automóvel pela última vez, mas então a mão de alguém se fechou como um torno no ombro esquerdo dele, enquanto o pulso direito era torcido para trás das suas costas com uma força quase capaz de um deslocamento.

– Eles se foram – disse Brown em voz baixa. – Estavam interferindo em nossos rádios e nas frequências de celular. Se estamos falando, é porque eles foram embora. Saia agora. Os outros já estão livres. Eles o prenderam? Uma equipe Hércules? – Brown suspirou. – Merda – disse ele, de modo conclusivo.

Equipes Hércules, pensou Milgrim. Era esse o nome.

– Anda – ordenou Brown. – Vão isolar esta área. – Puxou com força a porta traseira do Corolla e empurrou Milgrim para dentro, de frente. – Chão – ordenou.

Milgrim conseguiu encolher os pés um segundo antes de Brown bater a porta. Sentiu o cheiro de carpete de carro relativamente novo. Os joelhos estavam sobre a bolsa preta e o laptop de Brown, mas ele sabia que a chance, se é que chegara a haver alguma, havia passado. Concentrou-se em respirar de forma mais regular e em preparar a desculpa por ter soltado a algema.

– Fique abaixado – disse Brown, sentando-se no banco do motorista e ligando o motor. Afastou-se do meio-fio. Milgrim sentiu que ele virava à direita na Union Square West, depois reduziu. A porta dianteira do passageiro se abriu, e alguém entrou às pressas. O carro saiu novamente, enquanto a porta se fechava.

– Dê para mim – disse Brown.

Milgrim ouviu algo farfalhar.

– Usou luvas? – A calma comedida na voz de Brown, Milgrim sabia por experiência, era um mau sinal. O dia da Equipe Vermelha Um no parque não deve ter sido bom.

– Sim – disse alguém. Voz de homem, talvez a mesma do encontro no New Yorker. – Essa peça se soltou quando ele deixou cair.

Brown não disse nada.

– O que aconteceu? – perguntou o outro. – Estavam esperando a gente?

– Talvez estejam sempre esperando alguém. Talvez tenham sido treinados para fazer isso. Um conceito e tanto, hein?

– Como está Davis?

– Me pareceu um pescoço quebrado.

– Você não disse que ele era perigoso.

Milgrim fechou os olhos.

– A Blackwater te deu um chute na bunda pela burrice? – perguntou Brown. – É o que vou descobrir quando perguntar a eles?

O outro não disse nada.

Brown parou o carro.

– Sai – disse ele. – Vá embora da cidade. Hoje à tarde.

Milgrim ouviu a porta se abrir, o homem sair e a porta se fechar. Brown seguiu dirigindo.

— Tira essa etiqueta de trânsito da janela de trás — disse Brown.

Milgrim subiu no banco traseiro e puxou as ventosas do vidro. Estavam prestes a entrar na Fourteenth. Ele olhou para a Union Square West, que ficava para trás, e viu um veículo preto da equipe Hércules bloqueando um cruzamento. Ele se virou, com esperança de que Brown não fosse mandá-lo abaixar-se de novo e colocou os pés, com cuidado, dos dois lados do laptop e da bolsa.

— Vamos voltar ao New Yorker?

— Não — disse Brown —, não vamos voltar ao New Yorker.

Em vez disso, Brown levou o carro a um posto de devolução em Tribeca.

Tomaram um táxi para a Penn Station, onde Brown comprou duas passagens de ida para Washington de Metroliner.

45.

CARGA GERAL

– Para onde você acha que o caminhão está indo? – perguntou Hollis, à beira da piscina, da reentrância aconchegante na ponta do imenso futon Philippe Starck.

– Não para a Baía – disse Bigend, tão afundado, ao lado dela, que ela não conseguia vê-lo. – Logo saberemos se é ou não Portland. Ou Seattle.

Ela se acomodou mais para trás, vendo as luzes de um pequeno avião atravessarem o centro vazio do céu luminoso.

– Você não acha que eles iriam para o interior?

– Não – disse ele. – Acho que tem algum porto, com instalações para contêineres.

Ela se ergueu, da melhor forma que pôde, sobre o cotovelo direito, tentando ver o rosto dele.

– Está vindo para cá?

– Talvez esse seja o significado da partida repentina de Bobby, e não simplesmente que você o assustou.

– Mas você acha que está vindo para cá?

– É uma possibilidade.

– Você sabe onde está?

– O Gancho – disse ele. – Lembra? O grande helicóptero russo? Um helicóptero capaz de voar centenas de quilômetros, levando nosso contêiner numa embarcação e transferindo a outra?

– Sim.

– Existem algumas possibilidades interessantes para rastrear cargas comerciais hoje. De uma embarcação específica, quero dizer. Mas duvido que qualquer uma delas nos ajude a localizar nossa caixa misteriosa, porque acho que ela fica mudando de embarcação. No mar. Logo no início, ouvimos falar no uso do venerável Gancho, mas não é preciso de algo tão grande para levar um único contêiner de doze metros de um navio a outro. Desde que não seja preciso voar com ele para muito longe, bem entendido. O nosso tem doze metros, aliás. Todos têm doze ou seis. Padronização. Contêineres cheios de mercadorias. Pacotes cheios de informações. Nenhuma carga geral.

– Nenhuma o quê?

– Carga geral. Frete não transportado em contêineres. Transporte ao modo antigo. Engradados, fardos. Como se fazia antes. Achei que, em termos de informação, os itens mais interessantes, para mim, correspondem aos de carga geral. Inteligência humana tradicional. Alguém que sabe de algo. Em comparação com *data mining* e todos os outros processos.

– Não sei nada a respeito de *data mining* – disse ela –, nem de todos os outros processos.

– Estamos muito envolvidos com *data mining* na Blue Ant.

– Comprando ações de empresas?

– Não. Pode-se dizer que somos assinantes. Ou esperamos ser. Não é uma questão simples.

– Assinantes de quê?

– Os suíços têm um sistema conhecido como Onyx, baseado no Echelon, o sistema desenvolvido originalmente pelos britânicos e pelos americanos. O Onyx, assim como o Echelon, usa software para filtrar os conteúdos de comunicação via satélite em busca de termos de pesquisa específicos. Existem postos de escuta Onyx em Zimmerwald e Heimenschwand, no Cantão de Berna, e em Leuk, no Cantão de Valais. Passei uma semana em Heimenschwand quando tinha treze anos. Dada.

— Perdão?

— Dada. Minha mãe estava pesquisando um dadaísta menor.

— Os suíços? Os suíços têm esse tipo de sistema?

— No mês passado – disse ele – a edição de domingo do *Blick* publicou um relatório sigiloso do governo suíço baseado em interceptações por Onyx. Descrevia um fax enviado pelo governo egípcio à sua embaixada em Londres, fazendo referência a instalações de detenção secretas da CIA no Leste Europeu. O governo suíço recusou-se a confirmar a existência do relatório. No entanto, iniciaram de imediato processos judiciais contra os editores por terem divulgado um documento secreto.

— É possível "assinar" algo assim?

— Os banqueiros – disse Bigend – precisam de boas informações.

— E?

— A Blue Ant precisa de bons banqueiros. E acontece que eles são suíços. Mas ainda não fizemos os ajustes improvisados. Novos termos de busca têm de ser aprovados por uma comissão independente.

Os olhos dela estavam lhe pregando uma peça. Coisas enormes e translúcidas pareciam contorcer-se nas profundezas do céu luminoso. Tentáculos do tamanho de nebulosas. Ela piscou os olhos e eles se foram.

— E?

— Apenas dois membros dessa comissão, até agora, teriam motivos para ter uma disposição favorável às sugestões de nossos banqueiros. Mas veremos. – Ela o sentiu sentar-se. – Mais um drinque?

— Não para mim.

— Mas veja – disse ele – a pura complicação desse tipo de inteligência e, claro, as limitações inerentes. Sem mencionar o fato de que não teríamos nenhuma ideia de quem mais poderia estar rastreando os termos de busca. Você, no entanto, com seu potencial para se aproximar de Bobby Chombo... – Ele se levantou, espreguiçou-se, ajustou a jaqueta e virou-se, curvando-se para oferecer a mão a ela. Ela aceitou, deixando que ele a ajudasse a se levantar. – Você é carga geral, Hollis.

– O sorriso cintilou. – Percebe?

– Estou tentando lhe contar. Ele não gostou nem um pouco que Alberto me levou lá. Foi uma clara quebra de acordo para Bobby. Você pode achar que ele saiu da cidade porque o navio dele está chegando, mas eu sei que ele não gostou nem um pouco da minha aparição.

– Primeira impressão – disse ele. – Isso pode mudar.

– Espero que não esteja querendo que eu o surpreenda com outra visita.

– Deixe tudo comigo. Primeiro tenho que ver para onde ele está indo. Enquanto isso, trabalhe com Philip. Veja o que mais Odile e os amigos dela têm para lhe mostrar. Não é por acaso que Bobby esteja sobrepondo duas esferas aparentemente tão diferentes. O importante é que tivemos nossa conversa, chegamos a um acordo. Estou encantado em saber que trabalharemos juntos.

– Obrigada – disse ela, de modo automático, depois percebeu que isso era, de fato, só o que poderia dizer. – Boa noite – disse em seguida, antes que a pausa tivesse muita chance de se alongar.

Ela o deixou ali, ao lado dos fícus em seus vasos gigantescos.

46.

VIP

– Você está sem identidade – disse o velho, em inglês, desligando a pequena câmera na qual assistira diversas vezes a um vídeo.

– Sim – disse Tito. Havia duas luzes de teto a pilha, iluminando levemente os dois no banco desconfortável. Tito estava contando as esquinas que a van dobrava, tentando acompanhar o trajeto que faziam. Supôs que estivessem a noroeste da Union Square agora, sentido oeste, mas tinha cada vez menos certeza.

O velho tirou um envelope do bolso e passou a Tito. Tito abriu-o com um rasgo e retirou uma carteira de motorista de Nova Jersey com sua foto. Ramone Alcin. Tito examinou a foto mais de perto. Parecia ser ele, embora nunca tivesse posado para esse retrato, nem tivesse usado a camisa que Ramone Alcin usava. Olhou para a assinatura. Primeiro teria de praticar desenhando-a de cabeça para baixo, como Alejandro havia ensinado. Ficou incomodado por ter uma identificação cuja assinatura não dominava. Ainda que, a propósito, ele não soubesse dirigir.

O velho pegou o envelope de volta e pôs no bolso. Tito pegou a carteira de dentro do casaco e enfiou a habilitação no plástico, notando que alguém arranhara de forma meticulosa a superfície plastificada, removendo-a e recolocando-a em outra carteira repetidas vezes. Ele pensou em Alejandro.

– O que mais você tem? – perguntou o velho.

– Uma das armas do búlgaro – disse Tito, esquecendo que um estranho poderia não conhecê-las.

– Lechkov. Dê para mim.

Tito pegou a arma, no lenço. Uma película de sal branco e fino manchou sua calça jeans escura quando ele a passou ao velho.

– Foi disparada.

– Usei-a no restaurante do hotel – disse Tito. Estavam quase me pegando. Um dos homens que veio atrás de mim era corredor.

– Sal? – O velho cheirou com delicadeza.

– Sal marinho. Muito fino.

– Lechkov gostava de insinuar que ele fez o guarda-chuva usado para assassinar Georgi Markov. Não fez. Como nessas armas, o trabalho dele parecia pertencer a uma era anterior. É provável que tenha começado como mecânico de bicicleta numa aldeia. – Guardou o lenço e a arma no bolso. – Teve de usar, não?

Por mais que esse homem conhecesse a história de sua família, pensou Tito, não devia saber dos orixás. Explicar que fora escolha de Elegua usar a arma do búlgaro não ajudaria.

– Não na cara dele – disse Tito. – Baixo. A nuvem fez os olhos dele arderem, mas não devem ter se cortado. – Isso provavelmente era verdade, de acordo com o que ele lembrava, mas a escolha, se é que tinha sido feita, fora de Elegua. – Água aliviaria a cegueira.

– Pó branco – disse o velho, Tito concluindo que as rugas a mais em seu rosto magro constituíam um sorriso. – Pouco tempo atrás, isso ficaria muito complicado. Hoje, duvido. Seja como for, você não estará com isso quando passar pelos detectores de metal antes de embarcar.

– Embarcar – disse Tito, com a garganta seca de repente, e o estômago embrulhado de medo.

– Vamos deixá-la – disse o velho, como se percebesse o pânico de Tito e quisesse reconfortá-lo. – Algum outro metal?

Apertado na escuridão do avião minúsculo, aconchegado contra o metal quente, agarrando as pernas da mãe, a mão dela em seu cabelo, o motor sobrecarregado pelo peso deles. Noite sem lua. Passando muito perto das árvores.

– Não – Tito conseguiu dizer.

A van parou. Ele percebeu estrondos, batidas, profundos e terríveis. Subitamente mais altos, quando uma das portas traseiras foi aberta, deixando entrar uma lâmina de luz. O homem do departamento de calçados da Prada jogou-se rapidamente para dentro. O velho abriu o cinto de segurança e jogou o corpo para trás. Tito fez o mesmo, perplexo, apavorado.

– A Union Square está bloqueada – disse o homem da Prada.

– Livre-se disso – disse o velho, passando a ele a arma do búlgaro, no lenço. Tirou sua câmera do bolso do casaco e tirou o casaco. O homem da Prada ajudou-o a vestir uma capa de chuva clara. – Tire o casaco – ordenou a Tito.

Tito obedeceu. O homem da Prada entregou-lhe uma jaqueta curta de tecido verde com algo amarelo bordado nas costas. Tito vestiu-a. Recebeu um boné verde com a aba amarela e os dizeres: IRMÃOS JOHNSON. GRAMA NATURAL E SINTÉTICA na frente. Vestiu-o. – Óculos escuros – disse o homem da Prada, entregando-os a Tito. Enrolou o casaco de Tito e botou numa pequena bolsa preta de náilon, fechou o zíper e deu a ele. – Óculos – ele lembrou Tito. Tito colocou-os.

Eles desceram para a luz do dia, em meio ao estrondo assustador. Tito viu a placa na grade de metal, a poucos metros da van.

HELIPORTO VIP AIR PEGASUS.

Depois da grade de metal, os helicópteros ruidosos.

Em seguida, Vianca estava lá, de moto, rosto escondido pela viseira espelhada. Ele viu o homem da Prada passar a ela a arma do búlgaro, enrolada no lenço. Ela a enfiou na frente da jaqueta, acenou um rápido adeus a Tito e se foi, o gemido de seu motor perdido sob o ruído dos helicópteros.

Tito, com o estômago gelado e carregado de medo, seguiu os outros até esse heliporto VIP.

E depois que passaram pelo detector de metais, mostraram suas identidades, abaixaram-se, correndo sob as hélices que giravam, e apertaram os cintos, o estrondo ficou mais agudo, até que algo pareceu levantar o helicóptero como que por um cabo e carregá-lo para longe, subindo, atravessando o Hudson, Tito conseguiu apenas fechar os olhos. Para não ver a cidade, enquanto subiam, nem vê-la recuar atrás dele.

Por fim, ainda sem abrir os olhos, ele conseguiu tirar o Nano da frente da camisa, extrair os fones de ouvido do bolso esquerdo da calça jeans e encontrar o hino que ele tocara no Cassio, à deusa Oxum.

47.

N STREET

Havia fantasmas nas árvores da Guerra Civil, depois da Philadelphia. Antes o caminho passara perto de ruas com casas pequenas enfileiradas em bairros em que a pobreza parecia ter sido tão eficiente quanto foi considerada a bomba de nêutron. Ruas tão despidas de população quanto suas janelas de vidro. As próprias casas pareciam pertencer menos a outro tempo que a outro país. Belfast talvez, após um ataque biológico sectário. Carcaças de carros japoneses nas ruas, de barriga para baixo sobre rodas nuas.

Depois da Philadelphia, porém, e depois de tomar mais um comprimido, Milgrim começou a ter vislumbres de outros espectrais, anjos talvez. O sol do fim da tarde vestia os bosques que passavam com o fogo-fátuo de Maxfield Parrish, e quem sabe tenha sido esse o brilho epiléptico gerado pelo movimento do trem que tenha evocado esses seres. Ele os achava neutros; se não, de fato, benignos. Pertenciam a essa paisagem, a essa hora e a essa época do ano, e não à história dele.

Do outro lado do corredor do Metroliner, Brown batia sem parar no teclado de seu laptop blindado. Uma ansiedade tomava conta do rosto dele quando escrevia, Milgrim sabia e a via de novo agora. Talvez Brown fosse inseguro quanto a suas habilidades de escrita ou já estivesse preparado para ter rejeições ou críticas excessivas de quem quer que recebesse o que ele escrevia. Ou será que simplesmente ficava desconfortável em relatar uma falta de êxito? Pelo que Milgrim sabia, Brown nunca fora bem-sucedido no que parecia estar tentando fazer com o FI e o Sujeito. Capturar o Sujeito parecia ter sido uma oportunidade de promoção para Brown, e Brown tentara, mas não conseguira. Tomar o que quer que o FI entregara ao Sujeito parecera ser outra chance, ainda que secundária, e era possível que Brown tivesse tido êxito nessa, hoje, na Union Square. Capturar o FI nunca parecera uma oportunidade de promoção. Milgrim imaginava que, se tivessem capturado o FI, tanto o Sujeito quanto a família estendida do FI estariam alertas para o jogo de Brown. A colocação do captador de sinais no quarto do FI teria sido evitada. Portanto, concluiu Milgrim, o que Brown fazia agora era um rascunho do relatório do que acontecera na Union Square.

Ele achava improvável, no entanto, que qualquer relatório do tipo o mencionasse, ou os parceiros negros de Dennis, e isso provavelmente era algo muito bom. A preocupação dele era que Brown não mencionara a ele o fato de ter sido descoberto sem estar algemado ao banco, mas se sentia preparado. A algema havia falhado, e Milgrim, ao perceber a confusão no parque, decidira voltar ao carro para facilitar a saída deles.

Cansado do agito do sol através das árvores, pensou em, talvez, ler seu livro. Pôr a mão na capa gasta, porém, no bolso interno do Paul Stuart, foi o máximo que conseguiu fazer. Adormeceu, então, com o rosto contra o vidro quente, e só acordou quando Brown o chacoalhou, quando paravam na Union Station, em Washington.

Ele viu que estava terrivelmente enrijecido, sem dúvida pela sessão atípica de exercícios no parque, assim como pelo surto de adrenalina impulsionado pelo medo que a tornara possível. Suas pernas pareciam de pau quando ele se levantou cambaleante, batendo as migalhas do sanduíche de peru que comera antes da Philadelphia.

– Anda – ordenou Brown, empurrando-o para seguir em frente.

Brown estava com o laptop e a bolsa na altura da cintura, a tiracolo. Milgrim desconfiou que Brown tivesse aprendido isso durante algum curso de otimização da segurança de uma bagagem de mão.

Ele tinha a sensação de que Brown improvisava relativamente pouco, e nunca com tranquilidade. Era um homem que acreditava haver maneiras específicas de fazer as coisas, e que as coisas deveriam ser feitas dessas maneiras.

Ele também era, pensou Milgrim, esforçando-se para acompanhar o passo dele na plataforma, um autoritário, mas com o que Milgrim supunha ser uma necessidade fundamental de obedecer ordens.

O triunfalismo do estilo belas-artes da estação fez com que Milgrim se sentisse muito pequeno de repente. Seu pescoço encolheu para dentro da gola do casaco Paul Stuart. Ele parecia ver a si mesmo e a Brown do alto daqueles arcos ornamentados, os dois como besouros, lá embaixo, rolando sobre uma vasta extensão de mármore. Ele se forçou a olhar para cima, dentre os ombros, para pedra gravada, escultura alegórica, dourado, toda a pompa e seriedade da Renascença Americana de mais um início de século.

Do lado de fora, o ar rajado com uma tonalidade de poluição que não era de Nova York, e ligeiramente abafado, Brown colocou-os num táxi dirigido por um tailandês de óculos de tiro amarelos, e saíram dali para o plano de ruas que Milgrim nunca fora capaz de entender. Círculos, avenidas radiais, complexidades maçônicas. Mas Brown dera ao taxista um endereço na N Street, e Milgrim lembrou-se disto, dessa outra cidade alfabética, tão diferente. Ele passara três semanas ali uma vez, no início da primeira administração Clinton, como parte de uma equipe que traduzia relatórios comerciais russos para uma firma de lobistas.

A certa altura, eles saíram de uma rua movimentada, cheia de lojas de marca, e entraram num bairro subitamente mais tranquilo, totalmente residencial, de casas menores e mais antigas. Milgrim lembrou que aquele era o estilo federal, e também que ali devia ser Georgetown, que vira num seminário sobre estilos realizado numa casa estilo *townhouse*. Não muito diferente dessas pelas quais passavam, porém mais grandiosa, com um jardim murado nos fundos para o qual Milgrim escapara para fumar um baseado e onde descobrira uma tartaruga enorme e um coelho ainda maior – animais de estimação do morador, ele imaginara, mas dos quais agora se lembrava como se fora um momento mágico da infância. A infância de Milgrim, de fato, tivera poucos momentos mágicos, refletiu ele, então talvez ele tivesse mudado esse encontro, junto com a linha do tempo subjetiva, para compensar isso. Mas ali era Georgetown, com certeza. As fachadas estreitas de tijolos singelos, venezianas de madeira pintadas de preto, a sensação de que Martha Stewart e Ralph Lauren teriam trabalhado intensamente em decoração, juntos enfim, recobrindo superfícies superiores por natureza com camadas de cera de abelha dourada esfregadas com as mãos.

O táxi parou de repente, e os óculos amarelo-ácidos voltaram-se para Brown:

– Ficam aqui?

Provavelmente, respondeu Milgrim, em silêncio, enquanto Brown passava ao homem algumas notas dobradas e mandava Milgrim descer.

Os sapatos de Milgrim escorregaram em tijolos gastos, arredondados ao longo dos anos. Ele seguiu Brown por três degraus altos de granito, arredondados por séculos de pés. A porta pintada de preto, abaixo de uma claraboia simples, era decorada com uma águia federal, de latão polido recentemente, tão velha que não lembrava qualquer águia que Milgrim já tivesse visto, e sim alguma criatura saída de uma mitologia mais antiga, talvez uma fênix. Moldada, Milgrim imaginou, por artesãos que nunca viram uma águia, a não ser em gravuras. A atenção de Brown estava totalmente tomada, agora, por um teclado de aço escovado inoxidável, apoiado no batente, no qual ele digitava um código, copiado de um pedaço de papel azul. Milgrim olhou rua acima e viu postes de estilo antiquado e caro se acenderem. Em algum lugar na quadra de cima, um cachorro muito grande latia.

Quando Brown completou a sequência, a porta fez um breve som mecânico e alarmante ao se destrancar.

– Entre – ordenou Brown.

Milgrim segurou a maçaneta curva de latão, apertou a tranqueta e empurrou. A porta se abriu em silêncio. Ele entrou, e soube de imediato que a casa estava vazia. Viu uma longa placa de latão com reproduções de interruptores de luz antigos. Apertou o que estava mais perto da porta, cobrindo com o dedo o botão redondo de madrepérola. Uma cúpula de vidro cremoso se acendeu acima deles, a borda presa em bronze florido. Ele olhou para baixo. Mármore cinza polido.

Ele ouviu Brown fechar a porta, a tranca fazendo o mesmo som.

Brown apertou mais botões da placa de bronze, iluminando pontos mais distantes. Milgrim viu que não errara muito quanto a Martha e Ralph, embora os móveis não fossem reais. Eram como os móveis do saguão de um Four Seasons de mentalidade mais tradicional.

– Legal – Milgrim ouviu-se dizer.

Brown girou na planta do pé, encarando-o.

– Desculpe – disse Milgrim.

48.

MONTAUK

Tito estava sentado, olhos fechados com determinação, imerso em sua música. Além da vibração e do ruído do motor, não havia nada que sugerisse o movimento para a frente. Ele não fazia ideia da direção em que seguiam.

Ele permaneceu imerso na música, com Oxum, que o mantinha acima do medo. Ela a viu, por fim, como as águas de um riacho, passando por seixos, descendo encostas, atravessando vegetações densas. Ele percebeu um pássaro no alto, acima do riacho, além das copas das árvores.

Ele sentiu a máquina virar. O homem da Prada, sentado ao seu lado, tocou seu pulso. Tito abriu os olhos. O homem apontava para algo, falando. Tito tirou os fones do Nano, mas ainda não conseguia ouvir nada, a não ser o som do motor. Através de uma janela curva de plástico, ele viu o mar abaixo, ondas baixas rolando numa praia rochosa. No gramado de uma clareira ampla, aplainada em meio a um bosque baixo e marrom, prédios brancos estavam dispostos em volta de um retorno em linhas retas de uma estrada bege.

O velho, no assento em frente a Tito, ao lado do piloto, estava com um grande fone azul com microfone tapando os ouvidos. Tito mal notara o piloto, por ter fechado os olhos assim que conseguira apertar o cinto de segurança. Agora via a mão enluvada do homem sobre uma barra encurvada de aço, o polegar apertando botões num cabo como num controle de jogo de fliperama.

O quadrado arredondado e levemente irregular da estrada e os prédios brancos ficavam cada vez maiores. A maior das construções, claramente uma casa, com alas mais baixas estendendo-se dos dois lados, ficava depois do retorno, de frente para o mar, janelas amplas destacando-se, vazias. Os outros prédios, aglomerados o mais longe possível no retorno, atrás da casa, pareciam ser casas menores e uma garagem larga. Não havia árvores nem arbustos depois que acabava o bosque marrom. As construções pareciam muito limpas, e agora ele podia ver que eram feitas de madeira pintada de branco. Ele sabia que nesse clima do norte as casas de madeira conseguiam durar muito tempo, uma vez que parecia não haver nada para corroê-las. Em Cuba, somente as madeiras mais resistentes das florestas do pântano de Zapata eram capazes de suportar os insetos por tanto tempo.

Ele viu um carro preto e longo, parado num dos lados do retorno bege, entre a casa grande e as menores.

Eles deram uma volta acima da praia, a areia passando rápido sob eles, descendo até o telhado cinza e inclinado da casa grande. A máquina parou, de um modo impossível, no ar, depois baixou no gramado.

O velho tirou o fone. O homem da Prada estendeu os braços para abrir o cinto de segurança de Tito. Ele passou a Tito a bolsa que continha o casaco da APC. Tito sentiu um aperto no estômago quando o helicóptero encontrou a solidez do chão. O tom do motor mudou. O homem da Prada abrira a porta e gesticulava para que Tito saísse.

Tito desceu e quase foi jogado ao chão pelo vento dos rotores. Agachando-se, o vento batendo nos olhos, agarrou o boné para que não fosse soprado longe. O homem da Prada passou com dificuldade sob a fuselagem e ajudou o velho a descer por uma porta do outro lado. Obedecendo aos comandos do velho, ainda agachado, ele foi atrás dos dois, na direção do carro preto. A intensidade do ruído mudou.

Tito virou-se para ver o helicóptero subir, como um truque de mágica desajeitado. Ele virou na direção do mar, acima da casa grande, depois subiu mais, afastando-se contra o céu limpo.

No silêncio repentino, ele ouviu a voz do velho e, ao mesmo tempo, sentiu a brisa forte que vinha do mar:

— Desculpe o uniforme. Achamos que seria melhor se você causasse uma impressão específica no heliporto.

O homem da Prada abaixou-se para pegar as chaves abaixo da roda dianteira do Lincoln Town Car.

— Local adorável, não? — disse ele, olhando para a garagem e as casas menores.

— Frágil, para os padrões atuais — disse o velho.

Tito tirou os óculos escuros, examinou-os, decidiu não ficar com eles e guardou-os no bolso lateral da jaqueta de jardineiro. Abriu a bolsa preta de náilon, tirou seu casaco APC, sacudiu-a e vestiu. Pôs a jaqueta verde na bolsa e fechou o zíper.

— Era assim nos anos setenta, quando foi vendida por menos de trezentos mil — disse o homem da Prada. — Agora estão pedindo quarenta milhões.

— Devem estar mesmo — disse o velho. — Legal da parte deles terem nos permitido pousar.

— O corretor sugeriu uma oferta mais baixa, desde que os termos sejam simples o suficiente. Os caseiros, é claro, foram instruídos a não nos perturbar. — Apertou um botão nas chaves que segurava e abriu a porta do motorista.

— Sério? Eu sou muito rico, então, nesse caso?

— Muito.

— Em virtude de quê, exatamente?

— Pornografia de Internet. — Sentando-se atrás do volante.

— Está falando sério?

— Hotéis. Uma cadeia de hotéis butique. Em Dubai. — Ligou o carro. — Vem na frente comigo, Tito.

O velho abriu a porta de trás. Olhou para Tito.

— Venha. — Entrou, fechou a porta.

Tito contornou o longo capô preto e reluzente, notando a placa de Nova Jersey, e entrou.

– Sou Garreth – disse o homem atrás do volante, estendendo a mão. Tito cumprimentou-o.

Tito fechou a porta. Garreth engatou o Lincoln e eles seguiram adiante, xistos esmagados rangendo sob os pneus.

– Frutas e sanduíches – disse Garreth, apontando para uma cesta entre eles. – Água. – Ele seguiu o retorno na direção da garagem e das casas menores, depois virou à direita, tomando uma estrada bege que entrava no bosque marrom.

– Quanto tempo vai levar? – perguntou o velho.

– Trinta minutos, nesta época do ano – disse Garreth –, por Amagansett e East Hampton, na Rota 27.

– Tem uma guarita?

– Não, um portão. Mas o corretor nos deu um código de saída.

Os pneus do carro, sobre o xisto, foram abafados por travesseiros escuros de folhas mortas amassadas.

– Tito – disse Garreth –, notei que ficou de olhos fechados no caminho. Não gosta de helicópteros?

– Tito – disse o velho – não voava desde que saiu de Cuba. Aquele pode ter sido seu primeiro helicóptero.

– Sim – disse Tito.

– Ah – disse Garreth, e continuou dirigindo. Tito olhava fixamente para as profundezas marrons da mata. Ele nunca estivera tão longe de uma cidade desde que deixara Cuba.

Logo, o homem que se identificou como Garreth parou o carro, com o capô a cerca de um metro de um portão baixo, de aparência pesada, de aço galvanizado.

– Me dê uma ajuda aqui – disse Garreth, abrindo a porta. – É motorizado, mas quando estive aqui com o corretor, a correia ficava escapando.

Tito desceu do carro. Havia duas pistas de asfalto passando logo após o portão. Garreth abrira uma caixa cinza de metal, presa ao poste branco de madeira, e usava o teclado instalado ali dentro. O cheiro da floresta era intenso e estranho. Um animal pequeno correu por galhos altos, mas Tito não conseguiu vê-lo, somente um galho que ficou balançando. Um motor elétrico rangeu, e uma corrente que parecia uma correia de bicicleta muito longa, parte do portão, começou a pular e chocalhar.

– Ajude a abrir – disse Garreth. Tito pegou o portão nas mãos e empurrou para a direita, na direção do som do motor. A correia se fixou, com o portão tremendo para os lados, e seguiu por um trilho elevado do mesmo metal. – Para o carro. Tem uma trave que fecha depois que passarmos.

Tito olhou para trás, do assento dianteiro, enquanto a traseira do Lincoln passava pelo portão. Ele fechou de modo suave o suficiente, mas Garreth parou, desceu e foi verificar se estava totalmente fechado.

– Precisam cuidar disso – disse o velho. – Dá ao possível comprador a impressão de que o lugar todo carece de manutenção.

Garreth entrou de volta. Eles viraram para uma pista de asfalto, e Garreth ganhou velocidade.

– Chega de helicópteros por hoje, Tito.

– Ótimo – disse Tito.

– Somente asas fixas no próximo trecho.

Tito, que estivera olhando para as bananas na cesta entre eles, pensou melhor:

– Trecho?

– Um Cessna Golden Eagle – disse o velho – 1985. Um dos últimos a ser fabricados. Muito confortável. Silencioso. Vamos conseguir dormir.

O corpo de Tito queria afundar no assento. Ele viu prédios adiante.

– Aonde estamos indo?

– Neste exato momento – disse Garreth – Aeroporto de East Hampton.

— Avião particular — disse o velho —, sem controles de segurança, sem identificação. Vamos conseguir para você algo mais viável que uma carteira de motorista de Nova Jersey, mas hoje não vai precisar de nada.

— Obrigado — disse Tito, incapaz de pensar em qualquer outra coisa para dizer. Passaram por um prédio pequeno com uma placa pintada, ALMOÇO, com carros estacionados na frente. Tito olhou para as bananas. Não comia desde a noite anterior, com Vianca e Brotherman, e os Guerreros não estavam mais com ele. Pegou uma banana e começou a descascar com determinação. Se eu tiver que aprender a voar, disse ao seu estômago, eu me recuso a passar fome durante o processo. O estômago não parecia convencido, mas ele comeu a banana mesmo assim.

Garreth seguiu dirigindo, e o velho não disse nada.

49.

ROTCH

Odile estava sentada na poltrona branca com o robô branco deitado no colo, cutucando com um lápis branco do Mondrian o mecanismo de engrenagens de plástico e elásticos pretos.
– Elas quebram, essas coisas.
– Quem fez isso? – perguntou Hollis, sentada numa cadeira. Pernas cruzadas sob o roupão de banho. Estavam tomando o café do serviço de quarto. Nove da manhã, após o que havia sido, para Hollis, uma noite de surpreendente tranquilidade.
– Sylvia Rotch – disse Odile, fazendo o lápis de alavanca. Algo fez clique. – Bon.
– Rotch? Como se escreve? – O lápis branco de Hollis suspenso.
– R-O-I-G – conseguiu dizer Odile, que tinha dificuldade com a pronúncia inglesa das letras.
– Tem certeza?
– Catalão – disse Odile, curvando-se para colocar o robô de pé no carpete. – É difícil.
Hollis anotou. Roig.
– As papoulas são características do trabalho dela?
– Ela só faz as papoulas – disse Odile, olhos enormes sob as sobrancelhas lisas e sérias. – Ela enche de papoulas todo o Mercat des Flores. O velho mercado de flores.

– Sim – disse Hollis, baixando o lápis e servindo-se de café fresco. – Quando você deixou a mensagem, mencionou que queria falar sobre Bobby Chombo.

– Fer-gus-son – disse Odile, diferenciando três sílabas.

– Ferguson?

– O nome dele é Robert Fer-gus-son. É canadense. Shombo é o nome artístico.

Hollis absorveu a informação tomando um gole de café.

– Eu não sabia disso. Acha que Alberto sabe?

Odile deu de ombros, daquele modo francês complexo que parecia exigir uma estrutura esquelética ligeiramente distinta. – Duvido. Eu sei porque meu namorado trabalhou numa galeria em Vancouver. Conhece?

– A galeria?

– Vancouver! É linda.

– Sim – concordou Hollis, embora o máximo que tivesse visto da cidade fossem os quartos do Four Seasons e o interior do local do show, um tanto pequeno demais: um salão de dança déco adaptado no segundo andar, numa artéria do centro da cidade cheia de teatros e estranhamente sem trânsito. Jimmy estava passando por um período turbulento. Ela ficara com ele de forma constante. Um momento ruim.

– Meu namorado, ele conheceu Bobby como DJ.

– Ele é canadense?

– Meu namorado é francês.

– Não, Bobby.

– Claro que é canadense. Fer-gus-son.

– Ele o conhecia bem? Seu namorado, quero dizer.

– Ele comprar E dele – disse Odile.

– Isso foi antes da ida dele a Oregon para trabalhar nos projetos da GPSW?

– Não sei. Sim, acho. Três anos? Em Paris, meu namorado vê a foto de Bobby, uma inauguração em Nova York, Dale Cusak, suas lembranças de Natalie, conhece?

– Não – disse Hollis.
– Bobby faz o geohacking para Cusak. Meu namorado me diz que esse é Robert Fer-gus-son.
– Mas você pode ter certeza?
– Alguns outros artistas, aqui, sabem que ele é canadense. Não é tanto segredo, talvez.
– Mas Alberto não sabe?
– Nem todo mundo sabe. Todo mundo precisar de Bobby. Para trabalhar nesse novo meio. Ele é o melhor, para isso. Mas um recluso. Aqueles que o conhecem antes ficam muito cuidadosos. Não dizem o que Bobby não quer.
– Odile, você sabe alguma coisa sobre Bobby ter... se mudado, recentemente?
– Sim – disse Odile com seriedade. – O e-mail dele volta. Os servidores não estão lá. Os artistas não conseguem entrar em contato com ele para trabalhos em andamento. Eles preocupar.
– Alberto me falou. Você sabe aonde ele pode ter ido?
– Ele é Shombo. – Pegou o café. – Ele pode estar em qualquer lugar. Ollis, vai a Silverlake comigo? Visitar Beth Baker?
Hollis pensou a respeito. Odile era um bem subutilizado. Sem dúvida, se o namorado (ex?) conhecia mesmo Bobby Chombo-Ferguson.
– É a do apartamento com comentários virtuais?
– Marcações hiperespaciais – corrigiu Odile.
Deus me ajude, pensou Hollis.
Seu celular tocou.
– Sim?
– Pamela. Mainwaring. Hubertus me pediu para lhe dizer que eles parecem estar indo para Vancouver.
Hollis olhou para Odile.
– Ele sabe que Bobby é canadense?
– Na verdade – disse Pamela Mainwaring –, sim.

– Acabei de ficar sabendo.
– Você havia discutido as origens dele com Hubertus?
Hollis parou para pensar.
– Não.
– Então foi isso. Ele está sugerindo que você vá. A Vancouver.
– Quando?
– Se partir imediatamente, pode ser que consiga o voo da uma pela Air Canada.
– Quando é o mais tarde?
– Oito da noite.
– Faça reserva para duas, então – disse ela. – Henry e Richard. Volto a ligar.
– Pronto – disse Pamela, e desligou.
– Ollis – disse Odile –, o que é?
– Pode ir a Vancouver comigo por alguns dias, Odile? Hoje à noite. Tudo por conta da *Node*. Passagens, hotel, qualquer gasto.
Odile ergueu as sobrancelhas.
– Sério?
– Sim.
– Sabe, Ollis, a *Node* paga para me trazer aqui, paga le Standard...
– Então, pronto. Que tal?
– Com certeza – disse Odile –, mas por quê?
– Quero que você me ajude a encontrar Bobby.
– Vou tentar, mas... – Odile fez uma demonstração da anatomia francesa no encolher de ombros.
– Excelente – disse Hollis.

50.

GALERIA SUSSURRANTE

Milgrim despertou numa cama estreita, sob um único lençol de flanela com estampa de moscas de truta, trechos de paisagens fluviais e a imagem repetida de um pescador, lançando a isca. O material da fronha combinava com o do lençol. Na parede em frente à cama havia um grande pôster com a cabeça de uma águia americana, retratada com dobras onduladas da Old Glory ao fundo. Ele parecia ter se despido para dormir, embora não se lembrasse de tê-lo feito.

Ele olhou para o pôster, com vidro na frente, numa moldura simples de plástico dourado. Ele nunca vira nada como aquilo. Tinha um ar suave, pornográfico de modo preocupante, como se houvesse lente com vaselina envolvida, ainda que ele achasse que não fizessem mais isso, passar vaselina nas lentes. Era provável que a coisa toda tivesse sido executada num monitor. O olho da águia, no entanto, pequeno e redondo, tinha um brilho hiper-realista, como se projetado para se fixar na testa do observador. Ele achou que um slogan teria ajudado, de alguma forma, a indicar uma direção patriótica específica. Apenas essas ondas de listras sinuosas, porém, algumas estrelas no canto superior e a cabeça raspada e angulosa dessa ave de rapina de aparência realmente muito assassina eram, por si só, excessivas, muito puramente icônicas.

Ele pensou na criatura peculiar, semelhante à fênix, na porta de entrada, lá embaixo.

Mas depois se lembrou de ter comido uma pizza que Brown pedira, na cozinha, no andar de baixo. Pepperoni e três queijos. E a geladeira, que continha um pacote com seis Pepsis muito geladas e nada mais. Lembrou-se de ter sentido os círculos brancos e fluidos das resistências do fogão, algo que nunca vira antes. Brown levara a pizza dele a uma espécie de escritório, junto com um copo e uma garrafa de uísque. Milgrim nunca havia visto Brown beber antes. Em seguida, ouvira Brown ao telefone, através da porta fechada, mas não conseguira entender nada da conversa. Depois disso, ele supunha, tomara mais uma dose de Rize.

Às vezes, ele observava agora, sentado à beira da cama, só de cueca, um pouco de excesso era capaz de clarear o ar, na manhã seguinte. Ele ergueu a cabeça e deparou com o olho de boca de um revólver. Desviando rapidamente o olhar, levantou-se, examinou o quarto e começou a fazer uma busca, em silêncio e com a eficiência derivada da prática.

Estava claro que fora decorado para ser um quarto de menino, e no estilo do resto da casa, ainda que, talvez, com um empenho um pouco menor. Menos Ralph Lauren e mais alguma linha difusa. Ele ainda não vira uma única peça antiga de verdade, além da águia de Ur do lado de fora, que poderia até ser original da casa. Os móveis eram imitações de originais antigos, e não muito bem-feitas, mais provavelmente produzidas na Índia ou na China que na Carolina do Norte. Aliás, pensou ele, notando as estantes embutidas, não havia um único livro.

Com cuidado, sem fazer barulho, ele abriu cada uma das gavetas da pequena escrivaninha. Todas vazias, exceto a última de baixo, que continha um cabide de arame coberto com lenços de papel, com o nome e o endereço de uma lavanderia em Bethesda, e dois alfinetes. Ele se ajoelhou no carpete e espiou debaixo da escrivaninha. Nada.

A mesa pequena e de vago estilo colonial, com um acabamento de tinta azul envelhecido de modo um tanto robótico, não oferecia nada mais, a não ser uma mosca morta e uma caneta esferográfica preta com os dizeres PROPRIEDADE DO GOVERNO DOS EUA em branco. Milgrim enfiou a caneta na cintura de elástico da cueca, por estar sem bolsos no momento, e abriu com cuidado o que julgou, corretamente, ser uma porta de closet. O closet revelou não conter nada além de mais cabides, num dos quais havia um pequeno paletó azul-marinho com um brasão bordado a ouro de forma elaborada. Milgrim revistou os bolsos, encontrou um lenço de papel amassado e um toco de giz. O paletó do garoto e o pedaço de giz o entristeceram. Ele não gostava de pensar que aquilo fosse um quarto de criança. Talvez tivessem existido outras coisas ali um dia, livros e brinquedos, mas, por algum motivo, não parecia ser o caso. O quarto sugeria uma infância difícil, talvez não muito diferente da que o próprio Milgrim tivera. Saiu do closet, fechando a porta, e foi até a cadeira azul de encosto vazado da qual pendiam suas roupas. Esqueceu a caneta do governo dos Estados Unidos e espetou-se nela quando vestiu a calça.

Vestido, aproximou-se das cortinas listradas, abertas, da única janela do quarto. Posicionando-se para mover a ponta externa de um lado da cortina o mínimo possível, descobriu o que imaginou ser a N Street, no que parecia ser um dia nublado. Seu ângulo também revelava o lado direito do para-choque dianteiro de um carro estacionado, preto e muito polido. Um carro grande, a julgar pelo que conseguia ver do para-choque.

Vestiu o casaco Paul Stuart e descobriu seu livro no bolso, prendeu a caneta do governo no bolso interno e experimentou abrir a porta do quarto, que não estava trancada.

Um corredor acarpetado, revestido de madeira, iluminado agora por uma claraboia. Ele olhou dois andares abaixo, por cima de um corrimão, para o brilho suave do mármore cinza do salão pelo qual haviam entrado na noite anterior. Um daqueles poços de escada centrais porém mínimos, encontrados em casas dessa época, muito longo e estreito, indo dos fundos para a frente. Ao lado de seu ouvido, uma colher bateu em porcelana. Ele girou, num susto violento.

– Fico grato por isso – disse Brown, invisível, num tom atípico de gratidão.

O corredor estava vazio.

— Entendi com que você tem de trabalhar — disse uma voz que Milgrim nunca ouvira, de alguém igualmente próximo e igualmente invisível. — Você está usando os melhores homens disponíveis, e eles estão deixando a desejar. Vemos isso com muita frequência. Fico decepcionado, é claro, que não tenha sido capaz de capturá-lo. Diante da sua falta de êxito anterior, acho que teria sido prudente providenciar uma tentativa de fotografá-lo. Não acha? Estar preparado para fotografá-lo de qualquer forma, caso escapasse de novo. — O homem tinha uma cadência de advogado, Milgrim pensou. Falava devagar e claro, como se partisse do pressuposto de que prestariam atenção nele.

— Sim, senhor — disse Brown.

— Assim é possível pelo menos termos a chance de saber quem ele é.

— Sim.

Olhos bem abertos, segurando firme o corrimão como se fosse a amurada de um navio numa tempestade, Milgrim fixou o pedaço estreito e distante de piso de mármore, sentindo o gosto do próprio sangue. Ele mordera o lado interno da bochecha quando a colher batera contra a xícara de café. A conversa de Brown durante o café da manhã estava sendo refletida no piso de mármore, ele supôs, ou sendo sugada pela fenda da escada de estilo federal, ou ambos. Ele se perguntou se, cem anos atrás, teria havido crianças ali, prendendo risos ao ouvir uma outra conversa.

— Você disse que a informação destinada a ele indica que ele ainda não tem nenhuma capacidade de rastreamento e, portanto, nenhum conhecimento de paradeiro nem habilidade de prever destinos.

— Quem quer que esteja cuidando disso para ele — disse Brown — não parece estar realizando o trabalho.

— E os nossos amigos — disse o outro —, eles serão capazes de determinar, quando examinarem esse material, o que exatamente está sendo procurado de modo tão ineficaz?

— A avaliação é feita por alguém sem nenhum conhecimento de nada disso. É apenas informação para ele, e ele analisa informações sigilosas de forma constante.

— Governo?

— Telco — disse Brown. — Você sabe quem cuida da decodificação. Eles nunca veem o produto. E nosso analista tem todos os motivos para prestar a menor atenção possível ao que isso realmente diz respeito. Eu me certifiquei disso.

— Ótimo. Era isso que eu havia entendido.

Talheres fizeram um barulho alto sobre um prato, parecendo estar tão perto que Milgrim se encolheu.

— Então — disse o outro homem —, estamos em condições de esclarecer as coisas?

— Acredito que sim.

— Então o carregamento finalmente chega ao porto. Depois de todo esse tempo.

— Mas não no conus — disse Brown.

Conus? Milgrim hesitou, tomado, por um instante, de pavor de que toda a conversa pudesse ser uma alucinação auditiva sem precedentes.

— Não — concordou o outro —, não em solo americano ainda.

CONUS, pensou Milgrim, em maiúsculas de Quatro de Julho. Continental United States.

— E quais são as probabilidades atuais de que seja aberto para inspeção? — perguntou o homem.

— Extremamente baixas — disse Brown. — Ligeiramente mais provável que passe por uma câmera gama, mas o conteúdo e a embalagem não apresentam problemas, dessa forma. Na verdade, nós mesmos mandamos passar pela câmera, num porto de escala anterior, para ver como aparece.

— Sim — disse o outro. — Eu vi isso.

— Concorda, então? — perguntou Brown.

– Concordo – disse o outro. – Que passos estão dando na sua ausência, em Nova York?

Brown demorou um pouco para responder.

– Enviei uma equipe ao quarto do FI para colher as impressões digitais e recuperar o aparelho de vigilância. Encontraram a porta aberta e tudo sob uma camada recente de tinta látex. Até a lâmpada. Nenhuma impressão digital. E não havia nenhuma no iPod, é claro. O aparelho estava onde eu havia deixado, sob uma arara, mas ela estava jogada do lado de fora.

– Eles não o encontraram?

– Se encontraram, podem estar evitando qualquer coisa que indique isso.

– Conseguiu chegar mais perto de descobrir quem eles são?

– São uma das menores famílias do crime organizado na ativa nos Estados Unidos. Talvez, literalmente uma família. Facilitadores ilegais, em grande parte fazendo contrabando. Mas num tipo de operação de butique, muito cara. Mara Salvatrucha parece a UPS perto deles. São sino-cubanos e, provavelmente, todos ilegais.

– Pode pedir para a ICE fazer um levantamento para você?

– É preciso encontrá-los primeiro. Achamos o garoto e o seguimos até a casa dele, no percurso para tentar encontrar o Sujeito. Nós o encontramos, até onde já conseguimos, pelo que você nos contou sobre o Sujeito. O resto deles são como fantasmas.

Milgrim viu que conhecia Brown o suficiente agora para captar um indício de certa loucura em sua voz. Ele se perguntou se o outro homem também notara.

– Fantasmas? – o tom do homem era absolutamente neutro.

– O problema – disse Brown – é que eles foram treinados. Treinados de verdade. Uma espécie de formação em inteligência, em Cuba. Eu precisaria de uma equipe tão profissional assim, e não é o caso até agora, é?

– Não – disse o outro –, mas como você mesmo disse uma vez, eles não são nosso verdadeiro problema. Ele é nosso problema. Mas se ele sabe o que estamos fazendo, agora sabemos que não sabe quando nem onde. Talvez, depois, possamos administrar um profissionalismo adequado no comando dos seus facilitadores. Quando não tiver nada a ver conosco, claro. E certamente teremos de descobrir quem é nosso homem e fazer algo com ele.

A porcelana tilintou numa mesa, quando alguém se levantou. Milgrim soltou o corrimão e voltou ao quarto com dois passos longos, aflitos e exagerados na cautela. Fechou a porta com o máximo de cuidado, tirou o casaco, pendurou-o na cadeira, descalçou os sapatos e entrou debaixo do lençol com tema de pescaria, puxando-o para baixo do queixo. Fechou os olhos e ficou perfeitamente imóvel. Ouviu a porta da casa se fechar. Um instante depois, ouviu um motor ligar e um carro se afastar.

Após um período de tempo indeterminado, ouviu Brown abrir a porta do quarto.

– Acorde – disse Brown. Milgrim abriu os olhos. Brown foi até a cama e puxou o lençol. – Que porra é essa, dormiu de roupa?

– Caí no sono – disse Milgrim.

– O banheiro é no fim do corredor. Tem um roupão lá, e um saco de lixo. Ponha tudo o que está usando no saco. Tome um banho, faça a barba, vista o roupão e desça até a cozinha para cortar o cabelo.

– Você corta cabelo? – perguntou Milgrim, impressionado.

– O caseiro está aqui. Ele vai cortar seu cabelo e tirar a medida para roupas. E se eu te pegar dormindo com essas roupas, vai se arrepender. – Brown girou sobre os calcanhares e saiu do quarto.

Milgrim ficou deitado, olhando para o teto. Depois se levantou, tirou seus produtos de higiene do casaco e foi tomar banho.

51.

CESSNA

Tito descobriu que conseguia dormir num avião. Este tinha um sofá e duas cadeiras atrás do quarto menor e cheio de instrumentos onde se encontrava o piloto de cabelos grisalhos. Garreth e o velho estavam sentados em poltronas giratórias reclináveis. Tito estava deitado no sofá, olhando para o teto curvo, que era estofado, como o sofá, de couro cinza. O avião era americano, o velho lhe contara. Fora um dos últimos do tipo, feito em 1985, ele dissera, enquanto eles subiam a pequena escada sobre rodas na pista do Aeroporto de East Hampton.

Tito não fazia ideia de por que o velho iria querer um avião tão velho. Talvez tenha sido dele, pensou Tito, e ele simplesmente o mantivera. Mas se era tão velho assim, era como os carros americanos em Havana, que também eram muito velhos, com formas que pareciam baleias feitas de um sorvete pálido, de verdes e rosa foscos, vestidas com enormes dentes e barbatanas cromados, cada centímetro polido até chegar ao brilho perfeito. Enquanto andavam do Lincoln até ele, Garreth e o velho, cada um carregando a bagagem que tirara do porta-malas, Tito, apesar de todo o seu medo, havia ficado fascinado com suas linhas, com o modo como cintilava. A ponta era muito longa e afinada, hélices embutidas nas asas dos dois lados e uma fileira de janelas redondas.

O piloto, gordo e sorridente, parecera muito contente em ver o velho e dissera que fazia muito tempo que não se viam. O velho concordara e dissera que estava devendo uma ao piloto. O piloto dissera que não, nem meia, e pegara as duas malas e a bolsa de Tito, para deixá-las num espaço dentro da asa, atrás de um dos motores, escondido quando fechado.

Tito fechara os olhos, na subida da escada, e os mantivera fechados enquanto Garreth estacionava o carro.

– Estamos no limite – dissera o piloto, da frente do avião, enquanto Tito permanecia sentado no sofá com os olhos fechados. – Operação do-nascer-do-sol-ao-cair-da-noite aqui.

O velho não dissera nada.

A decolagem havia sido tão ruim para ele quanto o helicóptero, mas ele já estava com o Nano pronto e os olhos fechados.

Por fim, tentou abri-los. O pôr do sol preenchia as janelas, deslumbrando-o. O movimento do avião era suave e, diferentemente do helicóptero, parecia estar realmente voando, e não sendo carregado, suspenso por alguma outra coisa. Era mais silencioso que o helicóptero, e o sofá era confortável.

Garreth e o velho acenderam luzes pequenas e colocaram fones com microfones para falarem um com o outro. Tito ficou ouvindo sua música. Por fim, os dois homens abriram pequenas mesas. O velho abriu um laptop, e Garreth abriu uma espécie de plano, analisando-o e fazendo marcações com uma lapiseira.

Ficou mais quente na cabine, mas não desconfortável. Tito tirara a jaqueta, dobrara para fazer um travesseiro e adormecera no sofá cinza.

Quando acordou, era noite e as luzes estavam apagadas. Através da entrada da sala onde o piloto estava, viu muitas luzes diferentes, telas pequenas com linhas e símbolos.

Estariam saindo dos Estados Unidos? Que distância um avião como aquele era capaz de percorrer? Poderia chegar a Cuba? Ao México? Ele não achava provável que estivessem voando para Cuba, mas Vianca dizendo que achava que Eusebio estava na Cidade do México, num bairro chamado Doctores, voltou à sua mente.

Ele olhou para o velho, cujo perfil ele mal distinguia contra o brilho das luzes dos instrumentos, dormindo, queixo para baixo. Tito tentou imaginá-lo com seu avô, em Havana, muito tempo atrás, quando tanto a Revolução como os carros que lembravam baleias eram recentes, mas não lhe veio imagem alguma.

Ele também fechou os olhos e voou pela noite, em algum lugar acima do país que ele esperava ainda ser os Estados Unidos.

52.

UNIFORMES ESCOLARES

Milgrim encontrou o caseiro na cozinha, onde Brown dissera que ele estaria, enxaguando os pratos do café da manhã antes de colocá-los na lava-louça. Era um homem pequeno, de calça escura e jaqueta branca impecável. Milgrim entrou na cozinha descalço, envolto num enorme roupão vinho atoalhado e grosso. O homem olhou para os pés dele.

– Ele disse que você ia cortar meu cabelo – disse Milgrim.
– Senta – disse o caseiro. Milgrim sentou-se numa cadeira de bordo, ao lado da mesa do conjunto, e ficou vendo o caseiro arrumar o resto da louça, fechar e ligar a lava-louça.
– Alguma chance de uns ovos? – perguntou Milgrim.

O caseiro olhou para ele com cara de paisagem, depois trouxe a máquina elétrica, um pente e uma tesoura que estavam numa mala preta sobre a bancada branca. Cobriu Milgrim com o que Milgrim supôs (manchas de geleia) ser a toalha de mesa do café da manhã, passou o pente em seu cabelo úmido e começou a cortar como quem sabe o que está fazendo. Quando acabou de usar as tesouras, usou a máquina na parte posterior e nas laterais do pescoço de Milgrim. Deu um passo para trás, analisando, depois usou o pente e a tesoura para ajustes menores. Usou um guardanapo para jogar as pontas de cabelo da toalha para o chão. Milgrim ficou sentado, esperando que o espelho fosse posicionado. O homem trouxe uma vassoura e uma pá de cabo longo, e começou a varrer o cabelo. Milgrim

levantou-se, pensando que sempre havia algo de triste na visão do próprio cabelo no chão, tirou a toalha, sacudiu-a e a pôs na mesa. Virou-se para sair.
— Espera — disse o caseiro, ainda varrendo. Quando o chão voltou a ficar limpo, ele guardou os instrumentos de barbeiro na maleta e pegou uma fita métrica amarela de tecido, uma caneta e um caderno.
— Tira roupão.
Milgrim obedeceu, feliz por não ter seguido as ordens de Brown ao pé da letra e ter vestido a cueca. O caseiro tirou as medidas de modo rápido e eficiente.
— Número calçado?
— Nove — disse Milgrim.
— Apertado?
— Médio.
O caseiro fez uma anotação.
— Vai — disse a Milgrim, fazendo um gesto como se o enxotasse com o caderno —, vai, vai.
— Sem café da manhã?
— Vai.
Milgrim saiu da cozinha, perguntando-se onde Brown estaria. Olhou dentro do escritório, aonde Brown levara o uísque na noite anterior. Era mobiliado como o restante da casa, mas com mais madeira escura e mais listras verticais. E, ele viu, havia livros. Ele foi até a porta, espiou e aproximou-se rapidamente do que imaginara ser uma estante de livros. Era uma dessas peças cujas portas de um armário haviam sido cobertas com lombadas de couro de livros antigos. Ele se curvou, vendo mais de perto os restos dos volumes escalpelados. Não, tratava-se de único pedaço de couro, modelado sobre uma fôrma de madeira com o formato de lombadas de livros individuais. Não havia títulos nem nomes de autor nas impressões douradas e cuidadosamente desbotadas. Era um artefato muito elaborado, produzido em massa por artesãos de uma cultura, numa vaga imitação do que um

dia fora a cultura de outros. Abriu-o. A prateleira de trás estava vazia. Fechou-o rapidamente.

No corredor, examinou a obra do caseiro num espelho com manchas de envelhecimento artificial. Arrumado. Hiperconvencional. Um corte de advogado, ou de presidiário.

Ele ficou parado no mármore cinza e frio, ao pé da fenda do poço da escada. Estalou a língua em silêncio, imaginando o som sendo sugado pela fenda.

Onde estava Brown?

Ele subiu a escada e recolheu o saco de plástico do banheiro, além da gilete, da escova de dente e da pasta. Foi ao quarto do menino, onde acrescentou a cueca ao conteúdo do saco. Nu sob o roupão folgado, tirou seu livro do casaco Paul Stuart que estava pendurado na cadeira de encosto vazado. Havia pegado o casaco no cabideiro de uma delicatessen, pouco antes de Brown encontrá-lo. Não era novo quando o obteve, já havia sido usado por uma estação e agora passava da hora de ser lavado. Ele pôs o livro na escrivaninha azul, pegou o casaco e levou-o para dentro do closet. Pendurou-o no cabide mais próximo do paletó azul do menino.

– Trouxe um amigo para você – ele sussurrou. – Não precisa mais ficar com medo.

Ele saiu e fechou o closet, e estava pegando o livro quando Brown abriu a porta do quarto. Olhou para o corte de cabelo de Milgrim. Entregou a ele um saco de papel liso do McDonald's, com algumas manchas translúcidas de gordura, pegou o saco de lixo, deu um nó na ponta e saiu com ele.

A gordura do Egg McMuffin pingou no roupão, mas Milgrim decidiu que isso não era problema dele.

Depois do que ele calculou ser pouco mais de uma hora, o caseiro entrou, com duas sacolas de compras de papel e um saco preto de vinil com cabide, nos quais estava escrito JOS. A. BANK.

– Que rapidez – disse Milgrim.

– McLean – disse o caseiro, como se isso explicasse o motivo. Largou as duas sacolas sobre a cama e estava se virando para a porta do closet com o saco de cabide, quando Milgrim tomou-o dele.

– Obrigado – disse Milgrim.

O homem virou as costas e saiu.

Milgrim abriu o saco de vinil e encontrou um paletó preto com três botões, de lã de poliéster. Deixou-o na cama, sobre o saco de vinil, e começou a tirar as coisas de uma das sacolas. Encontrou duas cuecas azul-marinho de algodão, dois pares de meias cinza, uma camiseta regata branca, duas camisas oxford azuis e uma calça cinza-escuro de lã sem passadeira de cinto, com fivelas e botões dos dois lados da cintura. Ele se lembrou de Brown tomando seu cinto no primeiro dia. A outra continha uma caixa de sapatos. Nela havia um par de sapatos oxford de couro de aspecto um tanto triste, com sola de borracha, estilo genérico de escritório. E também uma carteira preta de couro e uma bolsa carryall simples e preta de náilon.

Milgrim se vestiu. Os sapatos, que achou visivelmente baratos, acabaram ajudando. Fizeram com que ele se sentisse menos voltando para o colégio interno ou entrando para o FBI.

Brown entrou, uma gravata listrada de azul e preto na mão. Usava um terno cinza-escuro e uma camisa branca. Milgrim nunca o vira de terno antes e supôs que acabara de tirar a gravata.

– Põe isso. Vamos tirar uma foto sua.

Ficou olhando enquanto ele tirava o paletó e dava o nó na gravata. Achava que gravatas eram como cintos, até onde sabia.

– Preciso de um sobretudo – disse Milgrim, vestindo o paletó novo.

– Você tem.

– Você me disse para vestir tudo o que estivesse na sacola.

Brown franziu a testa.

– No lugar para onde vamos – disse Brown – você vai querer uma capa de chuva. Lá embaixo. Vão tirar sua foto.

Milgrim desceu, Brown atrás dele.

53.

PARA DAR A ELES O PRAZER

O celular de Inchmale não estava respondendo. Ela tentou o W, e disseram que ele não estava mais lá. Estaria no caminho? Provavelmente. Ela detestava a ideia de se desencontrarem, embora supusesse que ele pretendia ficar algum tempo, já que ia produzir um disco. Vancouver não era tão longe, e ela não imaginava que ficaria lá por muito tempo.

Odile ligou do Standard para perguntar o nome do hotel em Vancouver. Disse que queria contar à mãe, que estava em Paris. Hollis não sabia. Ligou para Pamela Mainwaring.

– Onde vamos ficar?

– No apartamento. Só vi fotos. Todo de vidro. Na beira do mar.

– Hubertus tem um flat?

– A empresa. Ninguém mora lá. Ainda não abrimos no Canadá. Começaremos em Montreal ano que vem. Hubertus diz que precisamos começar lá, diz que Quebec é um país imaginário.

– O que isso significa?

– Só trabalho aqui – disse Pamela. – Mas temos gente em Vancouver. Uma pessoa vai encontrá-la e levá-la ao apartamento.

– Eu poderia falar com Hubertus?

– Desculpe – disse Pamela –, ele está numa reunião em Sacramento. Vai ligar para você quando puder.

– Obrigada – disse Hollis.

Ela olhou para o capacete que Bigend lhe dera. Imaginou que seria melhor levá-lo, caso houvesse arte locativa em Vancouver. Não parecia algo que pudesse passar pela inspeção com facilidade, no entanto, e seria desajeitado para levar na mão.

Antes de começar a fazer a mala, ela também ligou para a mãe, que estava em Puerto Vallarta. Seus pais passavam o inverno lá agora, mas faltava uma semana para voltarem para sua casa em Evanston. Ela tentou explicar o que estava fazendo em Los Angeles, mas não teve certeza se a mãe entendeu. Ainda muito esperta, mas cada vez menos interessada nas coisas com que já não estivesse familiarizada. Disse que o pai de Hollis estava bem, exceto por ter contraído, aos setenta e tantos anos, um interesse feroz e atípico por política. O que não agradava a mãe, segundo ela mesma, porque só o deixava nervoso.

– Ele diz que é porque a coisa nunca esteve tão ruim – disse a mãe –, mas eu digo que é só porque ele nunca prestou tanta atenção antes. E é a Internet. Antes as pessoas esperavam o jornal ou as notícias na TV. Agora é como uma torneira aberta. Ele fica sentado com aquela coisa a qualquer hora do dia ou da noite e começa a ler. Eu digo a ele que não tem nada que ele possa fazer a respeito.

– Assim ele tem algo em que pensar. Você sabe que é bom para pessoas da idade de vocês ter interesses.

– Não é você que tem que ficar ouvindo.

– Diz a ele que o amo e vou ver como estão em breve. Seja do Canadá ou quando voltar.

– É Toronto?

– Vancouver. Te amo, mãe.

– Também te amo, querida.

Ela foi até a janela, olhou para o trânsito na Sunset. Seus pais nunca se sentiram muito à vontade com sua carreira de cantora. A mãe, em particular, tratara a situação como se fosse uma espécie de moléstia passageira, algo que não era fatal, mas que, ainda assim, interferia na vida de forma séria, impedindo que ela tivesse um emprego de verdade, e para a qual não havia uma cura específica, a não ser simplesmente deixar que seguisse seu curso e esperar que as coisas melhorassem. Sua mãe parecia considerar qualquer renda proveniente da banda como uma espécie de auxílio por invalidez, algo recebido por ter enfrentado a doença. O que não era muito distante da atitude da própria Hollis em relação a arte e dinheiro, ainda que, ao contrário da mãe, ela soubesse que era possível ter a doença e nunca ter o direito a qualquer tipo de compensação. Ela tinha toda a certeza de que, se ser o tipo de cantora e escritora que ela era algum dia se revelasse algo difícil demais, ela simplesmente mudaria de atividade. E talvez isso tivesse sido exatamente o que aconteceu. A curva repentina que sua carreira fizera, a curva do Curfew, pegou-a totalmente de surpresa. Inchmale fora uma dessas pessoas que parecem saber desde o nascimento exatamente o que deveriam fazer. Para ele tinha sido diferente, embora talvez a estagnação, após a subida da curva, não tenha sido tão diferente. Nenhum dos dois quisera realmente ver como seria a curva para baixo, pensou ela. Com o vício de Jimmy como uma pontuação, um espaço vazio, um marco da cor da heroína levado a qualquer que fosse a composição da estagnação, e com a banda paralisada em termos criativos, todos haviam optado por largá-la. Ela e Inchmale decidiram fazer outras coisas. Assim como Heidi-Laura, ela imaginava. Jimmy acabara de morrer. Inchmale parecera ter se arranjado melhor. Ela não tivera uma sensação tão positiva quanto à vida de Heidi ao vê-la desta vez, mas ela era mesmo o ser humano mais difícil de decifrar que Hollis conhecia.

Ela descobriu que as camareiras haviam guardado e dobrado o plástico bolha que chegara na caixa da Blue Ant. Estava na prateleira do closet. Upgrade instantâneo na gorjeta. Ela pôs o plástico, a caixa e o capacete na mesa alta da copa.

Ao fazer isso, ela notou o boneco da Blue Ant que viera junto, sobre uma das mesas de centro. Ela deixaria isso, claro. Olhou para trás e viu que não ia conseguir. Ela sentiu que essa era uma parte dela que nunca crescera. Um adulto não se sentiria compelido a levar uma peça antropomórfica de vinil modelado pouco antes de sair, mas ela sabia que seria o caso. E ela nem sequer gostava de coisas assim. Mas não deixaria aquilo ali. Voltou e pegou-o. Ela o levaria e daria a alguém, de preferência a uma criança. Menos porque tivesse qualquer sentimento pela coisa, que afinal era apenas uma peça de marketing de plástico, do que porque ela não gostaria de ser deixada num quarto de hotel. Decidiu, no entanto, não levá-lo na bagagem de mão. Não queria que o pessoal da TSA o tirasse da caixa com o capacete em público. Jogou-o dentro da sacola da Barneys que estava com as roupas mais elegantes.

ODILE estava chateada porque elas não iriam para um hotel em Vancouver. Disse que gostava dos hotéis norte-americanos. Gostava mais do Mondrian que do Standard. A ideia de um apartamento emprestado foi decepcionante.

– Acho que pode ser bem legal, pelo que disseram – disse Hollis.
– E ninguém mora lá.

Estavam na parte de trás de um Town Car que Hollis arrumara com o hotel, na conta do quarto. Quando devolvera o Passat, o garoto que quase a reconhecera não estava lá. Elas estavam perto de LAX agora, ela sabia. Através de janelas esfumaçadas, ela via aquelas coisas estranhas dos poços de petróleo, que ficavam balançando numa encosta. Elas estavam ali desde a primeira vez que ela viera. Parecia que estavam sacudindo desde então. Ela checou a hora no celular. Quase seis.

– Liguei para minha mãe – disse Hollis. – Porque você mencionou a sua.

– Onde ela está, sua mãe?
– Puerto Vallarta. Eles vão para lá no inverno.
– Ela está bem?

– Ela reclama do meu pai. Ele é mais velho. Acho que ele está bem, mas ela acha que está obcecado por política americana. Ela diz que ele fica nervoso.

– Se este fosse o meu país – disse Odile, franzindo o nariz –, eu não ficaria nervosa.

– Não? – perguntou Hollis.

– Eu beberia o tempo todo. Tomaria remédio. Qualquer coisa.

– Tem isso – disse Hollis, lembrando-se do falecido Jimmy –, mas acho que você não ia querer dar o prazer a eles.

– A quem? – perguntou Odile, endireitando a coluna, com um interesse repentino. – Dar o prazer a quem?

54.

ICE

Tito despertou quando as rodas do Cessna tocaram o solo. Luz do sol pelas janelas. Agarrando a parte de trás do sofá. Eles aceleraram no solo, o tom dos motores mudando. O avião desacelerou. Por fim, as hélices pararam. Ele se sentou no silêncio repentino, pestanejando ao ver os campos planos, fileiras de grama baixa.

– Aqui é só para esticar e fazer xixi – disse o piloto, saindo do assento. Passou por Tito ao atravessar a cabine. Destravou a porta e inclinou-se para fora, abrindo-a. – Ei, Carl – gritou, sorrindo para alguém que Tito não podia ver –, obrigado por vir até aqui. – Alguém escorou a parte de cima de uma escada de alumínio comum na base da porta, e o piloto desceu devagar, com cautela.

– Estique as pernas – disse Garreth a Tito, saindo da cadeira. Tito sentou-se, vendo Garreth começar a descer a escada. Esfregou os olhos e se levantou.

Ele desceu à terra batida de uma estrada reta que cortava a planície verde nos dois sentidos. O piloto e o homem de macacão azul e chapéu de caubói de palha desenrolavam uma mangueira preta de borracha de um carretel sobre a traseira de um pequeno caminhão-tanque. Ele olhou para trás e viu o velho descendo a escada.

Garreth pegou uma garrafa de água mineral, uma escova de dente e um tubo de pasta de dente. Começou a escovar os dentes, parando para cuspir espuma branca no chão. Enxaguou a boca com a água da garrafa.

– Tem escova de dente?
– Não – disse Tito.

Garreth passou a ele uma escova fechada, junto com a garrafa de água. Enquanto Tito escovava os dentes, observou o velho andar pela estrada e parar, de costas para eles, urinando. Ao terminar com a escova, Tito derramou o resto da água sobre as cerdas, balançou para secar e enfiou no bolso interno da jaqueta. Queria perguntar onde estavam, mas o protocolo para lidar com clientes o impedia.

– Western Illinois – disse Garreth, como se lesse sua mente. – É de um amigo.

– Seu?

– Do piloto. Um amigo que voa, guarda gasolina de aviação aqui.

– O homem com chapéu de caubói puxou um fio na traseira do caminhão, ligando o motor de uma bomba. Eles se afastaram de uma exalação repentina de combustível.

– Que distância ele consegue percorrer? – perguntou Tito, olhando para o avião.

– Pouco menos de mil e duzentas milhas com tanque cheio. Dependendo do tempo e do número de passageiros.

– Não parece uma distância muito longa.

– Hélice com motor a pistão. Temos que ficar parando assim, mas isso nos deixa abaixo de todo tipo de radar. Não veremos nenhum aeroporto. Somente pistas particulares.

Tito achou que ele não se referia a radares propriamente ditos.

– Cavalheiros – disse o velho, juntando-se a eles –, bom dia. Você parece ter dormido muito bem, finalmente – disse a Tito.

– Sim – Tito concordou.

– Por que você mostrou aquele distintivo da Immigration and Customs Enforcement, Tito? – perguntou o velho.

ICE. Tito lembrou-se de Garreth dizendo "ice", quando lhe entregara a coisa. Agora não fazia ideia de por que fizera aquilo. E Elegua, não ele, tirara o porta-distintivo do cinto do homem. Isso ele não podia contar.

– Senti aquilo no cinto dele quando tentou me segurar. Achei que pudesse ser uma arma.

– Depois pensou em usar o sal do búlgaro?

– Sim – disse Tito.

– Estou curioso para saber o que aconteceu com ele. Imagino que tenha sido preso por pouco tempo, gerando uma picuinha jurisdicional. Até alguma entidade, elevada o suficiente no DHS, ordenar a soltura. Você provavelmente fez um favor ao seu homem, Tito, ao pegar aquele distintivo. Não é provável que seja mesmo dele. Você poupou a ele o trabalho de ter que se recusar a dar explicações até a trapaça dele ser revelada.

Tito fez que sim, na esperança de que o assunto estivesse concluído.

Ficaram ali, então, assistindo ao abastecimento do avião.

55.

SÍNDROME DA ARMA FANTASMA

– Miller – disse Brown, da enorme poltrona reclinável branca de couro, a três metros de carpete felpudo cor de creme de leite. – Seu nome é David Miller. Mesmo dia de aniversário, mesma idade, mesma naturalidade. Eles estavam num jato Gulfstream, numa pista do Ronald Reagan. Milgrim também estava numa poltrona reclinável de couro branco. Ele não estivera nesse aeroporto depois que passara a ser público. Do outro lado de uma ponte de Georgetown. Ele sabia que aquele era um Gulfstream porque havia uma placa de latão com uma gravação elaborada que dizia "Gulfstream II" no cercado de madeira de alto brilho da janela ao lado da poltrona dele. Bordo-açucareiro, pensou ele, mas brilhante demais, como um acabamento de limusine muito desagradável. Havia muito disso na cabine. E muito couro branco, latão polido e carpete off-white.

– David Miller – repetiu ele.

– Você mora em Nova York. É tradutor. Russo.

– Sou russo?

– Seu passaporte – disse Brown, mostrando um, azul-marinho com adorno dourado-claro – é americano. David Miller. David Miller não é viciado. David Miller, ao entrar no Canadá, não estará de posse nem sob efeito de drogas. – Olhou o relógio. Usava o terno cinza e uma camisa branca de novo. – Quantas daquelas pílulas estão com você?

– Uma – disse Milgrim. Era uma questão séria demais para que ele mentisse a respeito.
– Tome – disse Brown. – Quero você em ordem para a alfândega.
– Canadá?
– Vancouver.
– Não terá mais passageiros? – perguntou Milgrim. O Gulfstream parecia ter capacidade para umas vinte pessoas. Ou servir de cenário para um longa pornográfico, uma vez que a maior parte dos assentos era de divãs brancos de couro muito longos, além de um quarto nos fundos que parecia perfeito para a filmagem formal das cenas do clímax.
– Não – disse Brown –, não terá. – Pôs o passaporte de volta dentro do paletó, depois bateu no quadril direito, onde guardava a arma. Milgrim o vira fazer isso cinco vezes desde que saíram da N Street, e a microexpressão que sempre acompanhava o gesto convenceu-o de que Brown deixara a arma para trás. E a bolsa preta de náilon também. Brown estava sofrendo de síndrome da arma fantasma, pensou Milgrim, como o amputado que sente coceira nos dedos do pé que não existe mais.
Os motores do Gulfstream dispararam, ligaram, ou qualquer que fosse o verbo. Milgrim olhou por trás da poltrona branca de couro, para a frente da cabine, onde uma cortina ondulada de couro branco vedava a cabine. Era evidente que havia um piloto ali, embora Milgrim não o tivesse visto ainda.
– Quando aterrissamos – disse Brown, erguendo a voz acima dos motores – funcionários da alfândega vêm até o avião. Entram, dão oi, eu entrego os passaportes, eles abrem, devolvem e dão tchau. Com uma aeronave como esta, é o que acontece. Os números dos nossos passaportes e o do piloto foram registrados quando ele apresentou nosso plano de voo. Não aja como se estivesse esperando que lhe façam alguma pergunta.
O avião começou a taxiar.

Quando ele acelerou, com o estrondo dos motores intensificando-se, e pareceu quase saltar direto no ar, Milgrim estava completamente despreparado. Ninguém sequer dissera a eles para apertarem os cintos de segurança, muito menos qualquer coisa sobre máscaras de oxigênio e coletes salva-vidas. Isso não apenas pareceu errado, mas profundamente, quase fisicamente, anômalo. Assim como a inclinação íngreme da subida, que forçava Milgrim, que estava de costas para o movimento, a se agarrar desesperadamente nos braços brancos e estofados.

Ele olhou pela janela e viu o Aeroporto Nacional Ronald Reagan de Washington afastar-se, mais rápido do que ele teria achado possível, e de modo tão suave como se alguém estivesse dando zoom inverso numa lente.

Quando se estabilizaram, Brown tirou os sapatos, levantou-se e foi até os fundos do avião. Onde, Milgrim supôs, haveria um banheiro.

De trás, ele viu a mão de Brown tocar o lugar onde a arma não estava.

56.

HENRY E RICHARD

Um garoto claro, com uma barba muito rala, segurava um retângulo de cartolina branca com as palavras HENRY E RICHARD escritas com pincel atômico verde, quando elas saíram da alfândega. Ele usava um terno de aparência empoeirada, sem dúvida caro, no estilo limpador de chaminés de livro de Charles Dickens.

– Somos nós – disse Hollis, parando o carrinho de bagagem ao lado dele e estendendo a mão. – Hollis Henry. Esta é Odile Richard.

– Oliver Sleight – disse ele, enfiando a placa debaixo do braço. – Como na expressão *sleight of hand*... prestidigitação sabe? – Apertando a mão de Hollis, depois a de Odile. – Ollie. Blue Ant de Vancouver.

– Pamela me disse que não havia escritório aqui no norte – disse Hollis, empurrando o carrinho na direção da saída. Passavam alguns minutos das onze.

– Escritório nenhum – disse ele, andando ao lado delas –, mas isso não quer dizer que não exista trabalho. Aqui é um centro de concepção de jogos, e temos clientes através de outros escritórios, então ainda há uma demanda por participação ativa. Deixe-me empurrar isso para você.

– Não precisa, obrigada. – Saíram por uma porta automática e passaram por uma aglomeração de fumantes pós-voo retomando os níveis funcionais de nicotina no sangue. Odile obviamente fazia parte de uma nova geração de franceses não fumantes e ficara encantada ao saber que Hollis não fumava mais, mas Sleight, Ollie, enquanto elas o seguiam por um trecho listrado de pista coberta, sacou um maço de cigarros amarelo e acendeu um.

Hollis começou a se lembrar de algo, mas de repente notou a diferença do ar, em relação a Los Angeles. Era como uma sauna, mas fria, quase gelada.

Eles subiram uma rampa, entrando num estacionamento coberto onde ele usou um cartão de crédito para pagar; depois levou-as ao carro, um Volkswagen enorme, como o que Pamela dirigia. Era branco-perolado, com um pequeno glifo estilizado da Blue Ant à esquerda da placa traseira. Ele as ajudou a guardar suas bolsas e a caixa de papelão no porta-malas. Ele largou o cigarro fumado até a metade e esmagou-o com um sapato alongado e elaboradamente envelhecido que ela supôs fazer parte do *look*.

Odile optou pelo assento da frente, o que pareceu agradá-lo, e logo estavam a caminho, com algo meio lembrado arranhando a mente de Hollis em espasmos. Passaram devagar por grandes prédios do aeroporto, como brinquedos sobre a mesa arrumada e com detalhes esparsos que serviam de passatempo para algum gigante.

– Vocês serão as quartas residentes em nosso apartamento – disse ele. – O emir da equipe de relações públicas de Dubai esteve lá no mês passado. Tinham um negócio próprio aqui, mas queriam encontrar-se com Hubertus, então os enviamos para lá, e Hubertus veio. Antes disso, duas vezes, recebemos pessoas do nosso escritório de Londres.

– O apartamento não é de Hubertus, então?

– Imagino que seja – disse ele, mudando de faixa ao se aproximar de uma ponte –, mas um de muitos. A vista é extraordinária.

Hollis viu luzes de brilho desconfortável em postes altos, depois das grades da ponte, diante de uma confusão visual de indústrias. Seu celular tocou.

– Com licença – disse ela. – Sim?

– Onde você está? – perguntou Inchmale.

– Em Vancouver.

– Eu, no entanto, estou no saguão do seu hotel dolorosamente pretensioso.
– Desculpe. Me mandaram para cá. Tentei falar com você, mas seu celular não estava respondendo, e seu hotel disse que já tinha ido embora.
– Foco de arte locativa?
– Ainda não sei. Acabei de chegar.
– Onde vai ficar?
– Num flat da Blue Ant.
– Deveria insistir em ficar em hotéis de verdade.
– Bom – ela disse, olhando de relance para Ollie, que estava ouvindo Odile –, disseram que nós vamos gostar.
– Esse "nós" é formal?
– Uma curadora de Paris, especializada em arte locativa. Eles a levaram a Los Angeles para o trabalho. Ela será de grande auxílio aqui. Tem contatos.
– Quando volta para cá?
– Não sei. Não devo demorar. Quanto tempo vai ficar aí?
– O tempo necessário para produzir os Bollards. Amanhã daremos uma primeira olhada no estúdio.
– Qual deles?
– Um na West Pico. Depois do nosso tempo. Muita coisa é.
– É o quê?
– De depois do nosso tempo. Por que, por exemplo, tem aqueles figuras com capacetes de *Star Wars* parados na entrada do Marmont, como que paralisados? Eu os vi hoje, quando fiz o check-in.
– Estão vendo um monumento em homenagem a Helmut Newton. Conheço o artista, Alberto Corrales.
– Mas não tem nada lá.
– Tem que usar o capacete.
– Santo Deus.
– Você está no Marmont?

– Estarei, quando voltar para o outro lado da Sunset.
– Ligo para você, Reg. Tenho que desligar.
– Tchau, então.

Muito depois da primeira ponte, e ainda na rua ampla em que haviam entrado, passaram por um trecho de lojas e restaurantes de decoração caprichada. Jimmy Carlyle, que passara dois anos tocando baixo com uma banda em Toronto antes de entrar para o Curfew, contara a ela que as cidades canadenses tinham a aparência das cidades americanas na TV. Mas as cidades americanas não tinham tantas galerias assim, ela concluiu, depois de contar cinco em algumas quadras, antes de entrarem em outra ponte.

O celular dela tocou de novo.

– Desculpem – disse ela. – Alô?
– Olá – disse Bigend. – Onde está?
– No carro, com Ollie e Odile, indo para o seu apartamento.
– Pamela me contou que você ia levar ela. Por quê?
– Ela conhece alguém que conhece nosso amigo. Por falar nele, por que não me contou que ele era canadense?
– Não me pareceu importante – disse Bigend.
– Mas agora estou aqui. Ele está aqui?
– Não exatamente. Fazendo trabalho administrativo com um despachante aduaneiro no estado de Washington, achamos. O GPS leva ao endereço de um despachante.
– Mesmo assim. Sabe o que lhe disse sobre ser honesto comigo.
– Ser canadense – disse Bigend –, mesmo no mundo angustiante de hoje, não é sempre a primeira coisa que eu mencionaria sobre alguém. Quando discutíamos sobre ele, de início, eu não fazia ideia de que ele iria nessa direção. Posteriormente, acho que não me passou pela cabeça.
– Você acha que ele está caindo fora? – Ela observou o motorista.
– Não, acho que tem algo acontecendo aí em cima.
– O quê?

– O que os piratas viram – disse ele.

Eles saíram da ponte e entraram num desfiladeiro subitamente baixo de vida noturna em escala muito reduzida. Ela imaginou o contêiner de estrutura luminosa de Bobby suspenso acima da rua, mais enigmático que qualquer lula gigante com pele de neon.

– Mas encontraremos uma forma melhor de discutir o assunto, sim?

Ele também não confia em telefones, pensou ela.

– Certo.

– Você tem algum piercing? – perguntou ele.

Eles viraram à direita.

– Perdão?

– Piercing. Se tiver, tenho que alertá-la quanto ao quarto principal. No andar de cima.

– A cama.

– Sim. Parece que não se deve ir para baixo dela com qualquer objeto magnético. Aço, ferro. Ou marca-passo. Ou relógio mecânico. Os projetistas nunca mencionaram isso, quando me mostraram as plantas. Tudo tem a ver com o espaço abaixo, visualmente. Levitação magnética. Mas agora tenho que alertar cada hóspede. Desculpe.

– Estou totalmente como Deus me fez, até agora – disse ela. – E não uso relógio.

– Não tem com que se preocupar, então – ele disse, animado.

– Acho que chegamos – ela disse a eles, quando Ollie entrou numa rua em que tudo parecia ter sido construído na semana anterior.

– Muito bem – ele disse, e desligou.

O Volkswagen desceu uma rampa enquanto um portão subia. Entraram numa garagem, com uma iluminação halógena brilhante em tom solar sobre um piso de concreto pálido e vítreo, isento de qualquer mancha de óleo. Os pneus do carro rangeram quando Ollie entrou, ao lado de outro Volkswagen enorme branco-perolado.

Quando ela desceu, sentiu o cheiro de concreto fresco.

Elas tiraram a bagagem do carro, e Ollie deu a cada uma delas um par de cartões magnéticos brancos sem identificação.

– Este é para o elevador – disse ele, pegando o de Hollis e passando-o ao lado de portas de aço escovado – e para o acesso aos pisos da cobertura. – Lá dentro, passou o cartão mais uma vez, e eles subiram, rápida e silenciosamente.

– Imagino que eu não deva deixar isso debaixo da cama – disse Hollis, deixando Odile visivelmente confusa, enquanto ele devolvia o cartão a ela.

– Não – disse ele, quando o elevador parou e as portas se abriram –, nem os seus cartões de crédito.

Elas o seguiram por um corredor curto e acarpetado pelo qual passaria uma van.

– Use o outro cartão – ele disse a ela. Ela transferiu a caixa de papelão para o braço esquerdo e passou o segundo cartão. Ele abriu uma porta muito grande de ébano que ela viu ter uns bons dez centímetros de espessura, e entraram num espaço que poderia ter sido o saguão central de um aeroporto público de uma nação europeia minúscula e hiper-rica, uma Liechtenstein de bolso, fundada com base na manufatura das instalações de luz mais caras e minimalistas já feitas.

– O apartamento – disse ela, olhando para cima.

– Ele mesmo – disse Ollie Sleight.

Odile largou a bolsa e foi andando na direção de uma cortina de vidro mais ampla que uma tela de cinema antiga. Pilastras quebravam a vista a intervalos de cerca de cinquenta centímetros. Do outro lado de onde Hollis estava, havia apenas um brilho indistinto, cinza-rosado, com alguns pontos distantes de luz vermelha.

– Formidável – exclamou Odile.

– Ótimo, não? – Ele se virou para Hollis. – Você está no quarto principal. Vou lhe mostrar. – Pegou a caixa e subiu dois lances de escada suspensa de forma vertiginosa, cada degrau uma placa de cinco centímetros de vidro fosco.

A cama de Bigend era um quadrado preto perfeito, três metros de lado, flutuando a um metro do chão de ébano. Ela foi até a cama e viu que era acorrentada, a qualquer que fosse a força que a sustentava, por cabos finos e trançados de metal preto.

– Acho que talvez eu improvise alguma coisa no chão – disse ela.

– Todo mundo diz isso. Até resolverem tentar.

Ela se virou para dizer algo e viu que ele pedia para a moça ao balcão, no restaurante do Standard, cigarros American Spirit. Mesmo maço amarelo. Mesma barba. Feito musgo em torno do bueiro.

57.

PIPOCA

Aviões comerciais eram como ônibus, concluiu Milgrim, olhando para o teto texturizado do quarto neste Best Western. Um Gulfstream, no entanto, era como um táxi. Ou como ter um carro. Ele não ficava normalmente impressionado com a riqueza, mas sua experiência com o Gulfstream, decoração estilo Las Vegas à parte, o fizera refletir sobre questões de escala. Ele supunha que a maioria das pessoas jamais colocaria os pés em um. Era o tipo de coisa que as pessoas sabiam existir, que partiam do pressuposto, por mais teórico que fosse, de que era algo que algumas pessoas tinham. Mas a maioria, ele suspeitava agora, jamais teria que lidar com a realidade da coisa.

E ele não sabia como era passar pela alfândega canadense normal, mas tudo se passara exatamente como Brown disse que ia ser, na versão Gulfstream. Eles haviam pousado num aeroporto grande e depois taxiado a um lugar escuro sem muita coisa do lado de fora. Uma SUV com luzes em cima se aproximara, e dois homens de uniforme saíram dela. Quando subiram a bordo, um com uma jaqueta de botões dourados e o outro de suéter justo e canelado, com ombreiras e cotoveleiras de pano, aceitaram os três passaportes que o piloto lhes entregara, abriram cada um deles, compararam com uma impressão, agradeceram e saíram. O de suéter militar era indiano e tinha aparência de quem fazia musculação. E foi isso. O piloto guardara seu passaporte no bolso e voltara à cabine. Milgrim nem sequer ouvira sua voz. Ele e

Brown pegaram suas malas e saíram, descendo uma escada longa que alguém devia ter encostado ao avião.

Estava frio, o ar úmido e cheio de sons de aviões. Ele seguira Brown até um carro estacionado, Brown passara a mão no para-choque dianteiro e tirara as chaves. Abriu o carro e entrou. Brown dirigira devagar, enquanto Milgrim, ao seu lado, olhara para trás, vendo as luzes de um caminhão-tanque que ia na direção do Gulfstream.

Eles haviam seguido na direção de um estranho prédio piramidal e parado diante de um portão de arame. Brown descera e digitara números num teclado. O portão começara a andar para o lado, ruidoso, enquanto Brown voltava para o carro.

A cidade estava muito calma enquanto eles entravam. Deserta. Quase nenhum pedestre. Estranhamente limpa, faltando textura, como os videogames antes de aprenderem a sujar as esquinas. Carros de polícia que pareciam não ter nenhum lugar aonde ir.

– E o avião? – Milgrim perguntara, enquanto Brown dirigia rápido sobre uma ponte de concreto com múltiplas faixas acima do que ele supôs ser o segundo de dois rios.

– O que tem ele?

– Ele espera?

– Volta para Washington.

– É um avião e tanto – Milgrim dissera.

– É o que o dinheiro pode comprar, nos Estados Unidos – Brown dissera com firmeza. – As pessoas dizem que os americanos são materialistas, mas você sabe por quê?

– Por quê? – perguntara Milgrim, mais preocupado com esse modo de expressão expansivo e atípico da parte de Brown.

– Porque eles têm coisas melhores – respondera Brown. – Nenhum outro motivo.

Milgrim pensava sobre isso agora que estava deitado, olhando para o teto, que era texturizado com aqueles farelos de espuma rígida, do tamanho dos restos de pipoca que ficam no saco. Eram coisas, esses pedaços texturizados, assim como o Gulfstream. Mas quase todo mundo tinha esses pedaços durante o curso de uma vida comum. Um Gulfstream, no entanto, era outro tipo de coisa. Ele se incomodava, de um modo insólito, com o fato de que Brown tivesse acesso a tais coisas. Ele sentia que o lugar de Brown era no New Yorker ou no Best Western. Laminado de poucos pixels. O Gulfstream, a casa estilo townhouse em Georgetown com o caseiro que cortava cabelo, isso parecia errado, por algum motivo.

Em seguida, porém, ele imaginou que Brown talvez não tivesse as conexões no DEA que ele achara que tivesse. Será que ele tomava o avião emprestado com o mesmo pessoal com quem conseguia o Rize? Eles confiscavam coisas de traficantes grandes, não? Barcos. Aviões. Lia-se a respeito.

Isso explicaria o carpete felpudo também.

58.

PAPO EM SIGLAS

O piloto seguia rodovias. Tito via isso agora, sentado na frente com ele, o medo tendo se ausentado de alguma forma com a decolagem em Illinois e quando o piloto ofereceu o assento ao lado dele.

Como um estranho ao seu lado num ônibus, ele pensou agora, o medo, levantando-se e saindo de forma inesperada. Deixe sua mãe e o voo de Cuba na gaveta deles. Assim era muito melhor.

Gratidão a Elegua. Que os caminhões sejam abertos.

A terra plana pela qual eles seguiam as linhas finas e retas de rodovias se chamava Nebraska, o piloto lhe dissera, apertando um botão no fone com microfone que permitia a Tito escutá-lo em seu próprio fone.

Tito comeu um dos sanduíches de peru que o homem do chapéu de caubói e do caminhão de abastecimento lhe dera em Illinois, tomando cuidado com as migalhas, enquanto via Nebraska se desenrolar abaixo deles. Quando terminou o sanduíche, ele dobrou o saco de papel marrom, apoiou o cotovelo no peitoril estofado no alto da porta, onde a janela começava, e apoiou a cabeça na mão em concha. Seu fone fez um clique.

– Information Exploitation Office – ele ouviu o velho dizer.

– Mas é um programa da DARPA – disse Garreth.

– P&D da DARPA, mas sempre destinado ao IXO.

– E ele entrou numa versão beta?

– A Sexta Frota tem usado algo chamado Fast-C2AP – disse o velho. – Torna a localização de alguns navios tão fácil quanto a consulta de preços de ações on-line. Mas não é um PANDA, nem de longe. Análise para previsão de atividades de posicionamento naval. Se não for simplificado demais, o PANDA compreenderá padrões de comportamento de embarcações comerciais, locais e globais. Rotas, desvios de rota para abastecimento ou trabalho administrativo. Se um navio que sempre viaja entre Malásia e Japão aparecer no Oceano Índico, o PANDA nota. É um sistema notável, principalmente porque contribuiria para tornar o país mais seguro. Mas, sim, ele parece mesmo ter acessado uma espécie de versão beta e cruzado os dados de uma embarcação nela com o sinal mais recente da caixa.

– Fazendo valer seu salário, nesse caso – disse Garreth.

– Mas eu me pergunto – disse o velho –, com quem estamos lidando aqui? Uma espécie de gênio ou, de fato, no fim das contas, só um ladrão talentoso e audacioso?

– E a diferença seria? – perguntou Garreth, após uma pausa.

– Previsibilidade. Estamos criando um monstro sem perceber, atribuindo a ele essas coisas, auxiliando seu avanço?

Tito olhou para o piloto e concluiu que parecia muito improvável que ele estivesse ouvindo essa conversa. Ele pilotava o avião com os joelhos e preenchia lacunas num formulário em papel branco, sobre uma prancheta surrada que parecia uma caixa de alumínio com uma tampa articulada. Tito se perguntou se haveria algum elemento denunciador, uma luz talvez, que indicasse a Garreth e ao velho que o fone dele estava ligado.

– Me parece uma preocupação abstrata – disse Garreth.

– Não para mim – disse o velho –, embora certamente não seja tão urgente. Uma preocupação imediata hoje é se nossa estrutura de posicionamento é confiável. Se nossa caixa for colocada no lugar errado, as coisas vão complicar. Muito.

– Eu sei – disse Garreth –, mas eles são sindicalistas, aqueles dois. Putas velhas. No passado poderiam ter "perdido" caixas como essa. Levando-as para longe. Agora, com um regime de segurança aperfeiçoado, não estão sequer pensando nesse tipo de coisa. Mas um bom dinheiro para deixar uma onde mais precisamos, isso já é outra coisa.

– Quanto a isso – disse o velho –, se aquela caixa não estiver com o mesmo código de proprietário, código de produto, número de registro de seis dígitos e número de controle que tinha da última vez que foi vista, nossos sindicalistas não a encontrarão para nós, certo?

– Ela está – disse Garreth. – As mesmas sinalizações da ISO estão codificadas em todas as transmissões.

– Não necessariamente. Aquele equipamento foi programado quando a caixa tinha essas sinalizações. Não podemos ter certeza de que ainda tem. Só não quero que esqueça que temos outras opções.

– Não esqueço.

Tito tirou o fone.

Sem tocar qualquer um dos botões, pendurou-o no gancho acima da porta, voltou a pôr a cabeça onde estava e fingiu dormir.

Papo em siglas. Ele não curtia.

59.

ZODÍACO NEGRO

Brown alugou um barco preto incrivelmente feio e desconfortável chamado Zodíaco. Um par de tubos de borracha pretos e inflados, unidos na frente num ponto rudimentar, um piso preto e duro entre eles, quatro assentos anatômicos de encosto alto, instalados em pilares, e o maior motor de popa, preto, que Milgrim já vira. O serviço de aluguel, na marina onde a coisa estava atracada, fornecera a cada um deles um colete salva-vidas semirrígido, uma peça de náilon vermelho, aparentemente forrada com folhas de espuma pouco flexíveis. A de Milgrim cheirava a peixe e irritava o pescoço.

Milgrim não se lembrava da última vez que estivera num barco e certamente não esperava encontrar-se a bordo de um hoje, praticamente assim que acordara.

Brown entrara pela porta que conectava os quartos, o esquema com que já estavam acostumados, e o chacoalhara para despertá-lo, embora não com muita força. As caixas cinza não estavam nas portas, ali, e Milgrim teve de supor que Brown as deixara em Washington, junto com a arma, o canivete grande, e talvez a lanterna e as algemas também. Mas Brown usava a jaqueta de náilon preta, hoje, sobre uma camiseta preta, e Milgrim achou que ele parecia muito mais à vontade que de terno.

Após um café da manhã silencioso de café e ovos no restaurante do hotel, eles haviam ido à garagem no subsolo e recuperado o carro, um Ford Taurus com um adesivo da Budget ao lado da placa traseira. Milgrim passara a preferir Corollas.

As cidades, na experiência de Milgrim, tinham um modo de se revelar no rosto dos habitantes e, em particular, em como trabalhavam pela manhã. Havia uma espécie de índice básico de quão ferrada a pessoa estava, que podia ser interpretado nos rostos que ainda não haviam deparado com a realidade do que quer que estivessem prestes a fazer. Por esse padrão, pensou Milgrim, examinando rostos e linguagem corporal, enquanto Brown dirigia, esse lugar tinha um índice de fodeção estranhamente baixo. Mais próximo de Costa Mesa que de San Bernardino, ao menos nesta parte da cidade. Ela o fazia lembrar-se da Califórnia mais do que ele teria imaginado, embora isso talvez se desse por conta do sol, e mais de São Francisco que de Los Angeles.

Então ele notou que Brown estava assobiando baixinho enquanto dirigia. Sem melodia, ele pensou, mas com algo próximo à animação ou, em todo caso, a um grau de excitação positiva. Será que ele estava sendo contagiado pela vibração da multidão nessa manhã ensolarada porém levemente encoberta? Milgrim duvidava, mas ainda assim era esquisito.

Vinte minutos mais tarde, depois da dificuldade para encontrar o local, eles estavam num estacionamento ao lado da marina. Água, montanhas distantes, torres de vidro esverdeadas que pareciam ter sido construídas na noite anterior, barcos com mastros brancos, gaivotas fazendo coisas de gaivotas. Brown inseria grandes fichas douradas e prateadas numa máquina de tíquetes.

— O que é isso? — perguntou Milgrim.

— Moedas de dois dólares — disse Brown, e Milgrim sabia que ele evitava o uso de cartões de crédito sempre que possível.

— As de dois não dão azar? — perguntou Milgrim, lembrando algo sobre dinheiro de corrida de cavalos.

— Sorte não serem de três, porra — disse Brown.

Agora, ao estrondo do enorme motor de popa, marina e cidade estavam para trás. O Zodíaco seguia estável pela água verde-acinzentada, que parecia estar muito gelada, um tom vítreo não muito diferente das torres que davam para a marina. O colete salva-vidas, ainda que duro e fedido, era agradavelmente à prova de vento. As bainhas da calça escolar Jos A. Banks de Milgrim batiam feito bandeirolas em torno dos tornozelos. Brown guiava o barco de pé, inclinado para a frente, ligado ao assento apenas pelo cinto frouxo, com o vento formando ângulos inesperados em seu rosto. Milgrim duvidava de que Brown ainda estivesse assoviando, mas ele parecia estar curtindo aquilo demais. E ele não parecera tão familiarizado assim com a parte de soltar o barco, se é que se chamava assim. Eles precisaram da ajuda do cara que alugava. O vento salgado da travessia deles fez os olhos de Milgrim arderem.

Ele olhou para trás e viu uma ilha ou península, sem nada além de árvores, da qual saía uma ponte suspensa alta, como a de Oakland Bay. Ele fechou mais o colete, cobrindo o pescoço. Queria poder cobrir os braços e as pernas também. Aliás, ele queria que houvesse um quarto ali, grande o suficiente para uma cama portátil, e que ele pudesse se esticar enquanto Brown pilotava o barco. Como uma barraca, com paredes de náilon vermelhas e semirrígidas. Ele aguentaria o cheiro de peixe, somente para poder se deitar, fora desse vento.

Milgrim olhou para a cidade, e um hidroavião decolou na água. Adiante, ele viu diversos navios grandes em distâncias variadas, os cascos divididos ao meio por tinta preta e vermelha, e atrás deles o que ele imaginava ser um porto, onde braços laranja gigantes içavam cargas ao longe, acima de uma costa aparentemente sólida, com a complexidade visual de uma indústria.

À esquerda deles, numa costa oposta e mais distante, havia fileiras de silos, ou tanques, escuros, mais guindastes, mais cargueiros.

As pessoas pagavam para ter experiências assim, ele pensou, mas não se animou. Não era a Balsa de Staten Island. Ele seguia balançando numa velocidade insana, sobre algo que o fazia lembrar uma assustadora banheira dobrável de borracha na qual vira Vladimir Nobokov posar com orgulho numa fotografia antiga. A natureza sempre acabava sendo grande demais para deixar Milgrim confortável. Era muita coisa. Toda a questão do panorama. Especialmente quando havia relativamente pouco, no campo de visão, que fosse feito pelo homem.

Eles se aproximavam, ele viu, do que de início imaginara ser uma espécie de escultura cubista flutuante em tons suaves de Kandinsky. Mas quando chegaram mais perto, ele viu que era um navio, mas tão carregado, tão afundado na água que o vermelho da parte de baixo do casco estava submersa, ficando visível apenas a parte preta. A popa preta, no entanto, com um alinhamento suficientemente típico de navio, encontrava-se abaixo do mais absurdo volume de caixas, revelando o que ela, de fato, era. As caixas eram das cores de vagões de carga, com predomínio de um marrom-avermelhado e opaco, e outras, brancas, amarelas, azul-claras. Ele estava quase perto o suficiente, agora, para ler o que estava escrito na popa da embarcação, quando se distraiu com a descoberta de um navio menor, envolto em pneus pretos, como que por um momento passarela de algum estilista excêntrico, pressionados de modo ardente contra a popa alta e preta e formando um enorme V de água branca e espumante. Brown virou o timão do Zodíaco de repente, fazendo-os balançar duas vezes, na água branca, com os solavancos. Milgrim viu o nome do rebocador, *Sol do Leão*, depois olhou para as letras bem mais altas na traseira do navio, a tinta branca manchada de ferrugem. M/V *Estrela da Jamaica*, e abaixo disso, em maiúsculas brancas um pouco menores, CIDADE DO PANAMÁ.

Brown desligou o motor. Eles ficaram balançando ali, na súbita falta do estrondo do motor de popa. Milgrim ouviu um sino tocar, longe, e o que parecia um apito de trem.

Brown tirou do colete salva-vidas um tubo de metal com uma estampa decorativa, desatarraxou a ponta e tirou um charuto. Jogou o tubo na água, cortou a ponta do charuto com um aparelhinho brilhante, pôs a ponta cortada na boca e acendeu com um Bic falso de quinze centímetros, daqueles que eram vendidos em lojas de coreanos para acender crack. Deu uma longa tragada ritualística, depois soltou uma grande nuvem de fumaça azul-vivo.

– Filho da puta – disse ele, com o que Milgrim, impressionado com tudo aquilo, interpretou como uma satisfação imensa e inexplicável. – Olha aquele filho da puta. – Olhando para a pilha flutuante de caixas quadradas que era o *Estrela da Jamaica*, em que Milgrim não conseguia identificar as marcas registradas, embora as visse nas caixas. Recuando devagar à medida que o rebocador o empurrava no caminho.

Milgrim definitivamente não quis atrapalhar o momento especial, qualquer que fosse a razão; ficou sentado, ouvindo marolas baterem no flanco escorregadio e intumescido do Zodíaco negro.

– Filho da puta – disse Brown, novamente, suavemente, e soltou uma baforada do seu charuto.

60.

ROLANDO OS CÓDIGOS

Hollis acordou na cama de levitação magnética de Bigend, sentindo como se estivesse no altar no topo de uma pirâmide asteca. Plataforma de sacrifício. E, de fato, viu que havia uma espécie de pirâmide acima dela, uma construção com laterais de vidro que suspeitava ser o ápice daquela torre em particular. Tinha de admitir que dormira bem, por mais magnetismo que tivesse absorvido no processo. Talvez aliviasse as juntas, como aquelas pulseiras encomendadas pelo correio. Ou talvez fosse a pirâmide, com energias sutis que aguçavam seu prana.

– Olá – chamou Ollie Sleight, de um piso abaixo. – Está acordada?

– Já vou aí.

Ela saiu do altar asteca, que se moveu de leve e de modo muito estranho, vestiu calça jeans e blusa, perplexa diante do vazio luxuoso do quarto, ou pináculo do sono. Era como a toca de um monstro voador de design arrojado.

Ignore o mar, ela disse a si mesma, as montanhas. Não olhe. Paisagem demais. Encontrou um banheiro, onde nada lembrava muito as cortesias convencionais de hotel, entendeu como usar as torneiras, lavou o rosto e escovou os dentes. Descalça, desceu para encontrar Ollie, possivelmente para confrontá-lo.

– Odile saiu para passear – disse ele, sentado diante de uma longa mesa de vidro, com uma caixa da FedEx aberta e vários pedaços de plástico preto na frente. – Que tipo de telefone você tem?

— Motorola.

— Conector direto de dois milímetros e meio — disse ele, selecionando um dentre vários. — Hubertus enviou isto. — Indicando a peça preta maior. — É um misturador de frequências.

— O que ele faz?

— Você pluga no conector do fone do seu celular. Ele usa um algoritmo de codificação digital. Você programa num código de dezesseis dígitos, e o algoritmo rola o código embaralhado até sessenta mil vezes. A mistura garante dezessete horas antes da repetição do padrão. Hubertus já carregou e programou este. Ele quer que você use quando conversar com ele.

— Interessante — disse ela.

— Pode me dar seu celular?

Ela o tirou do bolso da calça e entregou a ele.

— Obrigado. — Ele o conectou ao retângulo preto, que a fez lembrar aquelas frentes removíveis de CD player de carro. — Ele tem carregador próprio, que não funciona para o seu celular. — Ele usou a extremidade da palma para puxar as outras peças pretas e guardá-las de volta na caixa da FedEx. — Eu trouxe frutas e doces. Tem café na máquina.

— Obrigada.

Ele pôs chaves de carro na mesa. Ela viu o emblema azul e prata da Volkswagen.

— Essas são do Phaeton extra lá embaixo. Já dirigiu um?

— Não.

— Tem que tomar cuidado com a largura. Parece tanto o Passat que é fácil esquecer que é mais largo. Olhe para as linhas pintadas quando entrar, ajuda a lembrar.

— Obrigada.

— Estou indo, então — ele disse, levantando-se e enfiando a caixa debaixo do braço. Estava de camiseta e calça jeans que pareciam ter passado por uma perfuradora Dremel pelo mesmo número de horas que a engenhoca de Bigend conseguia rolar os códigos. Parece cansado, pensou ela, mas talvez seja só a barba.

Depois que ele saiu, ela procurou a cozinha e o café. Estava do outro lado daquele espaço, disfarçada de bar, mas a cafeteira e a torradeira italiana a entregaram. Ela levou sua xícara à mesa. O celular tocou, com vários efeitos de LED dançando animados na superfície preta do embaralhador.

— Alô?
— Hubertus. Oliver me disse que estava acordada.
— Estou. Estamos "embaralhados"?
— Estamos.
— Você também tem um?
— É assim que funciona.
— É grande demais para caber no bolso.
— Eu sei, mas estou cada vez mais preocupado com privacidade. O que é muito relativo, é claro.
— Isso não garante a privacidade?
— É mais privado que... não. Ollie tem uma caixa com uma máquina Linux que consegue farejar trezentas redes sem fio ao mesmo tempo.
— Por que ele ia querer fazer isso?
Ele parou um instante para pensar a respeito.
— Porque pode, imagino.
— Quero falar com você sobre Ollie.
— Sim?
— Ele entrou no restaurante do Standard quando eu estava me encontrando com Odile e Alberto. Comprou um maço de cigarros.
— Sim?
— Ele estava me espionando? Para você?
— É claro. O que mais você acha que ele estaria fazendo?
— Só conferindo – disse ela. – Quer dizer, eu estou. Só me certificando.
— Precisávamos ter uma ideia de como você estava se dando com eles. Nós ainda estávamos nos decidindo, àquela altura.

O "nós" da Blue Ant, pensou ela.

– O mais importante, então, onde está Bobby?

– Lá em cima – disse ele. – Em algum lugar.

– Achei que pudesse rastreá-lo.

– O caminhão. O caminhão está no quintal de uma firma de arrendamento. Bobby e o equipamento dele foram descarregados ao lado de um depósito, ao norte da fronteira hoje cedo. Pedi para Ollie ficar a noite toda vendo isso. Ele chegou às coordenadas do GPS de onde eles pararam.

– E?

– Nada, é claro. Estamos supondo que eles troquem de caminhão. Como estão as coisas com Odile?

– Ela saiu para dar uma volta. Quando voltar, tentarei definir que conexões potenciais ela pode ter aqui, com Bobby. Não toquei no assunto durante o voo. Pareceu cedo demais.

– Ótimo – disse ele. – Se precisar de mim, use o retorno para esta ligação.

Ela viu o embaralhador fazer sua dancinha dos LEDs, enquanto a conexão codificada era desfeita.

61.

A MALA PELICAN

Eles receberam a mala preta de plástico da Pelican em Montana. Não foi mais uma parada para abastecer, embora Tito imaginasse que estavam prestes a fazer uma dessas. O piloto aterrissou num trecho deserto de rodovia rural, de madrugada. Tito viu uma caminhonete velha e caindo aos pedaços parando ao lado deles, com dois homens de pé no teto, mas Garreth lhe disse para ficar longe das janelas.

– Eles não querem ver ninguém que não conheçam.

Garreth abriu a porta da cabine e uma mala preta foi entregue. Parecia muito pesada. Garreth não tentou erguê-la. Fez um esforço para puxá-la para dentro, enquanto alguém, que Tito não podia ver, empurrou de fora. Tito achou que parecia ser uma mala Pelican, de plástico e à prova d'água, do tipo que Alejandro usava às vezes para enterrar documentos e fornecimentos. Então a porta foi fechada, ele ouviu o motor da caminhonete, e o piloto começou a taxiar. Quando decolara, Tito imaginou sentir o peso adicional.

Quando se estabilizaram, o velho aproximou um instrumento amarelo de plástico da caixa preta, depois mostrou a Garreth a leitura na tela.

Aterrissaram de novo uma hora depois, numa pista de pouso rural, onde outro caminhão de combustível aguardava.

Eles tomaram café em copos de papel que o homem do Avgas levara com uma garrafa térmica, enquanto ele e o piloto abasteciam o avião.

– Ele realmente está montando a carga manual mais avançada, não? – disse Garreth ao velho.

– Ele me disse que usou epóxi JB para selar as pontas – disse o velho.

– Só isso? – perguntou Garreth.

– Quando eu era garoto, consertávamos buracos em blocos de motor com epóxi JB.

– Provavelmente não eram tão radioativos – disse Garreth.

62.

IRMÃ

– Esta é Sarah – disse Odile, quando Hollis encontrou-a no café lotado do terraço de uma galeria municipal. O Phaeton tinha um sistema de orientação baseado em GPS, mas também um mapa. Ela poderia ter andado até lá, supôs, no tempo que levara para pegar o carro, encontrar o local e achar um lugar para estacionar. E Ollie estava certo quanto à largura do carro. Tudo isso por Odile ter ligado, convidando--a para almoçar com uma pessoa interessante.

– Olá – disse Hollis, apertando a mão da garota –, sou Hollis Henry.

– Sarah Ferguson.

Hollis puxava uma cadeira de ferro fundido, pensando se perdera a chance de pedir a Odile que deixasse as visitas aos artistas locativos para depois, quando a curadora francesa disse:

– Fer-gus-son.

– Ah – disse Hollis.

– Sarah é irmã de Bobby. – Odile usava óculos escuros estreitos, de armação preta.

– Sim – disse Sarah, com o que Hollis interpretou como uma possível falta de entusiasmo. – Odile me disse que você conheceu Bobby em Los Angeles.

– Conheci – disse Hollis. – Estou fazendo uma matéria sobre arte locativa para a *Node*, e seu irmão parece ter uma atuação fundamental.

– *Node*?

— É nova — disse Hollis. Seria possível que Bigend, ou Rausch, soubessem que Odile conhecia a irmã de Bobby? — Eu não sabia que ele tinha irmã. — Olhou para Odile. — Você é artista, Sarah?

— Não — disse Sarah —, trabalho numa galeria. Não esta. Hollis olhou para o banco modernizado ou prédio público. Viu uma arte pública, a estátua de um navio, instalada onde começava o teto.

— Temos que entrar, para a comida — disse Odile.

Do lado de dentro, uma sofisticada fila de refeitório, por algum motivo, fez com que Hollis se sentisse em Copenhague. As pessoas à frente delas pareciam ser capazes de identificar uma dúzia de cadeiras clássicas modernas pelo nome do designer. Escolheram sanduíches, saladas e bebidas. Hollis usou o cartão de crédito, informando a Sarah que o almoço era por conta da *Node*. Quando pôs a carteira de volta na bolsa, viu o envelope com os cinco mil dólares de Jimmy. Ela quase o deixara no cofre eletrônico do quarto do Mondrian.

Sarah lembrava Bobby, Hollis pensou, enquanto se sentavam, mas os traços ficavam melhor em mulher. Seu cabelo era mais escuro, bem cortado, e ela estava vestida para trabalhar numa galeria que vendia arte para pessoas que esperavam certa seriedade na conduta. Tons de cinza e preto misturados, bons sapatos.

— Eu não fazia ideia de que você conhecia a irmã de Bobby — disse Hollis a Odile, pegando seu sanduíche.

— Acabamos de nos conhecer — disse Sarah, pegando o garfo. — Temos um ex em comum, descobrimos. — Sorriu.

— Claude — disse Odile —, em Paris. Eu lhe contei, Ollis, ele conheceu Bobby.

— Sim, contou.

— Liguei para ele — disse Odile. — Ele me deu o número de Sarah.

— Não é a primeira ligação de um desconhecido que recebo a respeito de Bobby, nas últimas vinte e quatro horas — disse Sarah —, mas pelo menos a conexão não era Claude. E você não estava nervosa.

— Os outros estavam nervosos? — perguntou Hollis.

– Alguns, sim. Outros, apenas impacientes.
– Por quê? Se não se importa que eu pergunte.
– Porque ele é um incompetente – disse Sarah.
– Artistas de Los Angeles – disse Odile. – Tentando achar Bobby. Os geohacks dele estão fora do ar. Estão sem a arte deles. O e-mail volta.
– Recebi meia dúzia de ligações. Alguém lá deve ter ficado sabendo que ele tem uma irmã aqui, e meu número está no catálogo.
– Conheço um dos artistas que trabalha com ele – disse Hollis. – Estava bastante chateado.
– Quem?
– Alberto Corrales.
– Ele chorou?
– Não.
– Chorou ao telefone – disse Sarah, perfurando uma fatia de abacate. – Ficava repetindo que perdeu o rio dele.
– Mas você não sabe onde seu irmão está?
– Está aqui – disse Sarah. – Minha amiga Alice o viu na Commercial Drive, hoje de manhã. Ela o conhece desde o colegial. Ela me ligou. Aliás, ela me ligou vinte minutos antes de você – disse a Odile. – Ela o cumprimentou. Ele não conseguiu se esquivar. Ele sabia que ela sabia que era ele. É claro que ela não fazia ideia de que tem gente em Los Angeles procurando por ele. Ele disse a ela que estava na cidade para conversar com uma gravadora, sobre o lançamento de um CD. É claro que foi quando eu soube que ele estava aqui.
– Vocês são próximos?
– Parece?
– Sinto muito – disse Hollis.
– Não, eu é que sinto – disse Sarah. – É que ele é tão irritante, tão irresponsável. É tão egocêntrico hoje quanto quando tinha quinze anos. Não é fácil ser irmã de um monstro talentoso.
– Talentoso como? – perguntou Hollis.

– Em matemática. Software. Você sabia que ele se deu o nome de um software desenvolvido no Laboratório Nacional de Lawrence Berkeley? Chombo.

– O que o Chombo... faz?

– Implementa métodos de diferença finita para a solução de equações diferenciais parciais, em grades retangulares adaptavelmente refinadas. – Sarah fez uma breve careta, provavelmente inconsciente.

– Você poderia explicar isso?

– Nem uma palavra. Mas trabalho numa galeria de arte contemporânea. Bobby adora Chombo. Ele diz que ninguém mais aprecia Chombo, entende Chombo, como ele. Ele fala como se fosse um cachorro que ele tivesse conseguido treinar para fazer coisas que ninguém jamais pensou em ensinar a um cachorro. Buscar coisas. Rolar.

– Ela deu de ombros. – Você também está à procura dele, não?

– Estou – disse Hollis, baixando o sanduíche.

– Por quê?

– Porque sou jornalista e estou escrevendo sobre arte locativa. E ele parece estar no centro disso, e certamente está no centro da própria ausência repentina e do transtorno que ela causou.

– Você era daquela banda – disse Sarah. – Eu me lembro. Com aquele guitarrista inglês.

– Curfew – disse Hollis.

– E agora escreve?

– Estou tentando. Pensei que ficaria algumas semanas em Los Angeles, pesquisando isso. Então Alberto Corrales me apresentou Bobby. Aí Bobby desapareceu.

– "Desapareceu" é um pouco dramático – disse Sarah –, principalmente para quem conhece Bobby. "Cascou fora", diria meu pai. Você acha que Bobby queria ver você?

Hollis refletiu.

– Não. Ele não gostou quando Alberto me levou à casa dele em Los Angeles. Ao estúdio dele. Achei que ele não ia querer me ver de novo.

– Ele gostava dos seus discos – disse Sarah.
– Foi o que Alberto me falou – disse Hollis –, mas ele não gostou mesmo de ter visita.
– Nesse caso – disse Sarah, e parou, desviando o olhar, de Hollis para Odile, e de volta para Hollis –, vou contar onde ele está.
– Você sabe?
– Ele tem uma casa na região leste. Um espaço num prédio que era uma fábrica de estofados. Alguém mora lá, quando ele não está, e eu a encontro de vez em quando, então sei que ele ainda tem o espaço. Se ele estiver aqui, e não estiver lá, eu ficaria muito surpresa. Perto da Clark Drive.
– Clark?
– Vou lhe dar o endereço – disse Sarah.
Hollis pegou a caneta.

63.

SOBREVIVÊNCIA, EVASÃO, RESISTÊNCIA E FUGA

Tito viu o velho dobrar o *New York Times* que estava lendo. Estavam sentados num jipe aberto, de capô salpicado de ferrugem vermelha sob tinta cinza opaca, aplicada com pincel. Tito podia ver o Pacífico, esse novo oceano. O piloto os levara do continente até ali, e partira, depois de se despedir do velho de modo privado e demorado. Tito os vira apertar as mãos, com força. Ele vira o Cessna se transformar num ponto e desaparecer.

– Lembro-me de ter visto provas de um manual de interrogatório da CIA, algo que nos enviaram extraoficialmente, para comentar – disse o velho. – O primeiro capítulo apresentava as formas em que a tortura é fundamentalmente contraproducente para a inteligência. O argumento não tinha nada a ver com ética e tudo a ver com qualidade do produto, com não desperdiçar potenciais vantagens. – Tirou os óculos com aro de aço. – Se o homem que fica voltando para questionar você evita comportar-se como se fosse seu inimigo, você começa a perder a noção de quem você é. Aos poucos, na crise de identidade em que sua prisão se transforma, ele passa a ser o guia na sua descoberta de quem você está se tornando.

– Você interrogava pessoas? – perguntou Garreth, a mala preta Pelican sob os pés.

– É um processo íntimo – disse o velho. – A intimidade é a chave. – Estendeu a mão, como se ela estivesse acima de uma chama. – Um isqueiro comum faz com que um homem lhe conte tudo, qualquer coisa que ele ache que você quer ouvir. – Baixou a mão. – E vai impedir que ele volte a confiar em você, o mínimo que seja. E será uma confirmação, para ele, de sua noção de identidade, como poucas coisas serão. – Ele bateu no papel dobrado. – Quando vi pela primeira vez o que estavam fazendo, eu soube que tinham virado as lições do SERE do avesso. Isso significava que estávamos usando técnicas que os coreanos haviam desenvolvido especificamente para a preparação de prisioneiros para farsas judiciais. – Ficou em silêncio.

Tito ouviu ondas batendo.

Aquilo ainda era a América, disseram eles.

O jipe, coberto com uma lona e galhos, estava esperando por eles perto de uma pista de concreto desgastada que Garreth disse ter pertencido a uma estação de meteorologia. Havia uns vassourões na parte de trás. Alguém os usara para varrer o concreto, em preparação para o pouso deles.

Um barco estava a caminho, Garreth dissera, para levá-los ao Canadá. Tito se perguntou qual seria o tamanho do barco. Imaginou um barco de excursão da Circle Line. Icebergs. Mas o sol não estava muito quente ali, a brisa que vinha do mar era suave. Ele sentia como se tivesse chegado ao fim do mundo. Ao fim dos Estados Unidos, a terra que ele vira desenrolar-se abaixo do Cessna, quase inteiramente vazia. As pequenas cidades dos Estados Unidos, à noite, eram como joias perdidas, espalhadas pelo chão de um vasto recinto escuro. Ele as vira passar, pela janela do Cessna, imaginando as pessoas dormindo ali, talvez com uma consciência remota do fraco zumbido do motor deles.

Garreth ofereceu uma maçã a Tito, e uma faca para cortá-la. Era uma faca grosseira, como algo que poderia ser encontrado em Cuba, o cabo coberto de tinta amarela lascada. Tito abriu-a e descobriu que estava impresso DOUK-DOUK na lâmina. Era muito afiada. Ele cortou a maçã em quatro partes, passou os dois lados da lâmina na perna da calça jeans e devolveu a Garreth, depois ofereceu as fatias da fruta. Garreth e o velho pegaram uma, cada um.

O velho olhou para o seu relógio de ouro gasto, depois para o horizonte além da água.

64.

GLOCK

– Arruma um bagulho – disse Brown, como se tivesse ensaiado a fala, entregando a Milgrim um maço de notas estrangeiras coloridas. Eram novas e reluzentes, decoradas com hologramas metálicos e, pareceu a Milgrim, circuitos impressos.

Milgrim, no banco do passageiro do Taurus, olhou para Brown.
– Como é?
– Bagulho – disse Brown. – Beque.
– Beque?
– Acha um traficante. Não um cara qualquer na esquina. Alguém do ramo.

Milgrim olhou para a rua em que estavam estacionados. Estruturas eduardianas comerciais de tijolo, de cinco andares, sob o verniz de infelicidade do crack ou da heroína. O quociente de fodeção lá em cima, nessa parte da cidade.

– Mas o que está tentando comprar?
– Drogas – disse Brown.
– Drogas – repetiu Milgrim.
– Você tem trezentos e uma carteira sem nenhuma identidade. Se for pego, não te conheço. Se for pego, esquece o passaporte com que veio, como chegou aqui, eu, tudo. Diz seu nome verdadeiro. Vou acabar te tirando, mas se tentar ferrar comigo, fica lá pra sempre. E se conseguir convencer o cara a fazer o negócio num estacionamento, é uma grande vantagem.

— Nunca estive aqui antes — disse Milgrim. — Nem sei se esta é a rua certa.

— Está brincando? Olha pra ela.

— Eu sei — disse Milgrim —, mas um morador saberia o que está acontecendo esta semana. Hoje. É aqui que o negócio rola, ou a polícia acabou de transferi-lo três quadras para o sul? Coisas assim.

— Você parece — disse Brown — um viciado. Vai se sair bem.

— Não sou conhecido. Posso ser confundido com um informante.

— Sai — ordenou Brown.

Milgrim saiu, o dinheiro estrangeiro dobrado na palma da mão. Olhou para a rua. Todas as lojas vedadas com tábuas. Compensado coberto de repetidos cartazes de filmes e shows, enrugados pela chuva.

Ele decidiu que era melhor agir como se tivesse saído para comprar seus fármacos favoritos. Isso elevaria sua autenticidade de imediato, pensou ele, uma vez que saberia o que pedir, e que as unidades seriam as pílulas. Assim, se conseguisse mesmo comprar alguma coisa, poderia até valer a pena guardar para si.

O dia de repente pareceu mais animador; a rua estrangeira, mas estranhamente familiar, mais interessante. Permitindo-se esquecer Brown quase por completo, ele caminhou com uma nova energia.

Uma hora e quarenta minutos depois, após ter recebido ofertas de diferentes gradações de heroína, cocaína, crack, metanfetamina, Percodan e chumaços de maconha, ele se viu fechando uma transação de trinta cartelas com dez comprimidos de Valium a cinco cada. Ele não fazia ideia se eram autênticos nem se existiam, mas tinha uma convicção de especialista de que estavam lhe cobrando, por ser óbvio que era turista, pelo menos o dobro do preço. Depois de separar os cento e cinquenta que o vendedor pedira, ele conseguira pôr a outra metade na parte de cima da meia esquerda. Ele fazia esse tipo de coisa de modo automático, ao comprar drogas, e não se lembrava mais de nenhum evento específico que tivesse levado à adoção de qualquer estratégia.

Skink, assim nomeado ao menos com o propósito de realizar a transação, era branco, de trinta e poucos anos, talvez, com toques deturpados de estilo de skatista e uma tatuagem elaborada que cobria o pescoço todo e que Milgrim supôs estar disfarçando alguma escolha iconográfica antiga e, provavelmente, infeliz. Algo para ocultar, talvez, um trabalho feito na prisão. Tatuagens visíveis no rosto e no pescoço de fato serviam, pensou Milgrim, para indicar que a pessoa provavelmente não era policial, mas o visual de cadeia gerava outras associações, menos confortáveis. Em termos de nomes de conveniência, "Skink" também não era particularmente reconfortante. Milgrim não tinha muita certeza do que significava. Um réptil ou anfíbio, pensou ele. Skink não era, definitivamente, o revendedor de aparência mais confiável que Milgrim encontrara no curso de seu passeio por aquela via de fornecimento diversificado, mas era o único, até então, que respondera de forma positiva ao seu pedido de Valium. Ainda que não tivesse nenhum ali, segundo ele. É muito raro que tenham, pensou Milgrim, e fez um aceno de cabeça, indicando que compreendia e que estava de acordo com qualquer arranjo que Skink fizesse.

– Subindo a rua aqui – disse Skink, mexendo na argola que atravessava a ponta externa da sobrancelha direita.

Milgrim sempre considerava esses piercings preocupantes. Pareciam mais propensos a infecções que coisas inseridas em partes mais centrais e tradicionais do rosto. Milgrim acreditava na evolução e sabia que a evolução dá forte preferência à simetria bilateral. Indivíduos assimétricos tendiam a ser menos competitivos, na maioria das espécies. Não tinha, entretanto, nenhuma intenção de mencionar isso a Skink.

– Aqui dentro – disse Skink, num tom portentoso, entrando de lado numa passagem. Abriu uma porta com armação de alumínio cujo vidro original fora substituído por compensado.

– Está escuro – protestou Milgrim, enquanto Skink segurava seus ombros, puxando-o para um denso fedor de amoníaco de urina.

Skink deu um empurrão, com força, e ele caiu contra o que eram, muito obviamente, escadas, e o impacto doloroso foi complicado por uma confusão ruidosa de garrafas tombando.

– Calma – Milgrim aconselhou rapidamente diante da escuridão abrupta, quando Skink passou pela porta e a fechou. – O dinheiro é seu, toma.

Então Brown passou pela porta, numa breve explosão de luz do sol. Milgrim sentiu, mais do que viu, Brown erguer o corpo de Skink do chão e jogá-lo de cabeça na escada, entre as pernas de Milgrim. Mais garrafas vazias tombaram da escada.

Um raio de luz com um brilho desconfortável, recordado do quarto do FI perto da Lafayette, disparou friamente e atravessou o contorcido Skink. Brown curvou-se, passou a mão na lombar de Skink, depois, com um grunhido decorrente do esforço, usou as duas mãos para virá-lo. Milgrim viu a mão iluminada de Brown abrir o zíper da calça larga de Skink.

– Glock – disse Brown, quase ininteligível, puxando da calça aberta de Skink, como num truque de mágica nojento, uma grande pistola.

Depois estavam de volta à rua, a luz do sol surreal agora. Voltando ao Taurus.

– Glock – disse Brown novamente, satisfeito.

Milgrim lembrou então, para o seu alívio, que se tratava de uma marca de revólver.

65.

EAST VAN HALEN

Ela abriu o PowerBook na bancada da cozinha secreta de Bigend, já contando com o Wi-Fi. Nenhuma das redes confiáveis estava disponível, ela foi avisada, mas será que ela não queria usar a BAntVanc1? A expressão "redes confiáveis" causou nela uma breve vontade de chorar. Ela não sentia que existisse algo do tipo no momento.
Recompondo-se, ela viu que Bigend não ativara o WEP. Nenhuma senha exigida. Mas ele tinha Ollie, ela supôs, que podia espiar a rede sem fio de centenas de pessoas de uma vez, então talvez tudo se compensasse.
Ela se conectou à BAntVanc1 e verificou se tinha e-mails. Nada. Nem mesmo spam.
Seu celular tocou, dentro da bolsa. Ainda estava ligado ao embaralhador. Como ele funcionaria se fosse qualquer outra pessoa, não Bigend? Ela atendeu.
– Alô?
– Só conferindo – disse Bigend, e de repente ela não queria contar a ele sobre Sarah.
Uma reação à súbita percepção que ela teve da onipresença dele, se ainda não real, potencial. Uma vez estabelecido em sua vida, ele estaria lá, de uma maneira que nenhuma pessoa comum, nem mesmo um chefe normal, poderia estar. Uma vez que ela o aceitasse, passado determinado ponto, sempre haveria a possibilidade de receber uma ligação dele, dizendo "Só conferindo", antes que ela pudesse sequer perguntar quem era. Ela queria isso? Poderia não querer?

– Nada ainda – ela disse, pensando se Ollie já não teria, de algum modo, transmitido para Los Angeles a conversa delas no almoço. – Estou fuçando os círculos artísticos de Odile aqui. Mas ela tem muitos, e é algo que não pode ser feito de forma muito evidente. Não se sabe quem poderia contar a ele que estou aqui, procurando.

– Acho que ele está aqui – disse Bigend – e acho que você e Odile são atualmente nossa maior chance de encontrá-lo.

Ela fez que sim, em silêncio.

– Este país é grande – disse ela. – Por que ele não iria a um lugar com menos probabilidade de ser encontrado?

– Vancouver é um porto – disse Bigend. – Porto para um contêiner estrangeiro. Nosso baú dos piratas. Ele está lá para monitorar o descarregamento, ainda que não para as transportadoras. – Houve uma pausa digitalizada totalmente silenciosa. – Quero ligá-la a uma darknet que estamos montando para nós.

– O que é isso?

– Na prática, uma Internet privada. Invisível para não membros. Telefones com embaralhadores, a esta altura, só servem como barbantes amarrados em nossos dedos para nos lembrarem de uma falta de privacidade fundamental. Ollie está cuidando disso.

– Tem alguém aqui – disse ela. – Tenho que ir. – Desligou.

Deixou o PowerBook aberto na bancada, a tampa encrustada de adesivos sendo a coisa mais colorida à vista, fora a paisagem, subiu, despiu-se e tomou uma longa ducha. Odile optara por uma soneca pós-almoço.

Ela secou o cabelo e se vestiu; voltou a pôr calça jeans e tênis. Encontrou o boneco da Blue Ant entre as roupas e procurou um posto para ele. Escolheu uma prateleira à altura da cabeça, de concreto liso como talco, e pôs ali a formiga, como um ícone. Fez com que a prateleira parecesse ligeiramente ridícula. Perfeito.

Deparou com seu passaporte, enquanto dobrava roupas, e jogou-o na sacola da Barneys.

Vestiu uma jaqueta de algodão escura, pegou a bolsa e desceu à cozinha secreta, onde fechou o PowerBook e deixou um recado para Odile atrás de um recibo da Visa sobre a bancada: "Volto mais tarde. Hollis".

Encontrou o Phaeton onde deixara, seguiu o conselho de Ollie para se lembrar da largura do carro, examinou o mapa que estava no porta-luvas, evitou ativar a tela do GPS (que falava, caso deixassem) e saiu para o sol do fim de tarde, sentindo uma confiança razoável de que poderia encontrar a casa de Bobby, e nenhuma segurança de que saberia o que fazer quando encontrasse.

Ele não morava tão longe dali, a julgar pelo mapa.

Hora do rush. Após alguns movimentos destinados a direcioná-la para o leste, do outro lado da cidade, ela entrou no fluxo, ainda que esparso. Seguindo de forma mais ou menos constante para o leste, entre o que ela imaginou serem pessoas seguindo do trabalho para cidades-satélites, ela viu que a casa de Bobby não era tão perto, pelo menos não psicogeograficamente. O condomínio horizontal de Bigend, no alto de uma torre, numa espécie de cerca viva variegada de vidro verde, junto com o que o mapa dela dizia ser False Creek, era o ápice do século 21. Ali, ela entrava no que permanecia uma zona industrial leve. O modo como haviam construído sobre o terreno de ferrovia, quando havia terra de sobra. Não muito diferente da atmosfera em torno do terreno alugado de Bobby na Romaine, ainda que cravejado agora, aqui e ali, com grandes peças de infraestrutura metropolitana nova em folha, a maior parte aparentemente ainda em construção.

Quando finalmente virou à esquerda, saindo numa rua larga, de norte a sul, chamada Clark, ela já havia passado os infrabits mais sofisticados e estava em meio a uma arquitetura mais *low-down*, mais desgastada, em grande parte sarrafos de madeira. Oficinas mecânicas independentes, que não eram franquias de nada. Pequenos fabricantes de móveis para restaurantes. Reforma de cadeiras cromadas. No que ela supôs ser o início da rua larga, suspenso à frente de montanhas distantes, um projeto construtivista soviético genuinamente poderoso parecia ter sido erguido, talvez em honra póstuma de um designer que ganhara uma passagem só de ida para um Gulag. Vastos braços loucos de aço pintados de laranja, inclinados em todas as direções, em todos os ângulos.

Mas que diabos era aquilo?

O porto de Bigend, ela supôs. E Bobby tão perto.

Virou à direita ao avistar a rua de Bobby.

Ela mentira para Bigend, admitiu para si mesma, e isso a incomodava agora. Ela dissera que trabalharia com ele desde que ele não omitisse informações nem mentisse para ela, e agora ela estava fazendo exatamente isso com ele. Não estava à vontade com isso. A simetria era um pouco óbvia demais. Ela suspirou.

Ela foi até o fim da quadra, virou à direita novamente e parou o carro atrás de uma caçamba de lixo manchada de ferrugem, com as palavras EAST VAN HALEN pintadas com spray preto escorrido.

Ela pegou na bolsa o celular e o embaralhador de Bigend, suspirou e ligou para ele.

Ele atendeu de imediato.

– Sim?

– Odile encontrou a irmã dele.

– Muito bom. Excelente. E?

– Estou perto de uma casa que ele tem aqui. A irmã dele nos contou que fica aqui. Ela acredita que é onde ele estará. – Não viu nenhuma necessidade de dizer a ele que já sabia disso quando se falaram pela última vez. Ela acertara as coisas.

– É por isso que você está a uma quadra da Clark Drive? – perguntou ele.

– Merda – disse ela.

– Este monitor só dá o nome das ruas principais – disse ele, justificando-se.

– Este carro está lhe dizendo exatamente onde estou!

– É opcional de fábrica – disse ele. – Muitos Phaetons vão para frotas corporativas no Oriente Médio. É um recurso de segurança padrão lá. Por que ela contou a vocês, aliás? Você sabe?

– Porque está de saco cheio dele, basicamente. Ele não é um irmão fácil. Acabei de ver o seu porto, há um minuto. Fica no fim da rua.

– Sim – disse ele –, conveniente. O que você vai fazer?

– Não sei – disse ela. – Dar uma olhada por aqui.

– Gostaria que eu enviasse Ollie?

– Não. Duvido que eu vá demorar.

– Se eu não vir o carro voltar para o apartamento hoje à noite e não tiver notícias de você, mando Ollie.

– Está certo. – Ela desligou.

Ela ficou parada ali, olhando para a caçamba de lixo de East Van Halen. Do outro lado dela, a alguns carros de distância, havia a entrada de um beco. Um beco que poderia dar, ela supôs, em alguma entrada de fundos para qualquer daqueles prédios que fosse o de Bobby.

Ela saiu e ativou o sistema de alarme do Phaeton.

– Cuide do seu rabo criptoluxuoso – disse a ele. – Já volto.

66.

PING

Tito estava sentado num banquinho de aço manchado de tinta, olhando para uma claraboia suja de vidro com arame embutido. Os pombos ficavam pousando no pico e decolando, com um adejar de asas que ele duvidava estar sendo ouvido pelos outros. Garreth e o velho estavam falando com o homem que esperava por eles ali, naquele espaço obscuro no terceiro andar, numa cidade e num país em que Tito quase nunca pensara a respeito antes.

O barco que chegara para buscá-los era branco; longo, baixo, muito rápido. O piloto usava óculos escuros grandes e um capuz de náilon apertado, e não dissera absolutamente nada.

Tito vira a ilha e a pista se afastarem e, finalmente, desaparecerem, mesmo tendo demorado muito.

Depois de mudarem de direção algumas vezes, eles se aproximaram de outra ilha. Paredes de falésia de rochas lisas, desgastadas pelo vento. Algumas casas pequenas e isoladas, de frente para o mar. Eles haviam acompanhado o contorno da costa até um píer de madeira que saía de um cais mais alto e de aparência mais substancial. Ele ajudara Garreth a tirar a Pelican preta de plástico do barco. Era pesada demais para ser levantada pelas alças de plástico, segundo Garreth. Elas podiam quebrar com o peso.

O piloto do barco branco, sem dizer nada, partiu rápido, numa direção diferente daquela em que viera.

Tito ouviu um cachorro latir. Um homem foi até o corrimão do cais elevado e acenou para eles. Garreth também acenou. O estranho se virou, foi embora.

O velho olhou para o relógio, depois para o céu. Tito ouvira o hidroplano antes de vê-lo, aproximando-se, poucos metros acima da água.

– Não diga nada – dissera Garreth, quando as hélices do avião pararam, e ele flutuou pelos últimos metros até o píer.

– Como estão, cavalheiros? – perguntou o piloto, um homem de bigode, descendo no pontão mais próximo, enquanto Garreth segurava a asa do avião.

– Muito bem – disse o velho –, mas, infelizmente, estamos acima do peso. – Apontou para a Pelican. – Amostras de minerais.

– Geólogo? – perguntou o piloto.

– Aposentado – disse o velho, sorrindo –, mas parece que ainda ando carregando pedras.

– Não será problema. – O piloto abriu uma portinhola na lateral do avião, que não se assemelhava em nada ao Cessna. Tinha apenas uma hélice e parecia feito para trabalho. Tito viu Garreth e o piloto puxarem a mala Pelican para fora da doca e para dentro do avião.

Ele viu o velho soprar o ar entre os lábios franzidos, aliviado, quando eles colocaram a mala no hidroplano sem deixar cair.

– Quanto tempo vai demorar? – o velho perguntou ao piloto.

– Um total de vinte minutos – disse o piloto. – Chamo um táxi?

– Não, obrigado – disse o velho, subindo no avião. – Temos nosso próprio transporte.

Eles pousaram num rio, perto de um aeroporto muito grande, onde Tito, ainda impressionado com as montanhas que vira de longe, ajudou Garreth a empurrar a mala Pelican e outras bagagens, num carrinho, por uma longa rampa de malha de aço.

Tito sentou-se na beira do carrinho, olhando para o rio, onde outro hidroplano taxiava para decolar à luz do fim de tarde. Cascalhos foram triturados quando Garreth e o velho se aproximaram numa van branca. Tito ajudou Garreth a pôr a mala e as outras bolsas na van.

Havia apenas dois assentos, nenhuma janela lateral atrás. Tito acomodou-se, agachando-se, sobre a mala Pelican. O velho olhou para trás.

– Não sente aí – disse ele. – Não seria bom para os seus descendentes. – Tito saiu de cima da mala e usou a própria bolsa como almofada.

Depois disso, enquanto atravessavam uma cidade, ele não vira quase nada. Fragmentos de prédios, pelo para-brisa e pelas janelas de trás. Até chegarem ali, onde Garreth abriu as portas de trás, num beco apenas parcialmente pavimentado, com estranhas samambaias crescendo entre o asfalto quebrado e as paredes descascadas dos dois lados. Ele ajudara Garreth com a mala Pelican, subindo dois lances de escada decrépita de madeira e entrando numa sala longa e abarrotada.

Onde um homem estranho, aquele que chamavam de Bobby, esperava por eles. A doença da mãe de Tito, que começara em Sunset Park, aonde haviam ido para ficar com Antulio, depois dos ataques às torres, fizera com que ele ficasse muito ansioso perto de pessoas que se comportavam de determinadas maneiras.

Ele andava de um lado para o outro, o tal de Bobby, fumava, e falava quase constantemente. Garreth e o velho ouviam, ouviam e se entreolhavam.

Bobby disse que não era bom para ele fazer aquilo de casa. Não era bom para ele estar ali, em sua cidade natal, fazendo aquilo, mas, em especial, não era bom para ele estar ali, na sua própria casa, fazendo aquilo, com a caixa a algumas quadras dali. Tito olhou para a mala Pelican. Era a ela que ele se referia como caixa?

– Mas você sabia disso – disse o velho, com calma. – Sabia que se ela viesse para cá, estaria lá.

– Eles já deram três pings nela – disse Bobby. – Não é parte do padrão. Acho que estão aqui, acho que estão pingando daqui e acho que estão pingando enquanto andam de carro, buscando uma corres-

pondência visual. Acho que estão perto a esse ponto. Perto demais. –
Largou o cigarro, amassou com o sapato e passou as palmas das mãos no jeans branco e sujo.
    O que significava "ping"?, Tito perguntou-se.
    – Mas, Bobby – disse o velho, num tom suave –, você não nos contou onde ela está, exatamente. Onde está? Já foi descarregada? Precisamos mesmo saber isso.
    Bobby acendia outro cigarro.
    – Está onde vocês queriam. Exatamente onde queriam. Vou mostrar. – Ele foi para o outro lado das mesas longas, o velho e Garreth seguiram-no. Bobby digitou ansiosamente num teclado. – Bem aqui.
    – O que significa que eles não têm ninguém do lado de dentro. Caso contrário, teriam deixado mais para dentro do convés, misturada com outras.
    – Mas vocês têm, certo? – Bobby apertou os olhos do outro lado da fumaça.
    – Isso não lhe diz respeito, Bobby – disse o velho, mais suavemente ainda. – Você realizou um trabalho longo e que exigiu muito de você, mas que está chegando ao fim agora. Garreth está com a sua última parcela aqui, conforme combinamos. – Tito observou a mão do velho, por algum motivo, lembrando-se dele com a bengala na Union Square.
    Garreth tirou um pager do bolso e olhou para ele.
    – Encomenda. Volto em cinco minutos. – Olhou para o velho. – Você está bem?
    – Claro.
    Bobby gemeu.
    Tito encolheu-se, lembrando a mãe.
    – Não estou pronto para isso – disse Bobby.
    – Bobby – disse o velho –, não há nada para que precise estar pronto. Na realidade, não tem mais nada a fazer, além de monitorar a caixa para nós. Não há motivo para sair daqui esta noite. Ou nos próximos três meses, aliás. Nós vamos embora logo, cuidar das nossas coisas, e

você vai ficar aqui. Com seu pagamento final. Adiantado. Conforme o combinado. Você é extremamente talentoso, fez um trabalho incrível e logo perceberá que pode relaxar.

– Não sei quem eles são – disse Bobby – e não quero saber. Não quero saber o que tem naquela caixa.

– Você não sabe. Nem uma coisa nem outra.

– Estou com medo – disse Bobby, e Tito ouviu sua mãe, depois dos ataques.

– Eles não fazem ideia de quem você seja – disse o velho. – Eles não fazem ideia de quem somos nós. Foi minha intenção manter as coisas assim.

Tito ouviu Garreth e outra pessoa subindo. Uma mulher apareceu no alto da escada, Garreth estava atrás. De calça jeans e jaqueta escura.

– O que ela está fazendo aqui? – Bobby tirou o cabelo da frente dos olhos aterrorizados. – O que é isso?

– É – disse o velho, sem rodeios. – Garreth, o que é isso?

– Sou Hollis Henry – disse a mulher. – Conheci Bobby em Los Angeles.

– Ela estava no beco – disse Garreth, e agora Tito via que ele segurava uma caixa longa e retangular com uma única alça.

– Ela não deveria estar aqui – disse Bobby, como se estivesse prestes a chorar.

– Mas você a conhece, Bobby? – perguntou o velho. – De Los Angeles?

– O estranho – disse Garreth – é que eu a conheço também. Não que já tenhamos nos encontrado. Ela é a Hollis Henry, do Curfew.

O velho ergueu as sobrancelhas.

– Do Curfew?

– Das minhas favoritas na faculdade. Uma banda. – Deu de ombros, desculpando-se, o peso da longa caixa mantendo um ombro para baixo.

– E a encontrou agora, no beco?

– Sim – disse Garreth, e sorriu de repente.

– Estou por fora de alguma coisa, Garreth? – perguntou o velho.

– Pelo menos não é o Morrissey – disse Garreth.

O velho franziu a testa, depois examinou a mulher por cima dos óculos.

– E veio aqui para visitar Bobby?

– Sou jornalista agora – disse ela. – Escrevo para a *Node*.

O velho suspirou.

– Não conheço, infelizmente.

– É belga. Mas estou vendo que deixei Bobby perturbado. Sinto muito, Bobby. Vou embora já.

– Acho que não seria uma boa ideia, de modo algum – disse o velho.

67.

WARDRIVING

Milgrim sentou-se ao lado de Brown num dos dois bancos de um parque muito pequeno. Sob os galhos desfolhados de uma fileira de bordos jovens. Na sua frente havia quinze metros de grama cortada rente, uma cerca de dois metros de malha de ferro pintada de verde, uma descida curta e íngreme coberta de espinheiros, um leito de estrada amplo com cascalhos, manchado de vermelho-ferrugem por quatro linhas de trilho, uma estrada pavimentada e uma vasta pilha daquelas caixas de metal que ele vira no navio, no porto. Ele viu um caminhão de reboque aerodinâmico azul-metálico passar rápido pela estrada, puxando uma longa caixa cinza com marcas de ferrugem que obviamente tinha rodas.

 Do outro lado da pilha de caixas havia montanhas. Do outro lado delas, nuvens. Elas deixavam Milgrim desconfortável, essas montanhas. Parecia que não era possível que fossem reais. Grandes demais, próximas demais. Cobertas de neve. Como o logo no começo de um filme.

 Ele olhou para a direita, focando a visão num vasto iceberg retangular de concreto, quase sem nenhum detalhe, sem janelas, provavelmente da altura de cinco andares. Na frente, em letras sem serifa enormes e simples, invertidas no concreto entre enormes colunas modeladas, ele leu:

BC ICE & COLD STO RAGE LTD

RAGE. Ele olhou de relance para a tela de Brown, que mudava rapidamente, com imagens via satélite desse porto aproximando-se e afastando-se, substituídas, sobrepostas por grades amarelas.

Eles estavam fazendo o que Brown chamara de wardriving, desde que confiscaram a Glock de Skink. Significava andar de carro com o laptop blindado de Brown aberto no colo de Milgrim, anunciando redes sem fio ao passar por elas. O laptop fazia isso com uma voz monótona, desanimada e peculiarmente assexuada, que Milgrim considerou definitivamente desagradável. Milgrim não fazia ideia de que as pessoas tivessem essas redes em casas e apartamentos, em quantidades impressionantes, não se estendendo muito além do imóvel do dono. Algumas pessoas davam a elas seu próprio nome, outras as chamavam simplesmente de "predefinido" ou "rede", e outras tinham nomes como "CeifadorSinistro" e "AnjodaMorte". O trabalho de Milgrim era observar uma janela na tela que indicasse se a rede era ou não protegida. Se uma rede fosse desprotegida e tivesse sinal forte, Brown poderia estacionar e usar o computador para se conectar à Internet. Quando fazia isso, apareciam imagens coloridas via satélite do porto. Brown poderia dar um zoom nelas, permitindo a Milgrim ver o topo de cada prédio, até mesmo o retângulo de cada caixa. No começo, Milgrim achara a atividade levemente interessante, mas agora, depois de três horas fazendo isso, estava querendo que Brown encontrasse o que procurava e o levasse de volta para o Best Western.

Esse banco era um avanço em relação a ficar sentado no carro, porém, e Brown parecia estar numa conexão sólida de um apartamento ("CyndiNet") no complexo de estuque de três andares atrás deles, com sacadas de aço pintadas de marrom cheias de churrasqueiras, cadeiras de plástico e bicicletas. Mas agora Milgrim estava com dor na bunda. Levantou-se e esfregou-a. Brown estava concentrado no que quer que estivesse fazendo. Milgrim andou para a frente, atravessando a grama curta e áspera, esperando ser detido. Não recebeu nenhuma ordem.

Quando chegou à cerca verde, olhou através dela, para a esquerda, e encontrou uma locomotiva retangular, laranja, a diesel, com nítidas diagonais pretas e brancas pintadas na ponta achatada. Estava inerte, sobre os trilhos mais próximos, ao lado de uma placa branca, retangular, claramente destinada a ser lida por maquinistas, que dizia: HEATLEY. Num triângulo amarelo poucos metros antes, REDUZIR VELOCIDADE. Ele leu nomes em cada caixa empilhada: HANJIN, COSCO, TEX, LINHA "K", MAERSK SEALAND. Além delas, mais para dentro do porto, havia prédios altos de uso desconhecido e os braços dos mesmos guindastes laranja que ele vira do Zodíaco negro.

Ele olhou para Brown, curvado diante da pequena tela, distante do mundo.

– Eu poderia fugir – disse Milgrim, com a voz suave, para si mesmo. Depois tocou a horizontal de aço que ficava no alto da cerca pintada de verde, virou-se e retornou ao banco.

Sentia falta de seu sobretudo.

68.

ESTALAR DE DEDOS

Hollis achou que ele parecia William Burroughs, sem o substrato boêmio (ou talvez a metadona). Como alguém que fosse convidado para caçar codorna com o presidente, mas estivesse tomando muito cuidado para não levar um tiro. Armação fina de aço. O cabelo que restava bem cortado. Sobretudo escuro de excelente qualidade.

Estavam sentados, um de frente para o outro, em cadeiras gastas de metal que um dia deviam ter cumprido seu dever no salão de uma igreja. Ele estava com as pernas cruzadas. Usava sapatos que a faziam pensar em antigos padres franceses. Oxfords pretos com biqueira, engraxados, com um brilho opaco, mas com solas grossas de borracha preta.

– Srta. Henry – ele começou e fez uma pausa, fazendo-a lembrar a voz de um funcionário do consulado americano que ela conhecera em Gibraltar, quando tinha dezessete anos e roubaram seu passaporte.

– Desculpe. Não é casada?

– Não.

– Srta. Henry, nós nos encontramos numa situação embaraçosa.

– Sr. ...?

– Desculpe – disse ele –, mas não posso dizer meu nome. Meu amigo me disse que a senhorita é musicista. Está correto?

– Sim.

– E a senhorita me disse que também é jornalista, trabalhando para uma revista britânica. – Uma sobrancelha cinza se ergueu, acima de um arco de aço polido.

– *Node*. Com sede em Londres.
– E abordou Bobby em Los Angeles com o intuito de escrever seu artigo?
– Abordei. Embora não possa dizer que ele tenha ficado satisfeito com minha atitude. – Ela olhou de relance para Bobby, encolhido no chão sujo, abraçando os joelhos, olhos escondidos pela franja. Sentado em outra cadeira dessas, um rapaz de cabelos escuros e interessante indeterminação racial observava Bobby com o que ela interpretou como uma combinação de fascínio e desconforto.

O outro homem, o que a descobrira no beco e a convidara para subir com tanta educação, mas com firmeza, abrira a longa caixa cinza que recebera do homem que ela o vira encontrar no beco de modo furtivo. Não furtivo o suficiente. Ela estava com a tampa levantada agora, em cima de uma das mesas longas, mas de onde estava sentada não era possível ver o que continha.

– Sinto muito por ter vindo aqui – disse ela. – Ele está num estado terrível.
– Bobby está sofrendo de estresse – disse o velho. – É o trabalho.
– Arte locativa?
– Bobby está trabalhando para mim, dando assistência a um projeto meu. Está quase concluído. O estresse de Bobby tem a ver com isso. Chegou num momento extremamente inoportuno, srta. Henry.
– Hollis.
– Não podemos deixá-la ir, Hollis, antes de completarmos o que viemos fazer aqui.

Ela abriu a boca para falar, depois fechou.
– Não somos criminosos, Hollis.
– Desculpe, mas se não são criminosos, nem da polícia, não entendo por que não posso sair quando eu quiser.
– Exatamente. O fato é que nosso objetivo, aqui, é cometer alguns crimes, de acordo com as leis canadense e americana.
– Então, por que exatamente não são criminosos?

— Não no sentido comum — disse ele. — Nossa motivação é decididamente fora de padrão, e o que pretendemos fazer, pelo que sei, nunca foi tentado antes. Posso garantir-lhe, no entanto, que não pretendemos matar ninguém e esperamos não causar nenhum dano físico a ninguém.

— "Esperamos", neste contexto, não é muito reconfortante. E imagino que não queira me dizer o que estão fazendo.

— Pretendemos danificar uma propriedade específica e seu conteúdo. Se tivermos êxito total — deu um breve sorriso —, o dano passará despercebido. De início.

— Existe algum motivo mais convincente para que eu entenda por que está me contando isso? Talvez possamos ir direto ao ponto. Poupar tempo. Porque, sem saber isso, não vejo nenhuma razão para me contar qualquer coisa.

Ele franziu a testa. Descruzou as pernas. Com os sapatos pretos de padre no chão, balançou a cadeira alguns centímetros, apoiada nas pernas de trás.

— Se meu sócio não tivesse tanta certeza de sua identidade, srta. Henry, as coisas seriam muito diferentes.

— Não respondeu à minha pergunta.

— Sim, tenha paciência. Existe a história pública e a história secreta. Estou propondo compartilhar a história secreta com a senhorita. Não porque é jornalista, na verdade, mas porque é, em qualquer nível que seja, uma celebridade.

— Você quer me contar seu segredo porque fui a vocalista de uma banda?

— Sim — disse ele —, ainda que não especificamente porque foi vocalista de uma banda. Porque é, em virtude de ter sido uma cantora conhecida...

— Nunca tão conhecida assim.

— A senhorita já constitui parte do registro histórico, por menor que possa preferir considerá-lo. Acabei de verificar o número de resultados para o seu nome no Google e de ler sua página na Wikipédia. Ao convidá-la para testemunhar o que pretendemos fazer, estarei usando-a, de fato, como uma espécie de cápsula do tempo. A senhorita se tornará o tijolo da lareira, atrás do qual deixo um relato, embora seja o seu relato, do que fazemos aqui.

Ela olhou para ele.

— O assustador é que eu acho que está falando sério.

— Estou. Mas quero que entenda o preço, antes de concordar.

— Quem disse que estou concordando?

— Se for testemunhar a história, Hollis, você se tornará necessariamente parte daquilo que testemunhar.

— Sou livre para escrever sobre o que possa vir a ver?

— É claro – disse ele –, apesar de que, se concordar em nos acompanhar por vontade própria, de acordo com a lei, será considerada cúmplice. O que é mais sério ainda, no entanto, é que a pessoa cuja vida na qual estamos prestes a interferir é poderosa e tem todos os motivos para suprimir o conhecimento do que você testemunharia. Mas isso será problema seu. Caso concorde em nos acompanhar.

— E se não concordar?

— Pediremos a alguém para levá-la a outro local e lá ficar, mas isso vai complicar as coisas para nós, já que significa transferir Bobby e o equipamento dele, uma vez que você já sabe deste lugar, mas isso não deve ser uma preocupação sua. Se escolher essa opção, não sofrerá mal algum. Será vendada, mas não sofrerá mal algum.

Ela viu que o homem do beco fechara a caixa longa e estava agora acompanhado, mais afastado, à segunda mesa longa, do garoto de cabelos escuros.

— Não vejo por que você possa ter qualquer motivo para confiar no meu lado desse acordo – disse ela. – Por que você confiaria que não ligarei para a polícia assim que me liberarem?

— Fui treinado pela organização do governo à qual pertenci para avaliar o caráter das pessoas muito rapidamente. Meu trabalho exigia que eu tomasse decisões cruciais relativas a funcionários, muitas vezes tendo que fazer julgamentos num estalar de dedos, literalmente, em condições extremamente difíceis. – Ele se levantou.

– Quanto a isso – disse ela, olhando para ele –, por que eu deveria acreditar em você?

– Você não deixará de cumprir com sua palavra, se chegarmos a um acordo – disse ele –, simplesmente porque não é do seu feitio. Pelo mesmo motivo, confiará em nós. Porque, na verdade, já confia.

Ele se virou então, foi até o homem do beco e começou a falar baixinho com ele.

Ela ouviu o ruído de um isqueiro, quando Bobby, no chão, acendeu um Marlboro.

Onde Bobby dormiria, ela se perguntou, sem suas linhas de grade? Então notou, bem na frente da cadeira do velho, uma linha fina, azul-empoeirada, perfeitamente reta, do tipo que era produzido por giz de carpinteiro e um fio esticado.

Depois viu outra, cruzando a primeira perpendicularmente.

69.

ÍMÃS

Garreth levou Tito até a ponta da segunda mesa, onde dez discos, cada um da espessura de uma pequena moeda, com cerca de oito centímetros de diâmetro, estavam dispostos sobre meia placa de compensado. Alguém havia passado neles um spray de tinta azul-turquesa, depois uma leve cobertura de cinza-escuro, finalizando com um acabamento opaco. Cada um encontrava-se sobre o próprio borrão de spray. As três latas de aerossol estavam enfileiradas num canto do compensado. Garreth vestiu luvas de látex e pegou um disco com cuidado, expondo o círculo perfeito de compensado sem tinta que estava por baixo. Ele mostrou a Tito a parte de trás não pintada, metal prateado brilhante.

– Ímã de terras raras – disse ele – pintado para ficar o mais próximo possível da cor da caixa. – Apontou para duas impressões, fotografias de um contêiner de transporte, de um azul-turquesa sujo.

– Quando você coloca um desses numa superfície plana de aço, fica difícil remover, a não ser com uma faca ou a lâmina de uma chave de fenda fina. Temos dez, mas você terá nove buracos, no máximo, para cobrir. O sobressalente é para o caso de você deixar cair um, mas tente não deixar.

– Como faço para carregar?

– Eles ficam grudados, quase firmes demais para separar, ou repelem uns aos outros, dependendo do lado para o qual estão virados. Então você vai usar isto. – Ele indicou um retângulo de plástico preto e

rígido, coberto de silver tape. Um pedaço de corda de paraquedas verde-
-oliva dava voltas através de dois buracos, numa ponta. – Envelopes
de plástico flexível sob a fita, um para cada disco. Você vai levá-los na
parte da frente da calça, depois pendura no pescoço para escalar. Deixe
que saiam, um de cada vez, e vá cobrindo os nove buracos. Eles devem
cobrir qualquer esboroamento completamente, além de vedar o buraco.

– O que é "esboroamento"?

– Quando a bala perfura o aço pintado – disse Garreth –, ela curva
o aço para dentro. A tinta não é flexível, portanto estilhaça. Parte dela
vaporiza. O resultado é o aço brilhante, reluzente, visível em torno
do orifício. O orifício em si não é maior que a ponta do seu dedo. É
o esboroamento que identifica visualmente o buraco, por isso temos
que cobri-lo. E queremos a vedação mais firme possível, porque não
queremos acionar sensores.

– E depois que estiverem fechados?

– Você vai ter que encontrar o caminho da saída sozinho. O homem que irá levá-lo não pode nos ajudar nisso. Vamos olhar os mapas
e as imagens de satélite mais uma vez. Não suba até a campainha da
meia-noite parar. Depois que fizer a vedação, saia. Quando estiver
fora, ligue para nós. Vamos buscá-lo. Fora isso, o telefone é apenas
para emergências.

Tito fez que sim.

– Conhece aquela mulher? – perguntou.

– Nunca a encontrei pessoalmente – disse Garreth, após uma pausa.

– Vi pôsteres dela, em lojas da St. Marks Place. Por que ela está aqui?

– Ela conhece Bobby – disse Garreth.

– Ele ficou aborrecido com a presença dela?

– Ele está tendo um ataque de modo geral, não? Mas você e eu
temos que manter a situação sob controle para a missão, certo?

– Sim.

– Ótimo. Quando você subir até a caixa, estará usando isto. – Ele
indicou uma máscara de filtro preta dentro de um saco Ziploc grande.

– Não queremos que você inale nada. Quando descer da pilha, prenda-a em algum lugar em que não será encontrada por um tempo. E sem nenhuma impressão, claro.

– Câmera?

– Por todo lado. Mas nossa caixa está na pilha mais alta de uma fileira, e se tudo estiver certo, é um ponto cego. No restante do tempo, você fica encapuzado, e nós esperamos que tudo corra bem.

– A mulher – começou Tito, preocupado com o que parecia ser uma grave quebra de protocolo –, se ela não é uma de vocês, e se você nunca a viu antes, como sabe que não está com grampo?

Garreth apontou para as três antenas pretas da caixa amarela do bloqueador de chamadas que Tito o vira usar na Union Square, na outra ponta da mesa.

– Não tem nada sendo transmitido aqui – ele perguntou baixinho –, tem?

70.

PHO

Brown levou Milgrim a um restaurante vietnamita escuro e cheio de vapor, sem nenhuma sinalização em inglês. Parecia a antessala de uma sauna, o que Milgrim achou agradável, mas cheirava a desinfetante, o que ele teria dispensado. Tinha a aparência de ter sido outra coisa, muito tempo atrás, mas ele achou impossível dizer o que poderia ter sido. Talvez um salão de chá escocês. Compensado dos anos quarenta com toques tímidos de art déco, há muito submerso por muitos revestimentos de esmalte branco lascado. Eles comeram pho, diante de fatias finas de carne rosada que se acinzentavam na poça rasa de caldo quente e quase sem cor, sobre broto de feijão e macarrão. Milgrim nunca vira Brown usar hashi. Brown sabia, definitivamente, como acabar com uma tigela de pho, e com habilidade. Ao terminar, abriu o computador sobre o tampo de fórmica preta. Milgrim não conseguia ver o que ele estava fazendo. Imaginou que devia haver Wi-Fi ali, vazando do único andar acima, ou que Brown poderia estar vendo arquivos que baixara antes. A senhora levou a eles copos de plástico com chá fresco, que poderia ter passado por água quente, a não ser por um gostinho acético e peculiar que restava. Sete da noite, e eles eram os únicos clientes.

Milgrim estava se sentindo melhor. Ele pedira um Rize para Brown, no pequeno parque, e Brown, envolvido no que quer que estivesse fazendo no laptop, abrira o zíper de um compartimento da bolsa e entregara a Milgrim uma embalagem fechada com quatro cartelas.

Agora, atrás da tela erguida de Brown, Milgrim engoliu um segundo Rize, empurrando-o com a água-chá. Ele levara o livro que estava no carro, achando que Brown provavelmente trabalharia no laptop. Abriu-o. Encontrou um de seus capítulos favoritos: "Uma Elite de Super--Homens Amorais (2)".

– O que é isso que você fica lendo? – perguntou Brown, inesperadamente, do outro lado da tela.

– "Uma elite de super-homens amorais" – respondeu Milgrim, surpreso em ouvir a própria voz repetir o título do capítulo que acabara de ler.

– É o que vocês todos pensam – disse Brown, com a atenção em outra coisa. – Liberais.

Milgrim esperou, mas Brown não disse mais nada. Milgrim recomeçou a leitura sobre os Begardos e as Beguinas. Já avançara na parte sobre os Quintinistas, quando Brown falou novamente.

– Sim, senhor. Estou.

Milgrim congelou, depois percebeu que Brown usava o celular.

– Sim, senhor. Estou – repetiu Brown. Pausa. – Está. – Mais silêncio. – Amanhã. – Silêncio. – Sim, senhor.

Milgrim ouviu Brown fechar o telefone. Ouviu o ruído de porcelana subindo a escada estreita da casa na N Street. O mesmo senhor? O homem do carro preto?

Brown pediu a conta.

Milgrim fechou o livro.

A **UMIDADE** do ar ameaçava cair, mas não caía. Gotas maiores caíam das árvores e dos fios. Ela começara quando eles estavam na sauna do pho, a umidade de um tipo diferente. As montanhas estavam atrás de cortinas indeterminadas de nuvem, fazendo a abóbada celeste encolher de uma forma que Milgrim achou reconfortante.

– Está vendo? – perguntou Brown. – Turquesa. No topo da pilha de três?

Milgrim apertou os olhos para olhar no monóculo austríaco que Brown usara na van de vigia no SoHo. Óptica superior, mas ele não conseguia encontrar o foco. Neblina, luzes, caixas de aço empilhadas feito tijolos. Peças angulares de quebra-cabeças formadas por canos, pontes rolantes com vastos guindastes, todos sacudindo, sobrepostos, feito detritos na ponta de um caleidoscópio. E de repente, montou-se para ele um retângulo turquesa, no alto de sua pilha.

– Estou vendo.

– Qual a probabilidade – disse Brown, pegando o monóculo bruscamente – de estar empilhada num lugar que podemos ver?

Milgrim achou melhor tratar a pergunta como retórica e ficar em silêncio.

– Está acima do chão – disse Brown, pressionando a ocular acolchoada contra a órbita do olho. – Lá no alto. Menor probabilidade de intercepção de sinal. – Parecia que, mesmo com essa notícia aparentemente melhor, Brown ainda estava perturbado com a visão.

Eles ficaram parados diante de uma grade cinza e nova de quatro metros de comprimento, ao lado de uma taverna longa, de aparência simples, tijolos bege, a qual dava origem surpreendente a um pequeno hotel eduardiano, marrom, de quatro andares, chamado Princeton. Milgrim notara que os bares ali pareciam possuir esses hotéis rudimentares. Esse também tinha uma grande antena parabólica, de um padrão tão arcaico que ele era capaz de imaginar uma pessoa mais nova achando que a peça era original do prédio.

Atrás deles havia um cruzamento, uma rua arborizada que terminava na rua em que ficava o Princeton. O porto, pensou Milgrim, era como o desenho de um trem longo mas estranhamente estreito que ocupava as paredes da sala de jogos do avô de um amigo. A rua do Princeton fazia fronteira com ele, não muito longe do pequeno parque da CyndiNet.

– Visível da rua – disse Brown, o monóculo parecendo brotar de seu olho. – Qual a probabilidade de que não fosse assim?

Milgrim não sabia, e se soubesse, não teria, necessariamente, dito a Brown, que ficara claramente muito ansioso e insatisfeito com o fato. Mas, estimulado pelo segundo Rize, tentou mudar de assunto:

– A família do FI, de Nova York?

– O que tem eles?

– Eles não têm mandado mensagens em volapuque, têm? Você não tem precisado de nenhuma tradução.

– Eles não têm mandado mensagem em língua nenhuma, que eu saiba. Não têm ligado. Não têm mandado e-mail. Não apareceram. Ponto.

Milgrim pensou no captador de sinal que Brown usara para driblar o hábito do FI de trocar constantemente de celular e de número. Lembrou sua própria sugestão, para Brown, de pedir para a NSA usá--lo, o tal de Echelon. O que Brown acabara de dizer fez com que ele se perguntasse agora se alguém já não estaria fazendo isso.

– Entra no carro – disse Brown, virando para o Taurus estacionado. – Não preciso que você pense. Não este noite.

71.

DIFÍCIL SER UMA

– O que você sabe sobre lavagem de dinheiro, Hollis? – perguntou o velho, passando a ela um prato redondo de alumínio com ervilhas e queijo panir. Os quatro estavam fazendo uma refeição indiana na ponta da segunda mesa. Eles haviam pedido para entregarem, o que Hollis supôs ser o que se fazia quando tramavam o que quer que estivessem tramando e não queriam ter que sair.

Bobby, que não gostava de comida indiana e não queria se sentar com eles, estava se virando com uma pizza grande e simples de mozarela que exigira uma entrega separada.

– Os traficantes de drogas – disse ela, usando o garfo de plástico para empurrar as ervilhas para um prato de plástico branco – acabam ficando com pilhas de dinheiro. Alguém me contou que os grandões jogam fora as notas de cinco e um, por darem trabalho demais. – Inchmale adorava curiosidades relacionadas a comportamentos ilícitos de todo tipo. – Mas é difícil comprar qualquer coisa muito substancial com um caminhão cheio de dinheiro, e os bancos só permitem o depósito de determinada quantia, então o cara com sacos de dinheiro tem que aceitar um desconto exorbitante de alguém que possa fazer o dinheiro voltar a circular para ele.

O velho se serviu do arroz salpicado de cores e pedaços de frango num molho bege brilhante.

– Uma quantia grande o suficiente de dinheiro passa a constituir um ativo negativo. O que se poderia fazer com, digamos, dez milhões, sem poder explicar de onde veio esse dinheiro?

Por que ele estaria dizendo essas coisas para ela?

– Dez milhões seria grande o suficiente? – Ela pensou nos cinco mil de Jimmy, na sua bolsa. – Em notas de cem?

– Em notas de cem, sempre – disse ele. – Menor do que você pensa. Dois ponto quatro bilhões, em notas de cem, só ocupam o mesmo espaço de setenta e quatro máquinas de lavar, embora o peso seja consideravelmente maior. Um milhão em notas de cem pesa cerca de dez quilos e cabe numa mala pequena. Dez milhões em notas de cem pesa pouco mais de cento e cinco quilos.

– Você viu esses dois ponto quatro bilhões pessoalmente? – Ela achou que valesse a pena perguntar.

– Em junho de 2004 – disse ele, ignorando a pergunta – o Federal Reserve Bank de Nova York abriu seu cofre num domingo para a preparação do transporte dessa quantia para Bagdá, a bordo de dois aviões de carga C-130.

– Bagdá?

– Enviamos quase doze bilhões de dólares em dinheiro para o Iraque, entre março de 2003 e junho de 2004. Aquele carregamento de junho tinha como objetivo cobrir as despesas da transição de poder da Autoridade Provisória da Coalizão para o governo interino do Iraque. A maior transferência única em dinheiro da história do banco central de Nova York.

– De quem era? – Foi a única pergunta em que ela pôde pensar.

– Fundos do Iraque, gerados principalmente de receitas petrolíferas e mantidas como garantia pelo Federal Reserve, nos termos da resolução da ONU. O Fundo de Desenvolvimento para o Iraque. Nas melhores circunstâncias, digamos, num país como este, em tempos de paz, acompanhar a distribuição final de um bilhão que seja é praticamente impossível. Supervisionar doze bilhões, numa situação como

a do Iraque? É literalmente impossível hoje dizer exatamente, com qualquer autoridade, aonde foi a maior parte daquele dinheiro.
– Mas foi usado na reconstrução do país?
– É que parece?
– Ajudou a viabilizar o governo interino?
– Suponho que sim. Parte dele. – Ele começou a comer, de modo cuidadoso e metódico, e com um prazer evidente.

Ela encarou o inglês que a encontrara no beco. Tinha cabelo escuro, cortado muito curto, provavelmente no esforço de conseguir o drible estilístico da calvície masculina precoce. Ele parecia inteligente, pensou ela. Inteligente, em boa condição física e, provavelmente, engraçado. Ela poderia ter se interessado por ele, se não fosse um criminoso internacional, terrorista, pirata. O que quer que fossem esses empregadores de Bobby. Ou um criminoso multicultural, sem esquecer o rapaz de olhar sonhador de preto, de etnia indeterminada, mas, de alguma forma, certamente não americano. O velho era o mais americano possível, ainda que de uma forma que ela considerava muito recentemente arcaica. Alguém que teria sido responsável por algo, nos Estados Unidos, quando os adultos ainda estavam no comando.

– Sente-se aqui comigo – convidou o sr. Criminoso Inteligente e Sarado, do outro lado da mesa, indicando a cadeira ao lado dele. O velho fez um gesto com a mão, com a boca cheia, para dizer que ela deveria ir. Ela pegou o prato e foi até a ponta da mesa, notando uma caixa amarela e retangular de plástico, sem detalhes a não ser por três antenas curtas e pretas, de comprimentos um pouco diferentes, um interruptor liga/desliga e um LED vermelho. Estava ligado, o que quer que fosse.

Ela pôs o prato na mesa e sentou-se ao lado dele.
– Sou Garreth – disse ele.
– Achei que vocês não usassem nomes aqui.
– Bom – disse ele –, não sobrenomes. Mas esse é meu nome verdadeiro. Um deles, pelo menos.

– O que você fazia, Garreth, antes de fazer o que quer que faça agora?

Ele parou para pensar.

– Esportes radicais. Com algum tempo no hospital, como consequência. Multas e um pouco de cadeia também. Construí adereços para filmes. Trabalhei neles como dublê também. E o que você fez entre "Difícil Ser Uma" e o que está fazendo agora? – Ergueu as sobrancelhas.

– Me dei mal no mercado de ações. Investi na loja de discos de uma amiga. O que você considera esportes "radicais"?

– BASE jumping, principalmente.

– Base?

– Sigla. B de building, prédio; A de antena; S de span, vão de ponte, arco ou domo e E de earth, terra de penhasco ou outra formação natural. BASE jumping.

– Qual a coisa mais alta de onde já pulou?

– Não posso contar. Senão você pode pesquisar.

– Não posso simplesmente buscar "Garreth" e "BASE jumping" no Google?

– Usei meu nome de BASE jumping. – Ele rasgou uma tira longa de um naan que parecia chamuscado, enrolou-a e usou-a para absorver o resto de tandoori e panir.

– Às vezes eu preferia ter usado meu nome de cantora de indie rock.

– Tito – apontando para o rapaz de preto – viu o seu pôster na St. Marks Place.

– "Tito" é o nome de BASE jumping dele?

– Talvez o único nome que ele tenha. Ele tem uma família muito grande, mas ainda não ouvi o sobrenome de nenhum deles. – Limpou a boca com uma toalha de papel. – Está pensando em ter filhos?

– Pensando em quê?

– Desculpe – disse ele. – Você está grávida?

– Não.

– O que acharia de se expor a certo nível de radiação? Um nível incerto. Não muito, na verdade. Provavelmente. Um pouco imprevisível, digamos. Mas tendendo a não ser muito ruim.

– Não está brincando, está?

– Não.

– Mas não sabe o nível?

– O mesmo de alguns raios X fortes. Isso se as coisas forem da melhor forma, o que esperamos que aconteça. Se houver um problema, no entanto, pode ser mais alto.

– Que tipo de problema?

– Problema complicado. E improvável.

– Por que está me perguntando isso?

– Porque ele – indicando o velho – quer que você vá junto e me veja fazendo o que vim aqui para fazer. Tem um grau de risco nisso, conforme descrevi.

– Você ficou surpreso que ele tenha me convidado?

– Na verdade, não – disse Garreth. – Ele vai inventando as coisas pelo caminho e tem acertado a maior parte das vezes até agora. É mais estranho quem você é do que ele ter convidado você, se entende o que quero dizer. Hollis Henry. Quem acreditaria nisso? Mas se ele quer que você vá, você é bem-vinda. Não pode me distrair nem entrar em histeria, mas ele disse que você não é do tipo. Eu também não diria que é. Mas tive que perguntar sobre o risco de radiação. Não ia querer ficar com isso na consciência, caso algo dê errado.

– Não terei que pular de nenhum lugar? – Ela se lembrou de Inchmale descrevendo a síndrome de Estocolmo, o apreço e a lealdade que uma pessoa era capaz de sentir pelo capturador mais brutal. Pensou se não estaria passando por algo assim. Inchmale achava que os Estados Unidos tinham desenvolvido síndrome de Estocolmo em relação ao seu próprio governo depois do 11 de setembro. Só que ela achava mais provável ter desenvolvido a síndrome em relação a Bigend que àqueles três ali. Toda a sua intuição lhe dizia que Bigend era um capturador

infinitamente mais assustador (sem considerar Bobby, claro, embora ele quase não parecesse mais ser um ator nessa história).
– De lugar nenhum – disse ele. – Nem eu.
Ela hesitou.
– Quando será?
– Hoje à noite.
– Já?
– Ao soar da meia-noite. Literalmente. Mas a montagem, no local, exige algum tempo. – Checou as horas. – Sairemos daqui às dez. Farei preparações de última hora, depois um pouco de ioga.

Ela olhou para ele. Nunca na vida, ela pensou, tivera a menor ideia de onde estaria indo no curto ou longo prazo. Ela esperava que o curto prazo possibilitasse uma preparação para o longo prazo, mas, por algum motivo, tudo estava sendo tão peculiar desde que entrara naquela sala que ela não tivera tempo para sentir medo.

– Diga a ele que estou dentro – disse ela. – Diga que aceito as condições. Vou com vocês.

72.

HORIZONTE DE EVENTOS

– Aquela jaqueta que colocamos em você, em Nova York, para o helicóptero – disse o velho, andando para o lado de Tito, que acabara de vestir um novo moletom preto de capuz que Garreth lhe dera.
– Está comigo – disse Tito.
– Use-a, sobre o moletom. Tome seu capacete. – Entregou a Tito um capacete amarelo. Tito provou-o, tirou, ajustou a faixa branca de plástico e vestiu-o de novo. – Deixe o capacete e a jaqueta quando estiver voltando, claro. E me dê aquela habilitação de Nova Jersey agora. Lembra seu nome?
– Ramone Alcin – disse Tito, tirando a habilitação da carteira e entregando ao velho.
O velho lhe passou um saco plástico transparente com um telefone, dois cartões de plástico e um par de luvas de látex.
– Nenhuma impressão digital nos contêineres, é claro, nem nos ímãs. Você ainda é Ramone Alcin. Habilitação de Alberta e cartão de cidadania. São apenas adereços, fantasias, e não documentos de verdade. Nenhum dos dois passaria por uma inspeção. O celular tem nossos dois números na discagem rápida.
Tito fez que sim.
– O homem que você vai encontrar no Princeton estará com um crachá, escrito Ramone Alcin, com sua foto. Ela também não seria aprovada numa inspeção, mas é preciso que você seja visto usando um crachá.

– O que é "Alberta"?

– Uma província. Estado. Do Canadá. O homem que vai encontrar, no Hotel Princeton, estará estacionado na Powell, a oeste do hotel, numa picape preta, grande, com a caçamba coberta. É um homem muito grande, pesado, com uma barba preta cheia. Ele vai pôr você na caçamba e dirigir até o terminal do contêiner. Ele trabalha lá. Se você for descoberto na picape, ele alegará que não o conhece, e você, que não conhece ele. Esperamos muito, é claro, que isso não aconteça. Agora vamos revisar os mapas de novo. Onde ele vai parar a caminhonete. Onde a pilha está. Se você for apreendido depois de posicionar os ímãs, desfaça-se do celular primeiro, depois dos cartões e do crachá. Fique confuso. Fale pouco inglês. Será embaraçoso para você, se isso acontecer, mas não terão como saber o que você acabou de fazer. Diga que estava procurando trabalho. Você será detido por invasão de propriedade e depois preso sob acusação de imigração ilegal. Faremos o que for possível. Assim como sua família, é claro. – Passou outro saco para Tito, com um maço de notas gastas. – Caso você saia, hoje à noite, mas não consiga entrar em contato conosco por qualquer motivo. Não apareça, nesse caso, e entre em contato com sua família. Você sabe como.

Tito fez que sim. O velho entendia o protocolo.

– Desculpe – disse Tito, em russo –, mas tenho que fazer uma pergunta a respeito do meu pai. Sobre a morte dele. Sei muito pouco além do fato de que levou um tiro. Acredito que talvez ele estivesse trabalhando para você.

O velho franziu a testa.

– Seu pai levou um tiro – disse, em espanhol. – O homem que atirou nele, um agente da DGI de Castro, estava delirante, paranoico. Acreditava que seu pai estava se comunicando diretamente com Castro. Na verdade, ele estava se comunicando comigo, mas isso não tinha nada a ver com as suspeitas do assassino, que eram infundadas. – Ele encarou Tito. – Se eu valorizasse menos a amizade do seu pai, poderia mentir para você agora, dizendo que a morte dele envolveu algum propósito superior. Mas ele era um homem que valorizava a verdade. O homem que atirou nele morreu numa briga de bar, pouco tempo depois, e nós supomos que esse foi um trabalho da DGI, que determinara, a essa altura, que ele era instável e nada confiável.

Tito pestanejou.

— Você não teve uma vida fácil, Tito. Tem a doença de sua mãe, também. Seus tios cuidam para que ela receba excelentes cuidados. Se eles não conseguissem, eu mesmo o faria.

TITO ajudou Garreth a carregar a mala Pelican até a van.

— Tudo nos pulsos — disse Garreth. — Não pode forçá-los hoje à noite, carregando esse troço.

— O que tem dentro? — perguntou Tito, ignorando o protocolo de propósito enquanto empurravam a caixa preta na traseira da van.

— Chumbo, principalmente — disse Garreth. — Quase um bloco sólido de chumbo, aí dentro.

O VELHO estava sentado com Bobby, falando tranquilamente com ele, acalmando-o. Tito ouvia. Bobby não mais o fazia lembrar sua mãe. O medo de Bobby estava em alguma outra frequência. Tito achou que ele escolhia permitir que o medo tomasse conta dele, atraindo-o, usando-o para fazer com que as coisas fossem culpa dos outros, e tentava controlar os outros com ele.

O medo da mãe de Tito, depois da queda das torres, havia sido uma ressonância profunda e constante, intocável, corroendo aos poucos as bases de quem ela havia sido.

Ele olhou para a claraboia escura e tentou sentir Nova York. Os caminhões sacudiam sobre o metal na Canal Street, disse a si mesmo. Trens passavam apitando, abaixo do pavimento, por um labirinto que sua família mapeara com extremo cuidado. E passara a dominar, de certa forma. Cada canto de cada plataforma, cada linha de visão, muitas chaves, armários, vestiários; um teatro para aparições e desaparições. Ele poderia ter desenhado mapas, anotado horários, mas agora se via incapaz de acreditar nisso. Como as vozes russas em sua TV de plasma da Sony, na parede do quarto que não era mais dele.

– Meu nome é Hollis – disse a mulher, estendendo a mão. – Garreth me disse que você se chama Tito.

Ela era bonita, essa mulher, de um modo simples. Olhando para ela agora, ele entendeu por que fariam pôsteres com ela.

– Você é amiga do Bobby? – ele perguntou.

– Não o conheço muito bem, na verdade – disse ela. – Conhece Garreth há muito tempo?

Tito olhou para Garreth, que varrera uma parte do chão, ficou só de cueca e camiseta pretas e estava fazendo asanas.

– Não – disse ele.

O VELHO estava sentado, lendo um site de notícias num dos computadores de Bobby.

Tito e Bobby carregaram as outras coisas para baixo. A longa caixa cinza, um carrinho dobrável de alumínio envolto em cordas elásticas, um tripé preto de fotógrafo e uma bolsa de lona pesada.

– Estamos indo agora – disse Garreth.

O velho apertou a mão de Tito, depois de Garreth. Depois estendeu a mão para a mulher.

– Fiquei satisfeito com nosso acordo, srta. Henry – disse a ela. Ela apertou sua mão, mas não disse nada.

Tito, enrolado da cintura até as axilas com quase dois metros de corda de escalada preta de náilon debaixo da jaqueta e do moletom, com os ímãs de terra rara dentro da parte da frente da calça, o respirador preto saindo do bolso lateral da jaqueta verde e o capacete amarelo debaixo do braço, desceu na frente.

TERRITÓRIO FANTASMA ■ 339

73.

FORÇAS ESPECIAIS

Ir para um lugar que ela nunca vira, à noite, numa van com dois homens e equipamentos, fez com que ela se lembrasse do início do Curfew, sem Heidi Hyde. Que sempre insistia em dirigir, e que era capaz de fazer todo o descarregamento sozinha, se fosse necessário.

Garreth dirigia agora. Perfeitos cinquenta quilômetros por hora, pelo reduzido trecho industrial. Paradas suaves, refletidas. Aceleração uniforme. Um motorista exemplar, sem dar nenhum motivo para ser parado.

Tito atrás, sentado o mais longe possível da mala preta de plástico. Os fones brancos do iPod nos ouvidos, balançando num ritmo que só ele ouvia. Parecendo estar em transe. Como uma criança numa sala de *chill-out*.

Por que o enrolaram com aquela corda preta? Devia ser desconfortável, mas ele não parecia desconfortável. Ela o vira praticar um truque com a corda, antes de ser enrolado com ela por Garreth e o velho. Ele amarrava a ponta rapidamente num cano vertical, puxava para apertar, depois se afastava e dava uma chicotada. O nó, apertado e firme quando ele puxava, desfazia-se de imediato quando chicoteava. Fez isso três vezes. Ela não conseguia acompanhar as mãos dele dando o nó. Ele já era bonito parado, quase feminino, mas quando se movia com propósito, ficava lindo. O que quer que fosse, ela sabia que era algo que ela não tinha. E que fora seu ponto fraco, no palco. Inchmale a mandara certa vez a um professor de expressão corporal, em Hackney, num esforço para mudar isso. O professor disse que a ensinaria a andar como homem e que isso a deixaria muito poderosa no palco. Ela o deixara satisfeito, no fim, mas nunca sequer cogitou tentar o movimento no palco. Na única demonstração que ela fizera para Inchmale, no entanto, depois de alguns drinques, ele disse que pagara muito caro para aprender a andar como Heidi.

Garreth virou à direita numa rua principal, no sentido leste. Lojas térreas, aluguel de carros, móveis de restaurante. Algumas quadras depois, virou à esquerda. Eles desceram uma ladeira, entrando no que um dia teria sido um bairro de casas de estrutura modesta. Algumas ainda estavam lá, mas sem iluminação, todas pintadas de uma única cor escura, nenhum adorno. Espaços reservados num jogo imobiliário, ao lado de pequenas fábricas, oficinas mecânicas, um fabricante de plástico. Terrenos com ervas daninhas que um dia foram gramados, velhas árvores frutíferas retorcidas. Nenhum pedestre nessa área, quase nenhum trânsito. Ele olhou para o relógio, parou o carro, apagou as luzes e desligou o motor.

– Como você se envolveu nisso? – ela perguntou, sem olhar para ele.

– Ouvi dizer que alguém estava procurando pessoas com um conjunto de habilidades bem inusitado – disse ele. – Eu tinha um amigo que fizera parte do SAS, também praticante de BASE. Pulamos juntos em Hong Kong. Ele foi procurado primeiro, na verdade, e não se interessou. Disse que ele era militar demais, não anticonvencional o suficiente. Ele me indicou, eu fui a Londres, e ele me levou à reunião. Não acreditei, mas ele estava usando gravata. Filho da mãe. Incrível. Depois soube que era a gravata do clube dele, a única que ele tinha. Clube das Forças Especiais. Foi para lá que nós fomos. Eu não fazia nem ideia de que existisse um.

– Como era? A gravata dele.

– Preta e cinza, listras finas diagonais. – Ela sentiu que ele a olhou de relance. – E ele, em pessoa, aguardando num recanto ao lado de uma sala de estar.

Ela sabia que ele se referia ao velho. Olhou para fora, sem ver nada.
— Ele nos apresentou e me deixou lá. Bule de café intragável. Café britânico tradicional. Eu tinha uma lista de perguntas preparada, mas não cheguei a usar. Só respondi às perguntas dele. Parecia uma estranha inversão de um roteiro de Kipling. Esse velho, esse americano, com um terno Savile Row que provavelmente comprou nos anos sessenta, me fazendo aquelas perguntas. Servindo café intragável. Totalmente à vontade nesse clube. Um enfeite minúsculo na lapela do paletó, a fita de uma medalha, do tamanho de um quadrado de ácido. — Balançou a cabeça. — Obcecado. Fiquei obcecado. — Sorrindo.
— Deve haver coisas que eu não deveria lhe perguntar — disse ela.
— Não. Só coisas que não posso responder.
— Por que ele está fazendo isso, o que quer que seja?
— Ele era da segurança nacional, governo americano. Carreirista. Aposentou-se alguns anos antes de 11 de setembro. Para ser franco, acho que ele ficou um pouco feral depois dos ataques. Espumando, na verdade. Não é uma boa ideia puxar o assunto com ele. Parece que ele tinha uma imensa rede de contatos. Amigos por todo lado. E muitos deles indignados também, pelo menos é a impressão que se tem ao ouvi-lo. Antigos espiões. A maioria aposentada, alguns não exatamente, outros logo forçados a sair porque não se conformavam com as decisões do grupo.
— Está querendo dizer que existem mais de um dele?
— Não, não mesmo. Acho mais fácil pensar nele como levemente afastado, de fato. Imagino que eles também pensem assim, embora não os impeça de prestar ajuda a ele, e financiá-lo. Incrível o que se pode fazer com algum dinheiro quando se tem carta branca. Ele é uma das pessoas mais astutas que já conheci, mas tem obsessões, assuntos que o deixam esquisito. Um deles, importante, é gente lucrando com a guerra no Iraque. Ele fica sabendo de coisas, coisas que certas pessoas fizeram. Através de contatos diversos, ouve coisas, junta as partes.
— Para quê?

– Para poder foder com essas pessoas, francamente. Foder com elas. Por completo. De todos os lados, se conseguir. Adora. Vive para isso.

– Quem são essas pessoas?

– Eu não sei. Ele diz que é melhor assim. Também diz que, até agora, nenhuma delas é alguém de quem eu tenha, normalmente, ouvido falar.

– Ele estava me contando coisas sobre lavagem de dinheiro, sobre o envio de quantias enormes de dinheiro para o Iraque.

– Verdade – disse ele, olhando para o relógio. Virou a chave, ligando a ignição. – Estamos enlouquecendo-os desta vez. Ele faz um jogo de gato e rato. – Sorriu. – Faz com que pensem que são o gato.

– Me parece que você se diverte.

– Sim. Me divirto mesmo. Tenho habilidades muito diversas e peculiares, e, em geral, nenhum lugar onde aplicar metade delas. Logo estarei velho demais para a maioria. Para dizer a verdade, é provável que já esteja. Principal motivo para termos nosso Tito aí atrás. Um peixe ensaboado, Tito. – Virou à direita, depois à esquerda, e eles estavam esperando o sinal abrir, virando à esquerda numa rua mais movimentada, com mais sinais. Ele pôs o braço para trás e bateu no encosto do próprio banco. – Tito! Prepare-se!

– Sim? – perguntou Tito, tirando os fones do iPod.

– Já dá para ver o hotel. Chegando. Passe pela moça, aqui, saia por esse lado. Ele estará estacionado logo depois do hotel, aguardando você.

– O.k. – disse Tito, enquanto a van reduzia a velocidade, enfiando os fones brancos de volta no capuz do casaco.

Naquele exato momento, ela pensou, ele parecia um garoto de quinze anos muito sério.

74.

CONFORME ORIENTAÇÃO

Milgrim estivera pensando em oferecer um Rize a Brown, quando viu o FI andando pela calçada. Eles iam no sentido leste da rua do Hotel Princeton, aproximando-se dele mais uma vez, mas, Milgrim supôs, seguindo para mais uma sessão de Wi-Fi, cortesia de CyndiNet. Esses lugares ficavam logo atrás dos trilhos. Milgrim imaginou que fosse possível ver, das janelas de trás, as pilhas de caixas iluminadas por holofotes. De algumas delas, até a caixa turquesa em particular que deixara Brown tão visivelmente estressado.

Ele sabia que não ia sugerir de fato que Brown experimentasse um Rize, mas acreditava que, naquele exato momento, provavelmente seria bom. Brown vinha murmurando, com frequência, e quando não fazia isso, Milgrim via os músculos do maxilar mexendo. Algumas vezes, raras, Milgrim dera tranquilizantes a civis, pessoas que não estavam habituadas. Embora apenas quando ele achava que estavam precisando seriamente, e se ele estivesse bem abastecido. Ele sempre explicava que tinha uma receita (costumava ter várias) e que essas drogas eram perfeitamente seguras, se usadas conforme a orientação. Ele só não entrava nos detalhes de quem ou do que estaria dando a orientação.

Milgrim nunca vira Brown tão tenso antes.

Brown entrara em sua vida uma semana antes do Natal, na Madison, com uma figura sólida presa pelo zíper na mesma jaqueta que usava esta noite. A mão em torno do braço de Milgrim. Mostrando algo num porta-distintivo preto.

– Você vem comigo. – E foi isso. Para dentro de um carro que poderia ter sido este, dirigido por um homem mais jovem que não sorria e usava uma gravata com o Pateta vestido de Papai Noel.

Duas semanas depois, ele estava sentado com Brown a uma mesa perto da janela naquela revistaria da Broadway, comendo sanduíches, quando o FI passou com um chapéu pork pie de couro preto.

E lá vinha ele de novo, o FI, desta vez com uma jaqueta verde brilhante, curta, um capacete amarelo de operário debaixo do braço. Meio como um Johnny Depp mais jovem, mas étnico, indo para o turno da noite do trabalho. Milgrim achou maravilhoso, por algum motivo. Uma sensação familiar.

– Olha o FI – disse ele, apontando.
– O quê? Onde?
– Ali. Jaqueta verde. É ele, não é?

Brown freou, espiando, virou o volante e acelerou o Taurus, forte, à esquerda, entrando no fluxo do trânsito próximo, mirando o FI.

Milgrim teve tempo de ver que a garota que gritava furiosamente no banco do passageiro do carro que freava de forma violenta na frente deles estava mostrando o dedo para eles.

Ele teve tempo de ver o rosto do FI registrando o Taurus, os olhos arregalados de espanto.

Teve tempo de notar a monotonia dos tijolos bege do Princeton Hotel.

Teve tempo de ver o FI fazer algo claramente impossível: voar, joelhos encolhidos, girando no ar, o Taurus e Milgrim passando diretamente pelo espaço que ele ocupava um instante antes. Depois o Taurus chocou-se contra algo que não era o FI, e uma coisa dura e pálida, como um brinquedo de berçário muito grande, cheio de concreto, materializou-se do nada, de alguma forma, entre Milgrim e o painel do carro.

O alarme do Taurus havia disparado.

Eles não estavam se movendo.

Ele olhou para baixo e viu algo no colo.

Pegou-o. Era um espelho retrovisor.

A coisa horrível, dura, pálida que machucara seu rosto estava murchando. Ele a cutucou com o retrovisor e disse:

– Airbag.

Olhou para a esquerda ao ouvir a porta de Brown abrir-se. O airbag de Brown, cheio, coroava a barra de direção como um aparelho sem nome, agourento, na vitrine de uma loja de produtos ortopédicos. Brown empurrou-o, débil porém feroz. De pé, oscilou, apoiando-se na porta aberta.

Milgrim ouviu uma sirene.

Ele olhou para o laptop de Brown, na bolsa de náilon entre os assentos. Viu sua mão abrir o zíper do bolso lateral, entrar, e sair com várias cartelas. Olhou para fora, acima do airbag vazio, e observou Brown, que parecia ter machucado a perna, pulando desajeitado até uma lata de lixo coberta, puxar a Glock de Skink da jaqueta e enfiá-la rapidamente sob a aba preta sustentada por mola. Pulou de volta até o carro, mais devagar e tomando mais cuidado, e inclinou-se sobre o capô misteriosamente enrugado. Seus olhos encontraram os de Milgrim. Gesticulou com pressa. Fora.

Milgrim lembrou sua mão, com ousadia distraída, de embolsar as cartelas.

A porta estava emperrada, mas depois pulou para fora, quase o derrubando na calçada. Um grupo saíra do Princeton. Bonés de beisebol e roupas à prova d'água. Cabelos como num show do Grateful Dead.

– Vem aqui – ordenou Brown, palmas das mãos apoiadas no capô, tentando tirar o peso da perna machucada.

Milgrim viu luzes piscando, aproximando-se, chegando rápido, descendo a ladeira, vindo do leste.

– Não – disse ele – desculpa –, e virou as costas, andando para oeste o mais rápido que pôde. Esperando a mão, qualquer mão, em seu ombro ou braço.

Ouviu a sirene parar no meio do grito. Viu o giro de luzes vermelhas vindo de trás dele, projetado na calçada, animando sua sombra. Sua mão, no bolso do casaco Jos. A. Banks, decidiu tirar um Rize da cartela. Ele não aprovou totalmente, mas teve de engolir a seco, já que não gostava de comprimidos soltos. Viu as linhas pintadas de uma faixa de pedestres, assim que o sinal mudou, e atravessou com o olhar fixo no pequeno pictograma iluminado e elegante do outro lado. Subiu uma ladeira, em seguida, numa relativa escuridão, o alarme do Taurus ferido desaparecendo atrás dele.

– Desculpa – disse ele, para as casas altas que sobressaíam entre cortiços, enquanto sua mão ocupada e astuta batia em seus bolsos como se ele fosse um bêbado ambulante que ela acabara de encontrar. Fazendo levantamento. O Rize. Carteira nova, vazia. Escova de dentes. Barbeador de plástico num pedaço de papel higiênico. Ele parou, virou, olhando para trás, para a descida que ia dar na rua em que Brown tentara matar o FI. Desejou estar no Best Western de novo, olhando para o teto texturizado. Um filme antigo na TV, o volume baixo, só o mínimo de movimento no canto do campo de visão. Meio como ter um animal de estimação.

Ele continuou andando, sentindo o olhar desconfiado e morto das velhas casas. Oprimido pela escuridão, pelo silêncio, pelo fantasma de um ambiente doméstico há muito desaparecido.

Em seguida, porém, surgiram os andares mais altos de outra rua, como se saídos do nada, um outro mundo, melhor, com toda a vívida gravidade de uma grande alucinação. Como se brilhassem de dentro para fora, a placa de uma tabacaria decorada com folhas de ouro. Ao lado dela, uma mercearia. Mais. O bairro de casas sombrias reconstituindo a si mesmo em sua inocência, diante dele, em seu momento mais secreto.

Então ele viu uma câmera mergulhar e virar de repente, na ponta de um braço de metal suspenso, recolhendo a visão luminosa como uma concha, e soube que se tratava de um cenário, construído, agora ele entendia, dentro da ruína negra e invisível de uma fundição destruída.

– Desculpa – ele disse, e seguiu andando, passando por caminhões de fornecedores e garotas de walkie-talkie, e seu tornozelo começava a coçar. Ele se curvou para coçar e encontrou cento e cinquenta dólares canadenses enfiados na meia, remanescentes da expedição da Glock. Mas, melhor ainda, na outra mão, que não era astuta, ele descobriu o livro. Endireitando-se, ele o pressionou contra o rosto, tomado de gratidão por ainda tê-lo. Dentro dele, depois da capa mole e gasta, viviam paisagens, figuras. Heresiarcas barbados com túnicas de joias reluzentes, costuradas com trapos de camponeses. Árvores como gigantescos galhos mortos.

Ele se virou e olhou para o brilho preciso e sobrenatural do set de filmagem.

Ele tinha certeza de que Brown não estaria mais lá e estaria se explicando para a polícia. O Princeton Hotel teria um sanduíche e uma Coca, que renderiam o troco necessário para um ônibus, ou mesmo um táxi. Então ele encontraria seu caminho para o oeste, para o âmago do centro da cidade, abrigo, e, talvez, um plano.

– Quintin – disse ele, voltando ladeira abaixo, na direção do Princeton. Quintin fora um alfaiate. A encarnação dos Libertinos Espirituais. Queimado por seduzir damas respeitáveis de Tournai em 1547.

A história era esquisita, pensou Milgrim. Profundamente.

Acenando com a cabeça, ao passar por elas, para as garotas com os walkie-talkies atrevidos presos à cintura. Beldades de um domínio que Quintin talvez tivesse reconhecido.

75.

EI, COLEGA

Oxóssi, batedor e caçador, entrara em Tito no meio do salto mortal para trás. Ele ouvira o carro cinza acertar o poste de luz quando seus Adidas pretos encontraram a calçada, confundindo causa e efeito. O orixá impulsionou-o de imediato para a frente, depois, como uma criança movimentando um boneco, fez fantoches de seus membros. Oxóssi estava imenso em sua cabeça, uma bolha em expansão que o forçava contra o interior do crânio. Ele quis gritar, mas Oxóssi prendeu sua garganta com dedos de madeira fria e úmida.

– Colega – ele ouviu alguém dizer. – Ei, colega, tudo bem? – Oxóssi fez com que ele passasse pela voz, com o coração martelando dentro da caixa torácica envolta pela corda como um pássaro enlouquecido.

Um homem barbado, que lembrava um urso, com roupas escuras e pesadas, ao ver a batida, subia na cabine de uma caminhonete enorme. Tito bateu com a palma da mão na cobertura plana e preta de fibra de vidro da carroceria. Fez um estrondo oco.

– Que porra é essa? – gritou o homem, esticando o pescoço para fora da porta aberta.

– Você está aqui para mim – disse Oxóssi, e Tito viu os olhos arregalados do homem acima da barba preta. – Abra isto.

O homem correu para a traseira, com uma estranha palidez no rosto, e arrancou a amarração da capa. Ela se abriu, e Tito entrou, deixando cair o capacete ao colidir contra uma grande folha imaculada de papelão. Ouviu uma sirene.

Algo bateu em sua mão. Plástico amarelo, preso a um fio amarelo. Um crachá. A capa de fibra de vidro desceu com um estrondo, e Oxóssi se foi. Tito gemeu, lutando contra a vontade de vomitar.

Ele ouviu a porta da caminhonete bater, o motor roncar, e, em seguida, estavam acelerando.

O homem que o seguira na Union Square. Um dos dois atrás dele, lá. O homem estava ali, e acabara de tentar matá-lo.

Suas costelas doíam, dentro da corda cruelmente amarrada. Ele tirou o celular do bolso da calça jeans e abriu-o, contente com a luz da tela. Ligou para o primeiro dos dois números na discagem rápida.

– Sim? – o velho.

– Um dos homens que estavam atrás de mim na Union Square.

– Aqui?

– Ele tentou me acertar, com o carro, na frente do hotel. Bateu num poste. A polícia está chegando.

– Onde ele está?

– Não sei.

– Onde você está?

– Na caminhonete do seu amigo.

– Está ferido?

– Acho que não.

O sinal chiou, diminuiu. Foi embora.

Tito usou a luz do celular para olhar para a caçamba da caminhonete, que estava vazia, fora o capacete e o crachá de moldura amarela. Ramone Alcin. A fotografia parecia qualquer pessoa. Ele passou o fio sobre a cabeça, fechou o telefone e se deitou de costas.

Ficou deitado, desacelerando a respiração, depois verificou o corpo, alongando-se de forma minuciosa, checando se havia distensões ou outros danos. Como é que o homem da Union Square poderia tê-lo seguido até ali? Olhar terrível, através do para-brisa do carro cinza. Pela primeira vez, ele vira a morte se aproximar, nos olhos de outra pessoa. A morte do seu pai, nas mãos de um homem louco, o velho dissera.

A caminhonete parou, aguardando ao sinal, depois virou à esquerda.

Tito pôs o celular para vibrar. E de volta no bolso lateral da calça.

A caminhonete reduziu a velocidade, parou. Ele ouviu vozes.

Depois seguiram, sob sacolejos e rangidos metálicos.

76.

FILMAGEM NA LOCAÇÃO

Depois de deixar Tito e seguir em frente, não muito adiante nessa faixa de oficinas mecânicas baixas e produtos náuticos, Garreth virou à direita, entrando no estacionamento do que parecia ser um prédio muito mais alto, construído numa escala totalmente diferente. Atrás dele, eles pararam atrás de um par de caçambas novíssimo e de uma fileira de latas de lixo reciclável. Ela viu que as caçambas estavam cobertas de cópias de silk-screen borrados de imagens fotográficas. Ela sentiu cheiro de design gráfico.

– Somos pesquisadores de locação – disse ele, tirando uma placa laranja de papelão, escrito PRODUÇÃO, dentre os bancos e colocando-a sobre o painel.

– Que filme?

– Sem título – disse ele –, mas o orçamento não é muito ruim. Nem para os padrões de Hollywood. – Saiu, então ela fez o mesmo.

E ficou estupefata ao descobrir a vastidão do porto, fortemente iluminada por holofotes, bem ali, depois de quatro metros de grade e de alguns trilhos de trem. A iluminação era como a de um campo de futebol, mas mais alta. Uma luz do dia terrivelmente artificial. Fileiras elevadas de cilindros de concreto, unidos com fluidez, como esculturas abstratas. Armazenamento de grãos, ela supôs. Um outro escultor, muito mais high-tech, empregara enormes tanques pretos de aparência estranhamente efêmera, um dos quais fumegava, como um caldeirão, no ar frio. Depois deles, e muito mais altos, estavam os guindastes construtivistas do Titanic que ela avistara no caminho. Entre os trilhos e essas esculturas em grande escala, havia figuras geométricas sem janelas de metal ondulado e uma enorme quantidade de contêineres de transporte, empilhados como os blocos de uma criança com uma capacidade de organização atípica. Ela imaginou o contêiner de wireframe de Bobby suspenso acima daquilo tudo, invisível, como o River de Alberto, caído na calçada abaixo do Viper Room.

Esse lugar gerava ruído branco, ela supôs, numa escala de uma vastidão desconcertante. Ambientes de ferro, percebido de modo intuitivo. Um dia ali e não se notava mais.

Ela se virou e olhou para o prédio atrás do qual ele parara, espantando-se mais uma vez com a dimensão. Oito andares altos, a área ocupada ampla e profunda o suficiente para permitir que a massa fosse vista como um cubo. A dimensão de prédios industriais mais antigos de Chicago, estranho ali.

– Espaço para morar e trabalhar – disse ele, abrindo as portas traseiras da van. – Locação de estúdios. – Tirou a dolly envolta em corda de bungee jump, soltou os ganchos, desenrolou-a e estendeu. Depois, a longa caixa cinza, que ele colocou com cuidado no pavimento, ao lado da dolly. Seus movimentos não eram rápidos demais, ela pensou, só o mais rápido possível sem que fossem rápidos demais. – Se importaria de carregar este tripé e a bolsa? – Ele pegou a mala preta com firmeza, soltando um leve gemido ao virar-se com ela e baixá-la sobre a dolly. Pôs a caixa cinza sobre ela, inclinada na direção da alça estendida, e começou a prender tudo com a corda.

– O que tem dentro? – ela perguntou, referindo-se à bolsa de náilon, enquanto puxava o tripé dobrado e o colocava debaixo do braço.

– Um telescópio portátil. E um avental.

Ela pegou-a pelas alças de lona.

– Avental pesado.

Ele fechou e trancou as portas traseiras da van, curvou-se para pegar a alça da dolly.

Ela olhou para trás, para as pilhas de contêineres, pensando na história de piratas de Bigend. Algumas estavam próximas o suficiente para ler os nomes das empresas. YANG MING. CONTSHIP.

Ele arrastou a dolly por uma subida, até uma porta dupla que a fez lembrar-se da fábrica de Bobby. Ela o seguiu, a bolsa de lona pesada batendo no joelho, enquanto ele usava uma chave dentre muitas de um chaveiro para abrir uma das portas.

A porta se fechou depois que ela entrou, e se trancou. Piso de cerâmica marrom, paredes brancas recém-pintadas, boas instalações de luz. Ele virava outra chave, desta vez no painel de um elevador de aço. Apertou um botão, que acendeu. Amplas portas esmaltadas se abriram com um solavanco, revelando um elevador do tamanho de uma sala, com paredes de compensado irregular e sem pintura.

— Isso é que é elevador de carga – disse ele, em tom de aprovação, puxando a dolly para dentro, com as caixas pretas e cinza amarradas com cordas pretas. Ela pôs a bolsa de lona no chão manchado de tinta, ao lado das caixas. Ele apertou um botão. As portas se fecharam, e eles começaram a subir.

— Eu adorava o Curfew quando estava na faculdade – disse ele. – Quer dizer, ainda adoro, mas você entendeu.

— Obrigada – disse ela.

— Por que vocês terminaram?

— Bandas são como casamentos. Ou talvez só as boas sejam. Difícil saber por que as boas dão certo, quanto mais por que as ruins deixam de funcionar.

O elevador parou, as portas se abrindo e revelando mais tijolo marrom. Ela o seguiu por um corredor branco.

— Já esteve aqui antes? – ela perguntou.

— Não. – Ele parou a dolly ao lado de uma porta e pegou as chaves. – Enviei uma amiga para negociar o aluguel de uma noite. Ela trabalha em produção de cinema aqui, sabe o que dizer. Estão achando que estamos avaliando o local para uma filmagem noturna, checando ângulos, então, fique de dedos cruzados. – Ele abriu a porta e puxou a dolly para dentro. Ela o seguiu. Ele achou um interruptor de luz.

Um espaço alto, branco, parcialmente elevado, iluminado por lâmpadas halógenas penduradas como pregadores de roupa de aço inoxidável em cabos altos e esticados. Alguém trabalhava com vidro ali, ela viu. Imensas placas de vidro com bordas verdes, da espessura de um punho, algumas do tamanho de portas, dispostas em prateleiras, como CDs, em estruturas acolchoadas e esfarrapadas de canos galvanizados, foscos. Havia tubos de alumínio corrugado, filtros HEPA, exaustores. A ideia de morar e trabalhar no mesmo lugar não parecia tão atraente quando o trabalho envolvia vidro moído. Ela pôs a bolsa pesada sobre uma bancada, apoiou o tripé na lateral e coçou as costelas, sob a jaqueta, pensando em vidro moído.

– Com licença – disse ele, pegando o tripé –, que eu vou brincar de diretor de fotografia. – Foi até uma janela ampla, com mainel de aço, e montou o tripé rapidamente. – Você poderia abrir a bolsa, por favor, e trazer o telescópio? – Ela o fez, encontrando um telescópio cinza e atarracado sobre dobras macias e espessas de plástico azul-claro. Ela levou-o até ele e o viu montar o telescópio no tripé, tirar as tampas pretas das lentes e olhar através do aparelho, fazendo ajustes. Ele assobiou. – Ai. Não. Merda. – Assobiou. – Desculpe.

– O quê?

– Quase me ferrei, por muito pouco. Pela ponta daquele telhado ali. Olha.

Ela olhou pelo telescópio.

O contêiner turquesa parecia flutuar, logo acima de um telhado inclinado de metal de um prédio sem janelas. Ela supôs que ele estivesse empilhado sobre outros, do jeito que eles faziam aquilo.

– Puta falta de sorte se esse telhado tivesse trinta centímetros a mais – disse ele. – Não fazíamos ideia disso. – Estava curvado sobre a dolly, tirando os ganchos das cordas. Levou a caixa longa até a bancada e baixou-a com cuidado, ao lado da bolsa de lona. Voltou à dolly, que agora estava deitada no chão, com a mala preta em cima. Ajoelhou-se e pegou algo amarelo, do tamanho de um iPod, no bolso da jaqueta. Segurou-o perto da mala, apertou algo, aproximou-o mais, olhando um visor.

– O que é isso?
– Dosímetro. Russo. Excedente. Valor excelente.
– O que acabou de fazer?
– Contagem de radiação. Tudo bem. – Ele sorriu para ela, ajoelhado.

Ela sentiu um constrangimento súbito ao vê-lo. Olhou à sua volta e notou uma lona branca com um zíper, presa com fitas de modo a isolar a parte que ficava abaixo do loft. Fingindo interesse nisso, ela foi até a lona e abriu parte do zíper branco de náilon, uma aba de dois metros que se curvava para o lado, perto da base. Ela enfiou a cabeça.

Dentro da vida de outra pessoa. De uma mulher. Os conteúdos de um apartamento pequeno tinham sido aglomerados naquele espaço. Cama, cômoda, malas, estantes, roupas pendendo de uma haste com molas. A infância de alguém a encarava de uma prateleira, pelúcia sintética estofada. Um copo de papel com tampa do Starbucks no canto da cômoda da Ikea. A luz, através da lona branca, era difusa e leitosa. Ela sentiu uma culpa repentina. Retirou a cabeça, fechou o zíper.

Ele abrira a longa caixa cinza.

Ela continha um rifle. Ou a versão surrealista de um rifle. O cabo, de madeira de lei com delirante granulação tropical, era biomórfico, absurdo de alguma forma, como se tivesse saído de uma paisagem de Max Ernst. O tambor do cilindro, que ela supôs ser de aço azul, como as outras peças de metal, era encaixado num tubo longo de liga cinza e lustrosa que a fez lembrar de utensílios de cozinha caros da Europa. Como um rolo de massa da Cuisinart. Ainda assim, porém, muito inegavelmente um rifle, com mira e mais alguma coisa pendurada ao cano estilo Cuisinart.

Ele abria uma pequena bolsa preta de pano que parecia ter uma estrutura interna de plástico.

– O que é isso? – ela perguntou.
– Recolhe os cartuchos que são ejetados – disse ele.
– Não – disse ela –, isso – apontando para a arma.
– Calibre trinta. Cano com curva de dez e ranhura de quatro.
– Ele me disse que você não ia matar ninguém. – Atrás dele, pela janela, ela viu os tanques pretos opacos, de aparência tão estranhamente frágil, com nuvens irregulares de vapor. O que aconteceria se ele atirasse neles?

O celular dela tocou.

Afastando-se dele, ela remexeu na bolsa e tirou o celular com o embaralhador pendurado na ponta do cabo.

– Hollis Henry.
– Ollie está aí na frente – disse Bigend.

Garreth olhava fixamente para ela, ainda segurando o saco preto de cartuchos, como um equipamento fúnebre e esotérico de estilo vitoriano.

Ela abriu a boca para falar, mas não saiu nada.

– Nós a perdemos de vista logo depois que saiu do carro – disse Bigend. – Ainda está onde você deixou. Depois você voltou, seguindo para norte na Clark. Está segura?

Garreth inclinou a cabeça, ergueu as sobrancelhas.

Ela olhou para o embaralhador pendurado, percebendo que devia ter outras unidades de GPS de Pamela nele. Sacanagem.

– Estou bem – ela disse. – Ollie, no entanto, não vai ajudar nada.
– Devo mandá-lo voltar?
– Tenha certeza disso. Se não o fizer, rompemos o acordo.
– Feito – disse ele, e desligou.

Ela fechou o telefone.

– Trabalho – disse ela.
– Eles não poderiam ter entrado em contato com você antes – disse ele. – Liguei um neutralizador quando subi com você. Você poderia estar usando uma escuta. Deixei ligado até você aceitar o nosso acordo.

Deveria ter avisado antes, mas só consigo pensar numa coisa de cada vez. – Apontando para o rifle no ninho de espuma cinza.
– O que pretende fazer com isso, Garreth? Acho que está na hora de me contar.
Ele pegou a arma. Ela parecia fluir em torno das mãos, com o polegar aparecendo através de um buraco esculpido de modo fluido.
– Nove tiros – disse ele. – Sistema de ferrolho. Um minuto. Espaçada de modo uniforme ao longo de doze metros de aço patinável. Trinta centímetros acima da base do contêiner. Essa medida remove uma estrutura interior, que não conseguimos penetrar. – Consultou o relógio. – Mas, olha, você pode me ver fazendo. Não consigo preparar e explicar ao mesmo tempo, não com detalhes. Ele disse a verdade, sabia? Não vamos ferir ninguém. – Prendendo o saco preto ao rifle. Apoiou-o na espuma cinza. – Hora de colocarmos o avental em você – disse ele, pondo a mão dentro da sacola de lona e tirando dobras espessas de plástico azul-claro. Elas se abriram e atingiram a extensão total.
– O que é isso?
– Avental de radiologista – disse ele, colocando uma alça acolchoada azul sobre a cabeça dela e indo para trás dela, onde ela o ouviu abrir e fechar o velcro. Hollis olhou para baixo e viu o tubo azul e sem peito em que seu corpo se transformara, e entendeu por que a bolsa estava tão pesada.
– Você não vai usar um?
– Eu – disse ele, pegando algo muito menor na bolsa – vou me virar com esta borboleta. – Prendeu a coisa na nuca, com a parte principal abaixo do queixo. – Proteção da tireoide. Aliás, se importa de desligar o toque do seu celular?
Ela apanhou o telefone e desligou.
Ele envolvia o tubo grosso do rifle com uma jaqueta de náilon preta. Ela olhou mais de perto e viu as voltas da rede de náilon. Ele olhou para o relógio. Verificou o dosímetro mais uma vez, desta vez, parado no centro do estúdio. Foi até a janela de esquadria de ferro. Ela

era dividida em cinco painéis, mas somente os das pontas abriam, ela notou. Ele abriu o mais próximo do canto do recinto. Ela sentiu uma brisa fria, misturada a algo que cheirava a eletricidade.

– Três minutos – disse ele. – Já.

Ele se ajoelhou ao lado da mala preta de plástico e a abriu. Tirou uma placa de chumbo cinza-opaco, de oito centímetros, e pôs no chão. Havia nove furos do bloco de chumbo que ocupava a mala. Uma fileira de cinco, outra de quatro. Alguma coisa enrolada em algo que parecia filme plástico saía de cada um dos buracos. Ele foi tirando um após o outro, com a mão esquerda, quatro cartuchos sem aro envoltos em filme plástico, e colocando-os na palma da mão direita. Ele se levantou, segurando-os com cuidado, e foi rápido até a bancada, onde os baixou com um tinido abafado de latão sobre a espuma cinza. Desembrulhou-os, depositando cada um deles num nicho preto de náilon, da maneira que os bandidos mexicanos usavam balas de revólver no peito em desenhos animados. Olhou para o relógio.

– Um minuto. Para a meia-noite.

Pegou o rifle e apontou para a parede. O polegar se moveu. Um intenso ponto de luz vermelha apareceu na parede e desapareceu.

– Você vai atirar no contêiner.

Um grunhido afirmativo.

– O que tem nele?

Ele foi até a janela, segurando o rifle à cintura. Olhou para trás, para ela, o protetor de tireoide azul parecendo uma gola rolê esquisita.

– Cem milhões de dólares. Num conjunto de paletes falsos pelo chão. Cerca de trinta e cinco centímetros de profundidade. Pouco mais de uma tonelada de notas de cem dólares.

– Mas por quê, por que vão atirar nele?

– Winchester Silvertips. Ocos. – Ele abriu a culatra, extraiu um cartucho de um compartimento de náilon e encaixou-o. Dentro de cada um, uma cápsula de braquiterapia. Terapia para câncer, localiza o efeito no tecido maligno, preserva as saudáveis. – Olhou para o relógio. – Eles pré-plantam tubos, inserem as cápsulas. Isótopos altamente radioativos. – Ele ergueu o rifle ao ombro, agora com o cano para fora da janela, de costas para ela. – Tem césio nisso – ela o ouviu dizer.

Então uma sirene ou campainha elétrica começou a soar, no porto, e ele estava atirando, ejetando, recarregando, atirando de novo, num ritmo suave e mecânico, até os nichos pretos ficarem vazios, e a campainha, como se por uma mágica solidária, cessou.

77.

CORDA BAMBA

Os Guerreiros não estavam esperando por ele quando ele saiu da caçamba escura da caminhonete, pestanejando sob a luz solar artificial. Em vez deles, ele descobriu Oxum, calma e dócil entre o ruído e o ferro, centenas de motores, a movimentação de grandes pesos.

Ela lhe emprestou uma desinibição que ele não teria sentido depois de encontrar o louco do carro cinza e, muito de repente, Oxóssi.

Parado de um lado de uma passagem movimentada entre contêineres empilhados, ele deixou a corda preta se desenrolar das costelas, balançando de leve para dar impulso. Quando ela estava a seus pés, ele pegou uma ponta, enrolou-a e pendurou no ombro. Certificando-se de que o crachá estivesse visível, pegou duas latas de tinta lacradas, quase vazias, de um amontoado de coisas semelhantes e seguiu andando, lembrando-se de caminhar um pouco mais rápido, de modo mais decidido, que os homens à sua volta. Ele desviou de veículos especializados, empilhadeiras e de uma perua de primeiros socorros.

Quando julgou ter ido até onde deveria, deu a volta numa pilha de contêineres e retornou, ainda andando rápido, um homem cuja tinta estava sendo esperada e que sabia exatamente aonde estava indo.

Assim ele fez, estando a cinco metros da pilha coroada pelo contêiner do velho quando as campainhas e sirenes soaram, indicando o início do turno da meia-noite. Ao olhar para cima, ele notou uma perturbação no ar, descendo rapidamente pela extensão do contêiner turquesa. Lembrou-se dos Guerreros distorcendo o ar na Union Square, mas eles não estavam ali.

Ele colocou as latas de tinta de lado, onde não estariam no meio do caminho de ninguém, tirou luvas de látex do bolso, vestiu-as e foi até o fim da pilha de três contêineres. Estavam empilhados com as portas para o mesmo lado, como informaram a ele que estariam. Puxou o respirador preto do bolso da jaqueta e tirou-o do saco. Enfiou o saco no bolso e tirou o capacete, vestindo o respirador e ajustando-o, para tornar a vestir o capacete. Nenhuma dessas coisas era especialmente boa para a corda bamba, ele pensou, mas Oxum estava aceitando. Ele deu passagem para uma empilhadeira, acenando com a cabeça.

As portas dos contêineres estavam trancadas com varas de aço verticais, articuladas, com etiquetas de metal e plástico colorido. Ele retirou o retângulo de plástico da frente da calça jeans, puxou a corda de paraquedas por cima do capacete e escalou as três varas das portas, as solas das botas Adidas GSG9 aderindo com facilidade ao aço pintado das portas. Ele subiu, conforme Oxum sugeriu, como se estivesse feliz em fazê-lo, sem nenhum outro propósito em mente senão provar que era capaz.

Sua respiração estava alta dentro do respirador preto. Ele a ignorou. Ao chegar ao topo escorregadio pela umidade, subiu no contêiner turquesa e avançou para o meio, para longe da beirada.

Agachou-se ali, subitamente consciente de algo que não sabia nomear. A deusa, o barulho do porto, o velho, os dez discos pintados que pendiam de seu pescoço como selos em branco. Algo estava prestes a mudar. No mundo, em sua vida, ele não sabia. Fechou os olhos. Viu o vaso azul brilhando de modo suave, onde ele o havia escondido, no telhado do seu prédio.

Aceite isso.

Aceito, ele disse a ela.

Agachado, ele foi até a outra ponta do contêiner. Em cada canto, como Garreth explicara, havia uma argola, uma espécie de alça, pela qual aquelas caixas podiam ser presas umas às outras. Ele passou uma ponta da corda pela alça do lado mais distante do oceano que ele não era capaz de ver. Ele foi até o lado oposto, passando a corda e amarrando a outra ponta. A corda preta deslizou para fora do teto do contêiner, com as duas pontas amarradas. Ele olhou para a corda bamba, onde ela pendia contra a lateral do contêiner azul. Ele esperou ter avaliado corretamente a resiliência do náilon. Era uma corda boa, corda de alpinismo.

Aceito, ele disse a Oxum, e deslizou corda abaixo, reduzindo a velocidade da descida com as laterais dos Adidas.

Devagar, com as palmas enluvadas contra o aço pintado, ele ficou de pé sobre a corda, com os joelhos levemente flexionados. Entre os dedos dos sapatos pretos, concerto. Diretamente na frente do seu rosto estava o primeiro dos orifícios das balas de Garreth. O aço ao redor do buraco estava descoberto, com extremidades brilhantes. Ele puxou o primeiro dos ímãs de sua cavidade de plástico e colocou-o sobre o buraco. O ímã se uniu ao contêiner com um clique agudo, prendendo uma dobra da luva de látex. Ele liberou a mão com cuidado, rasgando a luva, e arrancou o pedaço que ficou pendurado. Moveu o pé esquerdo, a mão esquerda, o pé direito, a mão direita. Cobriu o segundo buraco, desta vez com cuidado para não prender a luva. Uma empilhadeira passou abaixo dele.

Ele se lembrou de quando levou o primeiro iPod ao velho, na Washington Square, preto das mesas de xadrez. Neve. Agora ele via como isso mudara as coisas e o levara até ali. Ele cobriu o terceiro buraco. Seguiu adiante. Lembrou-se de quando tomou sopa com Alejandro. O quarto disco entrou no lugar com um clique. Ele seguiu. Cinco. Três homens passaram andando, abaixo dele, capacetes como botões redondos de plástico, dois vermelhos, um azul. Ele ficou parado com as palmas apoiadas no aço frio. Seis. Lembrou-se de quando correu com os Guerreros pela Union Square. O sétimo e o oitavo estavam a menos de trinta centímetros um do outro. Clique e clique. Nove.

Ele subiu de volta, pés encostados na parede azul. Desfez o nó daquela ponta e soltou a corda. Andou até o outro lado, onde ela pendia reta e enrolava no concreto abaixo, e desceu. Puxou o respirador quente para baixo, tragou o ar frio não filtrado e soltou o segundo nó com uma chicotada. A corda caiu nos braços dele, ele a enrolou rapidamente e saiu andando.

Fora do campo de visão do contêiner do velho, ele jogou dentro de uma caçamba de lixo a corda, o respirador e o saco em que ele viera. Deixou as luvas rasgadas no para-lama de uma empilhadeira. A jaqueta verde foi para dentro de um saco de cimento vazio e para outra caçamba.

Ele puxou o capuz do casaco de moletom preto e vestiu o capacete. Oxum não estava mais lá. Agora ele precisava sair dali.

Ele viu uma locomotiva a diesel passar lentamente, cem metros à sua frente, pintada com diagonais pretas e brancas. Ela puxava vagões de carga, cada um com um contêiner.

Ele seguiu andando.

ELE ESTAVA quase fora, quando o helicóptero apareceu do nada, varrendo os trilhos com sua bolha de luz insana de tão forte. Ele levara apenas dez minutos, tentando encontrar um caminho pelas espinheiras, depois de pular do trem. Ele julgara estar bem próximo, com tempo de sobra. E agora estava ali, calça jeans presa no arame, em cima da cerca de quase dois metros, feito uma criança, sem nenhum *systema*. Viu o helicóptero subir balançando e seguir para onde o mar devia estar. Ainda virando. Voltando. Ele se jogou para fora da cerca e sentiu o jeans rasgar.

– Cara – disse alguém –, você tem que saber que tem detector de movimento aqui.

– Voltando – disse outro garoto, apontando.

Tito ficou de pé e se preparou para correr. De repente, o parque estreito passou a uma incandescência trêmula, aparentemente sem sombras, o helicóptero acima das novas folhas e verdes. Tito e outros três, no centro do feixe. Dois deles apoiavam um piano elétrico de tamanho padrão no encosto de um banco, mostrando o dedo do meio para o helicóptero com as mãos que estavam livres. O outro, sorridente, estava com um cachorro branco com ombros de lobo numa guia vermelha.

– Sou Igor, cara.

– Ramone. – Quando a luz apagou.

– Quer ajudar na mudança, cara? Temos um novo espaço para praticar. Cerveja.

– Claro – disse Tito, sabendo que tinha de sair da rua.

– Toca alguma coisa? – perguntou Igor.

– Teclado.

O cachorro branco lambeu a mão de Tito.

– Maravilha – disse Igor.

78.

O BATERISTA DIFERENTE

– Minha bolsa – ela disse, enquanto eles voltavam para a casa de Bobby. – Não está lá atrás. – Esticando o pescoço dos lados do banco.
– Tem certeza de que não entregou aos faxineiros?
– Não. Estava bem ali, ao lado do tripé. – Garreth queria dar o tripé à amiga que arranjara o estúdio para eles. Era bom, ele dissera, e a amiga era fotógrafa. Todo o resto fora passado para os "faxineiros" dele, que aguardavam no estacionamento, dois homens numa picape manchada de cimento, que estavam sendo pagos para garantir que tudo entrasse na fundação de um depósito que eles iam fazer naquela madrugada.
– Desculpa – disse ele –, mas não podemos voltar mesmo.
Ela pensou no embaralhador de Bigend, que ela não se importava nem um pouco de perder. Mas depois se lembrou do dinheiro de Jimmy. – Merda. – Mas em seguida, estranhamente, ela descobriu que estava feliz em eliminar isso também. Havia algo opressor nesse dinheiro, errado. Além do celular, do embaralhador, das chaves dos Phaeton e do apartamento, da habilitação e do seu único cartão de crédito, havia apenas maquiagens, uma lanterna e balas de menta. O passaporte, ela se lembrou agora, estava no apartamento.
– Eles devem ter pegado por engano – disse ele. – Mas a transação era rigorosamente sem volta. Sinto muito.
Ela pensou em falar a ele do localizador GPS, mas decidiu não falar.
– Não se preocupe com isso.

– As chaves do carro estavam na bolsa? – ele perguntou, quando saíram da Clark.

– Sim. Estacionei mais adiante, perto da esquina, aqui, atrás de uma caçamba, pouco antes do seu... beco. – Ela acabara de ver um vulto alto, de preto, saindo de um pequeno carro azul estacionado atrás do volume opalescente do Phaeton da Blue Ant.

– Quem é aquela?

– Heidi – disse ela. Quando ele passou pelo carro azul e pelo Phaeton, ela viu Inchmale endireitando-se do outro lado, barbado e mais calvo do que ela se lembrava. – E Inchmale.

– Reg Inchmale? Sério?

– Depois do beco – disse ela –, pare aqui.

Ele parou.

– O que está havendo?

– Não sei, mas é melhor eu tirá-los daqui. Não sei o que você ainda tem que fazer, mas aposto que tem alguma coisa. Vou pedir para eles me resgatarem. Acho que é provável que estejam aqui para isso.

– Na verdade – disse ele –, é uma boa ideia.

– Como volto a entrar em contato com você?

Ele entregou um celular a ela.

– Não o use pra ligar para mais ninguém. Ligo pra você quando as coisas ficarem um pouco mais ordenadas do nosso lado.

– O.k. – disse ela, e estava fora do carro, correndo de volta pela calçada para interceptar Heidi Hyde, de jaqueta de motoqueira, caminhando na direção dela com uma espécie de taco, envolto em papel, de um metro de comprimento. Ela ouviu a van se afastar, atrás dela.

– O que está havendo? – indagou Heidi, batendo na palma da mão com o taco embalado para presente.

– Vamos sair daqui – disse Hollis, passando por ela. – Há quanto tempo está aqui?

– Acabei de chegar – disse Heidi, virando-se.

– O que é isso? – Apontando para o taco.

– Cabo de machado.
– Por quê?
– Por que não?
– Aí está ela – disse Inchmale, atrás do toco de um charuto pequeno, quando elas chegaram ao carro azul. – Onde diabos você estava?
– Tire a gente daqui, Reg. Já.
– Esse carro não é seu? – Apontando para o Phaeton.
– Perdi as chaves. – Puxando a porta traseira do carro azul. – Pode destrancar, por favor? – Destrancou. – Me leve para algum lugar – disse ela, entrando. – Agora.

– **SUA BOLSA** – disse Bigend – está perto do cruzamento da Main com a Hastings. Sentido sul na Main, no momento. A pé, parece.
– Deve ter sido roubada – disse ela. – Ou encontrada. Quando você consegue mandar Ollie aqui com chaves reserva? – Ela dissera a ele, no início da conversa, que ela estava naquele bar específico. Caso contrário, ela notou, teria de se preocupar.
– Quase de imediato. Você está muito perto do apartamento. Conheço o lugar. Fazem um piso mojado muito bom.
– Peça para ele trazer as chaves. Não estou a fim de ficar em bar. – Fechou o telefone de Inchmale e devolveu a ele. – Ele disse que você deveria experimentar o piso mojado.
Inchmale ergueu uma sobrancelha.
– Você sabe que isso significa "piso molhado"?
– Fique em silêncio um minuto, Reg. Preciso pensar. – De acordo com Bigend, ele enviara Ollie quando ela pediu, pouco antes da meia-noite, ao prédio residencial e de trabalho da Powell Street. O GPS do embaralhador, segundo Bigend, permanecera lá por cerca de quinze minutos, depois seguira para oeste. Pela velocidade, era óbvio que estava num veículo. Num ônibus, Bigend supôs, porque fez diversas

paradas rápidas que não eram cruzamentos. Ela o imaginou vendo isso naquela tela enorme do escritório dele. O mundo como videogame. Ele imaginara, segundo ele, que isso fosse ela voltando para o apartamento, mas então o GPS dedo-duro fora passear pelo que Ollie dissera a ele ser a região de renda per capita mais baixa do país. Ela sabia que já havia decidido, por razões tão poderosamente viscerais quanto misteriosas, que não queria mais nenhuma ligação com os cinco mil de Jimmy Carlyle nem com o embaralhador grampeado de Bigend.

– Celular – ela disse a Bigend. – E um cartão Visa.

Ele pôs o celular na mesa, na frente dela, e puxou a carteira.

– Se fizer uma compra, prefiro que use esse Amex. É para gastos de trabalho.

– Preciso do 0800 deles para informar que meu cartão foi roubado – disse ela.

Ollie chegou quando ela estava falando com a Visa, o que a impediu de falar com ele. Inchmale era bom em se livrar de pessoas como Ollie, que foi embora rápido.

– Vira – ela disse, indicando a cerveja belga de Inchmale. – Onde está Heidi?

– Batendo papo com a bartender.

Hollis inclinou-se para fora da cabine de vinil e avistou Heidi numa conversa com a loira do balcão do bar. Inchmale a convencera a deixar o cabo do machado no Honda azul alugado por eles.

– O que vocês estão fazendo aqui? – ela perguntou a ele. – Quer dizer, fico grata que tenham vindo ver se estava tudo bem comigo, mas como chegaram aonde me encontraram?

– Os Bollards não estavam prontos para entrar no estúdio, no fim das contas. Dois deles estavam gripados. Liguei para a Blue Ant. Algumas vezes. Eles não estão na lista telefônica mesmo. Então tive que entrar em contato com Bigend diretamente, que foi como fazer engenharia reversa com todos os conceitos comuns da estrutura corporativa. Mas, quando o encontrei, ele foi superatencioso.

— Foi?

— Ele quer "Difícil Ser Um" para uma propaganda de carro chinês. Para ser veiculada no mundo todo, quer dizer. Só o carro é que é chinês. Fazia tempo que ele não ouvia. Ver você refrescou a memória dele. Diretor suíço, orçamento de quinze milhões.

— Para uma propaganda de carro?

— Precisam causar sensação.

— O que você disse?

— Não. É claro. É sempre assim que se começa, certo? Não. Mas aí ele emendou um papo com uma sutileza muito interessante sobre a preocupação dele com você aqui em Vancouver. Lance de James Bond no carro da empresa, você não estava aparecendo, e sugeriu que eu viesse com o Lear da Blue Ant em cerca de quinze minutos para achar você.

— E aí você veio?

— Não de imediato. Não gosto de ser controlado, e o seu amigo adora controlar.

Hollis fez que sim.

— Eu estava almoçando com Heidi. Contei a ela. E, é claro, ela mordeu a isca. Ficou preocupada com você. E aí eu entendi. Ainda que eu visse que a nossa vinda fosse para o proveito dele, era uma pequena aventura inofensiva, ele apelaria para nós dois.

— Apelaria em relação a quê?

— À propaganda do carro chinês. Ele quer que a gente grave "Difícil Ser Um" com uma letra diferente. Letra de carro chinês. Mas eu estava ficando com uma paranoia por causa do nosso baterista diferente lá. Então, lá estamos eu e ela, no carro dela, rumo a Burbank. Acho que levamos mais tempo de carro até Burbank do que para chegarmos aqui de avião. Eu estava com meu passaporte, ela, com a carteira de motorista, e nós dois chegamos aqui com as roupas do corpo.

— E ela comprou um cabo de machado?

— Chegamos àquele bairro onde você deixou o carro, e ela não gostou. Eu disse que ela estava vendo o lugar de modo completamente equivocado, deixando de considerar os subtextos culturais, e que não havia nenhum perigo, não desse tipo. Mas ela parou num depósito de madeira e saiu com a ferramenta. Não me ofereceu uma.

– Não ficaria bem em você. – Ela pôs a mão debaixo da jaqueta e coçou as costelas, com força. – Vem. Preciso de uma ducha. Onde eu estava tinha vidro moído, mais cedo. E césio.

– Césio?

Ela se levantou e pegou os dois cartões brancos e em branco que Ollie deixara.

79.

ARTISTA E REPERTÓRIO

– De onde você disse que é? – perguntou o homem da gravadora de Igor, oferecendo uma garrafa de cerveja aberta.

– Nova Jersey – disse Tito, que não havia dito. Quando chegaram ao local de ensaio, ele ligara para Garreth, contando que o trabalho estava feito, mas que achava melhor não ficar na rua aquela noite. Não mencionou o helicóptero, mas tinha a sensação de que Garreth sabia.

Aceitou a cerveja, apertando a garrafa gelada na testa. Tinha gostado de tocar. Os Guerreros vieram, no fim.

– Incrível – disse o homem da gravadora. – Sua família é de lá?

– Nova York – disse Tito.

– Certo – disse o homem do departamento de artista e repertório, e tomou um gole de cerveja. – Incrível.

80.

VERME DA MORTE MONGOL

– Sala de espera da classe executiva da Babacas Linhas Aéreas – declarou Inchmale, entusiasmado, analisando a área central do primeiro piso do apartamento de Bigend.
– Tem um quarto que combina, no andar de cima – disse Hollis.
– Eu te mostro, depois de tomar um banho.
Heidi pôs o cabo de machado, ainda embrulhado, na bancada, ao lado do laptop de Hollis.
– Ollis! – Odile parou no topo das placas de vidro flutuantes que formavam a escada, vestindo o que Hollis supôs ser uma camisa de hóquei muito grande. – E o Bobby, você o achou?
– Mais ou menos. É complicado. Desce aqui para conhecer meus amigos.
Odile, descalça, desceu as placas.
– Reg Inchmale e Heidi Hyde. Odile Richards.
– Ça va? O que é isso? – Ao notar o cabo de machado.
– Um presente – disse Hollis. – Ela não encontrou ninguém para dar, ainda. Preciso tomar banho.
Ela subiu.
O boneco da Blue Ant estava onde ela o deixara, na prateleira, ainda pronto para agir.
Ela se despiu, verificou se havia marcas na pele, o que felizmente não parecia ser o caso, e tomou um banho longo e completo.

O que Garreth e o velho estariam aprontando agora?, ela se perguntou. Aonde teria ido Tito, depois que eles o deixaram? Por que sua bolsa, ou pelo menos o embaralhador de Bigend, estava a pé na rua? O que era o Verme da Morte Mongol, na atual situação dela? Ela não sabia.

Ela acabara de ver cem milhões de dólares serem irradiados por balas de calibre trinta com césio medicinal? Sim, se Garreth estivesse dizendo a verdade. Por que alguém faria isso? Ela se ensaboava inteira, pela terceira vez, quando se deu conta.

Para impossibilitar a lavagem. O césio. Não sairia no banho.

Ela nem pensara em perguntar a Garreth, enquanto ele guardava tudo para sair do estúdio. Não perguntara nada, na verdade. Ela entendeu que ele precisa fazer, com perfeição, o que estava fazendo, fazendo e não falando a respeito. Ele estava tão profundamente concentrado, checando as coisas com o dosímetro, certificando-se de que nada fosse deixado para trás.

Ela tinha certeza de que não tinha deixado a bolsa lá em cima. Alguém deve tê-la tirado da van, quando ela levara a sacola para os faxineiros.

Ela se secou com a toalha, se vestiu e verificou se o passaporte estava onde ela deixara, depois secou o cabelo.

Quando ela desceu, Inchmale estava sentado numa ponta do sofá de seis metros, de couro muito próximo da cor dos assentos do Maybach de Bigend, lendo mensagens no celular. Heidi e Odile pareciam estar separadas por um bloco de concreto, observando a paisagem, escuridão e luzes, feito figuras inseridas num desenho arquitetônico para ilustrar escala.

– É o seu Bigend – disse ele, olhando para ela.

– Ele não é meu Bigend. Será o seu Bigend, porém, se vender os direitos de "Difícil Ser Um" para uma propaganda de carro.

– Não posso fazer isso, é claro.

– Por integridade artística?

– Porque nós três teríamos que concordar. Você, eu e Heidi. Os direitos são nossos, lembra?
– Por mim, você decide. – Sentando-se ao lado dele no sofá.
– E por quê?
– Porque você ainda está nessa área. Ainda está envolvido.
– Ele quer que você escreva.
– Escreva o quê?
– As mudanças na letra.
– Para transformar num jingle de carro?
– Num tema. Um hino. De branding pós-moderno.
– "Difícil Ser Um"? Sério?
– Ele está me mandando SMS a cada meia hora. Quer definir a questão. É o tipo de homem que poderia me deixar de saco cheio. De verdade.

Ela olhou para ele.
– Onde está o Verme da Morte Mongol?
– Como assim?
– Não sei do que eu deveria ter mais medo agora. Você sabe? Você costumava me falar do Verme da Morte Mongol quando estávamos em turnê. Que era tão mortífero que quase não havia descrições dele.
– Sim – disse ele. – Ele poderia cuspir veneno ou raios elétricos. – Sorriu. – Ou icor.
– E se escondia nas dunas. Da Mongólia.
– Sim.
– Então eu o adotei. Virou uma espécie de mascote para a minha ansiedade. Imaginei que fosse vermelho-vivo...
– Eles são vermelho-vivo – disse Inchmale. – Escarlate. Sem olhos. Da espessura da coxa de uma criança.
– Ele ficou da forma que eu daria a qualquer grande temor que não conseguisse compreender. Em Los Angeles, um ou dois dias atrás, a ideia de Bigend e sua revista que não existe muito, esse nível de estra-

nheza em que ele se mete e me leva junto, que nem consigo te explicar, tudo isso parecia o Verme Mongol. Lá nas dunas.
Ele olhou para ela.
– É bom te ver.
– Bom te ver, Reg. Mas ainda estou confusa.
– Se não estivesse, nesses dias, provavelmente seria psicótica. Os piores tipos são cheios de uma intensidade passional agora, não? Mas o que me impressiona é que você não parece estar com medo agora.
Confusa, mas não sinto o medo.
– Acabei de ver uma pessoa, algumas pessoas – disse ela –, esta noite, fazerem a coisa mais estranha que imagino jamais chegar a ver.
– Mesmo? – Ele ficou sério de repente. – Invejo você.
– Achei que ia ser terrorismo, ou crime num sentido mais tradicional, mas não era. Acho que de fato estavam...
– O quê?
– Pregando uma peça. Uma brincadeira que seria preciso ser louco para conseguir realizar.
– Você sabe que eu adoraria saber o que foi isso – disse ele.
– Sei. Mas dei minha palavra muitas vezes nessa coisa. Dei a Bigend, depois a outra pessoa. Eu diria que vou acabar lhe contando, mas não posso. Só que talvez eu possa. Depois. Depende. Entende?
– Aquela jovem francesa é lésbica? – perguntou Inchmale.
– Por quê?
– Ela parece ter uma atração física por Heidi.
– Eu não diria que isso é uma indicação específica de lesbianismo.
– Não.
– Heidi constitui uma espécie de preferência de gênero em si mesma. Para algumas pessoas. E muitas delas são do sexo masculino.
Ele sorriu.
– É verdade. Tinha me esquecido.
Um acorde soou.
– A nave mãe – disse Inchmale.

Hollis Henry viu Ollie Sleight entrar empurrando um carrinho tilintante, coberto com um pano. Usava de novo o caro uniforme de varredor de chaminé, ela notou, mas agora estava barbeado, de cara limpa.

– Não tínhamos certeza se vocês haviam comido – disse ele. Em seguida, para Hollis: – Hubertus gostaria que você ligasse para ele.

– Ainda estou processando – disse ela. – Amanhã.

– Você está servindo o café da manhã – disse Inchmale, a mão descendo no ombro de Ollie, impossibilitando qualquer resposta a Hollis. – Se você for tentar isso e deixar de ser um recriador da Guerra Civil – virou a lapela do traje de varredor de chaminé –, vai ter que aprender a se focar na tarefa.

– Estou exausta – disse ela. – Tenho que dormir agora. Ligo para ele amanhã, Ollie.

Ela subiu. Já estava clareando, e muito, e não havia nada à vista que lembrasse uma persiana ou uma cortina. Ela tirou a calça jeans, subiu na cama de maglev de Bigens, puxou as cobertas sobre a cabeça e adormeceu.

81.

NO MEIO DE TUDO

– Não pode me dar um número de telefone? Um e-mail? – O homem da gravadora de Igor parecia desesperado.

– Vou me mudar – disse Tito, esperando a van de Garreth da janela do segundo andar do estúdio de ensaio. – Estou no meio de tudo. – Avistou a van branca.

– Você tem o meu cartão – disse o homem, quando Tito correu para a porta.

– Ramone! – gritou Igor, despedindo-se, batendo numa corda da guitarra. Os outros festejaram.

Lá embaixo, do lado de fora, ele atravessou correndo a calçada molhada, abriu a porta do passageiro da van e entrou.

– Festa? – perguntou Garreth, afastando-se do meio-fio.

– É uma banda. Ensaio.

– Já está numa banda?

– Temporariamente.

– O que você toca?

– Teclado. O homem da Union Square, ele tentou me matar. Com um carro.

– Eu sei. Tivemos que ligar para um favor local para garantir que ele fosse solto.

– Solto?

— Eles só ficaram com ele por cerca de uma hora. Ele não vai ser acusado. — Pararam num sinal. Garreth virou-se para olhar para ele. — A direção do carro dele falhou. Um acidente. Sorte ninguém se ferir.

— Tinha outro homem. Um passageiro — disse Tito, quando o sinal abriu.

— Você o reconheceu?

— Não. Vi que ele saiu andando.

— O homem que tentou atropelar você, que foi atrás do iPod no parque, estava encarregado de nos encontrar em Nova York.

— Ele pôs o grampo no meu quarto?

Garreth olhou-o de relance.

— Não sabia que você sabia disso.

— Meu primo me contou.

— Você tem muitos primos, hein? — Garreth sorriu.

— Ele queria me matar — disse Tito.

— Não bate muito bem da cabeça, nosso homem. A gente acha que ele ficou tão frustrado, em Nova York, ao tentar pegá-lo, ou nos pegar, que quando viu você aqui, pirou. Tenso por causa da chegada da caixa também. Já o vimos perder o controle algumas vezes no último ano, e alguém sempre sai ferido. Desta vez foi ele. Mas não muito grave, de acordo com o boletim de ocorrência. Alguns pontos. Hematoma grande no tornozelo. Está conseguindo dirigir.

— Um helicóptero veio — disse Tito. — Andei num trem de onde dava para ver as luzes da rua, um prédio residencial, do outro lado de uma cerca. Talvez eu tenha acionado detectores de movimento.

— Seu homem chamou aquele helicóptero, nós achamos. Uma espécie de alerta geral. Ele teria feito isso assim que foi liberado da delegacia. Pediu aumento de segurança no porto. Por ter visto você.

— Meu protocolo foi ruim — disse Tito.

– O seu protocolo, Tito – disse Garreth, parando no meio de uma quadra sem nenhum traço distintivo, atrás de um carro preto – é genial. – Apontou para o carro preto. – Um primo veio te ver.
– Aqui?
– Só aqui – disse Garreth. – Vou buscá-lo amanhã. Tem algo que ele quer que você veja.
Tito fez que sim. Saiu da van e foi andando até encontrar Alejandro atrás do volante de uma Mercedes preta.
– Primo – disse Alejandro, quando Tito entrou.
– Não esperava te ver – disse Tito.
– Carlito quer ter certeza de que você está bem instalado – disse Alejandro, ligando a Mercedes e saindo. – Eu também.
– Bem instalado?
– Aqui – disse Alejandro. – A não ser que prefira a Cidade do México.
– Não.
– Não é por eles acharem que você seria tão visado em Manhattan – disse Alejandro.
– Protocolo – disse Tito.
– Sim, mas imóveis também.
– Como assim?
– Carlito comprou alguns apartamentos aqui, quando era mais barato. Ele quer que você more em um deles, enquanto ele explora as possibilidades aqui.
– Possibilidades?
– China – disse Alejandro. – Carlito está interessado na China. A China, aqui, é muito perto.
– Perto?
– Você vai ver – disse Alejandro, virando num cruzamento.
– Aonde está indo?
– Para o apartamento. Precisamos mobiliar. Algo um pouco menos básico que a sua última moradia.

– O.k. – disse Tito.
– Suas coisas estão lá – disse Alejandro. – Computador, televisão, aquele piano.
Tito olhou para ele e sorriu.
– *Gracias*.
– *De nada* – disse Alejandro.

82.

BEENIE'S

Ela foi despertada pelo toque desconhecido do celular de Garreth. Estava deitada na cama maglev de Bigend, perguntando-se o que estaria tocando.

– Droga – disse ela, ao se dar conta do que devia ser. Ela desceu da coisa estranha, ouvindo o tamborilar dos cabos pretos ao serem pressionados e depois soltos. Ela encontrou o telefone no bolso da frente da calça jeans de ontem.

– Alô?
– Bom dia – disse Garreth. – Como você está?
– Bem – disse ela, surpresa ao notar que parecia ser, literalmente, verdade. – E você?
– Muito bem, mas espero que você tenha dormido mais. O que você acha de um café da manhã tradicional de operário canadense? Você teria que chegar aqui em uma hora. Tem uma coisa que gostaríamos que você visse, supondo que tudo tenha saído conforme o planejado.
– E saiu?
– Uma ou outra complicação. Logo saberemos. Mas os indícios são bons, de modo geral.

O que isso significaria?, ela se perguntou. Será que a caixa turquesa emitiria nuvens de radioatividade da cor do dinheiro? Mas ele não parecia preocupado.

– Onde fica? Vou pegar um táxi. Não sei se meu carro já foi devolvido e não estou a fim de dirigir.

– Chama-se Beenie's – disse ele. – Três es. Tem caneta?

Ela anotou o endereço,

No andar de baixo, depois de se vestir, ela encontrou um envelope da Blue Ant em cima do laptop. Nele estava escrito, de caneta com ponta de pena e numa letra cursiva muito bonita: "Sua bolsa, ou, pelo menos, o aparelho, está no momento dentro de uma caixa do Correio Canadense na esquina da Gore com a Keefer. O conteúdo é para cobrir gastos adicionais enquanto isso. Atenciosamente, O. S." Dentro havia duzentos dólares, canadenses, em notas de cinco, dez e vinte, presas com um clipe muito bonito.

Embolsando o envelope, ela saiu explorando o apartamento à procura do quarto de Odile. Ao encontrá-lo, viu que tinha o dobro do tamanho da sua semissuíte do Mondrian, ainda que faltasse a pretensão de templo asteca. Odile, porém, roncava tão alto que ela não teve coragem de acordá-la. Quando estava saindo, notou o cabo de machado, ainda embrulhado, no chão ao lado da cama.

A rua, quando ela encontrou a saída, ainda estava muito silenciosa. Ela olhou para o prédio de Bigend, mas era alto demais para que ela visse qualquer parte do apartamento dele. A superfície da base era menor que o perímetro total, e os andares mais baixos afunilavam para fora à medida que subiam. Num deles, viam-se as janelas de vidro inclinado e esverdeado de uma academia, onde os moradores, bem arrumados, exercitavam-se em máquinas uniformemente brancas. Como um detalhe num desenho, feito por Hugh Ferris, de um futuro urbano idealizado, ela pensou, mas que Ferris talvez nunca teria pensado em fazer. Acrescente a academia entre paredes de vidro e os brancos fantasmas benignos dos equipamentos de fábrica, e tire as pontes altas e curvilíneas de vidro conectando torres adjacentes.

No entanto, parecia não haver táxi algum. Depois de dez minutos, porém, ela avistou um, amarelo, um Prius. Parou para ela, o motorista era um sikh de modos impecáveis.

Ela se perguntava, enquanto ele seguia uma rota que ela imaginou ser uma versão mais prática e eficiente da que ela fizera antes, por que o embaralhador de Bigend, e talvez sua bolsa, estariam numa caixa de correio? Alguém o colocara lá, ela supôs, a pessoa que o pegou ou alguém que o encontrou depois.

Sem o trânsito da hora do rush, a viagem foi rápida. Eles já desciam a Clark, e diante do para-brisa do Prius estavam os braços construtivistas do porto, dispostos de maneira diferente agora e, após a noite passada, com uma ressonância muito diferente.

Eles passaram pela esquina que ia dar na casa de Bobby. Ela se perguntou se ele ainda estaria lá. E sentiu uma pontada de pena de Alberto. Ela não gostava de vê-lo perder seu River.

Atravessaram um grande cruzamento. A Clark, em frente, era dividida por uma pista totalmente elevada, sob placas iluminadas que solicitavam a apresentação de identidade com foto. Essa devia ser a entrada do porto.

O motorista parou na frente de uma lanchonete que era um pequeno bloco de concreto branco, com estranha aparência deslocada. LANCHONETE DO BEENIE – CAFÉ DA MANHÃ O DIA TODO – CAFÉ, pintado de forma simples, há muito tempo, em tábuas de compensado pintado de branco e descascando. A porta era de tela, com moldura de madeira vermelha, o que lhe conferia um ar vagamente estrangeiro ali.

Ela pagou o motorista e deixou a gorjeta, foi até a única janela de placa de vidro para olhar. Era muito pequeno, duas mesas e um balcão com bancos. Garreth acenou do banco do balcão mais próximo da janela.

Ela entrou.

Garreth, o velho e Tito estavam sentados ao balcão. Havia quatro bancos, e o banco entre Garreth e o velho estava vazio. Ela sentou ali.

– Olá – disse ela.

– Bom dia, srta. Henry – disse o velho, acenando com a cabeça na direção dela. Do outro lado, Tito inclinou-se, sorrindo com timidez.

– Olá, Tito – ela disse.

– Você deveria pedir o pochê – disse Garreth. – A menos que não goste de ovo pochê.

– Pode ser pochê.

– E o bacon – disse o velho. – Incrível.

– Sério? – O Beenie's era o estabelecimento mais simples em que ela estivera nos últimos tempos. Sem contar o Mr. Sippee. Mas o Beenie's tinha assentos em ambiente fechado, ela se lembrou.

– O chef trabalhava no *Queen Elizabeth* – disse o velho. – No primeiro.

Nos fundos do recinto, um homem muito velho, chinês ou malaio, estava curvado quase ao meio ao lado de um fogão de ferro fundido pintado de branco que devia ser mais velho que ele. A única coisa no Beenie's que não parecia ser velha era o exaustor de aço acima do grande fogão quadrado.

O cheiro de bacon era agradável.

Uma mulher muito discreta, atrás do balcão, levou café a ela, sem ela pedir.

– Ovos pochê, por favor, ao ponto.

As paredes estavam cheias de objetos orientais genéricos em molduras estranhas. Hollis imaginou que o lugar já estivesse lá quando ela nasceu, quase do mesmo jeito, apenas sem o enorme exaustor de inox acima do fogão.

– Fico encantado que tenha podido vir – disse o velho. – A noite foi longa, mas parece que nos foi favorável.

– Obrigada – disse Hollis –, mas ainda tenho apenas uma ideia muito vaga do que vocês estão aprontando, apesar do que vi Garreth fazer ontem à noite.

– Conte-me o que acha que estamos fazendo.

Hollis adicionou ao café o leite de uma leiteira muito fria.

– Garreth me disse que... – ela olhou de relance para a mulher, parada ao lado do fogão antigo – a caixa... continha uma... uma quantia alta?

– Sim?

– Garreth, você estava exagerando?

– Não – disse Garreth. – Cem.

– Milhões – disse o velho, categórico.

– O que Garreth fez... O senhor falou em lavagem. Ele... contaminou? É isso mesmo?

– De fato – disse o velho –, contaminou. Da forma mais completa possível, nas circunstâncias. Os projéteis seriam atomizados de modo eficaz ao entrarem. É claro que encontraram blocos praticamente sólidos de papel de alta qualidade, de primeiríssima. Mas nossa intenção não foi destruir aquele papel, e sim dificultar o manuseio seguro. E também para marcá-lo, por assim dizer, para certos tipos de detecção. Apesar de não ter havido um progresso muito significativo, nos últimos cinco anos, com esse tipo de sensor. Mais uma área negligenciada. – Ele tomou um gole do café preto.

– Vocês dificultaram a lavagem.

– Impossibilitamos, espero – disse ele. – Mas você tem de entender que para as pessoas responsáveis pela colocação daqueles cem naquela caixa, só o fato de ela ter voltado para cá já beira o desastre. A intenção original delas não era que a caixa voltasse para a América do Norte ou para qualquer parte do Primeiro Mundo. É uma quantia incômoda demais. Existem economias, no entanto, em que esse tipo de dinheiro pode ser trocado por algumas coisas, sem um desconto pesado demais, e era para alguma dessas economias que eles queriam que ela fosse.

– O que aconteceu? – perguntou Hollis, pensando em como era estranho o fato de que ela tivesse pelo menos uma ideia geral de qual seria a resposta.

– Ela foi descoberta, em trânsito, por uma equipe de agentes de inteligência, encarregados de procurar uma espécie diferente de carga. Eles receberam ordens para deixar o caso imediatamente, mas de uma forma que criasse um rasgo no tecido das coisas, em termos burocráticos, e, por essa e outras razões, ela acabou chegando ao meu conhecimento.

Hollis fez que sim. Piratas.

– Em termos de lucro com a guerra, srta. Hollis, essa é uma quantia pífia. Mas eu achei fascinante a simples ousadia da operação, ou talvez a pura falta de imaginação. Sair pela porta do Federal Reserve de Nova York e ir para a traseira de um caminhão em Bagdá, uma coisa e depois outra, e sair navegando.

Ela então notou que estava prestes a mencionar o Gancho, o helicóptero gigante russo, mas se conteve.

– No processo de determinar quais eram as partes envolvidas, fiquei sabendo que esse contêiner havia sido equipado com um aparelho que monitorava seu paradeiro e, até certo ponto, sua integridade, e transmitia sigilosamente a informação às partes envolvidas. Elas souberam, por exemplo, quando ele foi aberto pela equipe de inteligência americana. Isso fez com que perdessem as estribeiras.

– Perdão?

– Eles se apavoraram. Começaram a procurar locais diferentes, mercados mais fáceis, descontos mais altos, talvez, mas um risco menor. Em seguida, a caixa seguiu sua própria jornada muito peculiar, e nada mais funcionou direito para eles, nenhuma das diversas lavagens potenciais. – Ele olhou para ela.

O que foi providenciado por diversos amigos dele, ela supôs.

– E imagino que eles estavam com medo, a essa altura. Tornou-se uma espécie de residência permanente no sistema, sem nunca chegar a um destino. Até chegar aqui, é claro.

– Mas por que chegou, finalmente?

Ele suspirou.

– As coisas estão chegando ao fim, para essas pessoas. É o que espero, sinceramente. Há menos a se fazer, e o vento começa a soprar de uma direção potencialmente mais limpa. Uma quantia dessa magnitude, mesmo com um desconto muito alto, começa a parecer compensadora. Pelo menos para os peixes menores. E não se engane, esses são os peixes menores. Nenhum rosto que você tenha visto na TV. Empregados. Burocratas. Conheci o tipo, em Moscou e Leningrado.

– Então tem algo aqui, no Canadá, que eles podem fazer?

– Neste país certamente não faltam recursos do tipo, mas não. Não aqui. Ela está indo para o sul, para o outro lado da fronteira. Para Idaho, achamos. Muito provavelmente para uma travessia chamada Porthill. Logo ao sul de Creston, Columbia Britânica.

– Mas não será muito mais difícil fazer a lavagem lá? O senhor me contou ontem à noite que tanto dinheiro ilícito constitui um ativo negativo.

– Acredito que eles tenham conseguido fazer um acordo.

– Com quem?

– Uma igreja – disse ele.

– Uma igreja?

– Do tipo que tem a própria emissora de TV. Do tipo que tem uma atração fechada adjacente. Neste caso, um condomínio fechado adjacente.

– Meu Jesus – disse ela.

– Eu não iria tão longe – ele disse e tossiu. – Mas parece que as notas de cem dólares são a norma nos pratos de coleta.

A mulher apareceu atrás do balcão, vinda do fogão, e pôs um platô de ovos e bacon na frente de Hollis e outro na frente do velho.

– Olha isso – disse ele. – Primoroso. Se você estivesse no Hotel Imperial, em Tóquio, e pedisse ovos pochê com bacon e torradas, o que serviriam não seria em nada diferente disso. A apresentação.

E ele estava certo, ela viu. O bacon era perfeitamente plano, rígido, leve, crocante e nada oleoso. Espremido de alguma forma.

Os ovos, escaldados com uma batedeira, igualmente perfeitos, sobre uma pequena cama de batata. Duas fatias de tomate e um pequeno ramo de salsinha. Dispostos com uma elegância casual, perfeita. A mulher voltou com pratos menores de torrada com manteiga para os dois.

– Vocês dois comem – disse Garreth. – Eu explico.

Ela quebrou o primeiro ovo com o garfo. Gema amarela macia.

– Tito esteve nas instalações do contêiner ontem, à meia-noite, quando o alarme soou.

Ela fez que sim, com a boca cheia de bacon.

– Eu fiz os nossos nove buracos na caixa. Deixando nove furos de balas pequenos porém dolorosamente óbvios. Quando o guindaste baixou aquela caixa, hoje, e depositada na plataforma de uma carreta, os nove buracos estariam evidentes. Além do que, com as aberturas, havia a possibilidade de um sensor das instalações registrar o césio. Só que Tito subiu a pilha e prendeu esparadrapos magnéticos, feitos sob medida, sobre cada orifício, selando e, esperamos, ocultando-os.

Ela olhou para o lado do balcão em que Tito estava sendo servido, recebendo seu prato de ovos. O olhar dele encontrou o dela, por um instante, e ele começou a comer.

– Você disse que ela foi colocada num caminhão hoje – disse ela.

– Sim.

– E a estão levando para os Estados Unidos, por Idaho?

– Achamos que por Idaho. O GPS interno ainda está funcionando, no entanto, e Bobby está acompanhando isso para nós. Devemos ser capazes de prever por onde entrarão.

– Se não conseguirmos – disse o velho –, e eles entrarem no país sem ser detectados, temos outras opções.

– Apesar de preferirmos que a radiação seja detectada na travessia – disse Garreth.

– E será? – ela perguntou.

– Com certeza, caso a fronteira seja alertada e esteja esperando – disse Garreth.

— A combinação exata de telefonemas – disse o velho, limpando o ovo dos lábios com um guardanapo branco de papel – nos momentos certos dará conta de qualquer colaborador que nossos financistas possam ter no local do cruzamento.

A mulher levou os ovos para Garreth. Ele começou a comer, sorrindo.

— E qual será o resultado disso? – perguntou Hollis.

— Um mundo de problemas – disse o velho – para alguém. Muito dependerá do motorista, no fim das contas. Não sabemos exatamente. Embora certamente – e ele sorriu como ela nunca vira antes – teremos prazer em descobrir.

— Por falar no diabo – disse Garreth, tirando um pager do cinto e lendo alguma coisa na pequena tela. – Bobby. Disse para olharmos. Está passando.

— Venha – disse o velho, levantando-se, ainda com o guardanapo na mão. Aproximou-se da janela. Ela o seguiu. Sentiu Garreth, perto, atrás dela.

Então o contêiner turquesa, sobre uma carreta plataforma, dando a impressão de ter rodas coladas a ele, desceu a rampa para o cruzamento, puxada por um caminhão trator vermelho, branco, cintilante, imaculado e exageradamente cromado, com dois canos de escapamento que a fizeram lembrar o invólucro da Cuisinart no rifle de Garreth. Ao volante estava um homem de cabelo escuro e queixo quadrado que ela achou que poderia ser um policial ou um soldado.

— É ele – ela ouviu Tito dizer, num tom muito suave.

— Sim – disse o velho, quando o sinal mudou, e o caminhão e o contêiner atravessaram o cruzamento, seguindo pela Clark e sumindo do campo de visão –, é ele.

83.

STRATHCONA

— E você está escrevendo uma tese sobre os batistas, sr. Milgrim? — a sra. Meisenhelter pôs um porta-torradas de prata com duas fatias sobre a mesa.
— Anabatistas — corrigiu Milgrim. — Esses ovos mexidos são uma delícia.
— Eu uso água, e não manteiga — disse ela. — É um pouco mais difícil limpar a frigideira, mas prefiro desse jeito. Anabatistas?
— Eles entram no contexto, sim — disse Milgrim, quebrando a primeira torrada —, embora eu esteja me concentrando mais no messianismo revolucionário.
— Georgetown, você quer dizer?
— Sim.
— Fica em Washington.
— Isso.
— Ficamos encantados em ter um acadêmico conosco — disse ela, embora, pelo que ele soubesse, ela administrasse a pensão sozinha, e ele parecesse ser o único hóspede.
— Fico feliz em ter encontrado um lugar tão tranquilo e agradável — disse ele. E estava. Ele andara pela Chinatown deserta, até entrar no que a sra. Meisenhelter afirmara ser o bairro mais antigo da cidade. Não muito afluente, isso era claro, mas também era claro que isso estava começando a mudar. Um local que estava no processo de fazer o que estava sendo feito na Union Square, ele supôs. A pensão da sra.

Meisenhelter fazia parte dessa transição. Se ela pudesse ter hóspedes que a ajudassem a pagar por isso, ela poderia se dar muito bem depois, quando as coisas estivessem mais sofisticadas.

– Tem planos para hoje, sr. Milgrim?

– Preciso ir atrás da minha bagagem perdida – ele disse. – Se ela não tiver aparecido, vou precisar fazer umas comprinhas.

– Tenho certeza de que encontrarão, sr. Milgrim. Com licença, tenho que cuidar das roupas.

Depois que ela saiu, Milgrim terminou a torrada, levou a louça do café até a pia, passou uma água e subiu para o quarto, com o maço plano e espesso de notas de cem no bolso esquerdo da calça Jos. A. Banks, como se fosse um livro de bolso com um formato esquisito. Foi a única coisa que ele pegara da bolsa, além do celular, uma pequena lanterna de LED e um cortador de unha feito na Coreia.

O resto, incluindo o objeto desconhecido que estava conectado ao telefone, ele depositara numa caixa de correio vermelha. Ela não tinha nenhum dinheiro canadense, a mulher bela e vagamente familiar da carteira de motorista do Estado de Nova York, e cartões de crédito davam mais trabalho do que ajudavam.

Ele precisava comprar uma lupa hoje, e uma pequena luz ultravioleta. Uma caneta detectora de dinheiro falso, se conseguisse encontrar. As notas pareciam boas, mas ele tinha de se certificar. Já vira duas placas recusando notas de cem dólares americanos.

Mas, primeiro, os flagelantes da Turíngia, ele decidiu, sentando-se na beira da colcha com bordados e afrouxando os cadarços dos sapatos.

Seu livro estava na gaveta da mesa de cabeceira, junto com o celular, a caneta do governo dos Estados Unidos, a lanterna e o cortador de unha. A página do livro estava marcada com o único pedaço do envelope com que ele ficara, o canto superior esquerdo, com as letras "HH" em caneta esferográfica vermelha desbotada. Parecia fazer parte de alguma coisa, por algum motivo.

Ele se lembrou de ter subido no ônibus na noite anterior, com a bolsa debaixo do braço, sob a jaqueta. Já conseguira trocado, no Princeton, conforme planejado, perguntara sobre ônibus e tarifas, e estava com a quantia exata separada, em moedas desconhecidas, que, estranhamente, pareciam estar em branco.

Ele se sentara no meio do ônibus, quase o único passageiro, ao lado da janela, enquanto sua mão, escondida como se esperasse um ataque, explorara o que a princípio parecera os recessos muito comuns e nada promissores da bolsa.

Agora, em vez de pegar o livro, ele pegou o celular. Estava ligado quando ele o achou, e ele desligou de imediato. Agora ligou. Número de Nova York. Em roaming. Carga quase completa. A maioria dos números da agenda parecia ser de Nova York também, primeiros nomes apenas. O perfil estava silencioso. Ele colocou para vibrar, para verificar se estava funcionando. Estava.

Ele estava prestes a voltar para o silencioso, quando o aparelho começou a vibrar na sua mão.

Sua mão o abriu e o levou ao ouvido.

– Alô? – ele ouviu alguém, um homem, dizer. – Alô?

– É engano – ele disse, em russo.

– Tenho certeza de que é o número correto – disse o homem do outro lado, num russo com sotaque, mas que dava para o gasto.

– Não – disse Milgrim, ainda em russo –, foi engano.

– Onde você está?

– Turíngia. – Fechou o telefone, abriu imediatamente e desligou.

Sua mão optou pelo segundo Rize da manhã, totalmente justificável nas circunstâncias.

Ele pôs o telefone de volta na gaveta. Agora não parecia uma boa ideia ter ficado com ele. Ele o descartaria depois.

Estava abrindo o livro, pronto para retomar a história de Margrave Frederick, o Destemido, quando de repente ele viu St. Market Place, naquele outubro passado. Ele estava conversando com Fish, na frente de uma loja de discos usados, um lugar que vendia discos mesmo, de vinil, e, pela janela, em preto e branco, o rosto de uma mulher o observara da parede. E, por um instante, acomodando-se nos travesseiros, ele soube quem ela era e que ele também a conhecia de um modo diferente.

Mas então começou a ler.

84.

O HOMEM QUE ATIROU EM WALT DISNEY

– Não é ruim – disse Bobby, derramando um pouco do segundo piso mojado ao se recostar na cadeira para ver o topo do prédio de Bigend pelo capacete de Hollis. – A escala funciona.

Inchmale realmente tivera um efeito extraordinário nele, pensou Hollis. Ela estava certíssima quanto a ele ser fã de Inchmale, mas ela não esperava um grau tão alto de suspensão da ansiedade. Embora isso talvez tivesse a ver, em parte, com o fato de ele estar há cinco dias afastado do que ela passara a chamar de tiro no dinheiro, com Garreth e o velho longe há muito tempo, ela supunha.

Ela sabia, por um motivo totalmente acidental, que Tito ainda estava por lá, ou pelo menos estivera, nessa mesma tarde. Ela o vira num centro comercial abaixo do Four Seasons, para onde ela se mudara quando Bigend chegou de Los Angeles. Ele estava com um homem que poderia ser um irmão mais velho, de cabelo preto e liso, dividido ao meio, na altura dos ombros. Faziam compras, a julgar pelas sacolas. Tito a vira, sem dúvida, e sorrira, mas em seguida virara para outro lado e seguira por outro aglomerado de lojas carregadas de marcas registradas.

– O que me agrada é a falta de detalhes – disse Inchmale. – Primórdios da Disney.

Bobby tirou o capacete e empurrou a franja para o lado.

– Mas não é Alberto. Isso porque você pediu ontem. Se deixasse Alberto trabalhando nele, ele faria uma pele digna de um filme de terror. – Pôs o capacete na mesa. Estavam em frente ao bar da Mainland, onde ela estivera pela primeira vez com Inchmale e Heidi, na noite em que voltara com eles.

– Esses Bollards – disse Odile, com ênfase na segunda sílaba –, eles viram isso?

– Só um *frame-grab* – disse Inchmale. Quando Hollis e Odile contaram-lhe que Bobby Chombo abandonara os artistas locativos de Los Angeles e que Alberto perdera seu River, ele teve a ideia de ir até Bobby com uma proposta de vídeo para os Bollards. A música se chamava "Sou o Homem que Atirou em Walt Disney", a favorita de Inchmale do material que ia produzir para eles em Los Angeles. O vídeo pularia uma plataforma, introduzindo a arte locativa a um público mais amplo, enquanto capacetes como o de Hollis ainda estariam em fase beta de testes. Para garantir que Bobby retomasse suas obrigações abandonadas em L.A., Inchmale fingiu ser um fã específico de Alberto. Com Odile como mediadora, as coisas haviam se acertado muito rapidamente, e eles conseguiram fazer com que Bobby precisasse pôr o trabalho de todos os outros artistas de volta em novos servidores, o que ele já havia feito.

Heidi voltara aos mistérios de seu casamento de Beverly Hills, deixando Odile desconsolada no início. Solucionar questões de geohacking de, no mínimo, uma dúzia de artistas com Bobby, porém, pareceu resolver o assunto. Hollis supôs que isso permitiria à curadora francesa uma espécie de mudança de status significativa, algo bom para levar de volta para casa. Não que Odile demonstrasse qualquer desejo particular de fazer isso. Ela ainda estava morando no apartamento de Bigend, dividindo o espaço com ele, enquanto Hollis estava no Four Seasons, no quarto ao lado do de Inchmale.

O vídeo de Bobby para os Bollards, com a aprovação entusiasmada de Philip Rausch, tornara-se parte de seu artigo, ainda não escrito, para a *Node*.

Ela concluíra, após o café da manhã no Beenie's, que havia sido mantida prisioneira, ainda que de forma muito educada e cordial, entre ter saído da casa de Bobby e voltado para lá. Era um cenário que o velho providenciara, sem a intenção. Foi o que ele dissera que eles iriam fazer caso ela não fosse capaz de aceitar os termos dele. De olhos vendados, entregue a uma terceira parte desconhecida e mantida num local desconhecido até que Garreth voltasse para levá-la de volta à casa de Bobby. Nenhuma ideia do que eles tinham feito naquela noite. Uma vez que Bobby também não sabia exatamente o que eles tinham feito, e uma vez que ele não tinha conhecimento do acordo dela com o velho, ela não tinha de se preocupar que ele contasse a Bigend que ela estava mentindo. E mentir para Bigend a respeito disso foi algo que ela definira como necessário.

E Bigend, da parte dele, estava deixando tudo curiosamente fácil. Ele parecia, com o advento do seu comercial de zilhões de dólares de carro chinês, estar deixando em banho-maria seu interesse no mundo secreto. Se é que ainda estava no fogão. Ela supôs que ele aproveitaria, cedo ou tarde, o fato de ter conhecido Bobby, para extrair toda e qualquer peça do quebra-cabeça que Bobby pudesse ter, mas isso não era da conta dela. Parte de seu trabalho, dali em diante, ela decidiu, seria ser aquele tijolo da chaminé atrás do qual o velho escolhera esconder o que ele havia feito.

O que ainda parecia ser muito secreto, já que nada aparecera em lugar algum dando conta de um caminhão confiscado ao entrar em Idaho pelo Canadá. Mas eles haviam dito para ela esperar por isso. Toda a ação deveria se desenrolar inicialmente no território fantasma e poderia permanecer lá por muito tempo, e foi por isso que ele contou com ela para guardar o segredo.

– Ollis – dizia Odile, atrás dela –, você tem que ver o pintinho do Eenchmale.

– Não tenho, não – disse ela, virando-se, e deparou com uma foto da bela Angelina segurando um neném babando, Willy Inchmale, num terraço em Buenos Aires. – Ele é bem careca, só falta a barba.

– É louco por percussão – disse Inchmale, virando o resto do piso.
– E tetas.

Hollis pegou o capacete. Breve, muito em breve, ela teria de dar a Inchmale sua resposta sobre a propaganda do carro chinês. Esse era o motivo de estarem todos lá, nessa primavera que se ficava, a cada dia, mais ridiculamente bela, e não em Los Angeles, onde os Bollards de Inchmale faziam uma pausa temporária. Ele queria fazer aquilo. Era pai agora, ele dissera, provedor, e se fosse necessário fazer com que "É Difícil Ser Um" vendesse carros chineses, assim seria.

Da parte dela, ainda não era possível dar uma resposta.

Ela vestiu o capacete, ligou-o e olhou para cima, para a interpretação de Alberto para o Verme da Morte Mongol, em forma de desenho animado gigante, com a cauda entrelaçada pelas janelas da residência piramidal de Bigend, atravessando o crânio de uma vaca, ondulando imperiosa, elevada e escarlate noite afora.

Agradeço a:

Susan Allison
Norm Coakley
Anton Corbijn
Claire Gibson
Eileen Gunn
Johan Kugelberg
Paul McAuley
Robert McDonald
Martha Millard
R. Trilling
Jack Womack

TIPOLOGIA:	Minion [texto]
	Interstate Black [entretítulos]
PAPEL:	Pólen Soft 80 g/m² [miolo]
	Supremo 250 g/m² [capa]
IMPRESSÃO:	Paym Gráfica [novembro de 2013]